... je l'ai écrit pour vous.

Chapitre 1

« Tourne-toi. »

Lèvres serrées, je m'exécutai et livrai mon dos au jet impitoyable de la douche de décontamination.

Plaquée contre le mur du fond, la pression était si forte que j'avais le sentiment que ma peau finirait par se décoller.

Une main posée à plat sur le carrelage, je me tassai insensiblement, me ramassai sur moi-même, repliée sur mon bras maintenu en écharpe, tremblante et glacée, les cheveux dégoulinant d'une eau qui puait le détergent.

Misérable. Je me sentais misérable.

Dans ce moment, je ne pouvais rien cacher de la nudité de mon corps, et j'étais mal à l'aise et humiliée.

Au bout de quelques minutes qui me parurent infinies, le jet fut coupé, et le supplice prit fin. Ma peau rougie me démangeait.

« Tourne-toi de l'autre côté. »

Je pris une brève inspiration et fis face à l'homme qu'on avait chargé de me « décontaminer ». Couvert d'une combinaison blanche et d'un masque, je ne voyais rien de l'expression de son visage.

« Enlève tes mains de devant. »

Je baissai la tête sans rien dire et me tassai davantage, les doigts crispés, comme si je pouvais m'évaporer, lui échapper.

Enlever mes mains...

Au moment où on m'avait fait entrer dans la pièce et dévêtir, mes bras s'étaient repliés sur ma poitrine et mon ventre en un geste instinctif de protection et de pudeur.

Il ne savait pas ce qu'il me demandait, ni combien cela me coûtait d'être comme cela livrée à ses regards.

« Allez, dépêche-toi, s'agaça-t-il, on ne va pas y passer la journée ! »

Sa voix se répercuta dans le vide de la pièce comme un claquement de fouet.

Je tressaillis, transie de froid et de fatigue.

« Enlève-moi tes mains de là, et ôte l'écharpe, que je finisse. J'ai pas que ça à foutre non plus. »

Mes joues me brûlèrent et je sentis des larmes d'humiliation et de honte couler tandis que je m'exécutai, tremblante.

J'ôtai l'écharpe de fortune.

Mes bras retombèrent le long de mes flancs.

Le jet revint alors me labourer les seins, le ventre et les cuisses. Une fois, deux fois...

Je rivai mes yeux sur le sol.

« Reste bien droite. »

Je me concentrai sur ma respiration. J'avais froid et mal. Et surtout, je voulais me couvrir. Me couvrir pour disparaître.

Je savais bien, pourtant, qu'à ses yeux je n'étais pas une femme. Je le sentais à son aura. A l'agacement de sa voix. A l'indifférence de ses gestes, comme s'il ne faisait qu'accomplir un rituel répété cent fois.

Non, à ses yeux je n'étais pas une femme. Je n'étais sans doute même pas un être humain. Seulement une fugitive qui s'était fait prendre. Une ressource recouvrée. Et pourtant je me sentais honteuse et mal à l'aise, atteinte dans mon intégrité physique.

La douche dura encore un moment, puis il me fit asseoir avant de me tondre les cheveux autour de l'implant, et me frotter la tête au désinfectant.

Mes ongles furent coupés ras et récurés avec une telle minutie, une telle fureur, qu'ils en saignèrent.

Comme s'il fallait me débarrasser du moindre atome de poussière de la zone blanche. Comme s'il fallait empêcher la souillure de la contamination de se glisser dans le moindre recoin, le moindre repli.

Comme s'il fallait me punir.

« Tiens, mets ça. »

L'homme me jeta sur les genoux la tenue grise du Centre.

Pendant un temps, je la regardai sans réagir, sans esquisser ne serait-ce qu'un geste pour la saisir ou la passer.

Une foule de souvenirs m'assaillait. Mon arrivée. La fuite. Ces mois passés dans la zone blanche et les choix que j'avais faits... Des choix qui, en fin de compte, n'avaient fait que me ramener ici.

Ici...

Je n'avais revu ni Lolotte ni Seth depuis qu'on nous

avait ramenés au Centre, et je ne cessais de penser à eux avec angoisse.

Je m'étais habituée à la présence constante de Seth à mes côtés. A l'odeur métallique, presque ferrugineuse, de son aura. Je m'étais habituée, au cours de ces mois que nous avions passés ensemble dans la zone blanche, à m'appuyer sur lui, malgré la peur et la souffrance. Et j'avais trouvé du réconfort à le savoir toujours là, quelque part dans mon esprit.

Mais à présent...

J'étais tellement épuisée que je sentais à peine notre lien psychique... Sa voix sarcastique ne résonnait plus autant qu'avant dans ma tête.

« Il faut que je le fasse à ta place, peut-être ? »

Je relevai la tête, et un instant mes yeux croisèrent ceux de l'homme qui me faisait face.

J'enfilai alors la tunique grise sans dire un mot, bougeant avec maladresse mon bras blessé.

« Lève-toi. »

Je m'exécutai et l'homme me poussa par l'épaule hors de la pièce.

Je le laissai me pousser dans le couloir.

Je ne regardais que le sol devant moi.

Les battements de mon cœur irradiaient dans le bras cassé que j'avais repris contre ma poitrine.

Nous traversâmes une partie du Centre, puis l'homme poussa une porte.

« Assieds-toi ici. »

Je m'assis sur le tabouret de fer qu'il me désignait.
« Reste là. Quelqu'un va venir. »
Je hochai la tête.
La pièce dans laquelle je me trouvais m'avait tout l'air d'une infirmerie. Un bureau couvert de paperasse, un lit étroit aux draps défaits, des chariots roulants avec du matériel médical...
Je supposai qu'on m'avait fait venir là pour mon bras.
Après tout, à quoi servirait d'envoyer au front un soldat inutilisable ?
Depuis mon tabouret, je passai en revue les meubles et les étagères, envahie d'une vague impression de familiarité.
Peut-être parce que c'était dans une pièce comme celle-ci que j'avais rendu visite à Rebecca quand elle avait été opérée, avant que je ne m'enfuie du Centre avec les autres en l'abandonnant à son sort...
Rebecca...
Qu'avait-elle ressenti au juste en découvrant que je m'étais servie d'elle ? De la colère ? Un sentiment de trahison ? Et qu'était-elle devenue ? Son implant défectueux avait-il été réparé ? Elle qui voulait tellement devenir « apte », quel que soit le prix à payer...
Et qu'étaient-ils devenus, tous ces autres que nous avions laissés ? Etaient-ils toujours au Centre ? Ou avaient-ils été envoyés au Front ?
Je pensais à eux à présent. Bien davantage que je ne l'avais fait dans la zone blanche. Bien davantage que je

ne m'étais permis de le faire.

Tous ces gens que j'avais trahis ou abandonnés... Comme ils devaient me mépriser !

« Mais ne serait-ce pas mon apprentie assistante ? »

Des baskets apparurent tout à coup dans mon champ de vision, et en relevant la tête je découvris, penché sur moi, le visage de gamin de Laurie Xavier...

Cela me fit comme un choc.

Il faisait partie de ceux auxquels j'avais choisi de ne plus penser, là-bas, dans la zone blanche. De ceux sur lesquels j'avais tiré une croix.

Je me forçai à prendre une expression impassible, indifférente. Comme si je n'avais aucun regret au fond de ce que j'avais fait. Aucun remords. Comme si j'étais intouchable.

Le technicien du Centre semblait avoir vieilli depuis la dernière fois que je l'avais vu. Des cernes violacés assombrissaient son regard, et son expression avait perdu de sa jovialité. Il faisait bien moins enfant, assurément, et un sentiment de culpabilité m'envahit à la pensée que c'était peut-être ma faute.

A l'époque, il s'était montré très bavard quand je l'avais questionné à propos des implants. Davantage qu'il ne l'aurait dû. Avait-il eu des ennuis à cause de moi ? Avait-on pensé qu'il nous avait aidés dans notre fuite ? L'avait-on soupçonné de complicité ?

Je n'avais pas assez de courage pour le lui demander, et encore moins pour m'excuser de n'y penser que maintenant.

Rien de ce qui avait été fait ne pouvait plus être défait.

Laurie Xavier m'observa un moment, puis...

« Pour être honnête, je ne pensais pas te revoir un jour, Clarence... Mais te voilà. Je suppose que tout ne s'est pas passé comme tu le voulais, là dehors, hein ? »

Je ne répondis rien.

Que pouvais-je bien répondre à cela ? Qu'il avait raison ? Que j'avais eu tort de partir ?

Le silence s'épaissit.

Laurie Xavier semblait attendre.

Je me contentai de supporter le poids de son regard sans broncher.

Je savais assez quel tableau pitoyable j'offrais, avec mon crâne tondu, ma peau irritée et rougie pelant par endroits, mon visage et mes jambes couverts de coupures et d'ecchymoses, ce bras blessé qui recommençait à me faire souffrir... Qu'il regarde, après tout, je ne pouvais pas l'en empêcher.

Oui, nous avions joué et nous avions perdu. Nous étions des traîtres et des déserteurs.

Désirait-il davantage que cette défaite inscrite sur mon visage et dans ma chair ? Dans ce cas il serait déçu, parce qu'il n'obtiendrait jamais rien de plus. Ni excuses, ni explications. Rien.

Le technicien du Centre sembla le comprendre et secoua la tête comme si je l'affligeais.

« Quand je pense que je voulais faire de toi mon

assistante ! Jamais je n'aurais imaginé ça de toi, Clarence. Jamais. Sérieux. Sous tes airs ingénus, quelle mauvaise fille tu fais ! Les autres, passe encore... Mais toi ? Enfin, bref, je vais jeter un œil à ton implant.
– A mon implant ? Je pensais que c'était pour le bras que...
– Chaque chose en son temps. D'abord l'implant. Vous les avez entretenus seuls, hors du Centre, pas vrai ? Sinon on n'aurait pas cette discussion. Et ce n'est pas que je n'ai pas confiance ni rien, mais franchement, sans le matériel ni les compétences, bonjour les dégâts... »

Il marqua sa désapprobation d'une série de claquements de langue et se leva pour venir tapoter le dossier du fauteuil d'examen au centre de la pièce.

« Viens un peu par ici, Clarence. »

Un vertige me saisit au moment où je me redressai à mon tour, et mes jambes se mirent à trembler si fort que je craignis un instant qu'elles ne puissent me soutenir. L'épuisement me rattrapait.

Je me trainai jusqu'au fauteuil, le souffle court, et m'allongeai en clignant des yeux sous la lumière crue et brutale des lampes d'examen.

Laurie Xavier enfila une paire de gants de latex, et l'espace d'un instant, le fantôme de son éternel sourire de gamin vint jouer sur ses lèvres, puis il se pencha sur moi et entreprit d'ouvrir le boîtier de l'implant.

« Qui s'est occupé de l'entretien de ton implant ? demanda-t-il alors que la partie amovible du boitier se

détachait avec des craquements à m'en faire moitir les mains.
— Seth, répondis-je en inspirant lentement par le nez.
— Seth ? Tu veux parler de TAH15 ?
— Oui. »
Il hocha la tête et demeura ensuite complètement silencieux pendant qu'il examinait l'intérieur de l'implant.
« Tu as eu de la chance qu'il se soit occupé de toi, déclara-t-il enfin en se redressant pour rapprocher le chariot le plus proche, dans l'ensemble ce n'est pas si mal. Il y a quelques circuits un peu encrassés çà et là, mais l'entretien a été effectué à peu près correctement. J'ai vu pire. Pour certains des autres qui ont été ramenés de la zone blanche, il a fallu plusieurs heures de maintenance.
— Et Lolotte ? demandai-je tout à trac.
— La fille avec l'implant endommagé ? »
J'acquiesçai, et pour toute réponse, Laurie Xavier grimaça de manière éloquente.
« C'était vraiment moche. Quand c'est à ce point, on ne peut plus appeler ça de la maintenance... Sacré foutoir. Il a fallu tout retaper là-dedans. Et encore, j'ai beau être un génie, je ne suis pas sûr que ça suffise. Mais bon, il n'y a que quand elle se réveillera qu'on saura...
— Elle ne s'est pas encore réveillée ? »
L'angoisse qui transpirait dans ma voix suffit à figer le technicien. Ce dernier cessa un instant de chercher ses

instruments sur le chariot pour me lancer un regard gêné.
« Non...
— Pourquoi ? Quel est le problème ? Que se passe-t-il avec Lolotte ? insistai-je, les mains désormais crispées sur les accoudoirs du fauteuil, tellement envahie d'appréhension et de peur que j'en avais le cœur au bord des lèvres. Est-ce qu'elle est... Est-ce qu'elle est... »
Je ne parvins même pas à aller jusqu'au bout de ce que je cherchais à exprimer. Je suffoquais.

Mon esprit était déjà envahi, bombardé, d'images de Lolotte gisant sur le sol de l'usine d'armement, le visage si pâle qu'elle en avait l'air morte, son aura réduite à un souffle tremblant dont j'avais craint qu'il ne se renouvelle pas, un souffle presque impossible à saisir, le liquide grisâtre qui suintait de son implant endommagé...

Elle ne pouvait pas être morte. Non, elle n'était pas morte, et condamnée non plus.

C'était pour elle que nous étions revenus ici, Seth et moi. C'était pour la sauver que nous nous étions livrés.

Sa mort était une chose impossible. Inacceptable.

Surtout, qu'il ne me dise pas qu'elle était morte. Pas comme ça.

Sans me soucier de mon implant ouvert, je me redressai tout à coup sur le fauteuil, le souffle court et irrégulier.

« Clarence ? Eh, Clarence ? Qu'est-ce que tu as ? »
Je ne pouvais plus parler.
Les mots semblaient s'entasser dans le fond de ma

gorge, formant un bloc qui m'étranglait.

Ma détresse sembla prendre Laurie Xavier complètement au dépourvu.

« Mais il ne faut pas le prendre comme ça, bredouilla-t-il précipitamment en lançant un coup d'œil alarmé vers la porte. Elle va sûrement finir par se réveiller, ta copine. Le cerveau on n'y peut rien, c'est délicat, ça prend du temps à guérir. »

Sa main se posa maladroitement sur mon épaule et la pressa.

J'inspirai à grand peine quelques goulées d'air qui se transformèrent en sanglots incontrôlables.

Puis je me pris à pleurer comme je n'avais plus pleuré depuis la mort de maman.

Et même, mon chagrin d'alors, bien que tout aussi puissant et dévastateur, avait été très différent. En quelque sorte *rentré* au-dedans. Silencieux. Inexprimable. Oui, mon chagrin d'alors avait ressemblé à la mort. Il en avait eu l'immobilité et la froideur.

Rien à voir avec celui qui me secouait à présent.

Ma poitrine se creusait avec une telle violence que j'avais l'impression qu'elle était sur le point de se déchirer, et lorsque ma bouche s'ouvrait, c'était pour vomir des plaintes et des cris.

Le technicien du Centre retira sa main de mon épaule, les yeux écarquillés. Il semblait dépassé par la violence des émotions qui me secouaient. Mon aura hors de contrôle heurtait la sienne de sa douleur crue et brutale.

Il en fut réduit à tituber vers la porte pour apostropher le soldat qui se trouvait en faction dans le couloir.

« Venez la tenir, bordel ! » cria-t-il avant de se ruer à nouveau à l'intérieur de la pièce.

Deux mains vinrent me saisir aux épaules et me plaquer sur le dossier du fauteuil.

Je ruai.

« Clarence... arrête, m'enjoignit alors Laurie Xavier en s'approchant avec à la main une seringue de tranquillisant. Arrête, mais calme-toi, merde ! Le boitier de l'implant est ouvert ! Il est ouvert, tu m'entends ? »

Je l'entendais, mais je ne pouvais pas m'arrêter. Je ne pouvais pas me calmer. Non, je ne pouvais pas me calmer.

Je ne parvenais même pas à reprendre mon souffle.

Trop. C'était trop.

J'exprimais tout ce que j'avais de souffrance, de rage, de peur et de désespoir, et comme les eaux d'un barrage qui cède, les pleurs se ruaient hors de moi avec une violence inimaginable, engloutissant tout sur leur passage.

Je ne voyais plus rien derrière le brouillard de mon chagrin. Je n'entendais plus rien. Je ne maîtrisais plus rien. C'était comme d'être traversée par une grande lame de fond.

Puis je sentis alors une brûlure glaciale dans le creux de mon cou, et un grand froid me saisit.

Mes membres s'alourdirent et je retombai sur le fauteuil d'examen, incapable de me mouvoir.

« Je suis désolé, entendis-je Laurie Xavier haleter à mon oreille. Mais il faut que tu te tiennes tranquille maintenant. Je dois finir ce que j'ai commencé. Ce n'est qu'un calmant, d'accord ? Alors ne panique pas. Juste un calmant. »

Un calmant...

La tempête sous mon crâne s'apaisa à mesure qu'il se répandait dans mes veines. A mesure que mon souffle se faisait moins heurté, moins erratique, je sentis mes émotions refluer.

Je demeurai consciente, mais comme hors de moi. Dissociée. Ma rage et ma peur, toujours présentes, se trouvèrent muselées. Emmurées vivantes dans un recoin sombre de mon esprit.

Avec l'aide du soldat de faction, Laurie Xavier plaça mes bras sur les accoudoirs et les sangla. Puis il fit de même avec mes jambes.

« C'est pour ton bien, Clarence, m'assura-t-il avec un air désolé. Je ne veux pas que tu te blesses. Il faut que tu tiennes tranquille. J'ai encore des trucs à faire sur l'implant. J'espère que tu comprends. »

Je le fixai du regard sans rien dire tandis que les larmes continuaient à couler sur mon visage. Je les sentais glisser et se perdre dans le creux de mon cou, humides et froides.

« Ta copine n'est pas morte, Clarence, ajouta-t-il plus calmement après s'être rassis, une pince munie d'une compresse à la main. Ok ? Elle n'est pas morte. Mais son implant est très endommagé, tu vois. Il a fallu le retirer entièrement pour remplacer la membrane du fond... Et en plus de ça, j'ai dû démonter tout le reste pour vérifier l'état des circuits, et préparer un autre boitier. Ça demande un boulot de dingue. »

En dépit de ce qu'il disait, une certaine excitation transparaissait dans sa voix, mais je n'étais pas en mesure de m'en indigner.

Sans le calmant, j'aurais sûrement éprouvé du dégoût et du mépris à la pensée qu'il avait pris plaisir à travailler sur l'implant de Lolotte, mais j'étais incapable de rien ressentir de violent, et d'ailleurs, une part de moi était même soulagée qu'il se soit trouvé en charge des réparations, lui, Laurie Xavier, le technicien de génie du Centre, dont les compétences avaient impressionné un homme comme Nathaniel David.

« Elle est encore dans le coma, ajouta Laurie Xavier. Tout ce qui est mécanique est réparé, mais le reste... Ce n'est pas mon domaine, hein, et si j'ai bien compris, il y a des lésions dans le cerveau. Apparemment, certaines zones reliées à l'implant ont été touchées. Et c'est tout ce que je peux te dire, Clarence. Il faut attendre. »

Alors rien n'avait changé. Lolotte était toujours dans le coma.

Au moins, elle était ici, et il y avait des médecins qui veillaient sur elle, des techniciens, des chirurgiens...

Mais j'aurais souhaité un miracle. Que Lolotte se réveille tout de suite. Même si c'était pour des raisons égoïstes, parce que j'avais conscience d'être responsable de son état – après tout, c'était moi qui l'avais entraînée dans cette lésine en voulant échapper au drone. Sa chute était ma faute. C'était ma faute si son implant avait été endommagé.

Si elle ne se réveillait pas, je ne savais pas si je pourrais me le pardonner.

Il fallait qu'elle se réveille. C'était tout ce qui importait pour le moment, et je ne voulais pas penser à ce qu'elle ressentirait quand elle découvrirait que nous étions de retour ici, au Centre. Je n'oubliais pas que lorsque nous étions dans la zone blanche, elle avait affirmé préférer la mort à la perte de sa liberté...

Peut-être m'en voudrait-elle de ce choix que j'avais fait pour elle et que je lui avais imposé. Mais je pouvais vivre avec ça. Oui, je pouvais vivre avec ça.

Tandis que j'étais perdue dans l'examen de mes pensées, Laurie Xavier achevait l'entretien de l'implant, et je ne prêtais guère d'attention à ce qu'il faisait.

« C'est bientôt fini, annonça-t-il au bout d'un moment en reposant la pince et la compresse encrassée qui avait servi à nettoyer l'implant. Je dois juste installer un dernier petit élément, et je referme le boitier. »

Je hochai la tête mollement. Je me sentais léthargique à présent, et je ne désirais plus que pouvoir enfin me reposer. Dormir.

Le technicien du Centre sortit alors, avec beaucoup de précautions, un petit cube d'apparence métallique qui se trouvait dans un cylindre. Il le tint un moment entre le pouce et l'index et l'examina attentivement avant de se pencher sur moi.

« Et le clip est là... voilà... murmura-t-il en l'introduisant dans l'implant. Ne bouge pas, Clarence, que je trouve le bon endroit et... ah, ça y est. »

J'entendis un léger claquement.

« C'est fait, conclut-il, satisfait. Je vais remettre le boitier en place, à présent.

— Qu'est-ce que c'est ? demandai-je en articulant avec difficulté – ma bouche pâteuse se refusait à fonctionner correctement.

— Oh. Le cube, hein ? »

Laurie Xavier eut l'air un peu gêné.

« On peut voir ça comme une sorte de garantie.

— Une garantie ? Une garantie pour quoi ? m'enquis-je.

— Une garantie pour qu'on soit sûrs que vous ne vous évaporiez plus dans la nature comme vous l'avez fait il y a quelques mois. C'est le colonel Matthieu Degrand qui l'a exigé. Il faut dire que votre désertion, ça l'a passablement mis en rogne. Que vous ayez pu quitter le Centre comme ça, si facilement, et qu'il ait fallu déployer par la suite autant de moyens et de ressources pour vous retrouver... Alors voilà.

— Qu'est-ce que c'est, ce cube ?

— C'est une bombe, Clarence. »

Ma bouche s'assécha.

« Si vous désertez encore une fois, ils vous feront exploser la tête, précisa Laurie Xavier d'une voix atone. Blam ! Comme ça.

— Monsieur David est d'accord avec ça ? Il ne s'y oppose pas ?

— Monsieur David ? répéta Laurie Xavier avec un reniflement amer. Monsieur David n'est plus en mesure de s'opposer à quoi que ce soit. C'est terminé, tout ça. Les choses ont changé, ici, tu ne t'imagines même pas, Clarence. C'est l'armée qui dirige le Centre, désormais. L'armée. Nous travaillons tous pour l'armée maintenant, tous autant que nous sommes. Tu sais ce que ça veut dire ? Qu'on n'a pas intérêt à ouvrir nos gueules pour nous plaindre.

— Et le programme ?

— Il a coulé. En même temps que monsieur David.

— Monsieur David... Où est monsieur David ?

— Je pensais que tu le savais déjà, mais... il est mort. »

Chapitre 2

Mort ?

Je fus saisie d'étourdissement. Monsieur David ? La nouvelle me fit l'effet d'un coup de poing à l'estomac. Mort ? Mais quand ? Comment ?

« Ça fait un choc, hein ? fit remarquer Laurie Xavier en faisant pivoter mon visage pour vérifier que le boitier tenait bien en place. Ouais... Il faut dire qu'à nous aussi ça nous a fait un choc. Personne n'imaginait qu'il finirait comme ça.

— Comment ?

— Attends. »

Le technicien du centre se leva et se dirigea vers la porte qu'il ouvrit avant de faire signe au soldat de sortir.

« Merci pour votre aide mais tout est sous contrôle maintenant et je dois procéder à des branchements techniques, alors si vous pouviez attendre dehors... »

Le regard du soldat passa de Laurie Xavier à moi. Ses sourcils se froncèrent. Il hésita... et nous laissa pour s'en retourner à son poste.

Laurie Xavier referma la porte derrière lui.

« Calmée ? me demanda-t-il ensuite avec méfiance en saisissant les sangles qui maintenaient mes bras et mes jambes au fauteuil d'examen. Parce que sinon je te les laisse, moi... Je n'ai pas envie de me prendre un coup dans la figure, merci bien... »

Je hochai la tête.

« A la bonne heure... Quand vous êtes partis, ça a foutu un sacré merdier ici, commença-t-il en relâchant mes liens. Monsieur David a voulu étouffer l'affaire, mais le colonel Matthieu Degrand s'en est mêlé. Il a demandé la mise en place d'une commission d'enquête. Tous les employés du Centre, tous sans exception, ont été convoqués à un interrogatoire. Soi-disant que toute la lumière devait être faite sur les événements. J'ai dû y aller aussi. Et je peux te garantir que c'était flippant. Me retrouver assis là, branché à des détecteurs de mensonges, devant ces gens qui me posaient des questions et analysaient mes réponses, l'expression de mon visage... Je peux te garantir que je ne me sentais pas bien. Mais je suis sûr que tu comprends pourquoi, pas vrai, Clarence ? »

Je rougis, incapable de dissimuler ma honte et mon embarras.

« Tu m'as mis dans une position sacrément inconfortable. J'ai commencé à avoir des sueurs froides dès que j'ai vu ton nom sur la liste des déserteurs, et que j'ai compris que tu m'avais pris pour un idiot.

— Je ne voulais pas...

— C'est ça. Mais en attendant, il y avait toutes ces infos que je t'avais données sans y faire attention quand je travaillais sur l'implant de Rebecca. J'ai eu tout le temps d'en faire la liste, de repenser à toutes les fois où j'avais ouvert ma grande gueule. Ça m'a empêché de dormir. Et si une seule de leurs questions avait porté là-dessus, je ne serais même pas là en train de te parler. Je serais en train de pourrir au fond d'un trou. Est-ce que tu t'es déjà dit, ne serait-ce qu'une fois après ta fuite, qu'à cause de toi j'aurais pu être accusé de trahison et exécuté ? Que j'aurais pu y passer.

— Non, reconnus-je en m'évertuant à afficher plus de tranquillité d'esprit que je n'en ressentais véritablement.

— Ouais. C'est bien ce que je me disais. Mais je ne me plains pas, j'ai eu de la chance, au final. Tu sais pourquoi ? Parce que le colonel avait déjà décidé qui était coupable coupable. Et toutes les questions posées allaient dans ce sens-là, orientaient dans la même direction.

— Monsieur David ?

— Ouais. Monsieur David. Ces deux-là n'ont jamais pu se blairer, de toute façon. Et ils étaient tout le temps à couteaux tirés à cause de TAH15. Ils ne lui réservaient pas le même sort. Le colonel voulait l'exécuter, mais monsieur David a fait jouer ses relations pour qu'il puisse intégrer le programme de réhabilitation. Ça, le colonel n'a jamais pu l'encaisser. Bref. Les choses n'ont pas traîné. Monsieur David a porté le chapeau pour tout. On l'a déclaré coupable de trahison. Le lendemain de son arrestation, c'était tôt le matin, on nous a fait venir dans la cour du Centre. Tout le monde, tous les employés. Personne ne savait ce qui se passait au juste. Et le colonel Matthieu Degrand nous a dit qu'on nous avait réunis pour une bonne raison. Que nous devions prendre garde, que nous ne gagnerions jamais la guerre tant que nous n'aurions pas purgé nos rangs des traîtres et des déserteurs. Que nous nous laissions trop aller. Que nous manquions de vigilance et que nous devrions en avoir honte, parce que notre négligence finirait par être fatale à la nation. Puis il a demandé comment nous avions pu obéir aux ordres d'un traître, que nous étions naïfs, et que c'était pour ça qu'il existait des gens comme lui. Des gens prêts à remettre tous les autres dans le droit chemin. Des gens prêts à s'occuper des brebis galeuses pour le souverain bien. »

Le technicien s'interrompit un instant, et une grimace tordit ses lèvres.

« Il l'a exécuté publiquement. Là, devant nous. Il l'a fait amener, les mains menottées dans le dos, et il a dit que monsieur David était coupable de trahison, qu'il n'était rien de plus qu'une brebis galeuse, et que par la faute des gens comme lui, la guerre n'aurait jamais de fin. Monsieur Nathaniel s'est défendu, il a dit que ce n'était pas à cause des gens comme lui que la guerre ne prendrait jamais fin, mais à cause de tous les autres qui voulaient continuer à se battre, et même du gouvernement, que c'était eux qui nous mèneraient à notre perte... Et à ce moment-là, bam ! Le colonel lui a tiré une balle en pleine tête. »

L'aura de Laurie Xavier frémit, et l'odeur de sa peur et de son dégoût me parvint tout à coup. Pendant un bref instant j'eus même l'impression d'entendre le bruit de la détonation, de sentir l'odeur de la poudre et du sang...

« Bref, conclut Laurie Xavier avec un sourire amer en se levant pour aller chercher une grande caisse fermée qu'il traina jusqu'au fauteuil où j'étais assise. Ce jour-là on a tous compris le message. Après l'exécution, Matthieu Degrand a fait enlever le corps. Il a dit que le passé était le passé, et que nous devions nous tourner tous ensemble vers l'avenir. Participer à l'effort de guerre. Aider nos soldats à restaurer la paix dans le monde. Apparemment, nous avions un important rôle à jouer. Nous n'avions qu'à faire notre travail correctement et nous en remettre à lui. Rien de plus. Et c'est exactement ce que nous avons tous fait. Ce que nous faisons tous. »

Le technicien cessa de parler, et je gardai le silence également, l'esprit plein de trouble et de doute. Nathaniel David était mort. L'armée se trouvait désormais à la tête du Centre. D'une certaine manière, c'était le pire scénario possible. Nos chances, déjà bien minces, d'échapper une nouvelle fois au front, se réduisaient désormais au néant.

« Tu n'aurais pas dû revenir, Clarence. »

Je relevai la tête, et mon regard croisa celui de Laurie Xavier.

« Tu aurais dû rester planquée dans un coin.

— Je l'aurais fait si j'avais pu, rétorquai-je sans cacher mon agacement.

— Ouais... J'imagine que tu l'aurais fait... Tu sais que vous allez être punis, toi et Seth ?

— Punis ?

— Il y a forcément des conséquences, quand on fait ce que vous avez fait. Moi je comprends, hein, je comprends pourquoi vous l'avez fait. Mais le colonel ne se montre pas aussi compréhensif, lui. La désertion, c'est une affaire sérieuse, Clarence. Un crime passible de mort, tu comprends ? Il ne peut pas vous tuer, évidemment, parce que vous coûtez trop cher, mais vous châtier... ça il peut. Et il le fera. Comme il l'a fait avec les autres.

— Ceux qui sont déjà revenus de la zone blanche ? Edith et Alonso ?

— Je ne connais pas leurs noms. Mais sûrement. Ils ont eu droit à leur punition, et tu peux me croire, ce n'était pas beau à voir. Enfin, je ne devrais probablement pas te parler de ça... »

Laurie Xavier avait l'air gêné.

« Qu'est-ce que c'était, leur punition ? demandai-je.

— Laisse tomber, Clarence. Je ne vais pas te parler de ça maintenant. Occupons-nous d'abord de ton bras, ok ? De toute façon, dis-toi qu'ils ne vont pas vous tuer. »

J'eus beau insister, le technicien refusa de m'apprendre quoi que ce soit du châtiment qui avait été infligé aux autres tueurs d'auras ramenés de force de la zone blanche, hormis qu'il avait été public. Une mise en garde pour tous ceux qui seraient tentés de nous imiter et de fuir avant qu'on nous envoie au front.

Je finis par laisser tomber et me mis à examiner le contenu de la caisse que Laurie Xavier venait tout juste d'ouvrir.

A première vue, il s'agissait d'un amas de ferraille. Puis le technicien souleva le tout, et je découvris qu'il s'agissait en réalité d'un bras articulé.

« On utilise ce genre de technologie depuis quelques années déjà, commenta-t-il en posant le bras sur le chariot pour vérifier que les plaques d'acier et les câbles étaient en bon état et s'articulaient bien les uns aux autres. Enfin, pas nous. Les militaires. Pour le front. Ce n'est pas très raffiné, hein, mais efficace, ça oui. Avant ça, tous les soldats blessés étaient évacués vers l'arrière. Quel que soit le degré de gravité de leurs blessures. Et pour ça, il fallait que des médecins de guerre aillent les chercher sur les champs de bataille, et des convois. Rien que pour ça, les pertes matérielles et humaines étaient lourdes. Et puis les blessés étaient pris en charge et soignés dans des hôpitaux. Et il y avait la convalescence. Quelques semaines pour certains. Des mois pour d'autres. Tu te représentes le temps et l'argent perdus ? Non ? Eux si. Enfin, les gens du gouvernement, je veux dire. Et ça leur posait problème que même les blessés légers, ceux qui avaient de simples fractures par exemple, ne puissent retourner au combat qu'après guérison. En plus de ça, il y avait toutes ces histoires de blessures volontaires, celles que les soldats se faisaient eux-mêmes, pour échapper au front. Il y a même eu un rapport publié sur le sujet. C'est pour régler ces problèmes qu'ils ont demandé à leurs techniciens de concevoir des membres articulés, comme celui-là. »

Il tapota familièrement le bras d'acier sur le chariot, et son enthousiasme me ramena plusieurs mois en arrière.

« Tu veux que je t'explique comment ça marche, pas vrai ? »

Je lâchai un grognement qui fut interprété comme un assentiment.

« Fondamentalement, il y a deux parties sur des membres articulés comme celui-ci. Une partie fixe et une partie amovible. La partie fixe, expliqua-t-il en démontant le bras articulé pour que je comprenne de quoi il s'agissait, maintient le membre blessé comme le ferait un plâtre. Tends ton bras. »

Je m'exécutai avec une réticence instinctive qui le fit sourire à demi.

« C'est bon, Clarence, il n'y a pas de quoi avoir peur... »

Laurie Xavier posa sur mon avant-bras blessé l'attelle de métal et la fixa par des rivets. La pulsation de douleur qui ne me quittait plus depuis ma chute dans la lésine avec Lolotte se réduisit aussitôt à un bourdonnement à peine perceptible.

« Tu gardes ça tout le temps, ajouta le technicien. Pour dormir. Même dans la douche, et pas besoin de mettre quelque chose dessus, ça ne peut pas rouiller. Voilà. Tu gardes ça pendant un mois complet, le temps que l'os se ressoude bien.

— Et l'autre partie ? demandai-je. A quoi est-ce

qu'elle sert, du coup ? La première ne suffit pas à guérir ?

— A guérir, si, acquiesça Laurie Xavier. Bien sûr que ça suffit. Mais la deuxième partie d'un membre articulé ne sert pas à ça. Elle est faite pour rendre les blessés à nouveau aptes au combat. Tu comprends ? Ce bras articulé, que je vais venir fixer sur ta main, et jusqu'à tes épaules, est conçu pour absorber le plus gros des chocs et des vibrations, et là où un plâtre contraint à un minimum de mobilité, il te permet, lui, de faire un usage quasi normal de tes membres. En gros, tu peux bouger le bras avec la même aisance que s'il n'était pas blessé. Epatant, hein ?

— Epatant », marmonnai-je sans la moindre conviction.

Je ne pouvais guère m'enthousiasmer pour une invention qui me forcerait à prendre part aux combats sur le front, quand bien même tous les os de mon corps seraient brisés et en miettes... Et puis, fallait-il vraiment se réjouir de posséder la capacité à rendre aptes au combat des hommes meurtris, à faire fi de leurs limites physiques et psychiques ? S'agissait-il vraiment d'un progrès dont il faille se féliciter ? A mes yeux, ce n'était qu'une violence de plus.

Le front... Ce bras articulé n'était que le rappel douloureux que je ne pouvais plus y échapper. Moi, qui n'avais jamais pris part à un combat... Qu'allais-je devenir là-bas ? Je ne voulais pas me battre, et l'idée d'avoir à blesser ou tuer un autre être vivant me donnait la nausée. Comment allais-je bien pouvoir survivre ? Même avec Seth à mes côtés, je doutais d'avoir la moindre chance de m'en tirer...

Ma vie ne tenait plus à grand chose désormais. Un fil ténu, posé sur la lame d'un rasoir.

« Baisse la tête, Clarence, il faut que tu le mettes pour que je puisse adapter les réglages. »

Je m'exécutai, et Laurie Xavier fixa le bras mécanique de sorte que son poids pèse sur mes deux épaules.

« Ouais, l'alliage de métal a beau être léger, ça fait quand même deux ou trois kilos à porter, commenta-t-il en voyant que je grimaçai. Il va falloir t'habituer. Ça se fixe là, comme ça, tu vois. Et on referme sur tout le bras, un peu comme une carapace. »

Joignant le geste à la parole, le technicien du Centre emprisonna le reste de mon bras dans l'entrelacs de tiges, de câbles et de plaques d'acier, réglant les hauteurs pour que l'ensemble soit ajusté à la taille de mes membres.

Les réglages les plus longs furent ceux des mains. Le bras articulé était équipé à cet endroit d'une sorte de gantelet muni de capteurs, et il fallut du temps avant qu'il soit correctement fixé.

« Après, ça sera plus facile, commenta Laurie Xavier tandis qu'il faisait bouger chaque articulation en partant des mains pour remonter vers l'épaule. Avec un peu de pratique, tu pourras même le mettre seule, sans assistance, et ça ne bougera plus. Normalement. Je dis normalement parce que c'est très résistant, mais s'il est quand même endommagé au combat, il faut que tu t'adresses au technicien d'escouade. Je pense que tu ne veux pas prendre le risque de le voir s'enrayer sur le champ de bataille... »

Pas vraiment... Mais qui voudrait se traîner un poids mort alors qu'il essaye de rester en vie ?

« C'est bon, j'ai fini. Essaye-le. »

Je levai le bras, et ce geste me demanda bien moins d'effort que je ne le craignais.

Je remuai la main, lentement d'abord, puis de plus en plus vite, et je tournai enfin le bras d'une façon qui lui faisait effectuer une torsion.

Non seulement mes gestes ne me parurent pas ralentis par la lourde armature de métal, mais il me sembla même que le bras articulé faisait preuve d'une certaine intelligence, comme s'il pressentait ce que j'allais lui demander et anticipait mes mouvements.

« Les capteurs, affirma Laurie Xavier comme en réponse à ma question muette. Ils sont assez sensibles et assez réactifs pour accompagner chaque geste. »

Et je ne ressentais aucune douleur dans l'avant-bras.

« Pas mal, hein ? commenta le technicien. Il faut reconnaître que le gars qui a inventé ça est bon. Pas aussi bon que moi, bien sûr, mais quand même... quoi ? »

Je me contentai de lever les yeux au ciel.

« Bien. Mets-toi debout, maintenant. »

Je me laissai glisser hors du fauteuil d'examen et fis quelques pas dans la pièce.

Le poids du bras articulé m'obligeait à changer de centre de gravité et modifier mes points d'appui, et je pris conscience que mes épaules allaient rapidement me faire souffrir, mais dans l'ensemble c'était supportable.

« On dirait que ça va aller, approuva Laurie Xavier. Oui, c'est bien... Clarence ?

— Quoi ?

— Sois prudente, ok ? Je ne suis pas sûr que nous nous revoyions avant un bout de temps, alors... prends soin de toi. »

A son ton de voix, je devinai qu'il voulait dire en réalité qu'il n'était pas sûr que nous nous revoyions tout court, et une boule d'angoisse m'obstrua la gorge.

« Et si je peux... »

Je me tournai vers lui.

« Si je peux, j'essayerai de te donner des nouvelles de ta copine à l'implant endommagé. C'est quoi son nom, déjà ?

— Lolotte.

— C'est ça. Lolotte. Je ne peux rien te promettre, évidemment, mais...

— Merci. »

Je me dirigeai vers la porte et tendis la main vers la poignée avant de m'immobiliser un instant, hésitante.

Je n'étais pas sûre d'avoir envie de connaître la réponse à la question que je m'apprêtais à poser, mais je me lançai tout de même :

« Et Rebecca... Qu'est-ce qu'elle est devenue ? »

Le visage de Laurie Xavier se ferma.

« Je ne sais pas, me répondit-il enfin. Son implant fonctionnait à peu près correctement, c'est tout ce que je peux te dire avec certitude. Elle est partie pour le front avec les autres transfuges et les tueurs d'auras, ça va faire bientôt un mois. Je ne sais rien de plus. Mais la situation n'est pas bonne là-bas, Clarence... Il paraît que les postes frontaliers tombent les uns après les autres, et les communications sont difficiles et souvent coupées... »

Il s'interrompit et ses lèvres s'étirèrent en un petit sourire contrit.

« Mais je ne voudrais pas qu'on m'accuse de trahison, alors...

— Je vois. »

Je tournais la poignée quand j'entendis tout à coup sa voix s'élever à nouveau dans mon dos.

« Clarence... Le prochain convoi pour le front part dans une semaine... J'espère qu'on se reverra un jour. »

J'hésitai un instant, puis lui répondis que je l'espérais également. J'étais sincère.

Le soldat qui m'avait amenée m'attendait dans le couloir. Il m'observa quelques secondes, puis son regard s'arrêta sur le bras articulé et il me fit enfin signe de le suivre.

« Où va-t-on ? lui demandai-je.

— Je te conduis à ta cellule, transfuge.

— Ma cellule ? »

Mon guide dut juger que je disposais d'assez

d'éléments, car il ne se donna pas la peine de répondre ou d'apporter des précisions.

Une cellule... Comme une prisonnière qui attend sa sentence.

Ce ne fut qu'une fois arrivée dans un long couloir sombre que je compris vraiment où on m'emmenait. Les portes portaient toutes la lettre A et un numéro. Comme la pièce sécurisée du Centre où j'avais rencontré Seth pour la première fois. Tant de temps s'était écoulé depuis, et pourtant, l'espace d'un instant, un écho de la peur que j'avais éprouvée lorsque Nathaniel David m'avait enfermée seule dans le noir me parvint, et un frisson remonta le long de mon échine... La mémoire dans les murs... Les murs avaient peut-être gardé une trace de mon passage... Ou mon imagination galopait à présent que la fatigue lui lâchait la bride.

Arrivés devant la porte A300, le soldat sortit une carte d'accès de sa poche et la passa devant le scanner. Un bip sonore annonça l'ouverture de celle-ci, et il s'écarta pour me laisser passer.

« Vas-y, m'enjoignit-il.

— Combien de temps vais-je rester ici ? demandai-je sans me résoudre encore à franchir la porte.

— Autant que le colonel le jugera bon, m'entendis-je répondre avec indifférence tandis que d'un mouvement sec du menton il me faisait signe d'avancer. Tu n'as qu'à attendre. »

J'entrai.

Les néons grésillaient au-dessus de ma tête, et la porte sécurisée se referma dans un claquement sec.

Tout était blanc. En-dehors de la cuvette dans laquelle je devrais faire mes besoins quotidiennement, et qui devait se nettoyer toute seule à grands bruits d'aspirations et de jets de désinfectant, il n'y avait rien. Rien. Pas le moindre mobilier. Pas le moindre objet. Pas la moindre fenêtre.

Il n'y avait rien.

Comme si rien n'existait en-dehors de ces quelques mètres carrés capitonnés.

Et il n'y avait personne.

La voix de Seth dans ma tête s'était tue brusquement. Plus de sarcasmes, plus de murmures. Rien. Silence. Comme si le lien psychique qui nous reliait avait été tranché net.

C'était arrivé au moment exact où la porte de la pièce sécurisée s'était refermée.

Cette cellule était bel et bien une prison. Non seulement je ne pouvais pas sortir physiquement, mais je m'y trouvais également enfermée sur le plan psychique, sans lien avec l'extérieur. Avec Seth.

J'aurais peut-être dû m'en trouver soulagée. Après tout, au cours des mois passés je m'étais souvent demandé ce que cela me ferait de ne plus avoir à l'entendre. De ne plus avoir à vivre parasitée par son aura…

Quelle ironie.

Sans Seth, je me sentais simplement plus désemparée, plus misérable et plus seule que jamais. J'avais presque l'impression d'asphyxier.

Lolotte aurait sans doute dit que rien de tout ça n'était réel, que c'était simplement ce que j'étais paramétrée pour ressentir, mais Lolotte n'était plus là...

Et j'étais vraiment seule.

Seule.

Tout ce blanc, tout ce vide, tout ce néant... Tout cela menaçait de m'engloutir.

Je m'assis dans un coin. Et le temps s'étira à n'en plus finir.

Au début, je repensai à la vie que j'avais menée jusque-là. A mes actions, encore et encore, analysant et jugeant, absolvant et condamnant. Je n'avais que cela à faire, et je le fis jusqu'à ce que tout s'embrouille dans ma tête et perde finalement de sa substance.

Lorsque j'étais lassée de penser, je me familiarisais avec la sensation de mon crâne nu sous ma main et j'apprenais à apprivoiser le bras articulé. Supporter son poids. Connaître jusqu'à son mécanisme complexe. Défaire. Remettre. Défaire. Remettre. Jusqu'à ce que je puisse accomplir ce rituel sans plus y penser.

Il m'arrivait aussi de temps à autre de parler toute seule. A voix haute. Simplement pour briser la solitude. Pour me donner l'illusion d'avoir de la compagnie.

La trappe au bas de la porte sécurisée s'ouvrait à intervalles réguliers, et lorsque je baissais machinalement les yeux vers le plateau repas poussé dans la pièce avant que le panneau coulissant ne se referme dans un claquement sec, je voyais toujours la même bouillie jetée dans une écuelle sans couverts. Un peu d'eau. C'était toujours la même chose. De la bouillie servie par une trappe selon le même protocole du « zéro contact ». Aucune variation là-dedans. Pas la moindre fantaisie.

Je devais manger comme un animal.

La bouillie était compacte et insipide, et l'eau avait clairement un arrière-goût de médicament. Mais même si je devais sans doute à cette dernière ces heures d'apathie que je passais à fixer l'insoutenable blancheur du plafond sans être rien capable de faire d'autre, j'avalais le tout sans broncher, parce que, de toute façon, qu'est-ce que je pouvais faire d'autre ?

Et en dépit du goût atroce des aliments qu'on me servait, je guettais toujours le moment du plateau repas avec impatience. Parce que cette trappe par laquelle passait le plateau, c'était mon unique lien avec le monde extérieur.

C'était pour ça que je guettais le moment où on faisait passer le plateau dans ma cellule, parce que pendant les quelques secondes où la trappe s'ouvrait, au moins j'avais la preuve qu'il y avait bien quelqu'un là-dehors qui se rappelait que j'étais là et que j'existais.

Dormir était tout ce à quoi je pouvais aspirer.

Dormir.

Dormir jusqu'à ce qu'on vienne me chercher. Anéantir en un instant les heures et les jours passés ici, la blancheur implacable de ma prison capitonnée...

Rêver.

De fait, je rêvais beaucoup depuis que j'étais enfermée. Bien plus que je ne l'avais fait dans la zone blanche. Sans doute parce que je n'avais plus peur de ce qui pouvait m'arriver si je fermais les yeux...

Je rêvais surtout de ma vie d'avant l'implant. De mes parents. D'Amélie. Je rêvais qu'ils marchaient devant moi, baignés dans la lumière du crépuscule. Qu'ils s'arrêtaient parfois et se tournaient pour me regarder, comme s'ils voulaient s'assurer que je les suivais.

Ils n'avaient jamais de visage.

Dans mes rêves, ils n'étaient guère plus que des silhouettes qui s'éloignaient en silence dans un jour agonisant, et à l'état de veille... A l'état de veille je peinais à me représenter encore leurs traits ou à me rappeler la coloration de leur voix...

Le reste me semblait toujours plus réel. Des chrysanthèmes d'un jaune éclatant en train de fleurir sur un mur crasseux. Un sourire tordu. La forêt. Des odeurs de terre, de sang, de pluie et de pourriture...

Je me laissais engloutir.

Chapitre 3

Puis ils vinrent me chercher.

Ils étaient trois, vêtus d'un uniforme militaire. Et il me semblait que cela faisait si longtemps que je n'avais pas vu d'autres êtres humains, que je ne pus m'empêcher de les dévisager. Tous trois avaient les cheveux coupés courts. Des yeux sombres et alertes. Une corpulence à peu près similaire, la même brusquerie dans les gestes... Leurs auras sentaient la méfiance. Comme s'ils ne formaient qu'une seule entité au fond. Comme s'ils étaient indissociables.

« Lève-toi, transfuge » m'ordonna le premier d'une voix sèche.

Je me levai.

Un instant je sentis leur regard converger vers mon bras articulé.

« Enlève-le », trancha l'un des soldats.

Sans discuter, je défis les attaches qui maintenaient la partie amovible fixée à mes épaules et à mon bras, et laissai lentement glisser l'armature de métal sur le sol.

J'avais conscience de la tension qui vibrait dans chacun de ces hommes me faisant face, et mon souffle se réduisit insensiblement à un filet d'air.

Leurs mains étaient posées sur les matraques à pulsion.

Comme s'il y avait le moindre risque que je les attaque. Comme si je représentais un danger potentiel.

Le premier soldat fit signe à l'un des deux autres de venir ramasser le bras, et l'autre s'exécuta rapidement, sans cesser de me surveiller du regard.

« Menotte-moi *ça, tu veux* ? » ordonna enfin le premier au troisième, tandis que le soldat qui avait pris mon bras articulé reculait.

Ça ? Ce « ça » me fit l'effet d'un soufflet. Il y avait dans ce mot tant de dédain ramassé, tant de mépris... Comme si je n'avais plus le droit d'être comptée dans les rangs de l'humanité. Oui, ce « ça », bien davantage encore que le mot de « transfuge » que j'entendais à nouveau depuis qu'on m'avait ramenée au Centre, faisait de moi quelque chose d'autre. Quelque chose d'autre qu'un être humain. Quelque chose de différent et de monstrueux.

Je n'oublierai jamais le sentiment d'humiliation que j'éprouvai alors. De déchéance. Et au fond, en-dessous, la colère. La rage. Moi qui n'avais jamais tué ni blessé qui que ce soit, on me traitait comme un animal dangereux, comme une bête sauvage...

Lorsqu'ils me passèrent les menottes, je ne bronchai qu'à peine, gardant les yeux rivés au sol et mes émotions sous contrôle.

« Suis-nous bien gentiment, compris ? De toute façon, c'est pas compliqué, au moindre geste un peu brusque, on te colle une dose de tranquillisant. »

Je ne me donnai même pas la peine de répondre.

Les soldats m'escortèrent ensuite jusque dans le réfectoire. Ce devait être l'heure de la pause méridienne, car la plupart des tables étaient occupées par les employés et les militaires de Centre.

On me fit passer au milieu de la foule, et j'entendis quelques murmures sur mon passage, accompagné de brusques poussées sur mon aura.

« Ils remettent ça, commenta quelqu'un avec mauvaise humeur à son voisin de table. Il faut vraiment qu'on voie ça ? Oh, bon sang, je viens juste de finir de manger...

— Oui, enfin, ne te plains pas, parce que je n'ai pas encore commencé, moi, alors... »

On ne me laissa guère le temps de réfléchir au sens de leurs paroles, j'avançais poussée dans le dos.

Mon front se couvrit peu à peu de sueur.

Trop de monde ici, trop de bruit.

Je commençais à haleter et à voir trouble lorsqu'enfin nous atteignîmes le fond de la salle.

Les soldats me détachèrent, puis me menottèrent à une colonne de béton avant de s'éloigner sans plus faire cas de moi.

Presque toutes les discussions se turent, et les visages tournés dans ma direction exprimèrent une large palette d'émotions, allant de l'indignation à la satisfaction, en passant par le malaise et le dégoût.

Quelqu'un se leva même avec son plateau en disant qu'il ne voulait « pas voir ça », mais une femme l'attrapa par la manche et lui siffla de se rasseoir, qu'il avait perdu la tête, que s'il n'y assistait pas, ça finirait par se savoir et qu'il perdrait son poste si ce n'était pas plus.

Je commençai peu à peu à soupçonner ce que je faisais là, et la peur s'infiltrait en moi comme un poison. Mon cœur cognait dans ma poitrine comme s'il enrageait de ne pouvoir en sortir.

Je n'osais plus regarder personne, et je fixais le sol en priant pour que tout prenne fin le plus rapidement possible.

Ce fut alors qu'il arriva.

L'odeur de sang et de carnage de son aura me parvint et m'enveloppa avant même que mes autres sens ne se fussent avisés de sa présence.

Je relevai brusquement la tête.

Seth.

Seth traversait le réfectoire sous bonne garde. L'expression de son visage était sombre et sauvage. Pleine de rage rentrée et de fureur.

Ses joues étaient encore marquées du passage à tabac dont il avait fait l'objet avant notre retour au Centre, et son œil gauche souligné d'ecchymoses violacées était encore gonflé.

Il avait été tondu aussi.

Nos regards se croisèrent, et l'ombre d'un sourire étira sa lèvre avant de disparaître.

Il était là.

Un soulagement indicible déferla brusquement sur moi, écrasant au point de me faire tituber.

Il était là.

Et le monde entier se réduisit à sa présence.

Ma respiration hachée se fit presque douloureuse, et quelque part, dans mon cerveau implanté, le lien psychique frémit et vibra comme une corde tendue.

Ils menottèrent Seth à la colonne qui se trouvait à gauche de la mienne et s'écartèrent rapidement, comme s'ils désiraient mettre le plus de distance possible entre lui et eux. Comme je les comprenais ! Son aura instable commençait à se fractionner, la maintenir sous contrôle devait lui être difficile.

Puis je le sentis dans ma tête.

Clarence...

Son murmure était presque un ronronnement.

Je ne fis rien pour le chasser.

Je l'accueillis au contraire presque avec plaisir, et je l'entendis ricaner sous mon crâne, comme si au fond cette idée l'amusait.

Puis son aura assaillit la mienne, plantant ses griffes profondément, et déversa ses flots de malveillance. *Tuer tuer tuer... Déchiqueter...*

Elle ne songeait qu'à cela, ne me communiquait que cela. Sa soif de sang. Sa frustration. Et sa satisfaction de me retrouver enfin, moi. Moi qui lui appartenais, moi dont elle connaissait le goût...

L'aura de Seth était sur moi, pesante et affamée. Exigeante.

Elle feula de mécontentement lorsque je la repoussai d'une main psychique.

« Les deux déserteurs ci présents vont recevoir leur châtiment, annonça alors une voix dans un haut-parleur. Que tous ceux rassemblés en soient témoins, et sachent que c'est le sort qui attend quiconque cherchera à se soustraire à son devoir envers la patrie. »

Je frémis et lançai un regard à Seth.

Le visage de ce dernier était de marbre. Lisse. Inattaquable. L'annonce de ce châtiment ne l'émouvait en rien.

Nous attendîmes.

Pendant un temps il ne se passa rien.

Puis la douleur frappa sans prévenir, depuis l'intérieur même de mon crâne.

J'eus l'impression qu'une immense main en airain se trouvait là, dans ma tête, pressant et appuyant, de plus en plus fort, pour broyer mon cerveau.

Je secouai la tête en tous sens, essayant de me débarrasser de cette main invisible qui semblait prête à faire éclater l'intérieur de mon crâne, mais rien n'y fit.

La pression, impitoyable, augmenta par degré.

Ma tête partit vers l'avant, et un liquide chaud inonda ma bouche et mon menton avant de ruisseler sur le sol.

Du sang.

Mes membres cessèrent de m'obéir et je m'effondrai, agitée de spasmes, les bras douloureusement tirés vers l'arrière.

La douleur...

Et bientôt plus rien n'exista que cette douleur. Pas même Seth, si proche que j'aurais presque pu le toucher. Non, plus rien n'exista que cette douleur qui me tenait et ne me lâchait plus, me faisant faire ce qu'elle voulait.

Quand je n'y tint plus, je me mis à crier et supplier.

J'aurais fait n'importe quoi. N'importe quoi pour que cela cesse.

J'aurais voulu mourir. Et en cet instant, je crois que je me serais tuée, si je l'avais pu, pour échapper seulement à cette douleur qui avait pris possession de moi d'une manière si absolue, et que je n'ai même pas de mots pour décrire.

Ce que nous avait infligé Gilles Ragne avec son boitier n'était rien en comparaison. Rien. C'est tout ce que je puis dire, tout ce dont je suis assurée. Rien.

Le châtiment dura quelques minutes ou des heures, je n'en sais plus rien. Le temps se trouva brusquement aboli, anéanti par cette douleur qui prenait tout.

La douleur siégeait partout dans mon corps. Sous ma peau frémissante, parcourue de frissons. A l'intérieur de ma chair enflammée qui se tordait, le long de mes nerfs laissés à vif... Partout.

Et elle n'avait que faire de ma dignité.

Peu lui importait que je manque m'étouffer en vomissant, et que mes entrailles se relâchent, vidant tout ce qu'elles contenaient. Tous ces fluides qui se répandaient sur mes vêtements et le sol à mes pieds en miasmes puants ne lui étaient rien.

Jamais je n'avais vécu une pareille humiliation. Humiliation d'avoir perdu la maîtrise et le contrôle de mon corps. Mais surtout, humiliation d'avoir été vue dans cet état de faiblesse et d'impuissance absolue.

Mon humanité avait été retournée comme un gant, révélant à tous son intériorité sordide, et je ne pouvais rien y faire.

Le réfectoire se vida peu à peu, et je demeurai longtemps prostrée sur le sol, haletante. J'entendais la respiration de Seth à ma gauche, aussi laborieuse que la mienne.

J'étais vivante. Vivante. Et pourtant je ne parvenais pas à m'en réjouir.

Le souvenir de ce châtiment me laissa longtemps choquée, puis s'ajouta finalement à la longue liste des indignités que j'avais déjà eues à subir, décuplant ma haine pour ces gens qui m'arrachaient mon humanité, lambeau après lambeau, comme une robe qu'on déchire.

On me laissa là un moment, affaissée au pied de la colonne, baignant presque dans mes habits humides et souillés. Puis on vint me détacher.

« Lève-toi. »

Je demeurai là où je me trouvais, incapable de réagir ou d'aligner deux pensées cohérentes.

« Debout. Le colonel veut te voir maintenant, transfuge, m'informa l'homme aux cheveux noirs en m'attrapant par le col pour me remettre sur mes pieds tandis que les trois autres s'occupaient de Seth. Ce sont les ordres. »

Les ordres...

Je titubai et tournai la tête vers le tueur d'auras.

Je n'avais pas pu échanger une seule parole avec lui, et notre lien psychique, que la douleur avait momentanément anéanti, ne s'était pas encore remis.

Je le suivis du regard tandis qu'il quittait le réfectoire sous bonne escorte...

Cette nouvelle séparation me pesait.

Mais le colonel Matthieu Degrand désirait me voir. Il désirait me voir, moi...

Pourquoi ? Et pourquoi maintenant ?

Ma bouche était poisseuse, je tremblais, et mon estomac faisait des soubresauts. Quant à mes vêtements... mes vêtements empestaient.

Alors pourquoi maintenant ? Qu'avait-il à me dire qui ne puisse souffrir de délai ? Qu'étais-je capable d'entendre en cet instant précis ? Etait-ce une façon de me faire comprendre qu'il avait tout pouvoir sur moi ? Qu'il pouvait décider de mon sort ?

« Tu peux remettre ça. »

J'attrapai maladroitement le bras articulé qu'on me tendait et le serrai contre ma poitrine.

Puis on me traîna jusqu'au bureau du colonel, et je m'y retrouvai assise sur un siège sur lequel je pouvais à peine me soutenir.

« Attendez dehors. »

Aussitôt le soldat qui m'avait amenée jusqu'ici exécuta un rapide salut et quitta la pièce.

Lorsque je levai les yeux vers la silhouette massive du colonel Matthieu Degrand, je pris la pleine mesure du caractère de cet homme qui m'avait fait mander sitôt après m'avoir châtiée.

Comme taillé dans la pierre, le colonel possédait des mains puissantes et un visage fermé. Son uniforme militaire couvert de décorations était boutonné jusqu'en haut. Comme si même ici, dans l'espace de son bureau, il ne souffrait d'aucune tolérance pour le relâchement, d'aucun besoin de se débarrasser de la lourdeur de sa fonction.

Il se tenait droit, donnant l'impression qu'une barre de métal davantage qu'une colonne vertébrale, structurait son squelette.

Alors c'était lui... Lui qui avait tenté d'envoyer Seth au peloton d'exécution. Lui qui avait tiré une balle dans la tête de Nathaniel David.

Devant lui, je prenais douloureusement conscience de la faiblesse de mon corps marqué par les privations et les mauvais traitements. Etait-ce le but recherché ? Etait-ce pour cette raison qu'on m'avait amenée devant lui à cet instant précis ? Pour que je comprenne que je n'étais rien qu'une pauvre chose qui pouvait être écrasée d'un coup de talon ? Que je ne faisais pas le poids ? Que je pouvais à tout moment finir avec une balle dans la tête à mon tour et être rayée de la surface de la terre ?

Lorsque son regard direct, d'un bleu métallique et froid, m'épingla, un frisson remonta le long de mon échine.

« Clarence Marchal... »

Sa voix dure me fit rentrer imperceptiblement la tête dans les épaules, mais comme il s'agissait plutôt l'énonciation d'un fait qu'une question, je gardai le silence.

« Je fais enfin ta connaissance. »

L'indifférence au fond de sa voix contredisait le message qu'il me faisait passer.

Et il y avait quelque chose... quelque chose d'étrange à propos de cet homme. Quelque chose d'anormal qui me mettait infiniment mal à l'aise... mais quoi ? Mon cerveau dans la brume était incapable de rien analyser. A vrai dire, j'avais déjà bien du mal à reconstituer le sens de ce qu'il me disait...

« Comme tu peux le voir, je suis celui qui dirige ce Centre désormais. »

Le colonel Matthieu Degrand illustra son dire en désignant une plaque de verre sur lequel son nom était inscrit, ainsi que sa fonction de directeur.

Ce bureau… ce bureau avait été celui de monsieur David, réalisai-je, envahie d'une sensation de malaise, ce que me confirma un regard plus averti à travers la pièce.

« Vous avez tué monsieur David, fis-je remarquer d'une voix enrouée.

— Nathaniel David était un imbécile doublé d'un traître, remarqua-t-il d'une voix posée et glaciale. Son exécution était une nécessité et un bienfait. Compte-tenu de la situation militaire actuelle, les postes clefs ne sauraient être laissés entre les mains d'incompétents qui remettent en cause les décisions et les prises de direction du gouvernement. Pour qu'une nation avance, il faut que tout le monde marche dans la même direction. Ceux qui vont à contre-courant ne font que jeter le trouble et ouvrir la voie au chaos. »

Sa façon de voir les choses m'horrifiait par sa logique implacable, dénuée de toute considération morale… Cette façon qu'il avait eue d'abattre monsieur David, sans s'embarrasser d'autres considérations que celles de son jugement tout puissant et de sa vision de la commodité… Monsieur David n'était sans doute pas quelqu'un de bien, mais il aurait dû avoir droit au moins à un semblant de procès. Pas de défense, pas d'accusation, le colonel l'avait abattu d'une balle dans la tête, comme on abat une bête malade qui risque de contaminer le reste d'un troupeau.

Et ce quelque chose d'anormal à son sujet qui me tiraillait, en périphérie, qui me sollicitait, mais sur lequel je ne parvenais pas à mettre le doigt...

« La désertion est passible de mort, déclara tout à coup le colonel avec la même tranquillité que s'il me parlait de la pluie et du beau temps. Et en d'autres circonstances, je vous aurais fait exécuter aussi, tous autant que vous êtes, tueurs d'auras et transfuges. Mais même des nuisibles peuvent se révéler utiles, en fin de compte, et nous sommes en guerre. Toutes les ressources doivent être mobilisées pour nous assurer la victoire. Dans trois jours, un nouveau convoi part pour le front. Vous en serez, toi et TAH15. »

Mon cœur manqua un battement. Trois jours ? Trois jours avant le front ?

« Tu aideras le tueur d'auras à faire ce qu'il fait le mieux, c'est-à-dire tuer. Et tu t'arrangeras pour qu'il reste sous contrôle. »

Son regard sonda le mien comme s'il pouvait y débusquer la moindre de mes intentions, comme s'il pouvait le forcer à me révéler.

« Mais je ne doute pas que tu feras ton devoir et que tu sauras convaincre le tueur d'auras d'en faire autant. Je ne tolérerai plus de fuite, plus de désertion... »

Il avait l'air tellement sûr de lui, de moi... Comme s'il avait les moyens de s'assurer que je resterais dans la zone de combat, comme s'il avait les moyens de s'assurer que nous serions de bons petits soldats...

Lolotte. Lolotte, qui se trouvait toujours dans le coma. C'était elle sa garantie. Son assurance. Nous nous étions rendus pour qu'elle soit ramenée au Centre, il ne pouvait pas l'ignorer...

« Je peux la faire débrancher, acquiesça-t-il comme s'il avait suivi le fil de mes pensées. Pourquoi pas ? Il n'y a pas apparence qu'elle se réveillera un jour, et même si elle se réveille, les dégâts subis par son cerveau la rendent sans doute incapable des fonctions les plus basiques. En outre, les soins qu'elle reçoit coûtent cher, et pour quel bénéfice ? En y réfléchissant, je n'ai aucun intérêt à la maintenir en vie... »

Mes poings se crispèrent sur mes genoux.

« Voilà une équation qui se résout bien heureusement, n'est-ce pas ? commenta le colonel Matthieu Degrand avec un sourire dénué de chaleur. TAH15, toi, et cette fille... Tu es le levier. Pour m'assurer du tueur d'auras, je n'ai qu'à m'assurer de toi, et pour m'assurer de toi, je n'ai qu'à maintenir la transfuge en vie, ai-je tort ?

— Non, répondis-je à contrecœur.

— Bien, dans ce cas, je vais me contenter de clarifier les quelques points qui me paraissent importants. La survie de cette fille dépend de toi. Si tu ne convaincs pas le tueur d'auras de se battre en première ligne, je la débranche. En outre, l'appel a lieu chaque soir. Si, pour une raison ou une autre tu ne te présentes pas à ton référent à la fin de la journée, je la débranche. Si tu

essayes de fuir, je la débranche. Et je fais sauter ta tête et celle de TAH15. Me fais-je bien comprendre ?
— Oui.
— C'est « oui, monsieur », me reprit-il sans état d'âme.
— Oui, monsieur, répétai-je avec le sentiment de mâcher du verre pilé.
— Tu peux disposer. J'ai donné des instructions pour que tu sois installée dans les dortoirs avec tes semblables pour les trois jours qu'il te reste à passer au Centre.
— Et Seth ?
— Seth ? »

Un bref instant, sa lèvre se releva en une grimace de dégoût, puis il balaya ma question d'un revers agacé de la main.

« Seuls les hommes portent un nom, déclara-t-il en m'observant par en-dessous, comme s'il cherchait à bien m'évaluer. Ou les animaux domestiques, à la rigueur, pour ceux qui ont cette fantaisie. Mais TAH15 ? TAH15 n'est pas un homme, et il n'a rien d'un animal domestique. Ce n'est qu'un objet. Un objet dangereux. Un simple objet incapable de remplir correctement sa fonction. Une arme déficiente, qu'il ne convient de manipuler qu'avec d'extrêmes précautions. »

Le colonel n'ajouta rien de plus, et ne se donna pas la peine de répondre à ma question.

Je me levai du siège.

Mes habits collaient désagréablement au bas de mon dos et à mes jambes. Leur puanteur me donna la nausée et m'apporta un sentiment de honte et d'humiliation que la raison me demandait de combattre.

En revanche, cette puanteur ne paraissait pas perturber le moins du monde le colonel...

En fait, depuis qu'il avait commencé à me parler, les fenêtres du bureau étaient restées closes, et il n'avait pas paru incommodé un seul instant par les odeurs de vomi, d'urine et d'excrément qui se répandaient dans l'air par vagues.

Ce n'était pas le cas des soldats qui m'escortaient jusqu'à mes nouveaux quartiers. Ils se tinrent à bonne distance, et je leur en fus presque reconnaissante, parce que leurs auras vibrantes de mépris et de dégoût cinglaient la mienne sans que j'aie la force de les repousser.

Leurs auras...

Et brusquement, je compris ce qui me perturbait tant à propos du colonel Matthieu Degrand, et que je n'étais pas parvenue à identifier immédiatement.

C'était son aura. Son aura était étrange.

Rien n'émanait d'elle.

Non, rien n'émanait d'elle, rien.

Je n'avais rien senti.

Etait-il possible qu'il n'ait pas d'aura ? Pourtant, tous les êtres vivants avaient une aura, tous... Même les animaux, j'en avais eu la confirmation dans la zone blanche. La disparition de cette aura, c'était la mort... Or le colonel Matthieu Degrand était clairement vivant. Alors pourquoi n'avais-je pas senti son aura ? Est-ce qu'il en avait une mais que je n'étais pas en mesure de la percevoir ? Et dans ce cas, pour quelles raisons ? Etait-ce une capacité qu'il avait ? Etait-il capable de dissimuler son aura ? Ou y parvenait-il grâce à un dispositif spécial ?

J'avais beau être épuisée, cet étrange phénomène m'intriguait. J'y pensais encore sous la douche, tandis que je me frottais à m'en faire mal. J'y pensais jusqu'au moment où je posai mon regard sur le reflet du miroir des douches communes.

Là, je m'immobilisai, sous le choc.

La personne que je voyais... La personne qui se tenait en face de moi et me rendait mon regard avec la même expression de profonde stupeur...

Ses cheveux tondus d'une couleur indéfinissable qui accusaient la maigreur de traits tirés à l'extrême et paraissant sur le point de se rompre comme une feuille trop fine... La pâleur choquante, maladive, de sa peau... Et les cernes... ces cernes qui creusaient des ornières sous des yeux ternis et sans éclat...

La vie semblait déjà l'avoir désertée.

L'implant lui dévorait le visage.

Ce n'était pas moi.

Je portai des doigts tremblants à mes joues et les fis remonter lentement sur mon crâne rêche, pour les laisser enfin glisser jusqu'à mon menton.

La personne dans le reflet du miroir m'imitait maladroitement.

Mais ce n'était pas moi.

Non, ce ne pouvait pas être moi. Je ne pouvais pas être cette personne. Je ne pouvais pas être cette personne usée qui semblait déjà pencher du côté de l'abîme...

Ce ne pouvait pas être moi. Pas moi pas moi pas moi.

Je brisai le miroir avec toute la force de mon bras articulé.

Le bruit de craquement fut assourdissant et rapidement suivi de celui, presque léger, d'une pluie tintinnabulante de verre...

Mon poing avait jailli si vite que mon geste m'avait semblé flou, et je restai un moment, hébétée, à contempler les éclats de verre gisant au fond de l'évier et sur le sol.

Clarence Marchal, tu as perdu la tête. Tu es folle. Vraiment folle.

Ce furent les seules pensées à peu près cohérentes qui se frayèrent un chemin dans mon esprit avant que la porte ne s'ouvre et que des gens n'entrent.

Je ne les connaissais pas, mais ils portaient un implant, alors il ne pouvait s'agir que de tueurs d'auras et de transfuges.

Leurs regards me dévisagèrent, puis le miroir brisé qui me faisait face. Et je les entendis murmurer.

« Qui c'est ? Est-ce qu'elle est folle ? Pourquoi est-ce qu'elle a fait ça ? C'est qui cette tarée ? C'était elle, non, dans le réfectoire ? La traîtresse, le déserteur... Ils ont pris cher, tout à l'heure, pas vrai ? Ouais, j'ai cru que j'allais vomir. Mais qu'est-ce qu'elle fait là ? Pourquoi ils ne l'enferment pas ? Ils devraient l'enfermer, elle est dingue, pourquoi est-ce qu'ils la laissent avec nous ? Est-ce qu'elle est dangereuse ? »

Leurs auras bourdonnaient, aussi bruyantes qu'eux, et je demeurai immobile, figée, incapable de me reprendre.

Je n'avais pas même la force de prétexter qu'il s'agissait d'un accident. Oui, un accident. Que je maîtrisais mal encore le bras articulé, qu'il ne s'agissait que d'un accident, d'un accident, je n'avais pas voulu...

Et je restais là, muette et stupide, contrite et désolée, à essayer de comprendre comment j'avais pu faire une chose pareille.

« Toujours à causer des ennuis, hein, Clarence ? »

Je relevai brusquement la tête.

J'aurais reconnu entre mille cette voix aux accents mordants et ironiques...

Chapitre 4

En quelques pas il fut auprès de moi et m'attrapa par le coude.

« Viens. »

La douceur dans le fond de sa voix me prit de court. De la douceur... Jamais Hadrien ne m'avait parlé de la sorte. Comme s'il fallait prendre des précautions. Comme si j'étais une porcelaine sur le point de se briser...

Mais la pression sur mon bras était ferme et décidée. Je me laissai entraîner.

« Qu'est-ce que vous regardez, vous ? cracha-t-il d'une voix hargneuse au groupe rassemblé près de la porte. Allez, dégagez de là ! »

Les autres s'écartèrent devant nous pour nous laisser passer, et nous remontâmes bientôt le couloir qui menait aux dortoirs.

« Où est-ce qu'on va ? demandai-je, épuisée.

— Je t'accompagne jusqu'à ta chambre. Je me suis renseigné, je peux te montrer où c'est. Ça va aller ? Ou il faut que je te porte, peut-être ? »

Je haussai les épaules, incapable de réagir à ce trait d'humour qui me semblait par trop forcé.

« Le miroir... commençai-je avec effort.

— Ça va, ne t'occupe pas de ça, me coupa-t-il, et une vibration remonta le long de mon bras qu'il serrait. Ce n'est qu'un miroir.

— Mais j'ai...
— Laisse tomber, Clarence, je te dis. Je m'occuperai de ça. »
Tant mieux, alors... Oui, tant mieux. Le silence retomba entre nous. Puis Hadrien s'arrêta devant une porte fermée que je regardai un moment, pénétrée d'un vague sentiment de déjà-vu.
« C'est...
— Ouais. C'est la même chambre. »
Il poussa la porte et me tira à l'intérieur.
La même chambre...
« Couche-toi, m'ordonna-t-il en désignant la couchette d'un mouvement autoritaire du menton. Allez, vas-y, Clarence. Tu ne tiens même plus debout. »
Il avait raison. Mes jambes tremblaient sous moi, peinant à me soutenir.
Je titubai jusqu'au lit et m'y laissai tomber lourdement.
Un vertige me saisit. Tout tournait, j'avais l'impression de partir à la dérive. Je fermai les yeux et inspirai lentement par le nez en une tentative dérisoire pour m'ancrer dans l'espace.
Le bruit de la ventilation parut ralentir.
« ...Clarence. Clarence ?
— Quoi ? balbutiai-je.
— Tu pourrais... Non, rien, laisse tomber. Laisse tomber, je m'en occupe.

— D'accord, soufflai-je tandis que je sentais mes paupières s'alourdir. D'accord... »

Je pensais qu'il parlait encore de cette histoire de miroir, et je réalisai mon erreur quand je sentis le poids d'un corps déformer le matelas à côté de moi, et des mains commencer à défaire les sangles de mon bras articulé.

« Je peux le faire, grognai-je alors avec effort en faisant mine de me relever. Je peux le faire... »

Hadrien me repoussa en arrière avec un claquement de langue agacé.

« C'est ça. Laisse tomber, je te dis. Bon sang, Clarence, tu es toujours aussi butée. Laisse-moi faire ça. Je peux au moins faire ça pour toi, ok ? »

Je cessai de lutter.

Oui, il pouvait au moins faire ça. Il pouvait faire ça pour moi, et prier pour que le fardeau de sa culpabilité s'en trouve allégé... Pour que le poids de ses pêchés pèse moins lourd sur sa conscience. Après tout, il nous avait vendus.

Il était parti, puis il nous avait vendus.

Traître.

Hadrien souleva ma tête pour ôter le bras articulé, et je me retrouvai brusquement avec la joue contre son torse.

Il s'immobilisa, et son souffle se bloqua dans sa poitrine.

Je respirai son odeur.

Son aura bourdonnait.

« Clarence... »

Puis il toucha mon crâne tondu d'une main maladroite, et je sentis son aura se recroqueviller. Mon crâne tondu...

« Je suis désolé, murmura-t-il alors en me reposant délicatement sur les draps, comme s'il n'osait pas me toucher. Désolé... »

Désolé... De quoi était-il désolé au juste ? De nous avoir trahis ? Ou de ne pas supporter de poser la main sur moi ? J'avais parfaitement conscience de ce à quoi je pouvais ressembler, était-il vraiment obligé de me le faire sentir ?

« Ce n'est pas ce que tu crois... Je ne veux pas... »

Je lui tournai le dos et ramenai mes genoux sous mon menton, lui signifiant que je lui donnais congé.

« Je suis fatiguée. »

Ce n'était pas un mensonge, mais surtout, je ne voulais pas entendre ses excuses. Je ne voulais plus jamais entendre ses excuses.

Je sombrai dans le sommeil.

Quand je me réveillai, il était toujours là.

Je le sus, sans même avoir besoin de mes yeux.

Je sentais sa présence dans mon dos, comme si là où il se trouvait, l'air était plus dense.

Je soupirai.

J'aurais préféré qu'il soit parti.

« Je sais que tu penses que je ne suis qu'un salaud, commença-t-il avant que j'aie pu dire quoi que ce soit. Je le sais bien. Et je sais que rien de ce que je pourrai dire ne changera ça. Mais franchement, ça m'est égal. Tu as le droit d'être en colère, après tout. Tu as le droit de me détester pour ce que je t'ai fait. »

Je me redressai.

Le détester ? Mais je ne le détestais pas, au contraire, et c'était là tout le problème. Le détester aurait été infiniment plus simple, infiniment moins déroutant que cet entrelacs de sentiments complexes et troubles qui s'agitait au fond de mes entrailles... Oui, j'aurais dû le détester. A cause de lui, les soldats du Centre nous avaient trouvés et traqués dans la zone blanche. A cause de lui nous avions retardé notre départ et pris des risques qui nous avaient coûté cher... Alors oui, j'aurais dû le détester.

Traître.

« Je suis désolé, Clarence, reprit-il en cherchant mon regard que je lui dérobai. Désolé, d'accord ? Mais tu sais quoi ? Je ne te ferai pas d'excuses. Je ne te ferai pas d'excuses, parce que je n'ai rien fait que je ne sois capable de refaire, tu comprends ? J'ai besoin que tu comprennes ça, Clarence. »

Je le comprenais parfaitement.

« Pour Mathilde, je trahirais la terre entière, et ce sera toujours comme ça. Parce que c'est ma sœur. Et c'est pour ça que je ne veux pas te toucher. Tu comprends, Clarence ? C'est pour ça, et pour ça uniquement. Pas parce que... Pas pour les raisons que tu t'imagines. Je ne mérite pas de te toucher comme ça, c'est tout.

— Est-ce que tu étais là ?
— Quoi ? »
Je le regardai enfin.
« Est-ce que tu étais là, dans le réfectoire ? »
Quand nous avions été châtiés, Seth et moi... Quand la douleur avait pris tout son empire... M'avait-il vue, trahie par mon propre corps ? Humiliée ?
« Pourquoi ? me demanda-t-il prudemment. Pourquoi me demandes-tu ça ? Pourquoi veux-tu savoir si j'étais là ? »
Je haussai les épaules. Je voulais le savoir. J'avais besoin de le savoir, c'était tout.
« Non, répondit-il enfin après une hésitation. Non, je n'étais pas là. »
Mensonge. Mensonge mensonge mensonge...
Son mensonge se dressait entre nous, barrière impalpable, infranchissable...
« Est-ce que tu peux te lever ? »
Pour toute réponse je désertai le lit et passai le bras articulé qu'Hadrien avait posé sur la table de chevet.
Il ne voulait pas me le dire ? Soit... Je n'aborderais plus ce sujet devant lui, je le savais. Je garderais pour moi mes sentiments complexes et troubles, et je refuserais les siens. Nous n'avions plus rien à nous dire là-dessus. Plus rien.
Mes membres étaient raides et douloureux, mais je me sentais bien mieux à présent que j'avais dormi. Plus forte. Plus lucide... et j'avais faim.

« Est-ce qu'on peut encore manger à cette heure-là ? m'enquis-je d'une voix que j'espérais ferme et posée, sans prise aucune. D'ailleurs, quelle heure est-il au juste ?

— Je ne sais pas, la matinée est bien entamée... Est-ce que tu veux... tu veux que je te ramène quelque chose ? Je peux aller te chercher à manger si tu ne veux pas retourner... là-bas. »

Là-bas...

« Non, c'est bon. Allons-y. »

Arrivés au réfectoire je déployai mon aura comme un bouclier autour de moi, et fermai mes oreilles et mes yeux, me concentrant sur le plateau que je tenais entre les mains, la nourriture...

Je ne jetai pas un regard au fond de la pièce vers les colonnes auxquelles on nous avait menottés, Seth et moi... et m'installai à une table vide avec Hadrien avant de commencer à manger.

Non loin, j'aperçus le petit groupe d'implantés que j'avais croisé dans les douches. Leurs auras semblaient chargées de dégoût et même de haine, mais je m'efforçais de ne pas y prêter attention.

« Ce n'est pas toi, déclara tout à coup Hadrien avec un sourire tordu en enfonçant les dents de sa fourchette dans une galette de légumes secs.

— Quoi ?

— Ce n'est pas toi qu'ils regardent comme ça, Clarence. C'est moi. Le traître. Le sale traître... »

L'ironie dans sa voix était palpable, et je compris qu'il ne se souciait ni de leur jugement, ni de leur condamnation.

« Ils n'ont pas le droit, ajouta Hadrien avec un reniflement de mépris, comme s'il ressentait le besoin de préciser. Ils ne peuvent pas me juger, et je me fous bien de ce qu'ils pensent. Qu'est-ce que ça peut me faire au fond ? Et qu'est-ce que ça peut bien leur faire, à eux, que je sois un traître ? Après tout, ce n'est pas eux que j'ai trahis... Mais enfin, c'est vrai que personne n'aime les traîtres, hein... »

Il s'interrompit.

« Et Mathilde ? demandai-je alors en raclant mon assiette pour récupérer le moindre reste de nourriture – cela faisait des mois que je n'avais pas eu de repas décent.

— Mathilde...

— Elle est ici, non ?

— Oui. Mathilde est ici. »

L'odeur de son aura changea subtilement. Colère. Culpabilité. Regret. Tout cela émanait de lui par vagues, et je sentis sa profonde réticence à aborder le sujet. Il n'avait pas envie d'en parler.

« Elle te considère aussi comme un traître ? lui demandai-je avec un certain défi.

— Comme un traître ? Elle sait ce que j'ai fait, si c'est ça que tu me demandes, Clarence, répondit-il en me lançant un regard noir. Et elle s'en fout. Elle sait que je l'ai fait pour elle. Je suis revenu la chercher là-bas, c'est tout ce qui compte. Je suis peut-être un traître pour tous les autres, mais c'est envers elle que j'ai des devoirs. Il n'y a qu'elle qui m'intéresse.

— Est-ce qu'ils l'ont implantée ?

— Quoi ? Non... Mathilde n'est pas comme nous. Elle n'est pas apte.

— Pas apte ? Et ils la gardent quand même ici ? Pourquoi ?

— Qu'est-ce que tu insinues au juste, Clarence ? »

La colère était désormais palpable dans sa voix.

« Je n'insinue rien, me défendis-je en me reculant légèrement sur la chaise. C'est juste que je trouve ça surprenant. J'imagine mal le colonel Matthieu Degrand la garder ici par bonté d'âme. Si elle ne peut pas servir...

— Servir ? *Servir* ? Ne parle pas de Mathilde comme ça.

— Pourquoi la laisse-t-il rester ? »

Hadrien laissa retomber sa cuillère dans son assiette à grand bruit. Son visage était fermé, mais son aura s'agitait furieusement autour de lui.

« Clarence, tu commences à...

— Il y a un problème, grand frère ? » l'interrompit tout à coup une voix timide et légère comme un battement d'ailes.

Je tournai la tête dans sa direction et vis Mathilde pour la première fois.

C'était elle, sans aucun doute possible, et pourtant, elle était très différente de ce que j'avais imaginé... Parce que j'avais imaginé qu'elle serait un peu comme Hadrien. Une version féminine d'Hadrien, en quelque sorte. Puissante. Sauvage. Indomptable. Tandis que, brune et pâle, elle avait en réalité tout de la petite fille frêle et maladroite, juchée sur des jambes trop grandes pour elle. Innocente. En fait, l'impression de fragilité qu'elle dégageait me mettait presque mal à l'aise.

Une telle pureté n'était pas de ce monde.

Et quand elle marchait, on aurait dit qu'elle se déplaçait sur un souffle d'air, comme si elle appartenait à une autre dimension.

Elle devait avoir dix ou onze ans. L'âge de Miette, la sœur d'Amélie...

Ses yeux immenses étaient deux lacs limpides, et son aura... son aura était l'une des plus pures qu'il m'ait été donné de rencontrer.

Je comprenais qu'Hadrien soit retourné la chercher. Si elle avait été ma sœur, moi non plus je n'aurais pas pu me résoudre à la laisser seule au-delà de la frontière.

« Qui est-ce ? demanda timidement Mathilde à Hadrien après m'avoir jeté un long regard. Est-ce que c'est...

— Ouais, c'est Clarence, compléta Hadrien avec un reniflement de mauvaise humeur. La fille pénible dont je t'ai parlé.

— mais tu n'as pas dit...

— Peu importe ce que j'ai dit. Clarence, voici ma sœur, Mathilde. »

J'adressai à cette dernière un sourire hésitant qu'elle me renvoya, éblouissant.

« J'ai beaucoup entendu parler de toi, dit-elle alors en s'asseyant à côté de son frère.

— Vraiment ?

— Oui, en fait, Hadrien n'arrête pas de parler de toi, il...

— Mathilde... »

La voix d'Hadrien contenait un avertissement que sa sœur décela aussitôt. Elle s'interrompit avec une petite moue désarmante et haussa les épaules avant de commencer à manger.

Je la regardai faire, fascinée. Même dans sa façon de piquer la nourriture dans son assiette avant de la porter à sa bouche, il y avait quelque chose d'élégant et d'éthéré, un peu aviaire...

Elle n'avait rien à faire ici.

C'était une évidence. Cela crevait les yeux. Elle n'aurait pas dû être là.

Jamais Hadrien n'aurait dû essayer de lui faire repasser la frontière. Pourquoi avait-il pris ce risque ? C'était idiot, il aurait pu rester là-bas avec elle, il aurait pu...

Etait-il revenu pour nous ?

C'était la seule explication qui me venait à l'esprit et qui faisait sens.

Etait-il revenu pour nous ? A cause de nous ? A cause de cette stupide promesse qu'il m'avait faite le soir de son départ ? Si c'était le cas, alors c'était à cause de moi que Mathilde était ici.

Je me sentais si mal à cette simple pensée que j'avais du mal à respirer.

« Clarence ? Tu ne te sens pas bien ? »

La douceur et la sollicitude dans la voix de Mathilde me tordirent les entrailles, et je ne pus que secouer la tête, la bile au bord des lèvres.

Pourquoi s'inquiétait-elle de moi ? Elle n'aurait dû s'inquiéter que d'elle-même. Qu'allait-il advenir d'elle ? Si elle restait ici, ses chances de survie étaient-elles supérieures aux miennes ?

« Arrête ça tout de suite, me prévint Hadrien, lèvres serrées.

— De quoi est-ce que tu parles, grand frère ? s'enquit Mathilde, ses grands yeux levés vers lui.

— De rien. Mange. »

Je ravalai les émanations de mon aura et les gardai sous contrôle tout le temps que Mathilde resta avec nous. Mais dès qu'elle fut partie avec son plateau vide...

« Hadrien... Est-ce que tu seras aussi dans le convoi envoyé au front après-demain ?

— Oui...

— Et Mathilde ?

— Non. Pas Mathilde. Jamais. Ça fait partie de l'accord que j'ai passé avec eux. Mathilde ne sera jamais envoyée au front. Alors pas besoin de t'inquiéter pour ça.
— Mais...
— Allez, arrête ça, Clarence, s'agaça Hadrien. Arrête de faire comme si tu étais toujours responsable de tout ce qui arrive. De faire comme si tout était toujours de ta faute. Comme si tu devais porter tout le poids du monde sur tes épaules. Ça m'énerve quand tu fais ça, d'accord ? Mathilde est sous ma responsabilité, pas la tienne. La *mienne*. »

Il avait raison. J'étais vraiment comme ça. Seth, Lolotte, et à présent Mathilde... je finissais toujours par me sentir responsable de tous ceux qui m'entouraient. Et je me blâmais de tout ce qu'ils subissaient, comme si j'avais pu l'éviter...

C'était un réflexe profondément ancré en moi. J'étais comme ça, et j'avais toujours été comme ça.

Il faut dire aussi que j'avais vécu de cette manière pendant des années, avec mon père, à porter le poids de la mort de maman... Ces années m'avaient conditionnée. La culpabilité était devenue peu à peu comme une seconde nature.

Hadrien me parla de ces mois qu'il avait passés au Centre après qu'on les avait rattrapés à la frontière, lui et Mathilde. De sa rencontre avec le colonel Matthieu Degrand.

« C'est un monstre, ce type, affirma-t-il avec un reniflement. Un vrai monstre. Même ton tueur d'auras, Seth, ne lui arrive pas à la cheville.

— Seth n'est pas *mon* tueur d'auras, rectifiai-je avec un froncement de sourcils.

— Si tu veux, ricana Hadrien. Mais tu l'as vu aussi, non ? Le colonel ?

— Oui… On dirait qu'il n'a pas d'aura…

— Ouais. Et c'est bien ce que je veux dire quand je dis que c'est un monstre. Je suis sûr qu'il ne ressent pas la moindre émotion. Qu'il n'éprouve pas le moindre sentiment. Rien. Il y en a qui disent que c'est pour ça qu'il est si bon dans ce qu'il fait. Parce qu'il n'est pas distrait par les faiblesses de la nature humaine… Conneries, tout ça. C'est un psychopathe, voilà tout. J'ai entendu dire qu'il y a quelques années il était encore sur le terrain. Il paraît qu'il a fait décimer toute son escouade simplement pour tenir un poste frontalier. Il a même eu une médaille pour ça. Je suis sûr que tous ceux qui étaient encore sous ses ordres l'ont applaudi, hein ? Tu sais qu'il a collé une balle dans la tête de David ? Soi-disant parce que c'était un traître… Mais si on récompensait tous les traîtres d'une balle dans la tête, je ne serais déjà plus là… »

Je demandai à Hadrien s'il avait pu avoir des nouvelles de Lolotte, mais il me répondit par la négative. « Ils l'ont enfermée dans une infirmerie sécurisée, gérée par le personnel militaire, c'est tout ce que je sais. Il faut une accréditation, donc autant te dire qu'on n'est pas près de la voir... »

Dans ce cas, je n'avais plus qu'à espérer que Laurie Xavier tiendrait parole et trouverait le moyen de me faire parvenir de ses nouvelles... avant le départ du convoi pour le front.

Le front...

« Est-ce que tu sais comment ça va se passer ? interrogeai-je Hadrien en m'efforçant de chasser de ma voix toute trace de peur. Quand on sera là-bas ?

— Où ça ? Au front ? supposa-t-il en m'examinant attentivement. D'après les infos dont je dispose, on n'y est pas envoyés tout de suite.

— Ah non ?

— Non. En tant que nouvelles recrues, on nous fait d'abord passer par un camp d'entraînement. Pour être formés au combat. Histoire qu'on ne meure pas tout de suite, je suppose, et qu'ils en aient pour leur fric... »

Camp d'entraînement, formation au combat... Ces mots me paraissaient recouvrir une réalité effrayante. Moins effrayante peut-être que le front, mais bien assez malgré tout.

« C'est quand même ironique, non ? me fit tout à coup remarquer Hadrien. On s'est barrés d'ici, on a tout fait pour éviter d'être envoyés au front, et au final, nous y voilà quand même... Lolotte aurait dit que c'était le karma. La destinée. »

Hadrien la connaissait bien...

Savait-il que c'était elle qui avait insisté pour qu'on l'attende avant de quitter la zone blanche ? Qu'elle avait continué à espérer alors qu'aucun de nous ne pensait plus qu'il était vivant ni même qu'il valait la peine qu'on risque notre vie et notre liberté à l'attendre ? Même moi... Même moi, j'avais tiré une croix sur lui. Mais pas Lolotte.

Savait-il que ce qu'elle éprouvait réellement pour lui allait bien au-delà de la simple amitié qu'elle affichait ?

Je m'interdis de le lui demander. Lolotte était dans le coma. Il aurait été cruel de remuer le couteau dans la plaie...

« Cette cinglée me manque, déclara-t-il brusquement.

— A moi aussi, avouai-je dans un filet de voix.

— On ne s'est pas quittés en très bons termes, elle et moi, ce jour-là quand on s'est vus à l'usine d'armement. Elle voulait que je vienne avec vous. Je lui ai dit que je ne pouvais pas, que vous deviez partir tout de suite... Je ne voulais pas qu'elle sache pour moi, mais elle a insisté, alors j'ai fini par tout lui balancer. Que c'était moi qui avais amenés les miliciens dans la zone blanche... Que c'était ma faute. Que j'avais même donné l'emplacement de leur campement pour qu'il soit bombardé par les drones. Elle ne voulait pas me croire. Comme quoi ce n'était pas mon genre, je n'étais pas comme ça... Est-ce qu'on peut se planter autant sur quelqu'un ? Toi, Clarence, tu n'as même pas eu l'air surprise, quand tu l'as su. Ouais, je vous ai balancés, mais quoi d'étonnant, au fond ? Tu sais déjà que je suis un connard, pas vrai ? Tu le sais, mais tu ne le dis pas. Alors que Lolotte... Lolotte le dit tout le temps, mais au fond, elle n'en pense rien. C'est ça, la différence. »

J'aurais voulu lui dire que je n'avais jamais pensé qu'il était un connard, mais ç'aurait été un mensonge. Je l'avais pensé des centaines de fois. Et je l'avais détesté des centaines de fois de nous avoir laissés et d'être parti avec le fourgon. Et je l'avais tué encore et encore dans ma tête, et enseveli, et tué de nouveau...

« Quand elle se réveillera, elle voudra me faire la peau, conclut Hadrien avec un demi-sourire. Ce jour-là, elle était trop sous le choc, elle ne m'a même pas insulté. Mais quand elle sera réveillée elle me tuera pour ça. Si le front ne l'a pas fait avant, bien sûr... »

Cette dernière remarque, faite sur le ton de la plaisanterie, résonna cependant désagréablement en moi. Il y avait quelque chose au-dessous, comme une note de dérision et de désespoir. Un relent de pourriture.

Je repoussai ma chaise et me levai. Hadrien m'imita sans mot dire.

« Tu veux assister à l'entraînement ? me demanda-t-il alors que nous étions dans la file pour rapporter les plateaux.

— Quel entraînement ? Celui du Centre ? Je croyais que le programme avait pris fin...

— Le programme a pris fin, mais pas l'entraînement. Avant, ils nous disaient qu'on faisait tout ça pour la réhabilitation, même si c'était des conneries. Maintenant, ils nous disent que c'est pour avoir une chance de survie au combat. Au moins, ça a le mérite d'être plus honnête...

— Je suppose, marmonnai-je.

— Et puis, les nouveaux implantés ont toujours besoin d'apprendre à gérer les auras. Alors programme ou pas programme, pour eux ça ne change rien. »

J'hésitai.

D'un côté, je n'avais pas eu l'impression d'être davantage capable de gérer l'aura de Seth avec l'entraînement qu'on nous avait donné, mais de l'autre, les circonstances ne m'avaient pas franchement été favorables, alors...

La curiosité l'emporta finalement, et quand Hadrien prit le chemin des salles d'entraînement, je lui emboitai le pas.

Chapitre 5

Tout était exactement tel que dans mon souvenir. Le sol couvert de tapis au centre, les murs froids et nus... Rien n'avait changé, hormis la vingtaine de personnes qui attendaient l'instructeur.

Notre arrivée, à Hadrien et moi, fut saluée par une vague d'hostilité glaciale. Nous n'étions clairement pas les bienvenus, et on voulait nous le faire sentir.

Le visage d'Hadrien était un masque impossible. Les mains dans les poches, il affrontait tous ces regards de rejet sans broncher. Pour ma part, je m'agitais, mal à l'aise.

« Ignore-les, me conseilla-t-il sans même tourner la tête vers moi – il n'en avait pas besoin pour savoir dans quel état d'esprit je me trouvais. Ce sont des imbéciles. Peu d'entre eux sont des transfuges comme nous. Pour la plupart, ils viennent d'ici. Ce sont des purs produits de la nation. Orphelins de guerre, anciens soldats jugés aptes... Mais tous de bons patriotes, hein, prêts à se battre et à mourir pour leur pays. Pas comme nous. Pour eux, nous ne valons guère mieux que l'ennemi qu'ils ont à combattre. Regarde-les. Ils se sentent tout-puissants. Un ramassis d'imbéciles. »

Sa voix portait assez pour qu'ils puissent l'entendre, mais il ne semblait pas s'en soucier. Je lui fis signe de se taire.

« Quoi ? demanda-t-il avec un haussement d'épaules indifférent. Ils savent bien ce que je pense d'eux...
— Ce n'est pas la peine d'envenimer les choses pour autant, fis-je remarquer en fronçant les sourcils. Nous nous battrons bientôt à leurs côtés.
— Et alors ? »
Je m'apprêtais à lui répondre quand j'avisai tout d'un coup une grande fille au crâne rasé qui nous tournait le dos. Cette silhouette...
« Edith est ici ? demandai-je à Hadrien.
— Ouais, confirma-t-il avec une légère grimace.
— Ils ne l'ont pas encore renvoyée sur le front ?
— Non. Elle part dans deux jours, comme nous. Son implant est synchronisé avec le mien.
— Et Alonso ? »
Alonso ne quittait jamais Edith.
« Laisse tomber, Clarence. Tu ne le trouveras pas. Son petit copain est parti avec le dernier convoi.
— Ils ont été séparés ? Mais pourquoi ? Ils...
— Ils quoi ? ricana Hadrien avec un petit rire de dérision. Ils s'apprécient ? Qui s'en soucie, franchement ? Sûrement pas les autorités militaires. Et vu leur passé commun, ils ont même dû juger que c'était mieux comme ça... Que c'était plus sûr pour éviter tout risque d'insubordination ou de désertion, si tu vois ce que je veux dire. Ils ne font pas dans le sentiment. »
Edith et Alonso, séparés...

Comme si elle avait senti que nous parlions d'elle, la tueuse d'auras tourna la tête dans notre direction. Nos regards se rencontrèrent. Pendant un instant, je me demandai si elle allait me reconnaître – elle paraissait ailleurs – puis elle me fit signe d'approcher.

Je m'avançai vers elle, seule.

« Tu lui parles ? me demanda-t-elle sans préambule avec un mouvement de menton méprisant en direction d'Hadrien. Après ce qu'il nous a fait ?

— Oui...

— Pourquoi ? Je ne comprends pas. Comment peux-tu encore avoir envie de lui adresser la parole ? Nous aurions pu vivre notre vie comme nous l'entendions, enfin, dans la zone blanche, si ce sale petit cafard n'avait pas... »

Elle s'interrompit. Inspira.

Jamais je n'avais entendu autant de dureté dans la voix d'Edith. Non, pas de dureté. De haine. C'était de la haine. Une haine pure, brûlante. Et le regard qu'elle posa brièvement sur lui...

« Je le tuerai de mes mains, un jour, annonça-t-elle froidement. Pour ce qu'il a fait. C'est tout ce qu'il mérite. Et je me moque de savoir qu'il l'a fait pour sa sœur. Je me moque de ses raisons. Je ne connais pas sa sœur. Pour une seule personne il en a vendu huit autres, c'est tout ce que je sais. Non seulement à cause de lui, je ne reverrai jamais Alonso, mais je dois encore supporter sa présence continuelle dans ma tête... »

Edith n'eut pas le temps d'en dire davantage – mais elle en avait dit déjà bien assez. L'instructeur entrait dans la salle d'entraînement et je m'éloignai pour ne pas gêner les autres dans leurs déplacements.

L'instructeur était un homme trapu, et toute sa démarche trahissait un caractère nerveux et vif. D'un regard attentif il parcourut un moment les rangs alignés devant lui, et hocha la tête.

« Dans deux jours, vous partez pour le front, rappela-t-il à l'assemblée en guise de préambule. Et, comme vous le savez, au front, seuls les soldats bien entraînés ont une chance de survie. Seuls les soldats bien entraînés ont une chance d'assurer la victoire à notre grande nation. Pour tous ceux qui ne maîtrisent à cette heure ni le corps à corps, ni le maniement des armes, ni celui des auras, il est trop tard. Les deux semaines que vous passerez au camp d'entraînement avant la guerre ne vous apprendront rien d'autre que le goût de la peur. C'est l'entraînement que vous avez suivi ici qui déterminera votre destinée sur le champ de bataille. C'est l'entraînement que vous avez reçu ici qui fera la différence entre vivre ou mourir. Alors montrez-moi que vous avez appris ce qu'il faut, soldats ! »

Tous les rangs lui répondirent par un salut et un « oui monsieur ! » retentissant, et l'échauffement commença.

L'instructeur les fit courir autour de la salle, de plus en plus vite, puis s'étirer.

Vinrent ensuite les affrontements corps à corps. Tous, ils se battaient comme si leur vie en dépendait, s'engageant avec rage, se débattant, ruant, hurlant de frustration quand ils étaient jetés à terre par leur adversaire...

Et toutes les cinq minutes, ce dernier changeait.

Je vis Hadrien se faire jeter à terre des dizaines de fois. Tous ses adversaires étaient plus expérimentés, et il ne tirait son épingle du jeu que grâce à la ruse et une propension à user des coups bas. Les yeux, la gorge...

A mesure que je les regardais, l'angoisse me labourait la poitrine et remontait, insidieuse, le long de ma gorge obstruée.

Je ne savais pas me battre. Pas comme ça. Je n'avais jamais appris à me battre comme ça. Pire encore, l'idée même d'avoir à me battre de cette manière, d'avoir à me battre pour tuer, me remplissait d'horreur et d'effroi. Je ne pouvais pas le faire. Je ne voulais pas le faire. Non, je ne voulais pas le faire.

Alors quoi... Si je ne pouvais pas tuer, étais-je condamnée à mourir ? Cet entraînement que je n'avais pas reçu, conditionnait-il vraiment ma survie sur le champ de bataille ?

L'instructeur siffla la fin des combats et laissa aux combattants quelques minutes de répit.

Puis il fallut reprendre de plus belle, et cette fois-ci les affrontements furent autant physiques que psychiques.

L'utilisation des auras était autorisée pendant le combat, même à pleine puissance.

Edith vint alors se camper devant Hadrien. Son regard était froid et résolu.

Puis le coup de sifflet retentit, et Edith passa à l'attaque.

Son poing se rua à la rencontre du menton d'Hadrien, qui eut tout juste le temps de lever un bras pour le bloquer. Quand il se recula pour se mettre hors de la portée de la tueuse d'auras, je vis à sa grimace que le coup avait été porté avec force.

Je me redressai, le cœur battant.

Hadrien n'eut même pas le temps de rétablir complètement son équilibre qu'Edith fut une nouvelle fois sur lui. Elle visait encore la tête, mais il ne s'agissait que d'une feinte, car au moment où il leva son bras pour se protéger, elle profita de l'ouverture laissée pour lui assener un brutal coup de genou juste au-dessous des côtes.

La douleur le plia en deux.

Edith lui lança un regard écrasant de mépris et de haine.

« Je n'aurai peut-être pas à te tuer, l'entendis-je lui dire à voix basse. Mais je serai là, traître. Sur le champ de bataille, je serai là pour te regarder mourir.

— Ne te gêne pas, haleta Hadrien, un sourire mauvais aux lèvres. Si ça peut te faire plaisir... »

Puis il se redressa et se jeta sur elle. Son poids les entraîna tous deux à terre. Il la cloua au sol, immobilisant ses bras, une jambe passée entre les siennes.

« Et maintenant ? »

Elle lui répondit par un coup de tête rapide qui lui éclata la lèvre et l'envoya sur le côté, avant de se redresser d'un bond souple.

Son aura se déployait désormais autour d'elle, hérissée de pointes de rage.

Je fis un pas en avant, et m'immobilisai. Avais-je le droit d'intervenir ? Je jetai un coup d'œil rapide à l'instructeur. Il suivait le combat, et son visage ne reflétait aucune émotion. L'issue lui était égale, et il les laisserait se battre jusqu'au bout.

Edith fit s'abattre son aura sur Hadrien, passant à travers ses défenses psychiques, et les balayant comme si elles n'existaient même pas. Elle le tenait comme dans un étau, brisant la résistance et le contrôle de ses membres.

La respiration d'Hadrien était sifflante, et le sang continuait à couler sur son menton.

« Et maintenant ? la provoqua-t-il, un rictus insupportable aux lèvres.

— Tu n'en as pas assez ? Regarde-toi. Tu es lamentable... A quoi bon t'envoyer au front ? A quoi pourrais-tu bien servir sur un champ de bataille, sans personne à trahir ? Tu n'es même pas capable de te défendre... Quelques coups, et tu te retrouves à la merci du premier venu. »

Comme pour prouver ses dires, elle posa son pied sur son ventre et appuya.

Hadrien sourit. « Et ça fait du bien ? s'enquit-il d'une voix doucereuse. Ça t'aide à te sentir mieux ? »

Edith se pencha et l'attrapa par les cheveux, rapprochant son visage du sien.

« N'essaye pas de cacher ta faiblesse derrière de la condescendance. Je te vois. Après tout, je suis dans ta tête autant que tu es dans la mienne. Tu ne peux pas me tromper.

— Tant pis, alors. »

Ils se mesurèrent un moment du regard, et Edith le relâcha brusquement, comme si un simple contact avec lui pouvait suffire à la souiller.

Elle s'éloigna enfin sans plus lui prêter la moindre attention.

A la fin de l'entraînement, Hadrien me rejoignit. Son expression était indéchiffrable.

Pendant un temps, nous marchâmes en silence, puis...

« Cette cinglée ne m'a pas loupé, marmonna-t-il enfin en tâtant sa lèvre du bout de la langue.

— Et ça te surprend ? demandai-je en lui jetant un regard en coin.

— Pas vraiment, non, admit-il avec un petit rire, mais quand même... Il va bien falloir passer à autre chose un jour ou l'autre. Ce qui est fait est fait. Alors à quoi ça rime de ressasser encore tout ça ? C'est bon, elle a pris sa revanche. Elle m'a mis une raclée. Ce n'est pas suffisant ?

— Je doute que ce soit suffisant à ses yeux. Alonso...

— Jamais ils ne les auraient laissés ensemble de toute façon. Ils ne sont pas fous, ajouta-t-il avec un haussement d'épaules nonchalant. Ils ont étudié leur dossier. C'est écrit dedans noir sur blanc. A eux deux, ils ont tué une dizaine de soldats de leur compagnie. Pourquoi les laisserait-on rejoindre la même escouade ? Pour qu'ils puissent causer un nouveau carnage ? »

Vu de cette manière... Mais la logique et le ressenti étaient deux choses différentes, et si Edith reprochait à Hadrien sa séparation d'avec Alonso, c'était parce que c'était lui qui avait livré les coordonnées de notre refuge à l'armée.

« De toute façon, même sans mon aide, ils vous auraient retrouvés, conclut Hadrien en poussant une porte qui menait sur l'extérieur. Ce n'était qu'une question de temps. Et puis, franchement, ces histoires de société nouvelle, quelles conneries... Comme si le monde pouvait être différent. »

Des conneries... Je me souvenais que Seth avait tenu les mêmes propos que lui, lorsque nous nous trouvions encore dans la zone blanche. Qu'il avait condamné leur entreprise avant même qu'ils puissent y consacrer leur énergie, arguant que rien de bon ou de nouveau ne pouvait naître d'un reste de pourriture... Et j'avais eu beau avoir mes doutes moi aussi, j'aurais tout de même voulu voir ça de mes yeux. Oui, j'aurais voulu voir de mes yeux l'accomplissement de cette société à laquelle ils rêvaient...

L'air glacé du dehors s'engouffra sous mes habits, et je frissonnai. Au-devant de nous, des arbres à perte du vue, aux branches luisantes de givre.

« Où est-ce qu'on va ? demandai-je à Hadrien en m'arrêtant. Attends... on a le droit d'être là au moins ?

— Oui, Clarence, soupira-t-il en levant les yeux au ciel comme si j'étais exaspérante, on a le droit d'être là. C'est encore dans le périmètre du Centre. Allez, viens, ce ne sera pas long, je veux juste te montrer un coin sympa. »

Et il m'entraîna sous le couvert des arbres.

De la buée se formait devant mon visage, blanche et dense, avant de s'évaporer dans les airs. Les odeurs piquantes du froid et de la résine emplissaient mes narines. Il aurait suffi que je ferme les yeux, un instant, pour être transportée à plusieurs centaines de kilomètres de là, dans la zone blanche...

« Hadrien... »

Que voulait-il me montrer au juste ?

Le métal glacé du bras articulé me mordait peu à peu dans la chair, et mes dents commençaient à claquer.

« Hadrien, répétai-je en élevant la voix, qu'est-ce que tu... »

Il fit demi-tour à cet instant, et m'enlaça avec force, et tous les mots que j'allais prononcer s'échappèrent de mon esprit vidé, me laissant muette et stupide.

Je sentais la chaleur de son corps contre moi, les battements puissants de sa poitrine, et je demeurai immobile, les yeux agrandis de surprise.

« Clarence... »

Il posa la main sur le côté intact de mon visage et se pencha. Je me détournai, le repoussant.

« Non.

— Mais tu... commença-t-il vivement avant de se contraindre à inspirer lentement par le nez. Pourquoi ? »

Pourquoi ? Pour lui répondre, j'aurais pu avancer des dizaines, des centaines de raisons. Lolotte, sa trahison... Mais aurait-ce suffi à le convaincre ? Et d'ailleurs si je voulais être parfaitement honnête avec moi-même, aucune de ces raisons ne me le faisait repousser en cet instant. Non, je ne le repoussais que parce qu'il m'avait dit la veille qu'il n'était pas fiable, qu'il ne pouvait pas m'offrir sa loyauté, et que je le savais parfaitement sincère. Après tout, il avait déjà eu à choisir entre moi ou Mathilde, et je n'avais pas pesé lourd dans la balance...

Alors qu'avait-il à m'offrir, en dehors de cette étreinte absurde qui ne suffirait jamais à m'ancrer dans le sol et à repousser la peur de la mort ?

Il ne pouvait rien m'offrir de plus que cela, je le savais déjà. Il me l'avait fait comprendre à sa manière. Il me l'avait fait comprendre le soir où il était parti. Et cela ne serait jamais suffisant. Pas pour moi. Pas dans ce monde incertain, où la force de la loyauté avait plus de prix, plus de valeur, que la force des sentiments.

Si je ne pouvais pas lui faire confiance, alors je ne voulais pas de sa tendresse, de sa complexité et de ses doutes. Je ne voulais pas de cette faiblesse qui me laisserait sans rien pour me protéger.

Là résidait la vérité, même si je ne me sentais pas capable de la formuler de cette manière.

Alors je lui donnai la seule de mes raisons qu'il ne pouvait ni ignorer, ni balayer avec indifférence.

« Seth...

— Seth ? répéta-t-il, et je sentis à son aura qu'il était en colère. Quoi, Seth ? Qu'est-ce que tu sous-entends, Clarence ? Que vous avez ce genre de relation ? Vous n'avez pas ce genre de relation. Je suis sûr qu'il ne te voit même pas comme une femme.

— Peut-être, mais ça n'a pas d'importance. Au moins, il sera toujours là. »

C'était cette certitude qui m'ancrait dans le sol, et nulle autre. Cette certitude qui repoussait ma peur de la mort. Seth serait toujours là.

« Toujours là ? Tu es tellement naïve ! s'exclama Hadrien. Comment peux-tu seulement lui faire confiance ? Il n'est même pas *humain*. Il ne raisonne pas comme toi. C'est une bête.

— C'est peut-être pour ça que je lui fais confiance, alors, rétorquai-je, acide. Parce qu'il n'est pas humain. Parce que c'est une bête. Au moins, les bêtes ne mentent pas. Les bêtes ne trichent pas. Les bêtes sont honnêtes, jusque dans leur cruauté. Est-ce que tu peux en dire autant ? »

Les mâchoires d'Hadrien se contractèrent.

« Alors tu aimes mieux tenter ta chance avec lui ?

— Oui, assurai-je. Je le choisis, lui, tout comme tu as choisi Mathil...

— Ne t'avise même pas d'aller au bout de ta comparaison, Clarence. Ne mets pas sur le même plan ce taré et ma sœur.

— Ce n'est pas ce que je fais, me défendis-je.

— C'est exactement ce que tu fais.

— Dans ce cas, c'est une preuve de la valeur qu'il a à mes yeux. »

Hadrien me foudroya du regard, mais je refusai de céder. Je n'avais aucune raison de céder. Je n'avais plus rien de la petite Clarence faible, apeurée et pathétique que j'étais encore lors de notre arrivée au Centre.

« J'espère que tu es sûre de toi sur ce coup-là. »

Je ne répondis rien.

Sûre de moi...

Nous partirions le lendemain pour le front, l'horizon à mes yeux ne ressemblait guère qu'à un couvercle de cercueil, et je n'avais plus de certitude sur grand-chose d'autre, mais cela... Cela, au moins, me semblait aussi inébranlable, aussi impossible à nier, que la marche du temps.

Seth avait promis. C'était le marché que nous avions passé. Sa vie contre ma mort. Il avait prêté serment de s'en tenir à ça. Cela me suffisait.

Je tournai les talons. Et dans mon cœur à ce moment-là, je ressentis moins de peine qu'un curieux soulagement. Peut-être parce que je me disais que je mettais un terme à quelque chose qui ne devait jamais être.

Je me demande si j'aurais ressenti le même soulagement si j'avais su que nous venions d'avoir notre dernière discussion ensemble.

Chapitre 6

Le convoi pour le front arriva le matin du troisième jour, et les haut-parleurs du Centre firent résonner pendant une dizaine de minutes la liste des noms et matricules de ceux qui devaient se présenter dans le hall pour l'enregistrement.

Quand on m'appela, j'étais encore allongée sur la couchette de ma chambre, et mon estomac se contracta brusquement.

Il était temps.

Ce moment que j'avais tant redouté, auquel j'avais tant essayé d'échapper, était finalement arrivé.

Je me redressai en position assise, le cœur battant à tout rompre dans la poitrine.

Puis je vérifiai que les sangles du bras articulé étaient bien fixées, et me levai.

J'avais beau savoir que je n'avais plus le choix, que je ne pouvais pas faire autrement que de me rendre là-bas comme tous les autres – à cause de Lolotte, et de cette bombe que j'avais désormais dans le crâne – mes jambes me paraissaient de plomb et je respirais mal.

Calme-toi, Clarence, m'intimai-je. Calme-toi. Tu n'es pas encore sur le front. Pas encore. Alors respire.

Je ne devais pas penser plus loin que ce jour. Je ne devais pas penser à ce qui nous attendait là-bas.

Simplement poser un pas devant l'autre. Un pas devant l'autre. Quand je sortis dans le couloir, je laissai la porte de la chambre ouverte derrière moi.

Un pas devant l'autre. Je me rendis alors compte que nous étions nombreux à nous diriger vers le hall d'entrée. Bien plus nombreux que je ne me l'étais figuré.

Les yeux rivés sur le sol devant moi, je me déplaçais sans regarder les autres. Mais je les entendais chuchoter entre eux, parler et se livrer, et l'odeur de leur excitation et de leur peur saturait peu à peu mes sens. Au milieu de leur agitation, de leurs corps rapprochés, de leurs auras qui s'effleuraient et se reconnaissaient, ma propre solitude me semblait écrasante.

Personne. Je n'avais personne. Plus personne à mes côtés.

C'est alors que je sentis comme un bourdonnement à l'intérieur de mon crâne, suivi d'une pression légère mais insistante, comme un grattement à une porte. Puis je perçus un léger relent de sang et de métal, et je laissai tomber mes défenses psychiques.

« Clarence... »

Seth.

La voix de Seth me parvenait si clairement, murmurant mon nom, inlassablement...

Il n'y avait guère que deux explications possibles à ce phénomène. Soit je devenais folle, soit ils avaient fait sortir Seth d'isolement pour le faire monter dans l'un des fourgons du convoi.

Penchant en faveur de la deuxième explication je commençai à presser le pas.

Lorsque j'arrivai en vue du hall, je courais presque, et mon impatience déployée autour de moi affichait une fierté d'étendard. Et alors ? Je n'en avais cure. Seth était libre, il m'attendait, c'était tout ce qui m'importait.

Une véritable foule était amassée dans le hall, mais je la fendis sans heurts, indifférente aux bruits et au chaos des auras, guidée par ce fil invisible qui me reliait à Seth.

Puis je l'aperçus, enchaîné et muselé. Muselé. Comme un chien.

La colère me brûla la poitrine, et je dus prendre sur moi pour ne pas la communiquer à tous ceux qui m'approchaient. Sa violence me désarçonna un moment, mais c'était ma colère. J'en reconnaissais les manifestations. L'odeur. Pas celle de Seth qui m'était renvoyée en écho. Non, la mienne.

Lui n'avait pas l'air fâché du traitement qu'on lui faisait subir, et son aura se tenait tranquille. Pas de vagues...

Mais moi ? Le voir traité de cette manière me rendait malade. Le voir muselé comme s'il était un chien dangereux me soulevait le cœur.

Ils n'avaient pas le droit.

Je ressentais la même indignation en cet instant que quand les autres l'avaient enfermé dans la fosse lorsque nous nous trouvions dans la zone blanche.

Ils n'avaient pas le droit.

Qui étaient-ils pour le déchoir de son humanité ? D'une certaine manière, je considérais que Seth m'appartenait. Qu'il était à moi. Qu'il faisait partie de moi. Oui, Seth était à moi. Sa vie m'appartenait. Et bien que je me trouvasse alors à une dizaine de mètres, il tourna brusquement la tête dans ma direction.

Une lueur dansa au fond de ses yeux. Il avait l'air... content de me voir, je suppose, si tant est qu'on puisse utiliser des mots comme celui-ci pour définir les remuements mystérieux et troubles qui tenaient lieu de sentiments et d'émotions à Seth.

Puis il pencha la tête sur le côté, comme font certains prédateurs, m'observant avec attention. Son aura se tendit lentement vers la mienne.

Un bipeur sonna dans la poche du soldat le plus proche, et je sursautai.

« C'est toi ? s'enquit l'homme en agitant vers Seth l'appareil qu'il venait de tirer de son vêtement, et qui n'avait pas l'air de vouloir s'éteindre. Est-ce que c'est toi qui utilises ton aura ? »

Seth se contenta de le regarder.

Impossible, il ne remuait pas même d'un cil.

« Je sais que c'est toi, reprit le soldat pendant que ses camarades échangeaient des regards inquiets et que leurs mains se portaient instinctivement à leurs armes. J'ai pas raison ? »

L'aura de Seth s'agita un moment, visiblement contrariée. Puis elle commença à se retirer avec une lenteur pleine de ressentiment et de hargne, jusqu'à n'être plus qu'un frémissement tapi dans les profondeurs de la psyché de son maître.

La sonnerie cessa aussitôt.

« C'est bien ce que je pensais... Je ne te verrai peut-être pas faire, mais si tu recommences, je le saurai, avertit l'homme en rangeant son appareil de détection. Alors je te conseille de faire un effort pour te contrôler, tueur d'auras, ou tu finiras avec une dose de calmant. Mais peut-être que tu préfères ? Après tout, il paraît que tu en as l'habitude... »

Seth haussa les épaules sans même sourciller. Son regard revint se poser sur moi et je fis un pas vers lui avant que le même soldat ne me barre le chemin.

« Qui es-tu ? demanda-t-il en me forçant à reculer. Une transfuge, hein ? Qu'est-ce que tu veux, transfuge ?

— Je veux simplement lui parler.

— Lui parler ? A lui ?

— C'est...

— Personne n'est autorisé à lui parler, m'interrompit-il avec un froncement de sourcils. Ce sont les ordres du colonel.

— Mais je le connais.

— Tu connais le colonel ? ricana le soldat.

— Non, je voulais dire...

— Je sais ce que tu voulais dire, transfuge, me coupa-t-il avec un reniflement dédaigneux, mais ce sont les ordres. Recule. Allez, tu es sourde ? Bouge de là. »

Je le laissai me faire reculer encore d'un pas, et m'immobilisai, résolue à ne pas m'éloigner davantage.

« Bouge de là, répéta le soldat en me poussant de l'extrémité de sa matraque à pulsion. Dépêche-toi, ou je risque de perdre patience... »

Ça m'était égal. Je n'irais pas plus loin.

Une légère pression sous mon crâne me fit alors tourner la tête vers Seth. D'un discret mouvement de menton, il me fit signe de ne pas insister. *Patience. Plus tard. Patience...* Je renâclai un peu, puis je finis par m'éloigner en inspirant profondément. Il avait raison. Je savais qu'il avait raison, même si cela ne me plaisait pas de le laisser ici avec eux, menotté et muselé.

Après un dernier regard à Seth, je m'éloignai pour aller m'enregistrer auprès de l'un des quatre bureaux installés dans le hall.

« Nom et matricule », exigea la femme qui me faisait face dans son uniforme militaire.

Je me secouai. Bon sang, réveille-toi, Clarence, réveille-toi. Seth va bien. Il va très bien, et il peut très bien se passer de toi. Ce n'est pas un enfant qu'il faut tenir par la main.

« Des effets personnels à signaler ? me demanda encore la femme après avoir vérifié que les informations que je venais de lui donner étaient conformes à celles que se trouvaient sur sa fiche de renseignements.

— Non... Pas d'effets personnels. »

Je ne possédais plus rien depuis qu'on nous avait ramenés de la zone blanche. Plus rien. Mon sac était sans doute quelque part dans l'usine d'armement, avec tout ce qu'il me restait de précieux, mais jamais je ne pourrais le récupérer...

« Un équipement complet te sera remis à l'arrivée au camp d'entraînement, recrue. Voici le ticket pour le réclamer, ne le perds pas. Ce bras est bien immatriculé ?

— Pardon ?

— Ce bras, est-ce qu'il... Montre-le-moi, ce sera plus simple. »

Je posai le bras articulé sur la table devant elle, et la laissai l'examiner.

« L'armée voudra le récupérer quand tu n'en auras plus l'usage, expliqua-t-elle en notant une série de chiffres et de lettres sur une feuille. Pourquoi est-ce que je n'ai pas ton dossier médical ? Qui l'a fait ?

— Je ne sais pas... Laurie Xavier, peut-être, répondis-je après une hésitation. C'est lui qui a fait la pose du bras articulé. »

La femme fit signe à l'un de ses subordonnés d'approcher.

« Passe les coups de fil nécessaires et retrouve-moi ce dossier. Qu'on sache au moins à quelle date on peut récupérer le bras.

— Bien, madame. »
Il effectua un rapide salut et s'éloigna.
« Tu seras placée dans le huitième fourgon du convoi, m'annonça la femme après avoir relu la fiche d'enregistrement. Le départ aura lieu dans trente minutes, alors reste dans le hall avec les autres. Tout retard sera sanctionné.
— Et TAH15 ?
— Pardon ?
— TAH15... C'est... Je le connais. Est-ce que vous savez... est-ce que vous savez dans quel fourgon il doit monter ? »
La femme me toisa, et l'expression de son visage était glaciale.
« Dans quel fourgon il doit monter ? Franchement, qu'est-ce que ça peut te faire ?
— Je... je... balbutiai-je, prise au dépourvu.
— C'est ton ami, c'est ça ? me coupa-t-elle alors sèchement. Ton frère ? Ou ton amoureux, peut-être ? Oui, vue ta tête, ça m'a tout l'air d'être ça... Vous avez une relation. Et après ? Tu t'imagines que vous êtes les seuls ? Que ça vous rend spéciaux ? Ou que ça vous donne des droits ?
— Quoi ? Non, je... Ce n'est pas ça.
— Tant mieux alors. Parce que rien de tout ça n'a d'importance quand on part sur le front. Tu peux oublier toute ta vie d'avant, recrue. L'oublier, lui, et lui conseiller d'en faire autant. Vous êtes désormais des

soldats de l'armée des nations réunifiées, et rien ne changera ça. C'est envers l'armée que vous devez vous montrer loyaux et dévoués. C'est clair ? »

Je hochai la tête sans conviction.

J'aurais pu lui dire qu'elle se méprenait, et m'efforcer de rétablir à ses yeux la vérité et les faits... Mais cela n'en valait pas la peine. Non, la vérité et les faits ne valaient pas une telle dépense d'énergie. Parce que je me moquais bien, au fond, de ce qu'elle pensait. Elle pouvait penser ce qu'elle voulait. Qu'elle se figure que nous étions amis, parents, ou amants, cela n'avait pas la moindre importance, et elle n'avait pas besoin de connaître la véritable nature des liens qui m'unissaient à Seth.

Notre « relation » ne regarderait jamais que nous.

Quant à l'armée... l'armée n'aurait ni ma loyauté, ni mon dévouement. Je n'étais pas un soldat volontaire et patriote, mais une transfuge. Une prisonnière de guerre implantée de force, et coupable de désertion... Mais je supposai que rien de tout cela n'était indiqué dans le dossier d'enregistrement...

« Je vois... »

Je rangeai le ticket qu'elle m'avait donné dans l'une de mes poches, et jetai un regard vers l'endroit où se trouvait Seth. Un attroupement de soldats le dissimulait à ma vue.

Seth...

Quelles étaient les probabilités pour que nous nous trouvions dans le même fourgon du convoi, lui et moi ? Faibles, sans doute... Alors je ne pourrais le revoir qu'une fois que nous serions arrivés au camp d'entraînement.

Je n'aimais pas cela. Il me suffisait d'envisager cette nouvelle séparation pour avoir déjà l'impression que l'oxygène se raréfiait autour de moi...

Mon cœur effectua dans le fond de ma poitrine un plongeon en piqué.

C'était ma faute. J'étais partie du principe que nous serions toujours ensemble, parce que c'était logique – après tout, mon implant était paramétré avec celui de Seth, et j'étais censée m'assurer que son aura restait sous contrôle...

Mais ils l'avaient enfermé ici, alors pourquoi ne l'enfermeraient-ils pas là-bas au fond d'une cellule, en attendant ? Comme un chien qu'on ne sort que les soirs de combat... Ils l'avaient menotté et muselé avant de le conduire dans le hall. Cela n'était-il pas révélateur de ce qui risquait de se produire ? Oui, ils l'avaient enfermé ici, ils l'enfermeraient encore là-bas, et je serais condamnée à la solitude et à la peur.

Le petit groupe de soldats qui se trouvait entre moi et Seth s'écarta alors, et j'aperçus ce dernier... en pleine discussion avec le colonel Matthieu Degrand.

Le colonel avait le même air parfaitement impassible et indifférent que lorsqu'il m'avait fait venir dans son bureau, juste après notre châtiment. Son aura... Je ne sentais toujours rien autour de lui. Que du froid. Du froid, un froid glacial, et peut-être aussi, par moments, une espèce d'étrange *aspiration*, comme si son vide intérieur se... nourrissait. Je ne vois pas d'autre façon de le dire. Cet homme ne me mettait pas seulement mal à l'aise. Il m'effrayait. Je devais sentir qu'il aurait pu assister à la fin du monde et à la ruine du genre humain sans même sourciller.

Quant à Seth, sa muselière lui avait été ôtée, mais le rictus qu'affichaient ses lèvres était un véritable concentré de haine et de malveillance. A son agitation, et à sa façon de se pencher en avant, narines frémissantes, je compris que le tueur d'aura devait se retenir pour ne pas se jeter à la gorge du colonel. Du reste, je le comprenais. Le colonel Matthieu Degrand n'était-il pas l'homme qui l'avait fait condamner à mort par le tribunal militaire et qui avait tenté de faire annuler sa participation au programme de réhabilitation ? En outre, il avait abattu Nathaniel David d'une balle dans la tête...

Seth savait-il, pour ce dernier ? Il n'était pas sorti d'isolement depuis notre retour au Centre... Avait-il appris les circonstances de la mort de son « père » ?

Si c'était le cas, alors cela, plus que le reste, devait mettre Seth hors de lui. Oui, il devait être furieux. Pas parce que Nathaniel David était mort – j'étais bien placée pour savoir qu'il le haïssait presqu'autant que cette mère dont il ne parlait que dans son sommeil – mais parce qu'il n'était pas mort de sa main. Nathaniel David aurait dû mourir de sa main. Il *devait* mourir de sa main.

Connaissant Seth, je pense que d'une certaine manière, il s'était réservé sa mort en guise de dédommagement ou de récompense, tout comme il se réservait à présent la mienne, et par conséquent il devait estimer que le colonel Matthieu Degrand la lui avait volée. Il se sentait sans doute... floué.

Sa relation avec l'ancien directeur du Centre avait toujours été complexe et houleuse, mais celle avec Matthieu Degrand était d'une simplicité éblouissante. Même son aura qui rôdait, toute proche, à l'affut, proclamait presque ouvertement sa haine. *Voleur. Voleur. C'était à moi. A moi, à moi, à moi, rien qu'à moi. Mérite te tuer. Oui, te tuer. Meurs...*

Le colonel ne voyait pas l'aura de Seth, mais surtout, il ne semblait même pas la sentir, alors que ses émanations psychiques commençaient par ailleurs à se répandre en vagues putrides, semant le malaise et l'inconfort parmi les soldats chargés de l'escorter.

L'alarme sonore de l'appareil de détection se déclencha et je me crispai.

Calme-toi, soufflai-je mentalement à Seth. Calme-toi maintenant ou tu vas avoir des ennuis...

Son aura feula sur moi, chargée d'agressivité. *J'ai le droit. C'est un voleur. C'était à moi. A moi ! Et il l'a pris. C'est un voleur...*

Je levai instinctivement les mains en signe d'apaisement, pour lui faire comprendre que je ne cherchais pas à remettre en cause la légitimité de ses revendications mais que le moment était mal choisi. Seth se trouvait cerné de soldats armés, et s'il faisait ne serait-ce qu'un pas de travers...

Mais je m'inquiétais pour rien. Seth avait bien plus d'emprise sur son aura, bien plus de contrôle et de maîtrise que je ne me le figurais. Et après avoir jeté un rapide coup d'œil à l'appareil de détection qui ne cessait de sonner à travers la poche de son gardien ainsi qu'aux soldats qui caressaient nerveusement leurs matraques à pulsion en attendant un signe du colonel, il la força à rétracter ses griffes psychiques, puis la tira à lui impitoyablement pour la faire rentrer dans son antre, alors même qu'elle se débattait et résistait.

La sonnerie cessa enfin, et au même moment, une voix dans les haut-parleurs du Centre nous avertit de l'arrivée imminente du convoi et nous demanda de bien vouloir nous rassembler pour attendre l'appel, afin que l'installation dans les fourgons se fasse de manière rapide et efficace.

Par les grandes vitres du hall d'entrée, nous vîmes se garer les uns derrière les autres une dizaine de véhicules blindés. Couverts de boue et de givre, certains arboraient des brûlures et des traces d'impact de balles sur le flanc, et je grimaçai intérieurement.

Le colonel, sous bonne escorte – davantage une façon pour lui d'afficher son pouvoir et son prestige, gageai-je, que de garantir sa sécurité – sortit pour accueillir au-dehors les soldats chargés de nous emmener jusqu'au camp d'entraînement. Ceux-ci étaient descendus de leurs véhicules et attendaient au garde-à-vous. Le colonel Matthieu Degrand les salua et leur donna la permission de se mettre au repos.

Autour de moi, je lisais bien moins de peur que d'excitation sur les visages des autres recrues, que de soif d'en découdre, de prouver leur loyauté et leur patriotisme... Et les discours qu'ils tenaient... « Paraît qu'ils ont pris les postes frontaliers à l'est. Les salauds. Mais attends, ils ne nous connaissent pas encore, hein. On va leur montrer, nous. Ouais, on va leur montrer. On va les renvoyer fissa dans leur pays de merde. Mieux, on va tous les crever. »

Tous les crever... Etait-ce parce que j'étais une transfuge que je ne pouvais pas comprendre ? Etait-ce parce que je venais d'un pays de vaincus et que je me tenais seule, immobile, mal à l'aise, incapable de rien partager avec eux ? Si j'étais née au milieu d'eux, aurais-je partagé leur enthousiasme, leur aveuglement et leur bêtise ? Je n'en savais rien.

Mon aura se repliait en-dedans de moi pour m'éviter d'avoir à entrer en contact avec la leur. Leurs aspirations n'étaient pas les miennes, et elles ne seraient jamais les miennes. Non, je n'en voulais pas. Je ne voulais pas avoir à les entendre ou les sentir résonner sous mon crâne...

Ce qu'ils ressentaient était si peu conforme à ce que je ressentais, moi... Si peu conforme à cette peur qui me nouait les entrailles et faisait trembler mes mains... Je ne devais pourtant pas être la seule à ressentir de la peur à l'idée d'être envoyée au front, ni du dégoût à l'idée de me battre. Je ne pouvais pas être la seule. C'était impossible. Nous étions tous nés dans un pays en guerre. Nous avions tous grandi dans un pays en guerre. Etais-je vraiment la seule à me désoler d'être née là où j'étais née, au moment où j'étais née ?

Puis la voix dans le haut-parleur annonça le début de l'appel et de la répartition dans les fourgons, et je me tirai à grand peine de ces pensées parasites et pesantes qui prenaient peu à peu toute la place dans ma tête.

Le hall se vida, et je vis partir avec indifférence une foule de gens que je n'avais jamais vus, dont j'ignorais même jusqu'au nom. Mais quand ce fut au tour d'Edith et Hadrien de monter dans leur fourgon... Cette fois-ci en revanche, j'eus l'impression qu'on me poignardait en pleine poitrine. Je les connaissais. Je gardais les yeux fixés sur leur dos, et la douleur que je ressentais alors... cette douleur était la même que lorsqu'Hadrien était parti peu de temps après notre installation dans la zone blanche.

C'est toi qui l'as voulu, Clarence, me tançai-je. C'est toi qui l'as voulu ainsi. Alors endure-le.

Et c'est exactement ce que je fis.

Et au final, cette peine que je m'infligeais à moi-même me parut infiniment plus aisée à surmonter que toutes celles qu'on avait pu m'imposer. Peut-être parce que, comme je m'y attendais, elle était dénuée du moindre élément de surprise et de désarroi. C'était mon choix. Ma décision.

Au moment où résonna l'appel pour le huitième fourgon, je me raidis, le cœur tambourinant au fond de la poitrine. Attendant. Mais on n'appela ni mon nom ni mon matricule, et je restai immobile au milieu du hall d'entrée, surprise et désemparée. On ne m'avait pas appelée. Pourtant, la femme du bureau d'enregistrement m'avait dit que je devais monter à bord du fourgon numéro huit. Que se passait-il donc ? Y avait-il eu un souci avec mon enregistrement ? Que devais-je faire ? Attendre ? Ou bien me signaler ?

Je me tournai vers Seth. Lui non plus n'avait pas été appelé, et la muselière qui dissimulait une partie de son visage ne cachait rien, en revanche, de son impassibilité et de son indifférence.

Quand tous les autres eurent été placés dans le convoi, les soldats qui le gardaient firent avancer Seth vers la sortie. Il ne restait plus personne dans le hall d'entrée, les bureaux semblaient sur le point d'être fermés, aussi leur emboitai-je le pas, après une hésitation. Je n'avais pas été appelée, tant pis – ou tant mieux – et personne ne semblait se soucier de me caser quelque part.

Seth marchait sans se retourner, mais je savais qu'il était parfaitement conscient de ma présence dans son dos. Je franchis les portes automatiques du Centre. Le vent glacial, coupant comme des lames de rasoir, me cueillit sitôt que je me trouvai dehors, et je restai un moment, vacillante, à cligner des yeux pour m'accoutumer.

Le colonel Matthieu Degrand donnait ses ordres aux soldats qui escortaient Seth.

« Isolez-le des autres, y compris au camp d'entraînement. Ne le laissez pas vagabonder. Les êtres comme lui ont besoin d'une cage, n'est-ce pas ? Alors donnez-lui une cage. Une cage solide. Conçue pour des êtres comme lui.

— Et *elle*, mon colonel ?

— Elle ? Tous les chiens ont besoin d'une laisse. Qu'elle monte avec lui. J'ai donné ma parole, et après tout je n'en ai cure... »

Je ne compris qu'il était question de moi que lorsqu'il laissa glisser son regard dans ma direction, m'effleurant à peine avant de faire demi-tour. J'étais ce « elle » dont ils parlaient avec tant de mépris. J'étais cette « laisse ». Une laisse... Il me semblait que quelqu'un, un jour, avait utilisé cette expression devant moi. La laisse psychique de Seth. C'était insultant, pour nous deux, mais je n'allais certainement pas le faire remarquer à voix haute au moment où j'obtenais par leur entremise exactement ce que je désirais.

Ce que venait de dire le colonel Matthieu Degrand me restait néanmoins en mémoire. Non, pas ce qu'il venait de dire, pas exactement. Plutôt la façon dont il l'avait dit. Comment était-ce déjà ? « J'ai donné ma parole »...

On nous fit monter tous les deux à l'arrière d'un fourgon sécurisé et on boucla nos ceintures.

« J'ai donné ma parole »...

Le fourgon démarra et je tournai la tête vers la vitre en forme de hublot à l'arrière.

Le convoi militaire quittait le Centre, et bientôt les arbres avalèrent tout ce qu'il restait des bâtiments de verre et de métal.

Chapitre 7

Il faisait sombre dans l'habitacle, et froid. Des nuages de vapeur condensée s'échappaient d'entre mes lèvres pour se dissiper dans l'air. Mes jambes s'engourdissaient déjà. Mais je me moquais bien de tout ça.

Le sol de métal vibrait sous mes pieds. La cuisse de Seth était pressée contre la mienne, et je sentais sa chaleur s'infiltrer en moi peu à peu, se loger à l'intérieur de mes os.

« Est-ce que c'est toi qui as demandé au colonel pour que je monte avec toi ? »

Seth tourna le visage vers moi. Dans la semi pénombre, son expression était plus indéchiffrable que jamais.

« C'est toi, n'est-ce pas ? »

Il haussa les épaules, comme pour me demander ce que cela pouvait bien faire, mais je ne me laissai pas démonter.

« Je suis sûre que c'est toi... »

Je me penchai tout à coup vers lui, et il se recula, méfiant.

« Je veux simplement t'enlever ça, d'accord ? soupirai-je en tendant les mains vers la muselière. Tu ne vas pas rester avec ce truc... Laisse-moi faire, pour une fois... »

Il s'immobilisa.

Ses yeux ne quittaient pas les miens.

Il inclina enfin la tête sur le côté pour que je puisse accéder aux boucles des sangles de cuir, et mes doigts gelés et malhabiles glissèrent le long de la muselière.

Je défis les boucles serrées à fond une à une, et retirai enfin la muselière. Les sangles avaient mordu profondément dans sa chair, laissant des empreintes de chaque côté de son visage. Je les voyais. Il faisait sombre, et pourtant je les voyais.

La colère commença à monter en moi. Ils l'avaient fait exprès. J'en étais absolument certaine. Ils ne lui avaient mis cette muselière que pour le blesser et l'humilier. Je serrai le masque de cuir à m'en faire blanchir les jointures.

« Tu as l'air contrarié, constata Seth d'une voix érayée. Pourquoi ? »

Parce que tu es à moi, me retins-je de répondre.

« Tu devrais l'être aussi, biaisai-je. Ils te traitent comme un animal.

— Et alors ? Après tout, ils ont raison, je *suis* un animal, rétorqua-t-il avec un nouveau haussement d'épaules.

— Non.

— Non ? »

Seth laissa échapper un gloussement d'amusement.

« Tu es drôle, Clarence. J'avais oublié.

— Drôle ? relevai-je tandis qu'un frémissement de colère remontait le long de mon échine.

— Oui... Tu agis toujours comme si j'étais un être humain comme toi, poursuivit Seth en m'observant attentivement. Mais je ne suis pas un être humain comme toi. Je ne suis pas comme toi. Et puis d'ailleurs, tu fais toujours comme si tout ce que tu ressentais pour moi venait de toi. Mais cela ne vient pas de toi. Est-ce que tu le réalises, au moins, ou est-ce que tu es bête à ce point ?
— Est-ce que c'est important ?
— Pardon ?
— Est-ce que c'est important ? répétai-je. Que cela vienne de moi ou pas ? Que je sois bête à ce point ou non ? Est-ce que ça compte même, si c'est ce que je ressens de toute façon ?
— Oui...
— Pourquoi ça ? »
Seth ne me répondit rien. Ses lèvres étaient serrées, et son aura s'agitait sous la surface.
« Parce que, trancha-t-il sèchement.
— « Parce que » ? Mais parce que quoi ?
— Juste parce que. Il faudra te contenter de ça, ma petite Clarence, décréta-t-il en se rencognant sur son siège comme s'il jugeait que la conversation était close.
— Vraiment ? »
Alors comme ça, il ne voulait rien me dire ? Mais pourquoi ? Et pourquoi était-ce tout à coup important à ses yeux, que ce que je ressente vienne de moi ou de l'implant ? Quelle différence cela faisait-il ? Cette façon de voir les choses lui ressemblait si peu... Il n'avait

jamais paru s'en soucier. En revanche, cela me rappelait un peu Lolotte... Oui, quand je l'entendais parler ainsi, c'était sa voix à elle qui semblait se superposer à la sienne. Mais pourquoi ? Pourquoi manifester à présent les mêmes inquiétudes qu'elle concernant l'influence de l'implant ?

« En fait, tu tiens à moi, non ? »

Seth tressaillit comme si je l'avais frappé.

« Tu tiens à moi, et ça t'ennuie de ne pas savoir si ce que je ressens est réel, c'est ça ? » insistai-je.

Le tueur d'auras me lança un regard noir.

« Tu es vraiment folle, m'accusa-t-il d'une voix glaciale. Tenir à toi ? Pourquoi est-ce que je tiendrais à toi ? Tu me dois une mort, c'est tout.

— Je vois », murmurai-je.

Il venait de le dire. Je venais de l'entendre.

Et pourtant, je doutais de sa sincérité. Pourquoi ? Simplement parce que je désirais que ce soit un mensonge ? Ou parce qu'il se donnait beaucoup de mal depuis le début de cette conversation pour étouffer les émanations de son aura ?

Etais-je vraiment folle ? Ce n'était peut-être que cela, après tout... L'implant. Il avait peut-être raison. Ils avaient peut-être tous raison...

Mais je voulais en avoir le cœur net, et puisque j'étais folle...

Je me penchai vers Seth, attrapai le revers de sa tunique et posai résolument mes lèvres sur les siennes.

Aussitôt, mon cœur se mit à battre de manière désordonnée et douloureuse, et le sang à rugir à mes oreilles. Mon souffle se fit heurté.

Seth avait l'immobilité et la froideur des statues. Il semblait même avoir cessé complètement de respirer. Ses yeux, grands ouverts, paraissaient deux puits insondables. Je cherchai alors notre lien psychique et entrepris de le remonter.

Je n'avais jamais fait quoi que ce soit de semblable auparavant. Peut-être parce que je n'avais jamais vraiment voulu savoir ce qui se trouvait à l'autre bout. Mais je voulais savoir à présent. Je voulais savoir ce qui se trouvait à l'autre bout. Du néant ? Du cynisme ? Etait-il vraiment si différent de moi ?

J'entrai dans sa tête.

D'abord imperceptible, l'odeur, reconnaissable entre mille, de sang et de carnage, fut bientôt omniprésente, entêtante, impossible à ignorer.

Puis je me heurtai à ses murailles psychiques.

D'onyx froid et lisse, absolument sans prises. Je les caressai du bout des doigts. Il devait y avoir une ouverture, quelque part. Une faille. Une fissure.

Je voulais entrer.

Qu'est-ce que tu fais là ?

L'aura de Seth tournait à présent autour de moi, à la fois méfiante et curieuse, humant l'air comme un fauve en pleine chasse.

Tu n'as rien à faire ici, Clarence. Sors de ma tête.

Je résistai.

Non.

Je voulais entrer.

Seth ricana.

Entrer ? Tu veux entrer ? Pourquoi voudrais-tu faire une chose pareille ? Qu'est-ce que ça t'apporterait ? Clarence Clarence Clarence... Je suis un monstre. Tu ne supporterais pas de voir ce qu'il y a dans ma tête...

Mais qu'est-ce qu'il en savait ? Je le connaissais, après tout. Je le connaissais mieux que personne. Rien de ce qu'il pouvait avoir dans la tête ne pouvait m'être insupportable.

Quand Seth voulut me faire reculer d'une poussée psychique, je résistai. Il fit le tour de mon bouclier mental, vaguement amusé.

Eh bien, vas-y, déclara-t-il tout à coup en abattant une partie de ses murailles. *Après tout, pourquoi pas ? Tu veux regarder ? Eh bien, vas-y regarde...*

Il me provoquait. Il me défiait.

Et il me les montra.

Tous ces gens qu'il avait tués. Leurs auras déchiquetées. Leur visage couvert de boue et de sang, leur regard vide... Leurs mains crispées qui grattaient le sol pour s'éloigner de lui. Des soldats. Mais aussi des civils. Des vieillards, des femmes... Même des enfants.

Oui, il me les montra tous. Il les fit défiler devant moi, me laissant entendre leurs pleurs, leurs supplications, leurs râles d'agonie, jusqu'à ce que je crie grâce.

Il avait raison. C'était insupportable.

Mais ce n'était pas cela que je voulais voir. Ce n'était pas cela que je voulais savoir. Seth ne me détournerait pas si aisément de mon but. Parce qu'au milieu de tout ce chaos, de toute cette horreur, je le sentais encore. Le lien psychique.

Il suffisait que je me tende vers lui, et que j'avance. Que je remonte un peu plus loin, encore. Simplement un peu plus loin... Que je fasse encore un effort... Et je saurais enfin ce qu'il me cachait. C'était presque là, à ma portée. Je le voyais, je le touchais presque...

Sors de là !

Seth m'éjecta alors de son esprit, avec la même brutalité et la même aisance que si j'avais été un chiot désobéissant qu'il lui suffisait d'attraper par la peau du cou pour le mettre à la porte.

Je pris une inspiration tremblante.

Puis une brusque douleur me déchira la lèvre inférieure et je me rejetai en arrière en criant.

Le goût du sang envahit ma bouche.

Seth m'avait mordue.

Je lançai à ce dernier un regard surpris puis courroucé, et il m'adressa un petit sourire insolent.

« Ça fait mal ? s'enquit-il, doucereux. Ma pauvre petite Clarence... Peut-être qu'il aurait mieux valu laisser cette muselière où elle se trouvait, pas vrai ? Enfin... Maintenant, écoute bien ce que je vais te dire. N'essaie même pas de recommencer ou la prochaine fois je ne me contente pas de te faire saigner. Je te démembre...

— Et qu'est-ce que je ne dois pas recommencer, au juste ? marmonnai-je à voix basse en tâtant l'intérieur de ma lèvre inférieure. Laquelle des deux choses que j'ai faites me défends-tu de refaire ? Entrer dans ta tête ou...

— Les deux. Et depuis quand te montres-tu si insolente ? »

Je soutins son regard sans répondre. Insolente ? Non. Je ne faisais pas montre d'insolence. Je voulais simplement comprendre ce qu'il représentait pour moi et ce que je représentais pour lui. Poser des mots sur cette relation trouble, incompréhensible, que nous entretenions. Et j'aurais réussi, s'il ne m'avait pas jetée hors de son esprit tortueux.

« Est-ce que tu veux coucher avec moi ? »

Je relevai la tête, choquée.

« Q... quoi ? bredouillai-je alors en m'étranglant presque.

— Je t'ai demandé si tu voulais coucher avec moi », répéta Seth, imperturbable.

Mes joues se mirent à me brûler, et je m'agitai un moment, si mal à l'aise que je ne trouvai rien à répondre.

« Alors ? insista-t-il tranquillement. Oui ou non ?

— Quoi ? Non, je... Non... Pas vraiment.

— C'est non ou pas vraiment ? me demanda le tueur d'auras en haussant un sourcil interrogateur.

— Non...

— Je vois... »

Seth se laissa retomber contre la paroi de l'habitacle, toujours menotté dans le dos, et ferma les yeux. Son aura ressurgit progressivement, mais elle m'évita, restant à bonne distance, ramassée sur elle-même et grondante.

Je soupirai.

Hadrien avait raison.

Il avait su avant moi que je n'étais pas une femme aux yeux de Seth, et que nous n'avions pas ce genre de relation. Alors pourquoi avait-il fallu que je fasse quelque chose d'aussi stupide ? Et pourquoi une voix en moi, obstinée, têtue, continuait-elle à me dire que j'avais eu raison, que j'avais encore raison ?

Je posai doucement les doigts sur ma lèvre enflée, et appuyai légèrement. La douleur irradiait dans chaque battement.

Il m'avait mordue... Mais c'était ma faute. Je ne pouvais rien lui reprocher.

Après tout, j'avais dépassé les limites. Notre relation était déjà assez complexe comme ça. Pourquoi y jeter davantage de trouble ?

A l'intérieur de mon crâne, les pensées tournoyaient en un magma informe. Tout se mêlait. Lolotte, Hadrien, Seth... Pourquoi mon esprit s'évertuait-il à me les représenter ? Et pourquoi ensemble ? Comme s'il existait un lien secret entre eux, que je devais trouver. Un chaînon manquant. Mais j'avais beau tourner et retourner dans ma tête ces pensées, impossible de les imbriquer ensemble.

« Tu penses trop fort, me fit tout à coup remarquer Seth avec un soupir en tournant la tête vers moi.

— Quoi ? Désolée, m'excusai-je en réduisant la portée de mon aura.

— Qu'est-ce qu'il y a ? demanda-t-il en étudiant attentivement l'expression de mon visage.

— Rien.

— Allons, Clarence, susurra-t-il. Si ce n'était vraiment rien, je n'aurais pas l'impression que quelqu'un est en train de sonner le tocsin sous mon crâne.

— Dans ce cas, ce n'est rien dont j'aie envie de discuter avec toi, » rectifiai-je alors en détournant le regard.

Seth garda le silence un moment, jouant à faire tinter ses chaînes sur les barres métalliques du banc. Puis il revint brusquement à la charge.

« Ça ne te suffit pas, c'est ça ? insista-t-il, indéchiffrable.

— Quoi ? Qu'est-ce qui ne me suffit pas ? De quoi est-ce que tu veux parler au juste ?

— De notre marché, répondit Seth tandis que la chaîne venait heurter le banc avec plus de force. Je veux parler de notre marché, Clarence. Ça ne te suffit pas ? »

Sa question déclencha en moi un véritable signal d'alarme.

Un frisson remonta le long de mon échine, et je levai les yeux vers le visage parfaitement inexpressif du tueur d'auras. Rien. Ses traits ne reflétaient rien. Et pourtant, je sentais sa colère. Non, pas vraiment de la colère... plutôt de la désapprobation.

« Je peux y mettre fin maintenant, offrit-il pourtant froidement. A notre marché. Alors vas-y, tu n'as qu'à me le dire, si c'est ce que tu veux...

— Ce n'est pas ce que je veux. Et tu le sais.

— Non, je ne sais pas, rétorqua-t-il enfin tandis que son aura s'agitait. Comment veux-tu que je le sache ? Tu es vraiment idiote. Je ne comprends pas ce que tu as dans la tête, d'accord ? Je ne comprends rien de ce que tu as dans la tête. »

Le souvenir du jour où il avait posé la lame de son couteau sur ma gorge, dans la zone blanche, me revint brusquement en mémoire, et je tressaillis. C'était comme ce jour-là. Comme ce jour où il pensait que je l'avais trahi. Il semblait inquiet, perdu et blessé. Vulnérable comme un enfant.

Je me rendis alors compte que je ne m'étais pas mise à sa place. Qu'à aucun moment je ne m'étais mise à sa place. Si je l'avais fait, ne serait-ce qu'une fois, j'aurais compris que mes actions, déjà troubles à mes yeux, devaient n'avoir aucun sens aux siens.

Si je l'avais fait, j'aurais compris que c'était pour cela qu'il m'avait demandé si je voulais coucher avec lui. Non pas parce qu'il désirait m'embarrasser, mais parce que c'était la seule explication logique qui donnait un sens à mes paroles et à mes actes.

Pensait-il que j'attendais davantage de lui, que je remettais en cause les fondements de notre relation ?

Seth n'aimait pas le doute et l'incertitude. Le sol qu'il foulait de ses pas devait être solide.

« Il n'y a rien de plus important pour moi que notre marché, déclarai-je à Seth en soutenant son regard. Et je l'honorerai quoi qu'il arrive.

— Vraiment ? »

Lorsque son aura emprisonna la mienne, je laissai faire, même si la sensation de ses griffes psychiques se refermant sur moi me mettait mal à l'aise. Je savais que je n'avais rien à craindre, qu'elle ne me blesserait sans doute pas. Mais j'avais beau le savoir, je n'ignorais pas non plus que s'il lui en prenait la fantaisie, elle était plus que capable de le faire… et si je m'en remettais à elle parce que j'avais choisi de le faire, je ressentais néanmoins une peur viscérale.

L'aura de Seth goûta ma sincérité…

« Ne t'avise pas de revenir sur ta parole, Clarence », murmura enfin Seth en relâchant sa prise.

Je hochai la tête en guise d'assentiment.

Oui, je pouvais promettre. Je pouvais jurer.

Cela ne me coûtait rien.

Je n'avais jamais eu l'intention de revenir sur ma parole.

Sa vie. Ma mort.

Il ne pouvait en être autrement. Je le savais depuis que je l'avais fait sortir de la fosse.

Je n'avais besoin de rien d'autre. Je n'avais besoin de personne d'autre.

Si Seth était là, s'il restait à mes côtés, jusqu'au bout de la nuit et de l'enfer, alors c'était suffisant, je pouvais renoncer à tout le reste.

Renoncer à poser des mots sur cette sensation de vertige qui me saisissait parfois quand il me regardait, sur cette impression de trébucher comme si tout à coup j'avais mis un pied dans le vide... Renoncer à examiner cette chose chaude et vivante qui logeait à l'intérieur de ma poitrine. Oui, renoncer. Me contenter de savoir que c'était là, quelque part. Admettre son existence, et ne pas la questionner. Je pouvais fermer les yeux. Faire semblant de ne pas savoir. Ne pas embarrasser Seth en lui imposant des sentiments qu'il ne comprenait pas, et qu'il ne pourrait jamais comprendre.

En fin de matinée, le fourgon s'arrêta un bref instant pour un échange de chauffeurs, et on nous donna la permission de sortir afin de nous soulager et de nous dégourdir les jambes. Seth refusa de quitter l'habitacle, mais quant à moi je descendis.

Un brouillard dense et froid avait effacé le paysage, et j'avais beau projeter mes regards vers l'avant, vers l'horizon, je ne voyais rien que la route caillouteuse où nous roulions depuis des heures et les feux d'arrêt des deux véhicules qui nous précédaient. Tout le reste n'était que des traits vagues sur un fond gris, des lignes tremblotantes d'arbres qui s'atténuaient et disparaissaient.

Je secouai mes jambes endolories et après un bref regard incertain vers les silhouettes en uniforme qui discutaient en fumant près de la portière, je m'enfonçai dans la brume.

On me regarda à peine.

J'avais craint qu'on ne m'empêche de m'éloigner seule, mais les soldats me laissaient faire sans broncher. Ils n'étaient pas inquiets. Ils auraient sûrement escorté Seth, mais moi... Qu'avaient-ils à craindre de moi ? Je ne représentais pas le moindre danger, et d'ailleurs, la bombe placée dans l'implant était une garantie suffisante de mon retour...

Le silence semblait un peu avoir une densité, ici. Comme s'il ne faisait qu'un avec le brouillard. On n'entendait rien alentour. Ni animaux, ni insectes... Toute vie semblait avoir déserté cette région.

Quand je rebroussai chemin, je me fiai davantage à mon aura qu'à mes yeux pour me guider.

Dès que je fus remontée dans le fourgon sécurisé, un soldat en ferma la porte, nous replongeant dans la pénombre, et je n'entendis plus que le bruit de ses bottes contre les graviers ainsi que le claquement de sa portière avant que le convoi ne se remette en route.

Nous roulâmes jusqu'à la nuit.

Seth gardait le silence, et je sentais à peine sa présence à mes côtés. Il semblait s'être retranché loin. Seule son aura rôdait en liberté dans l'habitacle, palpant les parois métalliques, se glissant dans le moindre interstice...

Puis le convoi s'immobilisa.

La porte du fourgon s'ouvrit, et le faisceau d'une lampe torche entra en même temps qu'un souffle d'air glacé, balayant l'habitacle jusqu'à nous. Je plissai les yeux et levai une main pour éviter d'être éblouie.

« On s'arrête là pour la nuit. Viens prendre ta ration et la sienne, » m'ordonna une voix bourrue.

Je me levai.

« Eh, il avait pas une muselière ? Quand c'est qu'il l'a enlevée ? me demanda l'homme quand je l'eus rejoint.

— Ce n'est pas lui.

— Quoi « ce n'est pas lui » ?

— Non, c'est moi. C'est moi qui l'ai enlevée.

— Toi ? Et pourquoi tu l'as enlevée ? Il te l'a demandé, c'est ça ? Il t'a forcée avec cette merde qu'il a dans la tête ?

— Non, ce n'est pas ça. C'est juste qu'elle était... trop serrée.

— Trop serrée ? »

Le regard que me lança le soldat était tout à la fois agacé et incrédule, alors je me contentai de hausser les épaules.

« T'as enlevé sa muselière parce qu'elle était « trop serrée » ? répéta le soldat comme s'il pensait avoir mal compris. C'est ça que tu me dis ?

— Oui...

— Dans ce cas, tu dois pas avoir grand-chose dans le cerveau, trancha-t-il avec un grognement peu amène. Ou alors c'est que t'es complètement inconsciente.

— Ça doit être ça, marmonnai-je en me tâtant une nouvelle fois la lèvre, tandis que Seth ricanait.

— Il est toujours attaché au moins ?

— Oui. »

Le regard qu'il posa sur moi montra ce qu'il pensait de ma capacité à produire des réponses fiables.

« Bordel, marmonna-t-il en se hissant dans l'habitacle. Si je vérifie pas maintenant, sûr que ça va me hanter. »

Il fit deux pas en direction de Seth avant de lui demander de se tourner lentement pour qu'il puisse voir ses mains.

L'autre s'exécuta complaisamment, un sourire aux lèvres.

Peu d'hommes auraient eu le courage de s'approcher ainsi de Seth, et l'odeur de sa peur, qui se répandait en volutes piquantes, attira bientôt l'attention de l'aura. C'est alors qu'un détecteur semblable à celui que j'avais déjà vu dans le hall d'entrée se mit à sonner. Le soldat se recula précipitamment.

« Bordel de merde ! »

Il descendit alors en jurant, aussi vite que s'il était poursuivi par une armée de démons, et après avoir refermé la porte du fourgon et s'être assuré qu'elle était bien verrouillée parce que « les tarés comme ça, ça lui foutait les jetons », il me poussa à l'arrière du convoi.

Une file d'attente s'y était formée, composée d'implantés, qui tous patientaient pour avoir leur ration.

« Quand tu es servie, tu m'attends, m'ordonna le soldat – l'odeur de sa peur persistait et ses tempes étaient couvertes d'un voile de transpiration. Tu m'attends là. Tu ne bouges pas d'un pouce, compris ? J'ai vraiment pas envie de te courir après. »

J'acquiesçai.

Il y avait peut-être une dizaine de personnes devant moi. Je n'en connaissais aucune, mais les rares regards que je croisai – et qui se détournèrent bien vite – m'apprirent qu'en revanche on savait exactement qui j'étais...

Après avoir reçu les deux rations – des boules de pâte protéinée de la taille d'une paume – je dus patienter un long moment debout dans le froid, frissonnante sous ma tenue grise. Nous n'étions pas équipés pour affronter des températures si basses.

Quand le soldat revint enfin, je peinais à tenir dans mes mains les rations de nourriture, et mes pieds s'étaient engourdis. De longs panaches de fumée blanche sortaient de ma bouche et de mes narines.

« C'est bon, viens, déclara-t-il en me faisant un signe. Froid, hein ?

— Ça va, mentis-je en me retenant de me plier en deux pour conserver ce qu'il me restait de chaleur corporelle.

— C'est ça... Allez, prends ça, m'enjoignit-il en me tendant un plaid de laine dans lequel je m'empressai de m'envelopper. De toute façon c'est pour vous. »

Je lui emboitai le pas.

« Tu le connais depuis longtemps ? me demanda soudain le soldat. Le tueur d'auras dans le fourgon ?

— Oui...

— Et vous êtes... amis ?

— Non.

— C'est ce que je me disais aussi, acquiesça-t-il sans me faire reproche de mes réponses monosyllabiques. Ça doit pas être facile de manœuvrer quelqu'un comme lui, hein ? Il te fout les jetons, pas vrai ?

— Parfois, reconnus-je en essuyant mon nez humide sur ma manche.

— Sûr. Même nous, les ordinaires, on n'aime pas approcher ceux de sa sorte. Rien que d'imaginer ce qu'ils peuvent faire sans lever le petit doigt... J'en ai vu, moi, des gars vidés. Aspirés. Avec plus personne à l'intérieur. »

Il secoua la tête avant de poursuivre : « C'est à se rendre malade. Ça devrait pas être permis de faire des choses comme ça à un homme, pas vrai ? Et quand c'est comme ça, y a plus rien à faire, hein ? C'est l'âme qui est partie. Tu as dû en voir un sacré paquet, toi aussi, non ? Puisque tu es avec *lui*... »

Je sentais qu'il voulait que je parle, que je raconte les monstruosités perpétrées par Seth, mais je ne répondis rien. J'en avais vu quelques-uns, moi aussi, des « gars vidés », mais rien ne pourrait me résoudre à en parler. J'avais froid, j'étais épuisée, et je n'avais pas envie de me rappeler le vide dans leur regard mort, le bruit de déchirement mouillé de leurs auras mises en pièces.

La curiosité de mon garde tourna en dépit quand il comprit que je ne lui donnerais pas ce qu'il désirait, et lorsque nous arrivâmes devant le fourgon sécurisé, il ouvrit la porte pour me faire monter avant de jeter le deuxième plaid sur le sol du véhicule et de refermer derrière moi.

La transition fut si rapide que mon regard se perdit dans l'obscurité, et je titubai, déséquilibrée. Puis les rations me glissèrent des mains, roulant sur le sol, et lorsque je m'accroupis pour les chercher à tâtons, j'entendis la voix de Seth s'élever dans l'habitacle.

« Qu'est-ce que tu fabriques, Clarence ?
— Rien.
— Tu es bien maladroite... »
Je foudroyai du regard le vide devant moi.
« Je t'aiderais bien, ajouta Seth avec nonchalance en remuant ses mains enchaînées, mais je ne peux pas...

— Laisse tomber, » marmonnai-je avec mauvaise humeur.
Le sol sur lequel j'avais posé les genoux était glacé, humide et sale.
Je commençai à chercher. Mes paumes se couvrirent peu à peu d'une couche de boue que j'essuyai sur les jambes de mon pantalon avec une grimace de dégoût.
J'aurais voulu un peu de lumière. Juste un peu de lumière...
Je ne retrouvai que la moitié des rations.
Je me redressai en soupirant. Tant pis. Le reste attendrait le lever du jour...
Toujours à l'aveugle j'avançai vers Seth, heurtant au passage les barres métalliques du banc, trébuchant sur des irrégularités du sol. Je ne voyais vraiment rien et ce n'était que grâce à l'implant que je savais exactement où se trouvait Seth. Seth... Seth était un fil tendu que je pouvais suivre. Un point de repère. Je n'avais qu'à remonter jusqu'à la source de cette énergie sombre et malveillante qui saturait l'air de sa présence.
Clarence...
« Quoi ? » répondis-je à voix haute avant de me rendre compte que sa voix à lui avait résonné directement sous mon crâne.
« *Qu'est-ce que tu fais là ?* l'apostrophai-je alors, mal à l'aise et troublée de ne pas m'être rendue compte de son intrusion.

— *C'est toi qui m'as invité à entrer*, assura tranquillement Seth en suivant du regard le fil de mes pensées avant de tendre une main psychique pour les toucher.

— *Je ne t'ai pas invité à entrer...* soupirai-je en m'interposant. *Je suis juste trop fatiguée pour redresser mes murailles psychiques. Va-t-en, s'il te plaît.*

— *Déjà ? Je suis déçu... »*

Il se retira tout de même et j'érigeai de nouvelles défenses.

« Tu devrais faire attention, me dit Seth, à voix haute cette fois. Entrer dans ta tête est un jeu d'enfant. Si je peux le faire, d'autres le pourront aussi. Mais eux ne se contenteront pas de *regarder* à l'intérieur.

— Comment ça ? Qui ne se contentera pas de regarder ?»

Il haussa les épaules.

« Notre pays n'est pas le seul à disposer de combattants spéciaux.

— Tu veux dire que sur le front...

— Certains sont comme nous, oui. Implantés. »

Puis il se pencha et s'empara du plaid posé sur mes genoux et d'une ration protéinée avec la même facilité que s'il y voyait comme en plein jour. Son aura était lisse et huileuse.

Je restai paralysée.

« Enfin, ne t'inquiète pas trop, conclut Seth avec un sourire amusé – il souriait, j'en étais sûre, je ne pouvais peut-être pas le voir mais je le *sentais*. Tu sais bien que de toute façon je ne laisserai personne te tuer avant moi.

— Alors c'est parfait, grinçai-je tandis qu'il commençait à glousser de rire. Me voilà rassurée... »

Il ne laisserait personne me tuer... Que devais-je comprendre au juste ? Qu'il assurerait mes arrières et me protégerait au combat ? Ou qu'il m'achèverait de ses mains si la situation l'exigeait ? Ce n'était quand même pas la même chose...

Je levai la boule de pâte protéinée jusqu'à ma bouche avant de la reposer sur le banc à côté de moi, intacte. Soudainement, je n'avais plus très faim...

Chapitre 8

Voyager dans un fourgon sécurisé n'avait rien de confortable. Le ventre métallique vibrait continuellement sous nos pieds et les cahots de la route nous secouaient en tous sens. En outre, si notre soif était étanchée à chaque pause du convoi, nous n'étions nourris que lors des arrêts à la tombée de la nuit, et qu'importait à nos gardes que la faim nous ait tiraillés tout le jour.

« Ouais, eh bin faut vous y habituer les gars, avais-je même entendu répondre un soldat à l'un d'entre nous. Qu'est-ce que vous croyez ? Hein ? Vous vous attendiez à quoi au juste ? A trois repas par jour ? Vous n'êtes plus au Centre, recrues, et c'est la guerre. Alors on boit, on mange et on dort quand on peut, et le reste du temps on ferme sa gueule. Vous avez faim ? La belle affaire. Attendez de voir comment c'est, au front. Les seuls qui n'ont pas faim là-bas, ce sont les cadavres en train de pourrir. »

Un silence morose avait succédé à sa diatribe, et il s'était éloigné en maugréant qu'il ne supportait pas de s'occuper des « bleus ».

Pour ma part, si je supportais relativement bien la faim, je n'aimais pas rester assise dans la pénombre, sans pouvoir ne serait-ce que suivre des yeux le paysage qui défilait. Le trajet n'en finissait pas. La route caillouteuse où s'était engagé le convoi pour le front s'étirait et se distendait, semblant se dérouler indéfiniment au-devant de nous.

Nous roulions vers les frontières de l'est, c'était là tout ce dont j'étais assurée car si dans l'habitacle je pouvais sentir que nous montions et prenions de l'altitude, il m'était impossible de dire où nous nous trouvions exactement.

Il n'y avait guère que lorsqu'on nous faisait descendre de véhicule que je pouvais attester de l'état d'avancement du convoi.

Des montagnes.

La brume qui s'était levée au troisième jour avait révélé une vaste étendue de terre désolée, hérissée de montagnes austères en dents de scie. Le sol sous nos pieds, du même brun rougeâtre que le sang séché, semblait constitué de roche désagrégée, de fer et de poussière.

Un vent violent balayait ce désert, soulevant des nuages rougeâtres qui s'abattaient ensuite sur les vitres des fourgons blindés et s'infiltraient jusque dans les moteurs par le moindre interstice.

Nos gardes parlaient de « fléau rouge ».

Je devais envelopper mon bras articulé au moment de descendre pour éviter qu'il ne se grippe.

Ce paysage était étrange. Je n'avais encore jamais rien vu de tel. Dans ma ville natale, tout m'apparaissait en nuances de gris. Mais ici... La guerre donnait l'impression d'être passée par là avant nous, et d'avoir imprégné le sol de sa violence destructrice.

Marcher là, c'était comme marcher sur les restes d'un champ de bataille...

Tout semblait avoir été broyé. Les machines et les hommes. Tout broyé, réduit à cette poussière ensanglantée qui se soulevait au moindre souffle et tournoyait dans les airs avant de retomber encore et encore.

Le sable se mettait dans les filtres des véhicules, et l'avancée des fourgons s'en trouvait ralentie.

Quand le convoi s'immobilisa pour de bon, la nuit était tombée.

On nous fit descendre pour aller chercher les rations de nourriture, et je plissai des yeux, déboussolée.

Il faisait sombre comme dans un four. Sombre et presque... étouffant. J'avais l'impression que l'obscurité *pesait* sur moi.

Puis mes yeux s'habituèrent, et je découvris que nous étions cernés de part et d'autre par une gigantesque masse de roche sombre et dense. En haut, une mince bande de ciel parsemée d'étoiles.

Un canyon...

Ce monstre de pierre nous avait engloutis. Nous nous trouvions dans ses entrailles. Les parois qui montaient jusqu'à une dizaine de mètres au-dessus de nos têtes avant de finir en rangées de dents de roche acérées, formaient les deux mâchoires de sa gueule.

Je clignai des yeux et frissonnai.

« Avance » m'enjoignit le soldat chargé de m'escorter en dirigeant le faisceau de sa lampe torche vers le sol devant moi, et je fis quelques pas en avant.

Trop de profondeur à cette nuit, et marcher dans le fond de ces entrailles glacées me mettait profondément mal à l'aise. Le silence qui nous entourait ressemblait à de l'attente, et le néant avait des yeux.

Il y avait quelque chose... comme une vibration ténue dans les parois qui se trouvaient à quelques mètres de moi, un chant bas et lugubre... Un chant de souffrance et de mort.

La roche murmurait.

Je pouvais l'entendre.

La pierre, imprégnée d'échos psychiques, de résidus d'auras, bourdonnait. Comme les murs de la ville fantôme dans la zone blanche. Pourtant, personne ne devait avoir vécu ici. Il n'y avait rien. Rien. Que de la poussière de fer rouillé. Rien qui puisse justifier cette terreur qui me griffait l'intérieur de la poitrine et amenuisait mon souffle tandis qu'un nœud d'angoisse se formait peu à peu dans ma gorge. Personne n'avait vécu ici. Mais même en le sachant, je n'aurais touché ces pierres pour rien au monde.

Réprimant un frisson, je resserrai les pans de mon plaid et me plaçai derrière la file d'attente.

Je n'étais pas la seule à me sentir nerveuse. Devant moi, d'autres donnaient des signes d'agitation.

Puis un gémissement brusque s'éleva, et mes bras se couvrirent de chair de poule.

Je me retournai en bloc, le cœur battant, sondant le vide.

Il n'y avait rien.

« C'est juste le vent », dit alors la fille devant moi dans la file, d'une voix blanche et hésitante.

Rien que le vent...

Oui, c'était le vent qui soufflait sur les hauteurs et s'engouffrait en gémissant dans les tourbillons et les failles des roches. Le vent. Je percevais ses plaintes lugubres, répercutées encore et encore, semblables à des sanglots.

Ce n'était que le vent.

« Non, rétorqua alors quelqu'un, plus loin. Vous ne connaissez pas cet endroit ? On dit...

— Avance et ferme-la, le rabroua le soldat chargé de veiller au bon déroulement de la distribution des rations. Qu'on en finisse. On se les pèle ici, merde ! »

Personne n'osa rien dire après cela, et un silence tendu rythma notre attente, brisé seulement par les gémissements pathétiques du vent.

Mon tour arriva enfin, et je me hâtai de prendre les rations et de rebrousser chemin pour retrouver l'obscurité familière du fourgon.

Cet endroit... Je ne trouvais pas de mots pour exprimer le malaise profond qu'il m'inspirait. Cet endroit était maudit.

Seth se pencha vers moi et ses narines se dilatèrent légèrement.

Il semblait... humer l'air.

« Je peux sentir ta peur d'ici, murmura-t-il enfin. Même sans me servir de mon aura. »

Je grimaçai et me reculai pour m'éloigner de lui.

« Oui, eh bien arrête, marmonnai-je en posant les rations entre nous, comme pour m'en faire un rempart. Je t'ai déjà demandé de ne pas faire ça.

— Pourquoi ? ricana-t-il. Je te mets mal à l'aise, peut-être ?

— Oui.

— J'en suis navré, ma petite Clarence, mentit-il avec insolence. Que se passe-t-il ?

— Rien.

— Rien ? répéta Seth, en me faisant sentir toute l'étendue de son scepticisme. Tu reviens en puant la peur, et il ne se passe rien ? Clarence, Clarence, Clarence...

— Non, c'est juste... c'est juste cet endroit, me justifiai-je après une hésitation. C'est cet endroit. Tu ne sens rien ? Il est...

— Le gouffre des âmes.

— Quoi ?

— Le gouffre des âmes. Même enfermé ici, je perçois les émanations psychiques des parois.

— Tu es déjà venu...

— Oui, acquiesça tranquillement Seth. Je suis déjà venu. Si j'étais un peu superstitieux, je dirais que cet endroit est hanté...
— Hanté ? Pourquoi hanté ? Qu'est-ce que c'est ?
— Un lieu de passage. Et un charnier. »
Je dressai l'oreille. Un charnier ?
« Des milliers de prisonniers de guerre ont été trainés ici et exécutés lors des dernières décennies.
— Pourquoi ?
— Toujours pour les mêmes raisons, répondit Seth avec un haussement d'épaules indifférent. Le temps et l'argent. Les emprisonner aurait coûté trop cher à l'Etat. Il aurait fallu un endroit sécurisé, du personnel, des ressources... Pourquoi se donner cette peine à une époque où on manquait de tout ? Alors que pour se débarrasser d'eux il suffisait d'un ravin... »

Une bile brûlante remonta le long de ma gorge, et j'inspirai lentement pour la contenir. Ce n'était pas possible... pas possible. Un raisonnement pareil ne pouvait pas être concevable. Il était question de vies humaines. Comment pouvait-on exécuter des centaines de personnes simplement pour économiser des ressources ?

« Tu ne comprends pas parce que tu n'es pas comme eux, déclara Seth comme s'il avait lu dans mes pensées. Tu ne pourras jamais être comme eux. Tu n'imagines même pas jusqu'où ils sont capables d'aller... Est-ce que tu veux que je te le dise ?

— Non.
— Tu n'es pas curieuse de savoir pourquoi les parois sont imprégnées d'aura ici ?
— Si, reconnus-je à contrecœur, mais...
— C'est à cause des mises à mort, poursuivit alors Seth sans me laisser le temps de formuler des objections. Au début, les premières années de la guerre, ils faisaient simplement exécuter les prisonniers d'une balle dans la tête, et jeter leur corps dans un ravin. Pas besoin de les enterrer, pas vrai ? Mais ils ont vite arrêté. Et tu sais pourquoi ?
— Le temps et l'argent, supposai-je, lèvres serrées.
— Bravo, Clarence, me complimenta Seth avec un ricanement cynique. C'est exactement ça. Le temps et l'argent. Parce que les balles coûtaient trop cher. Les matières premières pour les produire en masse commençaient à manquer. Alors on a demandé à des tueurs d'auras comme moi d'y aller et de faire ce qu'ils faisaient de mieux. »

Des tueurs d'auras comme lui ? Seth avait-il participé à des « missions » comme celles-ci ? Lui avait-on demandé de mettre à mort des gens désarmés et impuissants avant de jeter leur corps dans un ravin ? Parmi tous les visages que j'avais vus dans son esprit, certains appartenaient-ils à des gens qu'il avait exécutés au fond de ce gouffre ?

La colère couvait en moi. Une rage froide, aveugle et impuissante.

On avait déjà fait de lui un tueur. Un monstre. N'était-ce pas suffisant ? Fallait-il aussi en faire un bourreau ?

Décidément, chaque jour davantage je haïssais ce monde qui nous avait vus naître. Chaque jour davantage je haïssais ces gens qui nous façonnaient comme si nous n'étions que de la glaise entre leurs doigts. Faits de terre et de saleté, destinés à mourir dans la fange, que valions-nous à leur yeux ? Rien, et que toute la pourriture du monde nous emporte. Et que nos os tombent en poussière. Nous ne valions rien à leurs yeux.

Si je mourais sur le front, quelqu'un viendrait sans doute récupérer sur mon cadavre le précieux bras articulé et l'implant. Cela seul avait de la valeur à leurs yeux. Oui, ils voudraient au moins recouvrer une partie de leur investissement.

Et j'avais laissé Lolotte entre les mains de ces gens. Sa vie dépendait d'eux. De leur bon vouloir. Cela me rendait malade, rien que d'y penser.

Je revoyais le colonel Matthieu Degrand m'assurer qu'il n'avait « aucun intérêt » à la garder en vie, et qu'il ne le ferait qu'à la condition que je me montre utile... Et garder le contrôle de Seth pendant qu'il tuait, c'était cela, me montrer utile aux yeux du colonel.

Et alors ? Je peux supporter davantage de sang sur mes mains, ma petite Clarence, murmura la voix de Seth dans ma tête.

Je serrai les poings et mes ongles s'enfoncèrent dans la chair de mes paumes.

Mais moi, le pouvais-je ? Le pouvais-je seulement ? Quand il tuerait, le sang de ses victimes serait-il sur ses mains ou sur les miennes ? Nous étions liés. Rien de ce qu'il ferait ne me serait épargné. Il tuerait, et j'aurais leur sang sur les mains. Il tuerait, et j'aurais leurs reproches sur la conscience. Oui, si je le laissais faire, alors sa faute serait la mienne.

« Tu ne peux rien faire pour l'empêcher, déclara tout à coup Seth à voix haute. Rien. Tu ne peux plus rien faire pour préserver ta petite conscience et tes mains toutes propres... Il est trop tard pour ça. A moins, évidemment, que tu ne sois prête à laisser mourir ta copine à l'implant endommagé...

— Non...

— C'est bien ce que je me disais. Après tout, tu nous as fait revenir pour elle... C'est une belle preuve de loyauté. Mais tu ne t'imaginais quand même pas qu'il n'y aurait pas de prix à payer ? Il y a toujours un prix à payer, Clarence. »

Peut-être... Oui, au moment où j'avais pris la décision de revenir au Centre, je me doutais bien que nous serions envoyés sur le front. Mais pour autant je n'avais pas une idée très claire de ce que cela impliquerait... Le sang. Et la mort...

« Tu es tellement naïve, décréta tout à coup Seth en remuant ses bras maintenus attachés dans le dos. Tellement naïve... Mais je peux difficilement te le reprocher, c'est ce qui te rend divertissante...

— Divertissante ? tiquai-je.
— Oui, acquiesça-t-il légèrement. Divertissante... Ne sois pas chagrinée. Tu ne peux rien y faire. Tu es comme ça. Tu es ce genre de personne.
— Qu'est-ce que tu veux dire ?
— Juste que tu t'imagines toujours que tout le monde joue en respectant les mêmes règles que toi...
— Et alors ?
— Alors ce n'est pas le cas. Tout le monde ne joue pas en respectant les mêmes règles que toi. Loin de là.
— Pourquoi pas ? grinçai-je.
— Parce qu'on ne gagne pas de cette manière, ma petite Clarence. En-dehors de toi tout le monde le sait. Crois-moi, tu devrais toi aussi arrêter de suivre les règles du jeu comme une gentille fille... Si tu regardais un peu autour de toi, tu ne tarderais pas à te rendre compte que tu es entourée de menteurs et de tricheurs. Tu ne peux pas gagner en jouant dans les règles.
— Comment ça ?
— J'avoue que je suis curieux de voir comment tu réagiras quand tu te rendras compte qu'on t'a trompée et que tu as fait tout ça pour rien.
— De quoi es-tu en train de me parler ? questionnai-je, l'agacement clairement perceptible dans la voix.
— Je veux parler de ta copine borgne. Regarde-toi. A faire le deuil de ta jolie petite morale, alors qu'à l'heure qu'il est, ils l'ont sûrement déjà débranchée...

— Non, balbutiai-je en secouant la tête comme pour rejeter en bloc ce qu'il venait de dire. Non, c'est impossible, ils ne peuvent pas l'avoir débranchée, le colonel a dit...

— Quoi ? Qu'est-ce qu'il a dit, ton colonel ? m'interrompit Seth avec un ricanement de dérision. Qu'il la laisserait vivre si tu prouvais que tu étais un bon petit soldat loyal ? Qu'il ferait ça pour toi, si tu étais une gentille fille obéissante ? »

Ses paroles me firent l'effet d'une gifle, et mes poings se serrèrent convulsivement. Non, c'était impossible, il ne pouvait pas dire vrai...

« Allons, ma petite Clarence, poursuivit-il, doucereux, tandis que ma gorge s'obstruait. Si tu savais combien de fois j'ai entendu des conneries de ce genre... Ne me dis pas que tu l'as cru ? Ne me dis pas que tu as vraiment pensé un instant qu'il était aussi sincère, honnête et stupide que toi ? Idiote. La parole de quelqu'un comme lui ne vaut rien, comment croire quoi que ce soit de ce qui sort de sa bouche ? Il a prêté serment ? Et alors ? Un serment ne l'engage en rien. Un serment n'est qu'une simple monnaie d'échange, susceptible à chaque instant de perdre de sa valeur. Qui le lui fera respecter ? »

Ses paroles m'atteignirent en profondeur. Impuissante, je sentis leurs racines puissantes s'insinuer jusque dans le creux de mes entrailles, impitoyables, impossibles à déloger.

Il avait raison.

Le colonel Matthieu Degrand avait donné sa parole. Mais quelles garanties avais-je qu'il la respecterait ? Aucune. Je me trouvais déjà loin du Centre, et bientôt je serais sur le front, sans aucun moyen de m'assurer que le colonel honorait sa part du marché...

M'étais-je fait duper ? Avait-il déjà ordonné qu'on débranche Lolotte ? Etait-elle morte ? Etait-elle déjà morte, au moment même où je négociais sa survie avec le colonel Matthieu Degrand dans l'ancien bureau de Nathaniel David ?

Si c'était le cas, alors rien de tout ceci n'avait de sens. Tout ce que je faisais. Tout ce que je m'apprêtais à faire. Si Seth disait vrai, tout ceci n'était qu'un tissu d'absurdités... Je ne pouvais pas vivre comme cela. Je le sentais à la terreur panique qui commençait à ramper insidieusement dans ma poitrine. Impossible. Je ne pouvais pas vivre comme cela.

Je ne pouvais pas vivre en me disant que j'avais sacrifié ma liberté et celle de Seth pour rien. Que j'allais me battre et peut-être mourir pour rien. S'il restait une chance, même infime, que Lolotte soit encore en vie, que sa survie puisse dépendre de mes actions...

« Et ensuite quoi, Clarence ? fit remarquer Seth avec un claquement de langue désapprobateur. Que feras-tu ensuite ? Que feras-tu si elle ne se réveille pas ? Si elle meurt malgré tous tes efforts ?

— Elle se réveillera, prétendis-je dans un filet de voix.

— Admettons. Mais même si elle se réveille, poursuivit Seth sans s'émouvoir du trouble dans lequel ses paroles me jetaient, crois-tu qu'alors elle te sera reconnaissante de ce que tu as fait pour elle ? De ce que tu lui as sacrifié ?

— Elle sera en vie. C'est suffisant.

— Pour toi, sans doute... Mais pour elle ? Et en admettant que cela suffise, ce dont je doute fort... pour combien de temps ? Son implant est paramétré avec celui de Théo, pas vrai ? Et où est Théo à présent ? »

Je ne répondis rien.

« Tu sais ce qu'ils lui feront quand ils auront compris qu'elle est inutilisable ? Ils démonteront son implant. Pièce par pièce. S'il le faut même, ils l'arracheront de son crâne, et ils la laisseront crever là où elle est...

— Arrête.

— Tu sais qu'ils le feront, Clarence...

— La ferme ! Assez ! »

Je pressai de toutes mes forces mes mains sur mes oreilles pour ne plus avoir à l'entendre.

Qu'il se taise ! Qu'il se taise enfin !

Je ne pouvais plus supporter de l'entendre. Même si c'était vrai, que devais-je faire de ce qu'il me disait ? Que fallait-il que je fasse ? Me laisser tomber et mourir ? Voulait-il que je renonce à tout espoir ? Voulait-il que je pense que j'aurais dû la laisser mourir dans la zone blanche ?

« C'est exactement ça, reconnut tranquillement Seth. Tu aurais dû la laisser mourir. »

Je le fixai, estomaquée.

Son visage était dénué de la moindre expression.

Il ne ressentait rien. Rien. Il me disait que j'aurais dû la laisser mourir, et il ne ressentait rien. Une coquille vide. C'était tout ce qu'il était.

Il ne comprenait rien de mon attachement à Lolotte, et il n'en comprendrait jamais rien.

« Tu aurais dû la laisser mourir, reprit-il. La laisser mourir là-bas était probablement ce qu'il y avait de mieux à faire.

— Tu ne comprends rien, alors sors de ma tête, ordonnai-je rageusement avant de le chasser d'une violente poussée psychique. Sors de ma tête, je te dis ! Je te déteste !

— Peut-être, admit-il tandis que son aura reculait hors de ma portée. Peut-être bien que tu me détestes, ma petite Clarence. Mais tu sais que j'ai raison.

— Je ne sais rien du tout, explosai-je enfin.

— Mais si. Tu sais que j'ai raison. Tu sais qu'ils partent tous, les uns après les autres. Tu sais qu'ils ne sont pas fiables. Je me trompe ? Que ce sont des lâches. Des menteurs. Des traîtres. »

Ces mots résonnaient en moi, faisant vibrer des cordes psychiques et émotionnelles qui échappaient au contrôle de ma raison.

Seth était peut-être incapable de comprendre ce que je ressentais, mais il me connaissait bien, et avec l'implant, je ne pouvais rien lui cacher de ce que contenait ma tête. Quand je n'y prenais pas garde, quand je baissais mes défenses psychiques, il avait accès à toutes mes pensées. A chacun de mes souvenirs, même ceux que j'aurais voulu ensevelir. Ma mère agonisante, gisant sur son lit de malade. Mon père et son regard haineux. Hadrien... Il n'aurait pas dû le pouvoir. C'était ma tête. Mes pensées. Mes souvenirs. Rien de tout cela ne le regardait, je ne voulais pas avoir à le partager avec lui.

Il savait tout de mes faiblesses, y compris comment les exploiter. Il appuyait exactement là où ça faisait mal. Et il utilisait à dessein l'idée, déjà implantée dans mon esprit, que lui seul était vraiment fiable. Que je n'avais besoin que de lui.

Et je voyais bien où il voulait en venir. J'avais encore assez de lucidité pour m'en rendre compte. Oui, après tout, si je n'avais besoin que de lui, pourquoi me soucier encore des autres ? Les autres pouvaient bien crever. Lolotte pouvait bien crever.

Je savais que le chasser de mon esprit ne suffisait pas. Tout comme Seth le faisait, il fallait que j'apprenne à conserver, à l'intérieur de mon crâne, une zone d'ombre. Un repli hors de sa portée. Une cachette où enfouir mes secrets. Un endroit rien qu'à moi, auquel il ne pouvait accéder.

Cela devait être possible. Il y était bien parvenu, je le pouvais aussi.

Réfléchis, Clarence, me tançai-je. Bon sang, réfléchis...

Je cherchai dans mon esprit, malgré ma fatigue, un endroit où je pourrais bâtir une forteresse invisible, inviolable, un refuge. Mais impossible de me concentrer suffisamment. Je ne faisais qu'égarer mes pensées sur des chemins bourbeux. Me heurter à des impasses. Je tournais en rond, et mon cerveau en ébullition m'entraînait inlassablement à la dérive.

Trop de pensées se bousculaient dans ma tête. Trop de préoccupations.

L'ambivalence de Seth me déroutait.

Je lui avais toujours fait confiance aveuglément, en dépit de tous les avertissements qu'il m'avait donnés. Parce que nous avions passé un marché ensemble. Parce que nous avions scellé un pacte. Sa vie contre ma mort. Il me semblait qu'il n'avait rien à me cacher.

Mais à présent... A présent je doutais. Nous avions passé un marché dont les termes semblaient simples et limpides, mais était-ce suffisant ? Seth était-il exempt de manipulation et de calcul ? Ou sa franchise, d'une brutalité presque cruelle, servait-elle un but dont j'ignorais tout ?

Ce qu'il me montrait, était-ce là tout ? Que savais-je vraiment de lui ? Rien sinon qu'il dissimulait bien mieux que moi ses pensées. Son passé. Ses aspirations. Je ne savais rien de tout cela. Et pourtant je m'en remettais à lui. Pourquoi ? Seulement parce qu'il avait promis qu'il serait toujours à mes côtés. Seulement parce que je pensais qu'il se souciait de moi comme je me souciais de lui. Mais était-ce vrai ? Etait-ce réel ? Je ne faisais sans doute que projeter sur lui mes désirs et mes aspirations.

J'étais aussi idiote que Seth le prétendait. Et aveugle. Et sourde.

En réalité, je devais trouver le moyen de me préserver. De ne pas me perdre moi-même en m'en remettant à Seth. Ma confiance aveugle en lui confinait vraiment à la bêtise.

J'avais eu le sentiment de veiller sur lui quand je l'avais fait sortir de la fosse dans la zone blanche. Mais le rapport de force entre nous s'était inversé, et à présent je me sentais comme une enfant. Faible. Vulnérable. J'avais le sentiment d'être incapable de tenir debout seule. Le spectre de la guerre s'étendait largement au-devant de moi, et je me cachais derrière Seth, terrorisée, dans l'espoir qu'il me protégerait et assurerait ma survie.

Mais jamais Seth ne s'était engagé à quoi que ce soit de ce genre. Jamais.

Seth n'était pas un protecteur. Il n'en serait jamais un.

Je devais douter de lui. Douter de sa sincérité. Douter de ses intentions. Rester sur mes gardes, toujours. Trouver le moyen de tenir debout seule.

Dehors, les gémissements plaintifs du vent se mêlaient aux murmures et aux chuchotis des auras emprisonnées dans la roche.

Je m'assoupis assise et rêvai de ma mère.

« Clarence... »

Sa voix faible, languissante, ne me parvenait que comme un écho sur le point de disparaître...

« Clarence... Viens. »

Elle tendit la main vers moi, mais je demeurai là où je me trouvais. Immobile.

Je fis un signe de dénégation. Non.

C'était elle, pourtant, allongée dans ce lit aux draps bien tirés sur lequel fleurissaient des chrysanthèmes d'un jaune éclatant.

C'était elle.

Je le savais, même si ses traits m'apparaissaient brouillés, indiscernables.

Elle m'attendait, et je voyais sa main tendue. Et je sentais la chaleur de son sourire.

Elle m'attendait.

Mais je ne bougeai pas.

Je baissai les yeux.

Mes bottes maculées de boue ruisselaient sur le plancher.

Je levai mon bras articulé.

Il était couvert de sang.

« Clarence... »

Je secouai la tête et fis un pas en arrière.

« Non. Je ne peux pas, murmurai-je en détournant les yeux. Je ne peux pas. Je suis désolée... »

Non, je ne pouvais pas. Je risquais de tout salir. De tout souiller. Ces draps trop blancs. Cette main tendue vers moi.

Je me tenais sur le seuil, et le plancher était déjà couvert de terre et de sang.

« Clarence... Pas grave... D'accord, bébé ? Pas grave... »

Ses lèvres remuaient, mais ses paroles me parvenaient avec un retard, comme si le chemin qu'elles devaient faire jusqu'à moi était bien plus long que celui que je voyais avec mes yeux.

« Tu peux... laisser ça là. »

Je me réveillai en sursaut.

Le moteur du fourgon venait de s'allumer dans un vrombissement.

Chapitre 9

Le convoi arriva à destination dans le courant du quatrième jour.

La colonne de véhicules s'immobilisa un moment. Il y eut des claquements de portière, des bruits de discussion... Puis le fourgon se remit à avancer.

Nous descendions.

Je le sentais à la façon dont je devais modifier mon centre de gravité pour ne pas glisser sur les genoux de Seth.

Dans un premier temps, je me figurai que le camp d'entraînement se trouvait au bas de la montagne, mais quand on nous fit sortir de véhicule, je me rendis compte qu'en réalité nous étions sous terre.

Tout le complexe devait être souterrain.

Question de précaution et de sécurité, supposai-je en jetant un bref regard vers Seth tandis que deux gardes le traînaient hors du fourgon, enchaîné et muselé. Après tout, le camp d'entraînement ne se trouvait qu'à quelques kilomètres de la zone d'affrontement...

On nous fit quitter le parking et emprunter un tunnel étroit entièrement bétonné, seulement éclairé par une rangée de néons grésillant placée à trois ou quatre mètres d'intervalle. Il faisait froid et humide, et ici-bas le silence était à peine brisé par le ronronnement des ventilations.

Personne ne parlait et j'avançais en fixant la nuque de la fille devant moi.

Des bruits sourds et lointains nous parvenaient par moments. Le sol tremblait.

Je connaissais ces bruits. Ils résonnaient en moi.

C'était ceux des bombardements.

C'était ceux du métal et du feu éprouvant la dureté de la terre.

Oui, je connaissais ces bruits, tout comme je connaissais l'odeur d'humidité et de poussière qui nous prenait d'assaut dans ces souterrains... J'avais déjà vécu cela.

Du temps où j'habitais encore avec mes deux parents et même après la mort de maman, nous avions connu des centaines d'alertes aux attaques de drones. Quand les sirènes retentissaient dans toute la ville, nous abandonnions tout ce que nous faisions pour nous réfugier dans les souterrains. Des souterrains à peine plus larges que ce tunnel dans lequel j'avançai à présent. Et nous attendions. Nous attendions parfois des heures sous terre, recroquevillés, impuissants et effrayés. Nous attendions. Nous ne pouvions rien faire d'autre. Nous attendions, priant pour que le plafond tienne. Qu'il tienne encore un peu, pendant que dehors pleuvaient les bombes. Qu'il tienne et nous préserve de la mort. Qu'il tienne...

La main de ma mère ne quittait pas la mienne...

« Ça va, bébé... Tu peux laisser ça là... »

Laisser ça là... Qu'avait-elle voulu dire au juste ?

Distraite, je trébuchai brusquement et ma tête heurta celle de la fille devant moi.

« Aïe, fais gaffe ! cracha-t-elle rageusement avant de me foudroyer du regard, une main pressée sur l'arrière du crâne.

— Désolée, balbutiai-je. Désolée, je n'ai pas fait ex...

— Ouais, c'est ça, m'interrompit-elle. Et alors, sale monstre ? Qu'est-ce que j'en ai à faire ? »

Sale monstre...

Je passai une main nerveuse sur mon crâne tondu, et mon bras articulé frôla l'implant dans un crissement métallique, m'attirant un nouveau regard noir.

Puis la fille se retourna pour se remettre en marche.

Sale monstre...

Ses paroles auraient dû me blesser.

Dans la bouche de mon père, ces mêmes paroles avaient fait des ravages.

Dans la bouche de mon père, ces paroles avaient été des lames affûtées. J'avais goûté à leur tranchant, mon cœur avait saigné.

Mais c'était mon père.

Cette fille qui marchait devant moi n'avait pas de nom. Pas de visage. Elle n'était rien de plus qu'une passante. Un fantôme, déjà. Comme tous les autres. Et dans sa bouche, ces paroles étaient trop petites. Trop insignifiantes. Comme si, écrasées par les mètres cubes de terre qui se trouvaient au-dessus de nos têtes, elles avaient été broyées.

Ses paroles glissaient simplement sur moi. Je ne les sentais pas.

Et d'ailleurs, j'avais désormais tant de métal sur moi que je tenais sans doute davantage de la machine que de l'être humain...

Alors un monstre... Pourquoi pas ?

Oui, je devais être un monstre.

Et elle aussi.

Nous nous remîmes en marche.

Le tunnel débouchait sur une salle circulaire, creusée à même la roche, équipée de portiques de sécurité au travers desquels on pouvait apercevoir une autre salle plus grande munie de casiers et de bancs. Un vestiaire, peut-être...

« En rangs ! aboya le soldat en tête de file.

— En rangs ? On est déjà en rangs, marmonna quelqu'un derrière moi.

— Les filles sur la droite et les garçons sur la gauche ! »

Nous nous exécutâmes, formant les rangs demandés, et je m'efforçai d'ignorer l'angoisse qui me nouait les entrailles. Ne pas l'écouter. Je pouvais survivre sans Seth. Je pouvais survivre ici en me contentant de savoir qu'il était là et que nous nous reverrions forcément, quand bien même ce ne serait que sur un champ de bataille... Je n'avais pas besoin de lui.

Vraiment ? Je suis curieux de voir ça... Curieux, curieux, curieux... J'ignorai la moquerie contenue dans les murmures de la voix de Seth sous mon crâne et me concentrai sur le lien psychique.

Je ne sentais rien. Pas le moindre frémissement. Pas la moindre vibration. Rien.

Seth n'était pas là.

Pourquoi entendais-je sa voix à l'intérieur de ma tête ?

Parce que tu es folle, ma petite Clarence, chantonna la voix du tueur d'auras. *Folle, folle, folle...*

Je l'ignorai résolument, et demeurai dans le rang sans jamais tourner la tête.

On nous fit passer sous les portiques, un par un, bien droits et les bras écartés. Le scanner descendait dans un faisceau de lumière bleue, puis s'éteignait au moment où il touchait le sol. Le silence valait approbation et droit de passage, mais la moindre alarme sonore finissait en fouille au corps.

Nous n'étions pas autorisés à apporter quoi que ce soit avec nous. Ni armes, ni affaires personnelles – à moins que ces dernières aient fait l'objet d'un enregistrement préalable. Je vis les soldats saisir des vêtements, des portraits, de l'argent, des tickets de rationnement, et des bijoux, qui seraient stockés dans une salle spéciale et rendus le jour de notre départ pour le front.

Edith et Hadrien passèrent les portiques de sécurité au même moment.

Debout à quelques mètres l'un de l'autre, ils se mesurèrent du regard.

Puis ils avancèrent chacun dans la direction opposée, et les choses auraient pu en rester là si, juste avant qu'il entre dans le vestiaire des hommes, les lèvres d'Hadrien ne s'étaient pas étirées brièvement sur un insupportable sourire en coin. Un sourire tordu et provocant qui donnait envie de le gifler et de lui arracher la tête.

Edith le vit également.

Elle agit à la vitesse de l'éclair.

Un instant elle se dirigeait vers le vestiaire des femmes, et l'instant d'après elle se jetait sur lui pour le plaquer au mur avant de lui envoyer son coude en plein visage. Le nez d'Hadrien se brisa dans un craquement humide qui fit remonter la bile dans ma gorge.

« Putain ! jura-t-il en levant une main pour presser sa narine gauche tandis que des soldats armés se précipitaient pour maîtriser Edith. Cette tarée m'a cassé le nez !

— Attends de voir, petit traître, le prévint la blonde au crâne tondu sans faire seulement mine de se débattre, les yeux aussi durs que de l'acier. Tu ris moins, pas vrai ? Tu crois peut-être que ça fait mal, mais ce n'est rien comparé à ce que je te ferai. Je te briserai tous les os du corps. Tu m'entends ? Tous les os du corps.

— Mesurez l'activité psychique, ordonna le soldat qui supervisait le passage aux portiques tandis qu'un de ceux qui tenaient Edith sortait un boitier de détection. Si le seuil est dépassé...

— A vos ordres, monsieur, répondit le soldat en pressant le détecteur sur l'implant de la tueuse d'auras avant d'examiner les résultats sur l'écran de l'appareil. Non, monsieur. Rien, monsieur. Pas la moindre trace d'activité psychique. »

Ce fut alors au tour d'Edith de sourire – si du moins l'on pouvait qualifier de sourire le mouvement de sa lèvre supérieure découvrant ses dents comme si elle s'apprêtait à mordre.

« Fais bien attention à toi, traître, et regarde bien au-dessus de ton épaule...

— Assez ! aboya le superviseur. Que vous ayez des comptes à régler, ça m'est égal, mais vous ne le ferez pas ici. Je ne veux pas avoir à remplir de paperasse. Vous attendrez d'être sur le champ de bataille. Après tout, ce qui se passe là-bas ne me regarde pas. Me fais-je comprendre ?

— Oui, monsieur, acquiesça Edith sans quitter Hadrien des yeux, lequel répondit par un borborygme incompréhensible.

— A la bonne heure. Maintenant, dégagez de là. »

D'un mouvement de menton, il fit signe aux hommes qui tenaient Edith de l'emmener et enjoignit à Hadrien de partir également avant de jurer entre ses dents.

« C'est toujours pareil avec ces animaux de laboratoire. Pourquoi est-ce qu'on nous envoie encore ces foutus détraqués ? Comme si ça allait changer le cours de la guerre...

— Monsieur, vous ne devriez pas...

— Oui, bon, ça reste entre nous, renifla le superviseur en balayant l'objection de son subordonné d'un revers de la main, comme s'il chassait une mauvaise odeur, comme s'il parlait une langue qui nous était inaccessible à nous autres les « foutus détraqués ». Et on se comprend, tout de même, non, entre gens normaux ? Entre gens civilisés ? Allons... Vous croyez vraiment que c'est comme ça qu'on va gagner la guerre, vous ? Pour ma part, j'en doute. Qu'on les bombarde tous au front. Ils sont déjà assez dangereux comme ça... Et puisqu'on parle de ça, lequel est-ce, celui qu'il faut enfermer dans une cellule sécurisée ?

— Celui en bout de rang, monsieur.

— En bout de rang... Ah oui, je vois, bougonna-t-il en découvrant Seth muselé en enchaîné. Encore un cas, celui-là... Bon sang. »

Le responsable balaya la pièce d'un coup d'œil blasé, soupira et marmonna quelque chose à propos de notre transfert au moment où je passais le portique de sécurité pour entrer dans le vestiaire. Il semblait pressé de nous voir tous partir pour le front.

Les filles qui se trouvaient dans le vestiaire étaient en train de revêtir l'uniforme de l'armée, dont les teintes brunes et rouille rappelaient la poussière qui couvrait le sol dans la région.

Celle qui m'avait traitée de monstre était parmi elles. La lumière crue des néons du vestiaire accentuait la dureté de son visage anguleux, et ses cheveux noirs, rejetés négligemment par-dessus son épaule, tranchaient sur la pâleur de sa peau. Penchée en avant, vêtue uniquement de ses sous-vêtements, elle remontait les jambes de son pantalon en pestant.

Une de ses amies dut l'avertir que je la regardais car elle tourna brusquement la tête dans ma direction.

« Qu'est-ce que tu regardes, sale monstre ? » me demanda-t-elle sèchement.

Je haussai les épaules et détournai le regard.

« Rien. »

Je m'agitai, mal à l'aise, en sentant l'hostilité de son aura, et choisis de passer au large. Son agressivité me rappelait mon père, les jours où il avait trop bu. Elle était comme lui. Elle avait la même agressivité que lui. Le même regard. Le même mépris.

Je n'avais pas besoin de faire quoi que ce soit. J'existais. Pour eux, c'était suffisant.

Reste loin d'elle, Clarence, songeai-je en rentrant un peu la tête dans les épaules. Ne la regarde pas.

Les casiers avaient été préparés à l'avance. Nos matricules y étaient inscrits. J'examinai celui qui m'avait été attribué et tendis une main pour l'ouvrir.

« Ce sont des casiers à verrouillage biométrique, déclara la voix d'Edith dans mon dos, me faisant sursauter. Mets ton pouce là. »

J'insérai mon doigt à l'endroit qu'elle m'indiquait, et le loquet s'ouvrit dans un claquement. Le casier était vide.

« Il n'y a rien dedans, comment...
— Tu as ton ticket ? s'enquit Edith en achevant de passer la veste de son uniforme.
— Quoi ? Le ticket ? Ah, oui, attends... »

Je fouillai mes poches à la recherche du ticket qu'on m'avait remis au Centre au moment de l'enregistrement. Où était-il ? J'espérais que je ne l'avais pas perdu... Mes doigts se refermèrent sur lui dans un bruit de froissement. Le ticket... Quand je le sortis il était chiffonné et déchiré par endroits, et je fis de mon mieux pour le lisser.

« Ça va, le code-barres est encore lisible. Tu vas passer ce ticket à la borne là-bas, poursuivit Edith en boutonnant la veste – ses mains étaient écorchées et laissaient par endroits de fines traînées de sang qu'elle semblait ne pas remarquer. Tu pourras récupérer ton uniforme dans le bac en-dessous. »

Je la remerciai d'un mouvement de tête.

Je m'éloignai le temps de récupérer l'uniforme. Il était à ma taille, et mon matricule y était cousu, juste sur la poitrine.

« Clarence... »

Je relevai la tête vers Edith. La tueuse d'auras semblait chercher ses mots.

« Le moment venu, me dit-elle enfin en s'accroupissant devant moi pour que nos yeux soient à la même hauteur, n'essaye pas de t'interposer. Tu comprends ?

— Je...

— Je n'ai aucune raison de te faire du mal, m'interrompit-elle avec un sourire doux et mélancolique. Aucune raison de te blesser. Tout ça n'a rien à voir avec toi, Clarence, je n'ai rien à te reprocher. Tout ce que je te demande, c'est de rester en-dehors de ça.

— Tu veux parler d'Hadrien ?

— Oui.

— S'il te plaît, ne fais pas ça, suppliai-je, la gorge serrée. Ne lui fais rien...

— Pourquoi ? demanda-t-elle en se servant de son aura pour sonder la mienne. Est-ce que c'est ton... amant ? Lolotte disait...

— Non, bredouillai-je, déstabilisée par la brutalité de sa franchise. Non ce n'est pas mon amant, il ne...

— Dans ce cas, reste en-dehors de ça, Clarence. Rien de ce que tu pourras dire ne me convaincra d'épargner sa vie. J'ai perdu Alonso à cause de lui.

— Je sais... Et je comprends que tu sois en colère, assurai-je en frottant nerveusement mes paumes moites sur la toile de mon pantalon. Vraiment. Mais si tu le tues, que deviendra sa sœur ? Tu sais qu'Hadrien a une sœur. Elle n'est pas apte. S'il est tué, combien de temps restera-t-elle en vie ? Rien de tout ça n'est sa faute, elle n'est pas responsable des choix qu'il a faits, elle...

— Elle restera en vie tant qu'elle se rend utile.

— Et toi ? insistai-je. Que t'arrivera-t-il si tu tues Hadrien ? »

Edith haussa les épaules avec indifférence. De toute évidence, elle s'en moquait. En-dehors de sa vengeance, plus rien ne lui importait. Rien. Je le lisais dans son regard vide. Du moment qu'elle tuait le « traître », vivre ou mourir lui était égal.

La tueuse d'auras se releva.

« J'ai dit ce que j'avais à dire. Je t'ai toujours appréciée, Clarence. Tu es quelqu'un de bien. Reste en-dehors de ça. »

Je ne répondis rien.

Au reste, Edith n'attendait aucune réponse de ma part. Elle n'avait fait que m'informer de ses intentions. A aucun moment elle n'avait demandé mon avis ou mon autorisation. C'était aussi bien. Je n'aurais jamais pu lui donner la réponse qu'elle attendait. Je ne pouvais pas « rester en-dehors de ça ».

Je me débattis un moment pour faire passer le bras articulé dans la manche de l'uniforme, consciente que le vestiaire se vidait peu à peu et que je serais bientôt la dernière à le quitter.

« Qu'est-ce que tu attends pour enfiler tes bottes, recrue ? » m'interpela tout à coup une voix autoritaire et agacée.

Je relevai les yeux.

Une femme d'une cinquantaine d'années qui semblait mettre un point d'honneur à avoir un chignon si serré qu'on n'aurait pu y passer une épingle, se trouvait debout près de la porte.

Son uniforme et sa casquette ne ressemblaient pas tout à fait à ceux des autres soldats que j'avais croisés jusqu'à présent. Des bandes de couleur aux épaulettes et des étoiles... Une gradée, peut-être.

« Désolée, » marmonnai-je en enfilant mes bottes le plus rapidement possible.

Un reniflement dédaigneux me fit savoir ce qu'elle pensait de mes excuses.

Je bouclai les bottes jusqu'à mi mollet et fourrai les habits que j'avais portés dans le casier.

« Suis-moi, recrue, ordonna la femme en ouvrant la porte en grand avant de s'éloigner en faisant claquer les talons de ses chaussures. Les autres attendent... »

Je lui emboitai le pas.

A droite. Puis à gauche et tout droit...

Je m'essayai un temps à mémoriser le trajet qu'elle nous faisait suivre, puis abandonnai. A quoi bon ? Le complexe souterrain semblait immense, et tous les tunnels se croisaient à angles droits, au même intervalle...

Puis la femme poussa une porte.

Derrière, un dortoir.

Toutes les couchettes étaient alignées au mur, et devant chacune d'elles, une vingtaine de femmes en uniforme au garde-à-vous. Certaines portaient un implant, mais je ne les connaissais pas, et la plupart des autres n'en portaient pas. Mains dans le dos, elles regardaient fixement le mur en face d'elles.

« Va te mettre là-bas, m'ordonna la femme en me désignant de la main une couchette dans le fond du dortoir avant de s'adresser aux autres. Comme vous le voyez, nous accueillons aujourd'hui deux nouvelles recrues parfaitement ignorantes du règlement et de la façon dont les choses fonctionnent ici. Toi, avance d'un pas, et expose-leur le règlement. »

Une rousse de petite taille s'avança et se mit à scander à pleins poumons :

« Les lits doivent être faits chaque matin à cinq heures précises, et le sol des dortoirs lavé. Les dortoirs sont fermés aux heures d'entraînement. La rigueur et le dévouement font la grandeur de notre nation ! Les entraînements sont menés sous la conduite d'un superviseur, par escouade, car sur le champ de bataille, nous survivons ou mourons ensemble. Les entraînements sont obligatoires. Tout manquement sera sévèrement sanctionné. Il est interdit d'appeler quelqu'un autrement que par son matricule, car dans notre nation, seule la hiérarchie permet aux hommes de s'élever et de se distinguer. Il est interdit de pratiquer toute forme de commerce avec les représentants de l'autre sexe. Il est interdit... »

La liste des interdits n'en finissait pas et je cessai bientôt d'écouter. Les deux pieds ancrés dans le sol, légèrement écartés, j'adoptai la même posture que les autres. Dos droit, mains croisées, regard au loin... J'imitai leur expression impassible. Non par conviction ou par désir de leur ressembler, mais simplement pour me fondre dans la masse. Par souci de passer inaperçue, de ne surtout pas me faire remarquer...

Dans cet environnement que je ne connaissais pas, qui m'apparaissait hostile, mes anciens réflexes de survie revenaient. Oui, je devais faire semblant. Nourrir l'illusion. Comme les oiseaux les plus petits gonflent leurs plumes pour avoir l'air plus impressionnant qu'ils ne sont. Comme les insectes les plus démunis prennent les teintes et les formes des feuilles d'arbre, reproduisant jusqu'à leur balancement sous les souffles du vent.

Je pouvais le faire. Cela m'était égal de prétendre et de mentir.

Je pouvais adopter leurs gestes, bouger comme eux. Utiliser leurs expressions et leur jargon.

Pour ce qui était du reste...

Je n'avais pas leur attachement, leurs convictions, leur fanatisme.

Je n'étais pas née ici. Je n'avais pas grandi ici. Je n'étais qu'une transfuge. Cette nation dont ils étaient si fiers, dont ils se plaisaient à vanter la grandeur, cette nation ne m'était rien, à moi. En outre, le peu que j'en connaissais désormais ne me semblait pas différent de ce que j'avais connu dans mon propre pays, et n'était certainement pas plus digne de ma loyauté ou de mon dévouement.

La grandeur de la nation. L'honneur. Le devoir... Toutes ces valeurs auxquelles ils semblaient attachés, qu'ils chérissaient au point d'être prêts à les défendre de leur vie... Qu'avaient-elles de réel, ces valeurs ? Qu'avaient-elles de tangible ? N'étaient-elles pas au fond que du vent ? Oui, à mes yeux, ces valeurs étaient des mots creux, sans consistance, sans justification. Dire que l'on versait son sang pour cela... Que l'on mourait pour cela... Quel sens cela avait-il ?

Si la guerre était à leurs yeux un devoir sacré auquel il était indigne de se soustraire, aux miens, elle n'était rien de plus qu'une absurdité à laquelle il fallait échapper.

Et j'avais la nausée rien que de me dire que la terre était peut-être peuplée d'hommes comme eux. Des vrais patriotes. Des héros de la nation. J'avais la nausée rien que de me dire que la terre grouillait peut-être d'hommes comme eux, enracinés droits dans leurs ornières, impossibles à faire dévier. D'hommes qui croyaient tout ce qu'on leur disait et faisaient tout ce qu'on leur ordonnait. D'hommes qui abreuvaient de sang les champs de bataille comme s'ils espéraient en faire jaillir de la vie.

S'il y a bien une chose que j'ai apprise au cours de ma vie, c'est que de la pourriture reste de la pourriture.

Alors je pouvais me faire passer pour ce que je n'étais pas, mais il ne fallait pas que quelqu'un y regarde de trop près. La ressemblance ne serait jamais que de surface.

Elle ne tiendrait jamais qu'à des airs que je me donnais pour survivre. Simplement pour survivre.

J'étais prête à beaucoup de choses pour survivre. J'étais prête à mentir, à fuir, à me cacher, à supplier... Mais à me battre ? A tuer ? Non. Jamais. Je le savais déjà, je le sentais au fond de moi. Je le sentais dans ce dégoût indicible qui me secouait toute entière quand je m'imaginais prendre une vie. Je sentais que jamais je ne me résoudrais à aller là-bas dans l'idée que je n'avais plus qu'à tuer ou être tuée.

Les guerriers faisaient la guerre. Les nations et les puissants lui donnaient naissance, à n'en pas douter, mais c'était les guerriers qui lui prêtaient ensuite leurs bras, l'animaient de leurs souffles... Je ne voulais rien savoir de leur loyauté et de leur sens du devoir. Ils étaient loyaux, sans doute, et patriotes... Et après quoi ? Leur bêtise inépuisable alimentait la guerre.

C'était cela, la vérité. La guerre avait besoin des guerriers. Sans eux elle n'était rien. Sans eux elle ne pouvait rien. Mais elle les appelait, et ils venaient. Sans eux, sans leur rage, leur chair et leur sang elle ne pouvait rien. Mais elle exigeait, et ils donnaient. N'était-ce pas insensé ?

« Longue vie à notre grande nation ! »

Le cri soudain de la gradée m'arracha à mes réflexions et dans un sursaut je jetai un œil autour de moi. Puis toutes les bouches reprirent ces mots en chœur, avec la même ferveur, presque la même passion... Je fus tentée de faire de même. Oui, c'était ce que je devais faire. Crier comme eux. Mentir. Mais mes lèvres restèrent scellées.

Impossible. Je ne pouvais pas.

Longue vie à notre grande nation ?

Non, je ne pouvais pas.

« Tu ne dis rien, recrue ? »

Les regards se tournèrent vers moi, et je me mordis l'intérieur de la joue, les yeux rivés au sol.

« Eh bien ? s'agaça la femme. Pourquoi ne dis-tu rien ? Tu as perdu ta langue ?

— Je... je ne... bafouillai-je.

— Tu ne quoi ? s'emporta-t-elle en frappant le sol de son talon avant de venir se camper en face de moi pour examiner mon visage de ses yeux durs. Dis-le. Allez, dis-le ! Tu te crois au-dessus des autres, c'est ça ? Tu te crois dispensée de faire preuve de reconnaissance ? »

Je ne trouvai rien à répondre, et mon silence la mit hors d'elle.

« La nation t'a nourrie ! La nation t'a élevée ! Comment oses-tu ne pas lui en rendre grâce ?

— Je...

— C'est une transfuge, madame, déclara tout à coup une voix assurée dans les rangs.

— Une transfuge ? répéta la gradée avant de se tourner vers les autres en exigeant que celle qui venait de parler se fasse connaître.

— Oui, madame, confirma la fille aux cheveux noirs et au visage anguleux du vestiaire. Une transfuge doublée d'un déserteur. »
Je tressaillis.
Transfuge. Déserteur.
Dans sa bouche, chacun de ces termes sonnait comme une insulte...
« Voyez-vous ça... déclara la femme aux talons d'une voix soudainement glaciale avant de me lancer un regard qui me donna envie de rentrer sous terre. Transfuge et déserteur aussi ? N'as-tu pas honte ? Regarde-toi... notre grande nation t'a recueillie, accueillie comme l'une des nôtres. Tu devrais te sentir plus reconnaissante que n'importe qui d'autre. Quelle honte ! Même un chien éprouve de la reconnaissance pour celui qui le nourrit et s'occupe de lui... Décidément, les gens comme toi ne valent pas mieux que les larves. Mais nos grands leaders ont choisi d'épargner ta misérable vie, alors qui suis-je pour m'opposer à leur volonté ? Tu devrais aspirer à te rendre digne de leur miséricorde et servir avec une loyauté exemplaire. Tu es un soldat de l'armée, à présent, *recrue*. Si tu déshonores cet uniforme, de quelque manière que ce soit, je ferai en sorte que tu finisses ta vie au peloton d'exécution. »
Le message était clair.
« Maintenant, dis-le, m'ordonna-t-elle en m'adressant un sourire mauvais. Vas-y. Je veux te l'entendre dire. *Longue vie à notre grande nation.*

— Longue vie... à notre grande nation, » répétai-je après elle sans cacher mon dégoût.
Une gifle retentissante me rejeta la tête en arrière, et je titubai, sonnée.
« Pas comme ça. » La joue me cuisait, mais je n'y portai pas la main et conservai soigneusement les yeux rivés au sol. Je tremblais de rage, la colère commençait à bouillir dans mes veines... Mais je ne pouvais pas me permettre de la laisser s'exprimer. Pas maintenant. C'était exactement ce qu'elle voulait. Je devais rester prudente. Garder la tête froide.
« Recommence, recrue, exigea la femme. Et applique-toi cette fois. *Longue vie à notre grande nation.* »
— Longue vie à notre grande nation, marmonnai-je entre mes dents.
— Plus fort !
— Longue vie à notre grande nation ! hurlai-je enfin, enragée.
— Eh bien, commenta-t-elle avec un rictus. J'imagine que ce n'était pas facile... Pour une transfuge comme toi... Ça te fait l'effet de manger de la merde, pas vrai ? Parce que c'est ça, notre grande nation, pour toi, non ?
— Non. »
Oui. *Oui oui oui...*
J'étouffai les émanations de mon aura. Ne rien révéler de ce que je pensais ou ressentais. Ne pas laisser de prise. Le mépris et l'hostilité que je sentais autour de moi

étaient si forts qu'ils en étaient presque palpables. Je n'avais déjà parmi eux aucun allié, alors je pouvais difficilement me permettre de n'avoir que des ennemis... Même si à cet instant, je les haïssais tous d'une haine absolue.

La femme – j'appris plus tard que son nom était Neiss – inspecta rapidement le dortoir et annonça l'extinction des feux.

Après son départ, je me laissai tomber sur ma couchette et portai enfin une main à ma joue. Ma peau me chauffait encore...

« Pauvre petit monstre... »

Je relevai les yeux.

La fille au visage anguleux me toisait, une lueur de satisfaction dans le regard, et je compris que j'avais commis à son sujet une erreur de jugement.

J'avais pensé qu'elle était comme mon père. Qu'il me suffirait de raser les murs, de baisser le regard, d'encaisser, pour qu'elle finisse par se désintéresser de moi... Mais en réalité, c'était tout le contraire. Plus je m'aplatirais devant elle, et plus elle exercerait de pression pour m'écraser. Plus je ferais preuve de passivité, et plus elle mettrait d'énergie à me pousser à bout pour me briser.

Je n'avais pas peur d'elle – comment l'aurais-je pu, après tout ce que j'avais déjà vécu ? – mais je savais qu'elle pouvait rendre ma vie considérablement plus pénible qu'elle l'était déjà, et qu'elle ne se priverait pas de le faire.

Est-ce que je la tue pour toi ?

La voix de Seth dans ma tête semblait amusée.

La tuer... Aussi tentante que soit la proposition en cet instant, je la repoussai sans me donner la peine de l'examiner.

« Tu croyais vraiment que tu pouvais passer sous les radars, pas vrai ? ricana Visage Anguleux. Mais pas de bol pour toi, je suis là... Et je te vois, sale monstre. Et les autres aussi. On te voit exactement comme tu es... »

Sur ce point, je pouvais difficilement la contredire...

L'illusion que j'avais pensé entretenir partait déjà en fumée. Je ne pouvais plus faire semblant d'être des leurs. Je ne pouvais plus prétendre avancer à couvert.

Mais au moins, comme ça, les choses étaient claires.

D'ailleurs, je n'avais que deux semaines à passer en leur compagnie.

Deux semaines seulement...

Deux semaines n'étaient rien.

Chapitre 10

Comme tous les autres, je me levais à cinq heures chaque matin avec l'hymne national et je faisais mon lit sur fond de marche militaire. Je m'appliquais. Il fallait bien tirer et lisser, pour que tout soit propre et net. Le sergent instructeur Neiss y tenait. D'après elle, des lits bien faits, des dortoirs bien rangés, c'était avant tout une question d'ordre et de discipline. Et l'ordre et la discipline faisaient la puissance de l'armée.

Je me pliais à ces exigences comme tous les autres.

Je suivais les règles comme tous les autres. Toutes les règles.

Je ne les examinais pas. Je ne les pensais pas. Du reste, on ne me demandait pas de les examiner. On ne me demandait pas de les penser.

Deux semaines.

Oui, je suivais comme tous les autres. Même si les filles de mon dortoir ne me parlaient pas et que je ne faisais aucun effort pour me lier avec qui que ce soit. A quoi bon ? Nous serions bientôt envoyées au combat... En première ligne, sur le front, combien d'entre nous survivraient-elles ? Nos cadavres joncheraient sans doute bientôt le sol, méprisés et anonymes, engloutis sous la terre et les bombes. A quoi bon retenir leur visage ou leur nom ? Des fantômes, déjà. Toutes des fantômes au visage brouillé, perdu dans les limbes.

J'étais entourée de mortes en sursis, et je me raccrochais à la pitié que je ressentais pour elles pour surmonter la rage qui couvait au fond de mon cœur, pour supporter la violence âpre de leur hostilité et leur mépris.

Je ne bronchais pas.

Même alors que le « sort » me désignait chaque matin pour récurer des toilettes qu'on s'ingéniait visiblement à rendre le plus sale possible.

Je ne bronchais pas.

Des flaques d'urine et des excréments couvraient parfois le sol jusque dans le couloir, et lorsque je frottais ces immondices avec la brosse à récurer je ne pouvais respirer qu'avec la bouche.

Je ne pouvais même pas me servir de ma main du côté où je portais le bras articulé, parce que j'avais peur, si je le souillais, de ne pas parvenir ensuite à le nettoyer correctement.

Mais je ne bronchais pas.

Deux semaines.

« Sois reconnaissante, avait ricané Visage Anguleux lorsque j'avais enfilé pour la première fois des gants de protection qui suffisaient à peine à couvrir mes mains. Nettoyer les chiottes comme ça, c'est un honneur pour toi. Tu sais pourquoi ?

— Non...

— Parce que tu peux ramasser la précieuse merde de notre précieuse nation. »

Je mangeais seule au réfectoire, après tous les autres, et l'odeur nauséabonde qui me suivait même après m'être lavée, semblait contaminer jusqu'au goût de la nourriture que je portais à ma bouche.

Je ne voyais jamais Edith ou Hadrien.

Seth non plus. J'entendais simplement parfois sa voix dans ma tête qui chuchotait et murmurait... Je me contentais de cela.

Deux semaines.

« Prends-le. »

J'examinai une nouvelle fois l'arme de poing que le sergent instructeur, un homme d'une trentaine d'années aux cheveux déjà grisonnants, me tendait.

Un pistolet semi-automatique à la surface noire, luisante et froide.

L'ouverture circulaire au bout du canon formait un œil de ténèbres, et cet œil semblait braqué sur moi.

Je croisai les mains dans le dos et reculai d'un pas, tête baissée, le cœur battant.

« Non. »

Je savais que j'allais au-devant des ennuis. Qu'il aurait été plus sage de simplement faire ce qu'on me disait, sans discuter, comme je m'étais promis de le faire.

Mais je ne voulais pas le toucher. Je ne voulais pas le prendre. Je ne voulais pas sentir son poids entre mes mains. Sa dureté. Sa puissance destructrice.

Non, je ne voulais pas.

Je ne pouvais pas.

« Prends-le immédiatement, recrue ! ordonna l'homme en fronçant les sourcils. Et va te mettre en position sur le champ de tir !

— N... non. Je ne veux pas... je ne peux pas le prendre, monsieur, bafouillai-je tandis que l'angoisse m'obstruait la gorge.

— Tu ne *peux* pas le prendre ? » répéta le sergent instructeur l'air interdit tandis que les autres observaient la scène un peu plus loin.

Je hochai la tête.

« Et pourquoi ça, recrue ? l'entendis-je alors me demander.

— Je ne... je ne veux pas... apprendre à m'en servir. »

Neiss m'aurait giflée, et les yeux toujours rivés au sol, je me raidis dans l'attente d'un coup. Mais le sergent instructeur laissa simplement retomber sa main, et quand il reprit la parole, il semblait moins en colère que dérouté par mon attitude.

« Comment peux-tu refuser ? Est-ce que tu réalises au moins que si tu pars sur le front sans avoir reçu cet entraînement, tu n'as aucune chance de survie ? Même avec cet implant que tu as, là, ajouta-t-il en tapotant sa tempe. Tu sais, j'en ai vu beaucoup d'autres, des comme toi. Et j'en ai vu mourir beaucoup aussi. Cette machine que vous avez dans le crâne n'arrête pas les balles. Elle n'arrête pas non plus les drones et les bombes. Dans ton cas, elle ne sert sans doute pas à grand-chose. Je vois à ton matricule que tu es une empathe. C'est ça, non ? « E » pour empathe. Une empathe... Tu n'es pas une combattante, pas vrai ?

— Non, reconnus-je à voix basse.

— Alors rends-toi service et rends service aux autres. Prends cette arme, apprends à t'en servir et utilise-la. Sans elle, tu n'es pas un soldat. Tu es un fardeau. »

Je tressaillis.

Un fardeau...

Quelqu'un qui prend mais ne peut rien donner. Un poids mort qui se traîne et que d'autres doivent porter...

Je ne voulais pas être un fardeau, pour personne.

Mais je n'étais pas non plus un soldat, et n'ambitionnais pas d'en devenir un.

Je ne voulais pas apprendre à me servir de cette arme, et cela n'avait rien à voir avec de l'arrogance.

Non, ce n'était pas par arrogance que je refusais de prendre l'arme de poing que me tendait le sergent instructeur. Au contraire. C'était par crainte.

J'avais beau avoir l'intention de ne tuer personne, je sentais d'instinct que si je prenais ce revolver et que j'apprenais à m'en servir, fatalement un jour ou l'autre je serais tentée de l'utiliser. Parce que peut-être que dans certaines circonstances, le désir de survivre serait alors plus fort en moi, plus impérieux, que le désir d'épargner des vies.

Le soldat tendit une dernière fois la crosse du pistolet vers moi, puis, voyant que je ne ferais pas mine de la saisir, d'un geste sec il reposa l'arme sur la table de fer. Le bruit du métal heurtant le métal me fit sursauter.

« Je pourrais te faire enfermer pour ça, déclara-t-il tout à coup. Refus d'obéir à un ordre... Je pourrais peut-être même te faire exécuter. Regarde-toi. Tu me fais pitié. Tu ne tiendras pas longtemps au front. »

Le poids de ses paroles me sembla écrasant, et je me tassai.

« Mais c'est ton choix, au fond. Je ne veux pas perdre mon temps avec toi. Puisque tu ne veux pas suivre cet entraînement, rends-toi au moins utile. Tu te chargeras de distribuer les balles. »

Et il me tourna le dos.

« Placez-vous sur le pas de tir, ordonna-t-il aux autres tandis que j'attrapai sur la table le seau avec les balles. Face à la cible. Vous devez avoir une bonne position de départ. Montrez-moi... Non. Comme ceci. »

Il attrapa une des recrues et la tira en arrière pour que les autres puissent voir.

« Mets-toi face à la cible. »

La fille s'exécuta et l'instructeur replaça ensuite ses mains sur le revolver avant de l'inciter à davantage écarter les jambes.

« Plus comme ça. Encore... voilà. Pour tirer, on doit être bien stable. Bien solide. Bien ancré. Maintenant, lève les bras. Vise la cible. Détends les épaules, pas trop crispée. C'est ça. Tu vises. Tu respires. Tu vises. Et tu appuies lentement jusqu'à la butée. »

Un cliquetis sonore retentit au moment où la recrue acheva de presser la détente.

« Voilà. Vos armes seront bientôt chargées, et ce ne sera jamais plus compliqué que ça, commenta l'instructeur d'une voix blasée en lui faisant pointer le canon de son arme vers le bas.

— Oui mais, monsieur, intervint alors quelqu'un, qu'est-ce qu'il faut qu'on vise ?

— Ce qu'il faut que vous visiez ? La tête, la poitrine, les bras, les jambes... Peu importe, du moment que vous touchez votre ennemi. Vous n'êtes pas des tireurs d'élite et les drones sont de toute façon plus rapides et plus précis que vous. Tirez pour rester en vie. Laissez les autres faire le reste. »

C'était un conseil de bon sens, froid et pragmatique, et je fus surprise d'en voir plusieurs tiquer comme s'ils étaient offensés.

« Je croyais qu'on devait en tuer le plus possible, de ces bâtards ? osa enfin une fille aux lèvres minces en glissant les pouces dans les passants de sa ceinture.

— Et alors ?

— Alors vous devriez nous apprendre à tirer pour tuer, et rien d'autre. On veut apprendre à tuer tous ces enfoirés d'envahisseurs !

— Ce n'est pas à toi d'en juger, recrue. Reste à ta place et contente-toi de faire ce qu'on te dit. »

Le ton était tranchant et envoyait une fin de non-recevoir.

L'instructeur s'apprêtait à se détourner d'elle quand elle marmonna soudain un « Mais va te faire foutre, espèce de connard de planqué ! » qu'il aurait fallu être sourd pour ne pas entendre.

L'homme s'immobilisa.

Pendant un instant, il demeura comme ça sans bouger, la nuque raide et rougissante, puis il souffla et passa la main dans ses cheveux raides. L'air vibrait autour de lui et sa colère semblait suinter par vagues.

« Planqué ? répéta-t-il en coulant à la recrue un regard noir et furieux.

— Oui, acquiesça l'autre sans se laisser démonter. Un *planqué*. C'est comme ça qu'on appelle les gens comme vous, pas vrai ? C'est comme ça qu'on appelle les lâches qui deviennent instructeurs pour fuir le champ de bataille. Mon père dit que vous êtes une honte pour la nation.

— Vraiment ? Et où est-il ?

— Quoi ?

— Ton père. Où est-il ? »

La fille aux lèvres minces s'agita, visiblement mal à l'aise.

« Il est pas... Il est... Il travaille au ravitaillement.

— Au ravitaillement... Dans un bureau, n'est-ce pas ?

— Oui... mais c'est pas sa faute, ajouta précipitamment la fille en rougissant tandis que des murmures et des ricanements s'élevaient alentour. C'est vrai ! Il a demandé plusieurs fois à être envoyé sur le front avec les autres, c'est même son rêve le plus cher, mais il a une dispense et il...

— C'est ce qu'il t'a dit ? l'interrompit l'instructeur avec un sourire mauvais. Qu'il ne pouvait pas être envoyé sur le front parce qu'il avait une dispense ? Les autres se feront leur propre opinion, mais à mes yeux ça m'a tout l'air d'une excuse bidon. La justification d'un lâche qui se pisserait dessus si on l'envoyait au front.

— Vous n'avez pas le droit, vous...

— J'ai tous les droits. J'ai passé cinq ans sur le front. Maintenant, donne-moi son nom.

— Quoi ? Pourquoi ? »

La peur rendait sa voix aigüe.

« Tu as bien dit que ton père voulait être envoyé sur le front, n'est-ce pas ? Qu'il avait fait plusieurs demandes qui n'avaient pas abouti à cause d'une dispense ? Un tel patriotisme, une telle détermination, ne peuvent que forcer l'admiration et le respect. Alors je m'assurerai tout personnellement que son souhait soit exaucé. Je ferai même sauter sa dispense s'il le faut, et j'appuierai sa demande. Il partira pour le front avec le prochain convoi.

— Mais mon père...

— Sera ravi, j'en suis sûr, compléta l'instructeur froidement. Quelle belle opportunité pour lui de prouver qu'il n'est pas un de ces planqués qui font honte à notre nation... Je ne doute pas qu'il nous débarrasse même rapidement de tous ces « enfoirés d'envahisseurs », n'est-ce pas ? »

En un instant, les joues de la fille aux lèvres minces se strièrent de larmes de rage et d'humiliation. Ses poings serrés tremblaient.

« Alors ? »

L'instructeur attendit, demanda une fois encore le nom de son père, mais elle ne répondit rien, et quand il fut clair pour tout le monde qu'il n'obtiendrait rien de plus d'elle qu'un regard haineux, il susurra un « comme c'est dommage » affûté comme une lame de rasoir.

« Maintenant, que chacun se mette en place sur le pas de tir ! » ordonna-t-il ensuite d'une voix forte.

Nul ne remit plus en cause son autorité, et l'entraînement débuta.

Les recrues placèrent le chargeur et armèrent le pistolet en tirant sur la glissière avant de pointer leur arme face à la cible.

« Contrôlez bien votre visée, conseilla l'instructeur en passant derrière les recrues pour replacer leurs mains et les repositionner. Allez... On vise. On prend son temps. On détend ses épaules. On respire. On vise. On souffle... et on tire. »

Les quelques secondes que dura la visée furent absolument silencieuses, puis le bruit des détonations se répercuta sous l'immense voûte de béton du champ de tir, profond comme un roulement de tonnerre.

La paroi de mes tympans vibrait.

Chaque coup de feu me faisait l'effet d'une pointe d'ongle grattant l'intérieur de mes oreilles, et je n'aurais pas été surprise si ces dernières s'étaient mises à saigner.

Quand le moment fut venu de recharger, je passai auprès de chaque recrue. Au moment de se servir, Visage Anguleux prit tout son temps, examinant les chargeurs comme s'il pouvait exister entre eux la moindre différence, puis elle se redressa et me gratifia d'un petit sourire moqueur.

« Récurer les chiottes, distribuer les balles... On dirait que tu aimes les tâches de larbin, hein, sale monstre. Tu as raison, ça te correspond bien. Franchement, je ne sais pas pourquoi les autres avaient si peur de toi, au Centre... »

Ses paroles me firent réagir bien davantage que le mépris absolu qui perçait dans sa voix.

« Mais c'est de *lui* qu'ils ont peur, pas vrai ? De lui. Pas de toi. Alors ne pense surtout pas que tu es spéciale. Tu n'es rien. Rien. Tu ne fais que te cacher derrière son aura, en couinant comme une truie. Ta sale gueule, ton bras en métal... Il y en a peut-être qui s'y trompent, mais pas moi. Je te vois. Tu comprends ça ? Je te *vois*. »

Je relevai la tête et nos regards se croisèrent.

« Tu sais à quoi elle ressemble au moins, ton aura, sale monstre ? poursuivit Visage Anguleux. A rien. Quand je la regarde, je ne vois que de la fumée. Elle n'a même pas de consistance. Même pas de forme. Je parie que tu ne sais rien en faire. Je ne comprends vraiment pas pourquoi il continue de t'épargner comme ça. Si c'était moi, il y a longtemps que je me serais débarrassée de toi. Tu veux que je te dise ? Tu n'es bonne qu'à récurer la merde des autres. »

Cela faisait longtemps que personne ne s'était défoulé de la sorte sur moi, et je demeurai debout, les mains crispées sur le seau de munitions, incapable de réagir. Vide. Indifférente.

Je venais de me faire insulter, et les battements de mon cœur demeuraient calmes et réguliers.

Tu veux que je la tue pour toi ? Tu veux que je la t...

« Je vois, commentai-je alors d'une voix détachée sans prêter attention au murmure incessant sous mon crâne. Si tu veux bien prendre un chargeur, maintenant... Les autres attendent.

— Et alors ? rétorqua Visage Anguleux en me toisant. Qu'ils attendent, je m'en fous. On parle, là. Ça ne te fait rien, ce que je te dis ?

— Non.

— Alors tu n'as même pas de fierté. »

Je calai le seau contre ma poitrine et attrapai un chargeur avec ma main libre avant de le pousser sur le gilet grisâtre de son uniforme puis m'éloignai sans un mot.

De la fierté ?

C'était peut-être ça. Peut-être que je n'avais plus de fierté.

A l'instar de toutes mes autres ressources intérieures comme la confiance, la sécurité, elle avait sans doute d'abord commencé à se tarir après la mort de maman, puis un peu plus au fil du temps.

A chaque souffrance. A chaque trahison... Quand mon père m'avait vendue au Central. Quand j'avais été implantée. Quand Nathaniel David m'avait poussée dans la pièce sécurisée avec Seth. Quand je m'étais retrouvée nue devant un parfait inconnu pour la douche de décontamination. Quand j'avais reçu mon châtiment en public pour avoir déserté et qu'on m'avait trainée devant le colonel Degrand dans mes habits souillés. Quand Neiss m'avait forcée à rendre grâce à sa « nation », et piétiner mes convictions...

Peut-être ma fierté avait-elle fini par disparaître pour de bon. Peut-être n'en restait-il déjà rien.

Et alors ?

Devais-je m'en affliger ?

De toute façon, ma fierté ne m'avait servi à rien. Elle ne m'avait protégée de rien.

Au contraire même, elle n'avait fait que rendre plus aiguë ma conscience des vexations et des humiliations que je subissais. A cause d'elle, j'avais souvent souffert deux fois parce que chaque atteinte à ma chair, chaque entaille à mon intégrité physique, m'avait meurtrie une nouvelle fois à travers elle.

Je ne pouvais pas garder ma fierté.

Pas dans cette vie-ci. Pas dans ce monde-ci.

Avoir de la fierté était tout simplement un luxe que je ne pouvais plus me permettre, auquel je devais renoncer. Et si je pouvais renoncer à ma fierté sans me nier moi-même, alors cet abandon ne m'était rien...

Plus tard. Plus tard, peut-être. Plus tard, si un jour je vivais libre... Si je pouvais me frayer un chemin hors de ce champ de mort dans lequel on m'enverrait bientôt...

A la fin de l'entraînement, j'attendis que les autres filles aient reposé leurs armes sur la table de métal avant de m'avancer à mon tour pour rapporter le seau avec les chargeurs. L'instructeur examinait les cibles encore en place de l'autre côté du pas de tir, et j'allais simplement m'esquiver après avoir accompli ma mission lorsqu'il se tourna tout à coup vers moi et m'adressa la parole.

« Je pensais ce que j'ai dit tout à l'heure. Tu seras bel et bien un fardeau pour tes compagnons d'armes si tu refuses d'apprendre à tirer. Non seulement tu risques d'être tuée, mais tu risques aussi de les faire tuer... Tu en es consciente ?

— Oui...

— Et tu refuses toujours d'apprendre à manier une arme ?

— Oui. »

Je rentrai la tête dans les épaules.

« Tu changeras d'avis, prédit-il alors avec gravité. Peut-être pas tout de suite, mais quand tu seras là-bas... Quand tu seras là-bas, fatalement, tu changeras d'avis. Je suis bien placé pour le savoir. Je ne suis pas un pacifiste, moi. Je n'ai jamais été naïf au point de penser qu'on pouvait arrêter cette guerre simplement en refusant de tuer qui que ce soit. Il y a trop de fous. Regarde autour de toi, et tu verras à quel point ils sont nombreux prêts à faire leur devoir et à tuer. Que ce soit par conviction ou par peur, le résultat est le même. Tu ne peux pas lutter contre ça. Et d'ailleurs tout le courage que tu crois peut-être avoir en refusant d'apprendre à tirer et à manier une arme disparaîtra là-bas. Là-bas... »

Il fit une pause, et je vis qu'il devait lutter pour ne pas se retrouver submergé par les souvenirs et les émotions. Son aura avait l'odeur piquante des peurs anciennes.

« Il faut y être allé pour se représenter ce que c'est, poursuivit-il enfin en posant sur moi un regard hanté. J'ai beau ne pas être un pacifiste, je ne suis pas non plus un tueur, mais là-bas... Le front, ça ne fait parler que ceux qui n'y sont jamais allés. Nous autres... Nous autres, on sait ce que c'est, et on sait qu'il n'y a pas de mots pour dire ça, pas de mots... On n'en parle pas à ceux qui ne peuvent pas savoir. Non, on n'en parle pas à ceux qui n'ont pas vécu ça. Qu'est-ce qu'ils pourraient y comprendre ? Mais toi... j'ai de la pitié pour toi... Ne crois surtout pas qu'on t'épargnera. Surtout pas. Comment vas-tu te défendre ? Tu te cacheras en attendant la nuit ou la fin des combats ?

— Peut-être. Si c'est le seul moyen...

— Il suffira que quelqu'un te voie. Juste que quelqu'un te voie, et ce sera fini. Il n'en faudra pas plus. Tu seras dénoncée et exécutée. Ne veux-tu pas vivre ?
— Si.
— Alors prends une arme et va au combat avec les autres. Prends une arme. Je me souviens, moi. Certains jours, certaines nuits, cette arme était tout ce que j'avais, et ça suffisait à peine. Tu crois peut-être que tu n'en as pas besoin. Tu crois peut-être que tu peux t'en passer... Tu crois peut-être que tu peux résister, comme tu te figures sûrement que tu m'as résisté aujourd'hui, mais ce n'est qu'une illusion. A ma place, beaucoup t'auraient simplement écrasée et balayée. Pour que tes idées ne contaminent pas les autres, pour que ta lâcheté ne se répande pas... Ne te fais surtout pas d'illusions. Personne ne considérera jamais cette résistance comme une preuve de courage, et es-tu prête à mourir pour tes idées, gamine ? Ça m'étonnerait beaucoup. »

Je ne trouvai rien à répondre à cela. Peut-être parce que ces idées dont il parlait et pour lesquelles il me demandait si j'étais prête à mourir n'étaient pas des idées au sens propre du terme. Non, ce n'était pas des idées. Je n'avais pas d'idées. Pas de convictions à défendre. Simplement, il y avait une résistance en moi. Une réticence impossible à surmonter, un dégoût impossible à vaincre.

Je ne pouvais pas, bien davantage que je ne voulais pas. Je ne pouvais pas.

Pas d'arme. Jamais. Pas de mort de mes mains.
Je ne pouvais pas.

Je ne supportais déjà plus de contempler mon reflet dans un miroir parce que je ne me reconnaissais pas, alors je ne pouvais pas devenir davantage étrangère à moi-même. C'était impossible. Pas sans m'anéantir.

C'était ce que je ressentais.

« Prends cette arme, insista l'instructeur, inconscient de tout ce qui se passait en moi. Apprends à t'en servir. Si tu tues, ce n'est pas ta faute. C'est une question de survie. »

Une question de survie...

Ses mots se répercutèrent en moi avec une force inattendue.

Et je pris conscience que c'était cela. Que c'était exactement cela.

Une question de survie.

Mais c'était *ne pas tuer* qui était pour moi une question de survie.

Pour survivre comme je l'entendais, c'est-à-dire au fond dans mon identité et dans mon humanité, alors ne pas tuer était une nécessité plus absolue que la simple sauvegarde de mon corps.

Ce chemin qu'on voulait que je suive, Seth l'avait suivi avant moi. Et non seulement je ne voulais pas lui ressembler, mais quand bien même l'aurais-je voulu je m'en savais incapable. Je ne pouvais pas plier à ce point sans me briser.

Je pouvais renoncer à ma fierté, mais pas au reste. Non, pas au reste. J'en avais besoin pour continuer à exister.

« Je n'y toucherai pas, monsieur, déclarai-je à l'instructeur avec plus de force et de conviction que la première fois. Je suis désolée. Je vous suis... reconnaissante d'avoir essayé de me convaincre. »

Je ne me souvenais même plus à quand remontait la dernière fois où l'on s'était soucié de moi et où l'on m'avait traitée comme un véritable être humain. Quelque chose de chaud se tordait au fond de ma poitrine, que je n'avais pas ressenti depuis longtemps, et que je ne m'attendais plus à ressentir.

« Ton nom ? »

La demande me prit par surprise et je demeurai un moment muette avant de finalement balbutier « Clarence. Clarence Marchal. » Il répéta mon nom plusieurs fois, comme s'il tenait à le graver dans sa mémoire, et déclara que je pouvais disposer.

Je quittai le champ de tir et m'engageai dans le couloir qui conduisait aux dortoirs.

Il n'y avait personne alentour. Les néons au-dessus de ma tête diffusaient leur lumière ternie en grésillant. Je me sentis peu à peu gagnée par une vague sensation de malaise...

Soudain, au détour d'un couloir, une main me saisit par le col et me tira dans un recoin sombre avant de me plaquer contre un mur avec une telle violence que tout air quitta brusquement ma poitrine.

Etourdie et à bout de souffle, je me pliais en deux quand une autre main vint me cueillir sous le menton, me rejetant la tête en arrière.

Mon crâne heurta le mur de béton et des taches noires envahirent mon champ de vision.

« Tu pensais t'en tirer à bon compte, mais on n'a pas fini de discuter, sale monstre, me fit remarquer Visage Anguleux tranquillement tandis que je secouais la tête pour échapper à sa poigne. Pourquoi c'était long comme ça ? Tu faisais de la lèche au sergent ? Ça ne m'étonnerait même pas de toi... »

Ses ongles s'enfonçaient dans mes joues et me lacéraient la peau.

Je saisis son poignet avec ma main métallique et pressai jusqu'à lui arracher une grimace – la force de l'armature de métal était sans commune mesure avec la mienne, et ce geste ne me coûta aucun effort. Je pouvais la broyer.

« Si tu ne me lâches pas, prévins-je, je te brise le poignet.

— Me briser le poignet ? C'est ça, ricana mon agresseur avec un sourire mauvais. On sait toutes les deux que tu ne vas pas faire ça, alors pas la peine de me servir tes conneries. En plus, je m'entends assez bien avec cette grosse vache de Neiss pour lui demander une faveur.

— Qu'est-ce que tu me veux ? demandai-je sans relâcher la pression sur son poignet avant d'éloigner sa main de mon visage.

— T'en mettre une bonne dans la tronche.

— Pourquoi ?
— J'en sais trop rien, sale monstre. Et pour être honnête, je m'en fous. Je ne peux pas te blairer, c'est tout. Dès que je te vois, ça me démange, j'ai envie de te cogner. »
 Comme pour illustrer ses dires, elle m'assena un brutal coup de pied dans le tibia gauche.
 Un cri de douleur m'échappa.
 Est-ce que tu veux que je la tue pour toi ?
 Je n'eus pas le temps de réfléchir à ce que je faisais. La main de métal au bout de mon bras articulé se referma convulsivement. Un craquement humide retentit tout à coup.
 Visage Anguleux poussa un hurlement.
 Je venais de lui briser le poignet.
 Je sentis la vrille de douleur qui remontait en spirale de feu le long de son aura, et je brisai sa progression d'une torsion psychique avant de la drainer purement et simplement.
 « Qu'est-ce que... qu'est-ce que tu me fais, sale monstre ? balbutia Visage Anguleux en se dégageant pour faire un pas en arrière, la main crispée sur son poignet. Tu es folle ! Neiss...
— Tu ne lui diras rien. »
 Nos regards s'affrontèrent un moment. Je me sentais nauséeuse et un peu effrayée de ce que je venais de faire – je lui avais brisé le poignet avec la même aisance que lorsque j'avais brisé le miroir au Centre – mais pour le

moment je ne pouvais pas me permettre de laisser transparaître ma peur et mes doutes.

Réfléchis, Clarence, réfléchis.

« Je n'ai pas de fierté, mais toi tu en as, non ? supposai-je avec plus d'aplomb que je n'en ressentais. Si tu te plains à Neiss, tu auras simplement l'air faible aux yeux des autres. Tu passeras pour quelqu'un qui ne peut pas se débrouiller seul. »

Le regard qu'elle me renvoya reflétait une haine absolue.

« Tu es bien audacieuse pour une merde, déclara-t-elle enfin d'une voix trainante. Mais ne t'inquiète pas, je vais te remettre à ta place. A partir de maintenant, je te conseille de bien regarder derrière toi. »

Je ne répondis rien.

J'avais déjà passé des mois à regarder par-dessus mon épaule dans la zone blanche, à sursauter au moindre bruit... S'il fallait repasser par-là, alors ainsi soit-il, même si je ne comprenais vraiment pas pourquoi Visage Anguleux se donnait cette peine. Dans une semaine tout au plus, nous serions envoyées au front, et ma petite existence deviendrait sans doute le cadet de ses soucis.

Je la regardai s'éloigner, le dos appuyé contre le mur, et poussai un soupir.

Je pliai et dépliai le bras articulé et tâtai l'armature au-dessus de l'épaule avec inquiétude. Le métal était froid et lisse sous mes doigts. Intact. Le choc, au moment où j'avais été projetée sur la paroi de béton, n'avait pas même laissé une éraflure. Rien d'étonnant là-dedans. Le bras articulé avait été conçu pour le combat... Sa solidité devait être à toute épreuve. Mais c'était justement cette résistance qui me mettait mal à l'aise. Tout comme l'implant, il n'aurait dû être qu'une extension de moi-même. Qu'un simple outil dont je pouvais user à ma guise, que je pouvais plier à ma volonté. Mais par deux fois il avait semblé agir de lui-même, en dépit de moi, comme s'il était doué d'une vie propre...

Chapitre 11

A mon grand soulagement, Visage Anguleux ne rapporta rien de ce qui s'était passé entre nous au sergent Neiss. Lorsqu'elle revint de l'infirmerie avec une attelle mécanique, elle assura aux autres qu'elle s'était simplement blessée lors de l'entraînement.

« C'est rien, ça. Rien. C'est des choses qui arrivent et c'est pas ça qui va m'empêcher de monter sur le front le moment venu. D'ailleurs, c'est même pas vraiment cassé. Ils m'ont dit qu'avec l'attelle je pouvais finir l'entraînement sans problème. Moi je demande rien d'autre, alors... »

Je me tournai à demi pour jeter un regard furtif dans sa direction.

Je ne voyais que son dos.

Son dos, sa nuque et ses épaules, parfaitement relâchés, détendus...

Calme.

Pourtant j'avais goûté à sa rage et à son mépris.

Ses menaces résonnaient encore à mes oreilles.

Je savais que son calme n'était rien de plus qu'une façade.

Mais à cet instant pourtant, je ne ressentais pas le moindre relent d'agressivité ou de ressentiment dans sa voix. Et j'avais beau ne me trouver qu'à quelques pas d'elle, son aura ressemblait à une mare d'huile.

Les jours qui suivirent notre altercation je me tins le plus loin possible d'elle, analysant le moindre de ses faits et gestes à la recherche d'un signe qui trahirait ses véritables intentions... Mais mes capteurs psychiques ne relevèrent rien.

Rien.

Visage Anguleux ne faisait rien. Elle ne m'accordait même pas un regard. Ne m'adressait même pas une parole. Elle ne faisait rien. Comme si à ses yeux j'étais devenue tout à fait transparente.

Invisible.

Comme si les choses entre nous devaient en rester là.

Puis à deux jours de la fin de notre période d'entraînement, je relâchai ma vigilance.

Je pensais que je pouvais me le permettre. Deux jours, et nous serions tous envoyés sur le front. Que pouvait-il advenir durant ce laps de temps ?

Je me disais qu'elle avait dû comprendre que rien de tout cela n'était nécessaire au fond. Qu'elle avait dû comprendre que la guerre enfouirait sous une pluie de bombes nos petites préoccupations, nos petites haines personnelles...

Après l'entraînement du matin, en rentrant dans le dortoir, je trouvai mon lit couvert d'ordures et de verre pilé...

Un silence de mort régnait dans le dortoir.

Toutes les filles guettaient ma réaction.

J'étouffai les émanations de mon aura et m'appliquai à conserver une expression impassible. Ne rien leur montrer. Ne rien leur révéler.

Je soulevai les draps qui sentaient la mort, et réprimai un haut-le-cœur. Plusieurs rats crevés avaient répandu leurs entrailles sur le matelas en une bouillie épaisse et visqueuse.

« On a trouvé ça comme ça, intervint la rousse qui avait récité le règlement le jour de notre arrivée. Personne n'a touché à rien. C'est peut-être ceux du dortoir d'à côté qui sont venus pendant qu'on était sur le champ de tir.

— Pourquoi ? demandai-je avec une voix qui me semblait venir de très loin.

— Ils sont derrière nous au classement. Ils savent qu'ils n'auront pas l'avancement. »

L'avancement ? Cela ne tenait pas la route. Je n'y croyais pas une seule seconde.

« Ça m'étonnerait, intervint alors tout à coup Visage Anguleux en se campant à côté de la rousse, la tête penchée sur le côté pour examiner mon lit à son tour. C'est juste le sien. Pourquoi juste le sien ? Ça m'a tout l'air d'être personnel. »

Je tiquai.

« Personnel ? répéta l'autre en se passant une main dans la chevelure pour la rejeter en arrière avant de hausser un sourcil sceptique.

— Ouais, ce qu'elle veut dire, c'est que la transfuge a dû se mettre quelqu'un à dos, ricana une brune qui séchait ses cheveux humides un peu plus loin.

— Je ne vois que ça, confirma Visage Anguleux d'une voix tranquille. Les rats morts, les ordures... c'est clairement un message. »

Je tournai la tête pour la regarder. Le coin de ses lèvres était légèrement relevé.

« Quand elle verra ça, Neiss va piquer une crise, murmura une des filles dans mon dos.

— Ouais, il faut que tout soit nettoyé avant son passage en revue ce soir.

— Impossible. La transfuge va trinquer... »

Je cessai d'écouter.

A quoi bon ? Je savais déjà que je n'avais aucune chance de tout nettoyer avant le passage en revue de Neiss. Je savais déjà que je serais blâmée et punie pour l'état déplorable de mon lit, même s'il était évident que je ne pouvais avoir fait cela. Neiss jugerait que j'étais responsable parce que c'était mon lit. Mon lit. Ma responsabilité.

« Eh ! J'ai trouvé ça dans les chiottes ! s'écria tout à coup une voix forte. C'est à toi, non ? »

Je me tournai juste à temps pour voir s'écraser à mes pieds une masse trempée et nauséabonde.

Mon treillis.

« C'est vraiment dégueulasse, commenta Visage Anguleux en me suivant lorsque j'emportai mon uniforme dans les toilettes pour le laver. Vraiment moche. Tu aurais dû regarder derrière toi. Tu devrais peut-être aller te plaindre à Neiss. Après tout, ce n'est pas parce que tu n'es qu'une transfuge coupable de désertion et une merde que tu n'as pas le droit à un peu de considération. Surtout vu ce que ça donne pour toi à l'entraînement... Ce sont probablement tes derniers jours sur cette terre. Tu ne sais ni te battre, ni manier une arme... Je me demande bien ce que tu vas faire, sur le front... On se le demande toutes. On a même pris des paris, figure-toi. Est-ce que tu vas encore essayer de te sauver ? Ou est-ce que tu vas te cacher dans les jupes de TAH15 ? Moi je penche plutôt là-dessus. De toute façon, tu n'es qu'une bonne à rien, qu'est-ce que tu pourrais faire d'autre ? »

Je ne répondis rien. Son aura était sur moi, avide et collante, et je ne voulais pas lui laisser prendre la mesure de ma colère.

« Tu ne veux rien dire ? supposa-t-elle en coupant l'arrivée d'eau tandis que je gardai les yeux fixés sur l'uniforme que j'étais en train de frotter. Pour garder le suspense jusqu'au bout, hein ? Dommage.

— Comment va ton poignet ? lui demandai-je alors tout à trac.

— Mon poignet ? ricana-t-elle. Sale monstre... Si j'étais toi, je m'occuperais de mes affaires avant de m'occuper de celles des autres... »

Elle lança un regard éloquent au lavabo dans lequel l'eau de rinçage devenait trouble et bourbeuse, et je serrai les dents.

« Tu sais quoi ? Tu devrais laisser tomber, lâcha-t-elle avec un petit rire désagréable. Tu perds ton temps. Même si tu frottes à t'en faire saigner les mains, tu n'auras jamais fini de nettoyer ça avant que Neiss vienne faire sa tournée d'inspection. »

La satisfaction qui perçait dans sa voix me donnait la nausée, et mes mains, plongées dans l'eau glacée et puante, se mirent à trembler. Je n'avais pas envie de laisser tomber. Vraiment. Je ne supportais pas ce sentiment d'impuissance qui m'opprimait la poitrine et dont je savais qu'elle était responsable.

C'était sa faute. Son fait. Je n'avais même pas besoin de preuves pour le savoir – au reste, il n'y en avait aucune. C'était elle. Les ordures, les rats crevés, mon treillis. Je pouvais le sentir à l'odeur sucrée et écœurante de sa satisfaction. A l'avidité avec laquelle son aura guettait la mienne.

C'était sa faute, et elle ne se souciait pas que je le sache. Elle ne s'en cachait pas. Elle voulait même sans doute que je sache que c'était elle, elle qui m'avait fait cela et elle s'en délectait d'autant plus qu'il n'y avait rien que je puisse faire.

« Laisse tomber », répéta-t-elle encore avec un reniflement moqueur tandis que je restais immobile au-dessus du lavabo, incapable de me résoudre à faire ce qu'elle me disait.

Non. Je ne pouvais pas laisser tomber. Je n'en avais pas envie. Par bêtise ou peut-être par obstination, uniquement parce que c'était elle qui me disait de le faire, je ne pouvais pas me résoudre à laisser tomber. Je ne pouvais pas.

Je recommençai à frotter mon uniforme.

« Tu es vraiment pitoyable, assena alors Visage Anguleux en m'écrasant du regard avant de tourner les talons. Tu me dégoûtes. »

Je rentrai la tête dans les épaules.

Je devais le faire. Je devais frotter. Frotter à m'en décoller la peau. Frotter à m'en brûler la chair des doigts. Frotter à m'en engourdir les mains.

Et je frottai.

Jusqu'à ce que l'épuisement ralentisse mes gestes et que j'entende enfin l'hymne national s'élever dans les haut-parleurs du camp d'entraînement. Véritable appel à la violence et à la guerre, il commandait à chacun de se tourner vers les drapeaux et les étendards placardés aux murs pour promettre à la mère patrie de donner sa chair et son sang pour la défendre. Pour une fois, j'étais soulagée d'être seule ici. Ici au moins, je n'avais pas à faire semblant. Je n'avais pas à faire semblant de partager cette ferveur et ce patriotisme qui me donnaient envie de vomir.

Mais la pause méridienne touchait à sa fin et je dus me résoudre à rincer le treillis du mieux que je pus. Je n'avais même pas le temps de laver les draps de la couchette du dortoir. Pour cela, il aurait fallu que je manque l'entraînement de l'après-midi, et la sanction infligée aurait été plus sévère que celle que Neiss me réservait sans doute.

Je secouai rapidement la couverture et renversai le matelas sur le sol afin de rassembler les ordures en un seul tas que je pelletai ensuite et jetai dans le seau qui me servait à récurer les toilettes. Me débarrasser de cela. C'était tout ce que je pouvais faire désormais. Je déversai le contenu du seau dans le conduit qui menait à l'incinérateur du camp et refermai la trappe.

Puis j'enfonçai mes mains boursouflées et rougies par l'eau froide dans les poches de mon pantalon et me hâtai de rejoindre les autres pour l'entraînement.

Lorsqu'on nous fit enchaîner course à pied et parcours, je suivis le mouvement machinalement mais je me trouvai rapidement distancée par les autres. Je n'avais ni leur endurance ni leur motivation, et je n'avais rien avalé depuis le matin. Et surtout, je n'avais pas la tête à cela. Dans quelques heures, Neiss ferait sa tournée d'inspection, et je voulais sortir d'ici. Je ne pensais qu'à cela. Ces pensées tournaient dans ma tête, encore et encore. Sortir d'ici. Je ne supportais plus le gris humide des tunnels, la lumière glauque des néons, l'hymne national qu'on nous infligeait trois fois par jour...

Je n'oubliais rien des raisons qui m'avaient conduite ici. Je n'oubliais rien du marché que j'avais passé avec le colonel Matthieu Degrand. Mon service au front contre l'assurance que Lolotte recevrait tous les soins nécessaires. Mais Seth avait dynamité une partie de ces certitudes. Seth avait semé le doute en moi.

Et alors que je courais ce jour-là, en nage, le souffle court, je me demandais si cela en valait vraiment la peine. Oui, je me demandais si la vie de Lolotte en valait vraiment la peine.

Aurais-je dû abandonner Lolotte dans l'usine d'armement ce jour-là, et partir avec les autres ? Aurais-je dû l'abandonner là-bas, même sans la certitude que quelqu'un allait venir la chercher ? Je ne pouvais m'imaginer faire cela. Je ne pouvais m'imaginer prendre une décision semblable. Si j'avais abandonné Lolotte là-bas, je savais que je ne me le serais jamais pardonné. Pas alors que je pensais pouvoir la sauver.

Mais les choses étaient différentes à présent. La situation avait changé. Lolotte était dans le coma. Et si elle n'en sortait jamais ? Et si l'opportunité de m'enfuir se présentait une nouvelle fois ? Devais-je la saisir ? Même si cela signifiait tout abandonner derrière moi ? Même si cela signifiait prendre le risque de me faire exécuter pour trahison ? Si je partais, impossible de savoir si et quand cette bombe que j'avais dans la tête exploserait... J'ignorais même si j'avais en moi assez de courage ou de lâcheté pour faire une chose pareille, je ne me connaissais plus suffisamment.

J'avais le sentiment de n'être rien de plus qu'une coque de noix perdue au milieu d'un océan en pleine tourmente.

Ici, je n'étais pas à ma place.

Nulle part je n'étais à ma place.

Je m'écroulai à la fin du parcours, haletante et nauséeuse, le cœur au bord de l'explosion.

Mes jambes couvertes de sueur tremblaient, et je ne pouvais qu'ouvrir la bouche tandis que ma poitrine se soulevait et s'abaissait à un rythme effréné.

Respirer.

Clarence, Clarence, Clarence, murmura une voix moqueuse sous mon crâne.

Respirer. Respirer et essayer de survivre, c'était tout ce que je pouvais faire pour le moment.

Quand Neiss passa pour la revue, je me mis au garde à vous comme tous les autres, regard fixé au loin. Et je me retranchai derrière mes barrières psychiques avec l'espoir qu'elles tiendraient. Et je me composai un visage impassible, alors même que la puissante odeur de mort et de pourriture qui sourdait de mon matelas semblait ramper et se tordre sur le sol.

Il ne fallut pas longtemps au sergent instructeur pour trouver la source de la puanteur qui régnait dans la pièce, et je pris sur moi de garder le dos droit tandis qu'elle soulevait les draps de la couchette avec sa canne.

Je déglutis. Mes tempes étaient moites et les mains que j'avais jointes dans le dos également.

Je ne pus rien voir de l'expression inscrite sur le visage de Neiss au moment où elle découvrit les taches de sang et d'entrailles dans mon lit, mais son aura... Son aura, véritable mugissement d'indignation et de dégoût, m'en donna une représentation assez nette...

« Qui a fait cela ? »

Aucun de nous ne répondit rien.

Le sergent Neiss vint se poster en face de moi et reposa la question en me giflant d'une main leste. Je m'y attendais, mais laissai tout de même échapper une exclamation de douleur – cette femme ne frappait qu'en y appliquant toutes ses forces.

« Réponds-moi quand je te parle, exigea Neiss tandis que je gardais sans rien dire les yeux fixés sur le mur. *Qui* a fait cela ?

— Je ne sais pas, répondis-je enfin, toujours sans la regarder.

— Tu ne sais pas ? répéta-t-elle avec un reniflement méprisant.

— Non. Quand nous sommes revenus de l'entraînement ce matin, c'était déjà... comme ça. »

Une nouvelle gifle s'écrasa sur ma joue.

« Déjà comme ça ? Pauvre merde insolente ! s'insurgea le sergent Neiss tandis que je luttais pour conserver une expression neutre. Tu devrais savoir. Tu m'entends ? Tu devrais savoir ! Et comment oses-tu t'adresser à moi comme si j'étais ton égale ? Pour qui te prends-tu ? Quand je te demande quelque chose, tu réponds avec respect. Au garde à vous et en utilisant mon grade. Tu as compris ?

— Oui, *sergent.*

— Comment oses-tu laisser ça en l'état ? repartit-elle à la charge. C'est immonde. Pourquoi n'as-tu pas signalé l'incident au responsable de dortoir ?

— Je ne... balbutiai-je. Je n'ai pas... »

Je n'avais rien à dire pour ma défense.

J'aurais pu signaler l'incident au responsable de dortoir, et je ne l'avais pas fait. Parce que je savais déjà que ça ne changerait rien. Je connaissais le qui. Je connaissais le pourquoi. Mais je ne pouvais porter aucune accusation. Je n'avais aucune preuve. Personne n'avait rien vu, et de toute façon, même s'il y avait eu des témoins, personne ne se serait mouillé pour moi. Après tout, je n'étais qu'une transfuge et un traître. Tout le monde aurait pensé que je n'avais que ce que je méritais, et d'une manière ou d'une autre, tout me serait retombé sur le dos.

« Et je suppose que personne d'autre ne sait quoi que ce soit, pas vrai ? ricana Neiss en passant dans les rangs.

— Non, sergent ! répondirent toutes les recrues du dortoir d'une seule voix.

— Evidemment... Vous savez quoi ? Si on arrachait leur langue à tous les menteurs, aucune d'entre vous ne pourrait plus parler. Mais au fond ce n'est pas mon problème. Non, je n'en ai rien à faire. Si vous voulez vous entretuer ici et maintenant, alors qu'il ne reste déjà plus que deux jours avant le départ pour le front, eh bien allez-y, ne vous gênez pas. Ce n'est sûrement pas moi qui vous en empêcherai. Qu'est-ce que vous croyez ? Seuls les forts méritent de survivre dans nos rangs. Il est monnaie courante de perdre une ou deux recrues aux sessions d'entraînement et nous sommes en guerre. Des milliers sont morts avant vous. Des milliers mourront après vous. C'est comme ça. Un de plus, un de moins, au fond cela ne fait aucune différence. Vous vous valez tous. Personne ne va pleurer sur vous. Par contre, si vous voulez que je ferme les yeux, vous avez intérêt à faire ça discrètement et rapidement. Avant demain. Vous m'avez comprise ?

— Oui, sergent ! »

Je lançai un regard interdit à Neiss. Son chignon strict était plus serré que jamais, et sa canne faisait des allées et venues derrière elle.

J'examinai son visage inexpressif, dénué de la moindre émotion.

Avais-je bien entendu ? Elle venait de parler de faire *ça* « discrètement » et « rapidement »... Venait-elle vraiment de donner carte blanche aux autres pour se débarrasser de moi ? Le rictus satisfait de Visage Anguleux ne laissait guère planer de doutes à ce sujet.

« Rompez, recrues ! Quant à toi, tu as jusqu'à la sonnerie du couvre-feu pour porter ta literie à la

blanchisserie et revenir, me déclara Neiss d'une voix froide et indifférente. Tu dormiras sur le sol.
— Le sol ?
— Pourquoi ? Dormir sur le sol te pose problème, peut-être ? supposa-t-elle avec un ricanement déplaisant. C'est trop inconfortable pour toi ? Tu ne te prends déjà pas pour de la merde, transfuge... Mais profite. Dormir sur le sol c'est encore le luxe comparé à ce qui t'attend sur le front... Parce que si tu survis jusqu'à demain, tu passeras tes nuits vautrée dans un trou de boue avec les rats et la vermine, à dormir dans l'humidité et le froid, bercée par les hurlements des bombes, des drones et des sirènes... Tu respireras la puanteur des cadavres et des gaz, et c'est autre chose...
— Pourquoi jusqu'à demain ? m'enquis-je tout à coup en m'efforçant de maîtriser ma voix et les mouvements de mon estomac qui semblait vouloir se retourner.
— Pardon ? gronda Neiss en fronçant les sourcils.
— Pourquoi jusqu'à demain, *sergent* ? répétai-je docilement en mettant les formes.
— Parce que demain, un officiel vient au camp d'entraînement, transfuge, et que je tiens à ce que tout soit parfaitement en ordre.
— Un officiel ? »
Voulait-elle parler d'un membre du gouvernement ?
« Fais ce que je t'ai demandé, ordonna-t-elle sans répondre avant de tourner les talons. Débarrasse-moi le dortoir de cette puanteur. »

Je m'exécutai.

« Cette grosse vache de Neiss se ramollit, on dirait, me fit remarquer une voix traînante tandis que je nouais tous mes draps ensemble pour en faire un balluchon.

— Vraiment ? marmonnai-je sans me donner la peine de me retourner pour regarder en face mon interlocutrice tout en tirant d'un coup sec le nœud par lequel je refermais mon paquet pour la blanchisserie.

— Ouais... »

Son aura était autour de moi, avide, assoiffée, impossible à ignorer, et je me rétractai du mieux que je pus pour n'avoir pas à subir son contact psychique...

« J'aurais cru qu'elle te ferait sauter la cervelle elle-même, ajouta Visage Anguleux. Mais c'est vrai que les autres m'ont dit que c'était sa petite faiblesse, les huiles... Il paraît que les visites officielles, ça la fait frétiller. C'est son truc, en somme. Ça la met de bonne humeur, et après ça on ne peut plus rien en tirer de bien. Bah, ça fait rien. Même au fond, je préfère ça. Qu'elle se contente de fermer les yeux, cette grosse vache, et je m'occuperai tranquillement de ton cas. Il nous reste toute une nuit pour ça, pas vrai ? Si on trouve ton cadavre demain matin, ça passera encore, Neiss aura le temps de le faire évacuer. »

Je me redressai et jetai un coup d'œil aux autres filles qui ne perdaient pas une miette de notre échange. Tout était joué d'avance. Certaines semblaient ennuyées, mais pas une seule d'entre elles ne se donnerait la peine d'intervenir.

Mon cœur cognait dans ma poitrine à coups redoublés. Comme si le front ne suffisait pas...

« Je voulais te voir crever en première ligne, poursuivit Visage Anguleux en caressant tranquillement son attelle. Ouais. Je voulais te voir crever en première ligne, le ventre à l'air, la bouche grande ouverte, comme une débile. Ce serait vraiment le pied. Mais bon, j'ai réfléchi, et maintenant je me dis qu'on ne sait jamais. Pas vrai ? On ne sait jamais... C'est vrai, une vermine comme toi... Tu pourrais toujours trouver le moyen de survivre, et moi après ? J'aurais plus qu'à prendre mon pied et me torcher avec... Du coup, je vais faire ça maintenant. Enfin, après le couvre-feu. On ne voudrait pas être interrompues, pas vrai ? C'est moins satisfaisant, hein, c'est sûr, mais ça me fait au moins une assurance...

— C'est peut-être le tien, qu'on trouvera.

— De quoi ?

— De cadavre, répondis-je en serrant cependant les draps contre mon ventre dans un geste de protection instinctif.

— Le mien ? s'esclaffa franchement Visage Anguleux. Sans rire... Regarde-toi ! Je sais exactement ce que tu vaux. Toujours à te cacher derrière les autres, pas vrai ? Toujours à compter sur eux pour t'en sortir quand tu es dans la merde ? Ils n'auraient jamais dû implanter une fille comme toi. Tu n'es qu'une lâche. Une lâche. Je plains ton escouade et tous tes futurs compagnons d'armes. J'ai pitié d'eux. Tu sais quoi, et si tu rendais service à tout le monde en crevant maintenant ?

— Non.

— Non ? releva Visage Anguleux avec un reniflement de mépris tandis que je relevais mes yeux pour les plonger dans les siens. C'est quoi, ce regard ?

— Rien, marmonnai-je avant de me raviser. En fait, si. Puisque tu tiens à le savoir, je me dis que toi et les autres, vous avez bien votre place ici. Après tout, vous êtes de bons petits soldats dévoués et obéissants. De vrais patriotes, n'est-ce pas ? De futurs héros qui vont faire leurs preuves sur le champ de bataille ? C'est bien. Vous aurez peut-être une médaille pour ça. Et après ? Vous êtes aussi pourris que le reste du monde, et à choisir, je préfère encore ma lâcheté à ce que vous appelez le courage. »

J'attendis, le cœur remplit de crainte et d'exultation.

Un silence de plomb avait envahi la pièce, mais je n'en avais cure. Je pensais chacun des mots que je venais de prononcer. Tous autant qu'ils étaient, ils me dégoûtaient. Leurs auras chargées de ferveur, de sens du devoir, de violence... Ils me dégoûtaient. Ne voyaient-ils pas qu'à cause d'eux, rien n'aurait jamais de fin ?

« Elle peut bien parler, entendis-je enfin murmurer. Elle n'est pas des nôtres... Juste une transfuge qui ne sait pas rester à sa place et montrer de la reconnaissance... Une traîtresse et un déserteur... »

J'étais cernée de toutes parts, assiégée par leur hostilité, mais je tins bon. Je demeurai droite, ignorant la brûlure de mes joues. Non, je n'avais pas à éprouver d'embarras ou de honte. Je n'avais pas à baisser les yeux plus bas que terre. Je n'avais rien fait. Je n'avais rien à me reprocher.

Ils avaient raison, je n'étais pas des leurs. Ce pays n'était pas le mien. Pourquoi aurais-je eu envie de mourir pour le défendre ? Pour défendre son peuple ? En-dehors de Lolotte, je ne devais aucune loyauté à personne.

« Neiss a dit que c'était bon... Mais c'est risqué, elle a un implant, que se passera-t-il s'ils font quand même une enquête ? Non, non, ça va, on peut le faire, elle ne sert à rien, personne n'en saura rien... »

Tous ces murmures sous mon crâne, enflant comme une vague... Toute cette haine s'écrasant sur mes barrières psychiques...

Je titubai, et le dos de la main que je portai à mes narines revint marqué de traînées de sang.

Je devais sortir d'ici.

Un claquement de langue réprobateur et vaguement moqueur résonna à l'intérieur de ma tête, brusque rappel à l'ordre.

Mes défenses étaient trop faibles.

« On n'attend pas le couvre-feu, s'exclama alors tout à coup Visage Anguleux avec un sourire féroce en exécutant un pas dans ma direction. On se la fait maintenant ! »

Je lui envoyai dans la tête tout le paquet de draps sales et l'écartai de mon chemin d'un brusque coup d'épaule.

Sortir. Je devais sortir d'ici.

Les autres filles du dortoir se trouvaient sur mon chemin, leurs auras formant une solide barrière psychique et j'évaluai la distance qui me séparait de la porte.

Je pouvais le faire. Ce n'était pas si loin.

Je les tue pour toi ? offrit alors complaisamment la voix dans ma tête.

Je positionnai le bras articulé devant moi, à la manière d'un bouclier, et aiguisai mon aura jusqu'à lui donner la forme d'une pointe de lance.

Je pouvais le faire. J'allais passer.

Je me jetai en avant avec la même puissance et la même force de conviction que si j'avais eu à traverser un mur, le visage protégé derrière mon coude de métal, esquivant les bras qui se tendaient vers moi pour me saisir, percutant les corps qui me faisaient obstacle...

Je pouvais le faire.

J'étais peut-être une bonne à rien qui ne savait pas se servir d'une arme à feu, un boulet qui ne ferait jamais au front que ralentir les autres et les mettre en danger, mais j'avais participé à tous les entraînements durant les deux semaines qui s'étaient écoulé. J'avais écouté. J'avais observé. J'avais mordu la poussière un nombre incalculable de fois. J'étais devenue plus aguerrie. Plus endurante.

Je pouvais le faire.

Ramassée sur moi, je protégeai les points les plus faibles. Le visage. Le flanc et les côtes.

Puis j'avançai.

Mon bras articulé à lui seul était une arme. Déjà dur et inflexible par nature, couplé à ma vitesse il devait sans doute meurtrir les chairs, fêler les os... mais je n'avais pas à m'en soucier. Je n'avais qu'à avancer, droit devant moi, jusqu'à cette fichue porte.

Je trébuchai sur une fille que je venais de jeter à terre, et des bras vinrent aussitôt me ceinturer par derrière, freinant ma course. Je rejetai aussitôt la tête dans un mouvement brusque, et l'arrière de mon crâne frappa mon agresseur en plein visage. Un bruit de craquement retentit – la mâchoire, le nez, impossible de savoir ce que j'avais atteint, et je n'en avais cure – suivi d'un hurlement que les autres entreprirent bien vite d'étouffer.

La prise sur ma taille se relâcha et j'en profitai pour me dégager.

Je repris une posture défensive basse et recommençai à avancer en jetant de fréquents regards vers l'arrière pour m'assurer que les autres gardaient leur distance – c'était le cas pour le moment, mais cela ne durerait pas.

Deux mètres seulement me séparaient de la porte.

Les auras au-devant de moi avaient perdu de leur densité. Loin de former encore le même mur psychique que celui qui se dressait devant moi au commencement, elles semblaient désormais plus... poreuses. Sans réelle consistance, alors qu'à cet instant la mienne s'apparentait davantage à une carapace hérissée de pointes. Du moins, c'est ainsi que je la percevais. Sa pointe en fer de lance se dressait vers l'avant, prête à fendre et perforer.

Derrière moi, les échos de douleur formèrent un raz de marée écarlate qui ne fit pourtant que se briser sur mes défenses psychiques sans m'atteindre.

« Ferme-la, idiote ! ordonna alors Visage Anguleux à la fille qu'elle bâillonnait. Si on se fait pincer maintenant, on finira toutes au trou ! »

Le cœur commençait à me cogner dans la poitrine, mes jambes tremblaient de tension.

Dans un éclair de lucidité, je compris que poussées de la sorte, mes défenses psychiques ne tiendraient pas longtemps.

Je devais sortir. *Maintenant*. Avant de m'effondrer.

Je parvins au niveau de la porte.

« Laisse-moi passer, ordonnai-je à la rousse qui la gardait.

— Non ! vociféra alors Visage Anguleux. Ne la laisse pas sortir ! Cette petite merde se croit supérieure, et tu n'as pas intérêt à la laisser sortir d'ici, ou je te fais aussi ta fête !

— Désolée, me dit la rousse après une hésitation. Entre nous, j'ai rien contre toi mais... »

Elle haussa les épaules, comme pour dire que c'était la faute à la fatalité, et se mit en garde.

J'hésitai.

Ne fais pas l'idiote, Clarence. Rentre-lui dedans. Elle a choisi, trancha tout à coup la voix de Seth dans ma tête avant de ricaner. *Pas de pitié mal placée. Elle est sur ton chemin.*

Sur mon chemin...

C'était indéniable, et pourtant... Je n'aurais sans doute pas dû, mais j'hésitais.

Et pendant que j'hésitais, les autres derrière se rapprochaient. Je sentais leurs auras s'amonceler, s'amasser, et augmenter la pression de l'air dans mon dos.

Agir.

Je devais agir maintenant.

Je ne voulais faire de mal à personne, et l'aura de la fille devant moi n'avait rien d'agressif...

Mais je devais passer.

Et je venais tout juste de commander à mon cerveau de mettre mon corps en branle que le bras articulé passait à l'action à la vitesse de l'éclair.

Avant que j'aie eu le temps de rien comprendre, de rien décider, il saisit la rousse à la gorge et commença à serrer, écrasant sa trachée.

Je ne sentais rien, je ne maîtrisais rien et je ne savais même rien de l'étendue de la force que je déployais à ce moment-là...

La surprise et la peur sur le visage de la rousse s'imprimèrent dans le fond de ma rétine. Sa bouche s'ouvrait toute grande à la recherche d'un air auquel mon bras articulé défendait l'accès, et ses yeux étaient exorbités.

J'étais en train de la tuer. Je le sentais à la façon dont ses gestes se ralentissaient et perdaient en force. A la façon dont son aura se désagrégeait peu à peu.

Ce n'était pas ce que je voulais, mais je ne parvenais pas à desserrer ma prise sur sa gorge.

Je pivotai et tâtonnai de ma main libre à la recherche de la poignée de la porte tandis que le bras articulé, qui étranglait toujours impitoyablement la rousse la positionnait au-devant de moi pour en faire un bouclier humain.

« C'est vraiment un monstre... » entendis-je murmurer.

Je ne voyais pas leur visage, mais je sentais leur dégoût, leur peur, leur haine...

Un monstre...

Puis je heurtai la poignée du dos de la main.

D'un geste fébrile, saccadé, j'ouvris la porte.

Plus qu'un pas et j'étais dehors.

Sous mes yeux, le visage de la fille rousse que j'avais prise ne otage commençait à se congestionner. Ses yeux se révulsaient. Je devais la lâcher. Maintenant. Je n'avais besoin de la tuer. Je ne voulais pas la tuer. Surtout pas.

Avec un cri de rage, je donnai un grand coup sur le bras articulé.

« Lâche-la ! » hurlai-je en tirant sur les plaques de métal de l'avant-bras.

Rien n'y faisait.

Alors je passai la main par-dessus mon épaule.

Je devais le démonter.

Je savais le faire. Je l'avais fait des centaines de fois. Seulement, ma main tremblait, et mes doigts sans force glissaient sur les attaches.

Je dus m'y reprendre plusieurs fois, mais enfin je parvins à faire passer la sangle par-dessus mon épaule et glisser mon bras hors de l'armature de métal.

Tout fut fini à cet instant.

Le bras articulé s'immobilisa et la rousse tomba au sol, aspirant l'air à grandes goulées spasmodiques.

Je reculai d'un pas.

« Sale monstre, cracha Visage Anguleux en me toisant d'un air dégoûté tandis que deux autres filles se précipitaient pour éloigner de moi la fille que je venais d'étrangler. Tu ne perds rien pour attendre... Mais t'inquiète, je finirai bien par t'avoir. On se reverra sur le champ de bataille. »

Je reculai davantage dans le couloir, haletante, les yeux toujours fixés dans les siens.

La sonnerie du couvre-feu retentit.

Chapitre 12

J'errai dans le dédale souterrain du camp d'entraînement une partie de la nuit, utilisant mon aura pour éviter les patrouilles.

C'était un risque que je prenais, j'en avais bien conscience, mais à ce stade je pouvais difficilement me permettre de retourner dans le dortoir avec les autres. Impossible. Autant me tirer tout de suite une balle dans la tête... Non, si je devais être prise et punie pour avoir violé le couvre-feu, alors il en serait ainsi, mais quoi qu'il arrive, je ne remettrais jamais les pieds dans ce dortoir. Je serais peut-être dénoncée par mes camarades, mais de toute façon, je voyais mal comment ma situation pouvait encore empirer.

Demain je serais transférée avec les autres sur le front.

La guerre m'attendait au tournant. La guerre.

Tout le reste me semblait dérisoire...

La guerre...

Quand j'y pensais seulement, je sentais mon pouls se faire fébrile, chaotique. Mon souffle s'amenuisait, comme si l'air même autour de moi s'appauvrissait en oxygène.

La guerre...

La nausée me prenait.

Je ne voulais pas y aller.

Je ne voulais pas la faire.

Et je les haïssais tous.

Mais je ne me battrais pas pour eux. Non, je ne me battrais pas pour eux. Je me contenterais d'aller sur le champ de bataille comme j'étais et je ferais ce qu'il faut pour survivre jour après jour. Pour moi. Pour Lolotte. Pour Seth. Mais ça n'irait pas plus loin. Non, ça n'irait jamais plus loin.

On ne me verrait pas brandir d'arme.

On ne me verrait pas prendre une seule vie humaine.

Je traverserais cette guerre à ma façon. Avec rage et en silence.

Quel tissu d'absurdités et de conneries, se moqua la voix de Seth dans ma tête. *Avec une mentalité pareille, tu ne tiendras même pas une journée là-bas... Alors comme ça tu ne tueras pas, hein ? Ne me fais pas rire. Pour survivre, il faut être prêt à tuer. Pour survivre, il faut être prêt à se salir les mains. Mais ne t'inquiète pas, ma petite Clarence, ne t'inquiète pas... Je vais faire ça pour toi. Oui, je vais faire ça pour toi... Alors surtout garde tes petites mains propres. Surtout garde ta petite pureté. Je vais me salir les mains pour toi. Je vais tuer pour toi... tuer tuer tuer... Que dis-tu de ça ?*

Je me pliai en deux et vomis sur le sol une bile âcre avant de m'accroupir, secouée de tremblements et de frissons. J'appuyai un instant le front sur le mur de béton du souterrain et inspirai lentement.

La tête me tournait, et j'étais couverte d'un voile de sueur glacée.

Je me trainai jusque dans un recoin sombre et m'écroulai sur le sol avant de m'endormir en chien de fusil.

Je n'avais plus la force de garder mon aura déployée autour de moi comme un détecteur de mouvements psychiques. Je n'avais plus la force de quoi que ce soit. J'étais fatiguée. Je voulais dormir. Dormir...

Je rêvai encore de la chambre jaune. La chambre jaune aux draps immaculés dans lesquels reposait le sourire de ma mère... Mais je n'y entrai pas. Pas davantage que la première fois. Qu'importait combien je désirais pour moi cette chaleur et cette protection. Je ne méritais ni l'une ni l'autre. Mes bottes dégouttaient toujours de boue, de pluie et de sang, et je l'avais tuée. Je l'avais tuée...

« Clarence, mon bébé... soufflait la voix de ma mère. Mon bébé... Ce n'est pas grave... Tout va bien, allons approche, approche... Viens me voir, mon bébé, viens que je puisse te regarder... Te regarder... Tu as grandi... Tu es une jeune femme à présent. Laisse-moi te voir... Approche, approche... »

Sa voix m'attirait à elle, indéniablement, et pour résister j'enfonçai mes ongles dans mes paumes jusqu'au sang.

« Clarence... Clarence, c'est bon, mon bébé... C'est bon. Maman t'aime. Maman t'aimera toujours... Ne fais pas ça. Ne fais pas ça, s'il te plaît... Ne te punis pas... D'accord, mon bébé ? Cela me fait de la peine... Tellement de peine... Ne fais pas ça. Viens. Viens, maintenant. Ça ne fait rien. Tu peux tout laisser ici. »

Elle disait. Et j'avais envie de la croire. J'avais envie de la croire, mais...
« Tu n'es qu'une voix dans ma tête, murmurai-je alors avec un sourire tremblant en sondant l'abîme qu'était mon cœur. Juste une voix dans ma tête... »
Rien de plus.
Et je ne pouvais rien croire de ce qu'elle me disait.
Parce qu'au fond, toutes ces paroles rassurantes qui sortaient de sa bouche...
Toutes ces paroles rassurantes auxquelles j'avais tant envie de croire... c'était moi qui les y avais mises. *Moi.*
Ma mère n'était pas là. Ma mère était morte...
Et je savais bien ce que j'étais en train de faire. Ça me dégoûtait.
Alors quoi ? Non contente de l'avoir tuée, je la rappelais encore à moi pour lui faire dire ce que je voulais entendre ? Je me servais d'elle ? De son souvenir ? Mon père m'aurait haïe plus que jamais s'il avait su que j'étais capable d'une lâcheté pareille...
Je ne méritais pas d'entrer dans cette chambre avec elle. Je ne méritais pas la chaleur de son sourire, le refuge de ses bras... Je ne méritais rien de ce qu'elle était prête à offrir.
« Ne sois pas comme ça, mon bébé... »
Je refermai doucement la porte, sans quitter du regard son visage souriant aux traits flous.
La dernière fois...
C'était la dernière fois que je la voyais ici...

La prochaine fois que j'ouvrirais la porte, elle ne serait plus là. Je le savais. Je le pressentais. Cette certitude était une vibration au fond de mes os.

Je ne la reverrais plus jamais comme ça.

Et je refermai la porte de la chambre jaune avant de me réveiller.

J'étais toujours allongée sur le sol, les jambes repliées, les joues baignées de larmes.

Tout mon corps me faisait souffrir, et lorsque je me redressai, le bras articulé glissa sur mes genoux.

Le bras articulé...

Je devais le garder encore une semaine avant guérison complète, mais j'hésitais... J'hésitais vraiment à le remettre.

Je ne le contrôlais pas et cela m'effrayait. Cela me terrorisait, même. Ce bras n'était pas un bouclier. C'était une arme. Une arme avec une bien trop grande sensibilité.

Compte tenu de ce qui s'était passé, je savais que je craindrais désormais d'en faire usage. Mais pour autant pouvais-je prendre le risque de ne pas m'en servir ? Difficile de trancher... Au reste, je n'eus guère le temps de m'appesantir sur la question car les haut-parleurs se mirent tout à coup à diffuser l'hymne national. Il était cinq heures trente du matin.

J'écoutai en silence.

Puis je passai la sangle du bras articulé par-dessus mon épaule, fixai une à une les attaches et ajustai les plaques de métal avant de me rendre au réfectoire.

J'avais faim.

Il y avait du monde là-bas, mais je remplis un plateau et m'installai seule à une table, sans intention de rien regarder ou de parler à qui que ce soit. Lorsque des filles de mon dortoir passèrent non loin, je ne relevai pas même la tête. Visage Anguleux n'était pas avec elles, et les mailles resserrées de mon aura rendaient cette dernière impossible à affecter...

« Clarence... »

Je sursautai.

Edith s'assit en face de moi.

J'observai la blonde avec une surprise mâtinée de gêne.

Après m'avoir demandé de rester en-dehors de ses affaires avec Hadrien, elle avait pris ses distances et j'avais fait de même. Nous avions peut-être vécu un moment ensemble dans la zone blanche, mais nous n'avions jamais été proches, et vue la façon dont les choses s'étaient terminées pour nous... J'aurais cru que nous n'aurions plus rien à voir ensemble dorénavant.

« Tu n'as pas vraiment l'air en forme, remarqua la tueuse d'auras après m'avoir observée un moment.

— Ah bon ? marmonnai-je en baissant les yeux vers mon assiette pour n'avoir pas à soutenir son regard.

— Ton aura est différente... »

Je tressaillis et mon poing serra plus fort le manche de mes couverts.

« Tu as peur d'aller sur le front, Clarence ? me demanda Edith. De mourir ?

— Parce que toi, non ? biaisai-je.

— Je ne sais pas... Je ne voulais pas y retourner, répondit la blonde avec un demi-sourire ambigu, je pensais qu'on méritait une chance, qu'on pouvait tout recommencer. Que c'était ça, la zone blanche. Mais en fait, on ne peut rien bâtir de vraiment nouveau sur des ruines, pas vrai ? Et maintenant, je me dis même que ce qui est arrivé était peut-être inévitable. Ecrit. Que dès le début, tout était peut-être joué. Tu ne crois pas ?

— Je ne sais pas...

— Finalement, on dirait bien qu'il avait raison.

— « Il » ? Qui ça « il » ?

— TAH15. Seth... »

Les lèvres d'Edith s'étirèrent brièvement.

« Tu te souviens quand je lui ai proposé de s'intégrer à la société que nous voulions bâtir dans la zone blanche ? Il avait répondu que jamais rien de ce qui venait de ce monde pourri ne pourrait être sain. Je pensais qu'avec le temps on lui montrerait qu'on pouvait vivre autrement. Mais il avait raison, pas vrai ? Et nous, nous n'étions que des idiots et des fous. Enfin, c'est comme ça. Dis-lui de ma part. Je l'ai toujours apprécié. A sa façon, c'est probablement le plus honnête et le plus pur d'entre nous... »

Je voyais ce qu'elle voulait dire.

« Tu dois te demander pourquoi je viens te voir maintenant, attaqua tout à coup Edith en penchant la tête sur le côté comme pour me jauger.

— C'est vrai, acquiesçai-je. Tu sais, je ne peux rien te dire, je n'ai pas parlé à Hadrien depuis...

— Je ne viens pas te parler de lui, Clarence, me coupa doucement Edith.

— Non ?

— Non. Je viens te dire adieu, Clarence. »

Je me figeai.

« Nous apprendrons nos affectations dans la matinée, poursuivit la blonde avec un léger sourire aux lèvres. Mais nous savons toutes les deux que les chances pour que nous soyons intégrées dans la même escouade sont pratiquement nulles, pas vrai ? Nous avons déserté ensemble, après tout... Enfin, de toute façon, demain nous serons occupées à combattre sur le front, alors... C'est la dernière fois que nous nous voyons. »

La dernière fois...

« Tu es quelqu'un de bien, Clarence Marchal, ajouta Edith sans transition. Je voulais au moins te le dire. J'espère que tu survivras. Vraiment. J'espère que toi et Seth vous survivrez tous les deux, que vous trouverez une autre zone blanche... »

Je ne répondis rien, mais... trouver une autre zone blanche ?

Non. C'était fini, tout ça. Fini... Seth n'y avait jamais cru et moi je n'y croyais plus. Je n'y croyais plus... C'était quand ils nous avaient trouvés dans la zone blanche que j'avais compris... Que j'avais pris conscience qu'ici-bas nous n'étions nulle part à l'abri. Qu'aucun lieu ne serait jamais sûr et hors d'atteinte de la folie et de la violence des hommes.

Mais je ne voulais pas imposer à Edith la brusquerie de ma franchise. Et je ne voulais pas non plus lui mentir. Pas si c'était la dernière fois que nous nous parlions.

La tueuse d'auras parut le comprendre.

« Tu es quelqu'un de bien, Clarence, répéta-t-elle une dernière fois avant de se lever. Je vais y aller... J'espère qu'on se reverra. »

J'aurais voulu lui dire que je l'espérais, moi aussi, mais pas un seul de ces mots ne parvint à franchir la barrière de mes lèvres. Ils me semblaient si dérisoires...

Je terminai de manger seule et en silence, puis on vint me dire que j'étais convoquée au bureau des assignations, que je devais m'y rendre immédiatement pour recevoir mon numéro d'escouade et mon immatriculation.

Je quittai le réfectoire sans un regard en arrière.

« Escouade F117. Départ prévu dans la soirée. En cas de décès, cette plaque permettra de vous identifier afin que le service funéraire de l'armée puisse envoyer vos restes incinérés à votre famille si cette dernière en formule la demande, m'informa le responsable et me

remettant un rectangle de métal relié à une chaîne. Voici. Veuillez la passer autour de votre cou et la conserver. »
Le métal était froid et je glissai sous mon uniforme la plaque avec mon matricule.
« Il peut y avoir des délais, précisa tout à coup l'homme en face de moi. Pour rapatrier les corps, je veux dire... En ce moment, on a déjà des retards de plusieurs mois, et...
— Ça ne fait rien, intervins-je alors pour couper court. Personne ne réclamera mon corps, de toute façon.
— Ah non ? Vous êtes sûre ?
— Oui...
— Il fallait le dire, soupira mon interlocuteur en laissant transparaître son agacement. Dans ce cas, je dois modifier les données pour préciser que le corps n'est pas à la récupération... Formidable. Bon, veuillez repasser votre plaque d'immatriculation dans le boitier juste là, sur votre gauche... »
Je m'exécutai.
« Et qu'est-ce qui se passe, quand un corps n'est pas à la récupération ? m'enquis-je tandis que la barre de chargement sur l'écran se remplissait peu à peu. Qu'est-ce que ça veut dire ?
— Ça veut dire que le corps n'est pas rapatrié. »
Pas rapatrié ?
Alors autrement dit, si je mourais sur le champ de bataille, mon corps serait laissé sans sépulture ? Abandonné au milieu des autres cadavres ou incinéré

puis enterré avec tous les autres dans une fosse commune ?

Je récupérai la plaque sur lequel était inscrit mon matricule après le chargement complet, et la repassai à mon cou.

« En sortant, il faudra vous rendre à la visite médicale. C'est obligatoire, pour toutes les nouvelles recrues. »

Je hochai la tête en signe d'assentiment et quittai le bureau des assignations.

Je portai une main à mon cou. La sensation du métal glacé frottant contre ma peau m'était désagréable.

Plusieurs personnes attendaient déjà dans le couloir devant le centre de soins, et je me rangeai à leur suite en silence. Il y avait bien quelques implantés, mais je ne connaissais pas un seul d'entre eux.

Au-dessus de nos têtes les néons grésillaient, et l'écho des bombes larguées par les drones nous parvenait dans les vibrations du sol des souterrains.

« Ça se rapproche, déclara quelqu'un tout à coup. J'ai pas raison ? Vous avez remarqué aussi ? Il y a plus de bombardements, depuis quelques jours, et...

— La ferme, le coupa une fille avant de croiser les bras sur sa poitrine, sourcils froncés.

— Mais ça se rapproche vraiment, insista l'autre tandis que son aura puant l'angoisse se répandait sur nous. L'ennemi a progressé vers l'intérieur des terres, c'est clair, et la ligne de combat...

— Et alors ? Et même si c'est vrai ? On s'en fout, de tout ça, après tout. Qu'ils viennent. On va leur montrer, nous. On va leur montrer, nous, qu'ils auraient mieux fait de rester dans leur pays de merde. Ils vont rentrer chez eux en chialant... Mieux, qu'ils crèvent tous, ces sales envahisseurs ! »

Des *envahisseurs* ? Curieuse façon de voir les choses... Jusqu'à preuve du contraire, c'était son peuple à elle qui avait ouvert les hostilités. En tout cas sur le front de l'est, et il me semblait qu'il fallait faire preuve d'une bonne dose de mauvaise foi pour considérer les autres comme les envahisseurs, mais je n'allais certainement pas me risquer à dire ce que j'en pensais...

Quand mon tour vint, on m'invita à me présenter dans la deuxième cabine du centre de soin où un infirmier militaire devait procéder aux examens et analyses. On me demanda d'ôter mon uniforme et de ne conserver sur moi que les sous-vêtements, ce que je fis sans m'émouvoir outre mesure – j'avais peut-être été quelqu'un de pudique, autrefois, mais il ne restait désormais plus grand-chose de cette personne.

L'infirmier entra. Je le laissai m'ausculter. Manipuler le bras articulé. Je répondis à ses questions lorsqu'il m'en posa.

« Maintenant, pour ce qui est de l'entretien de l'implant...

— Je m'en occupe », l'interrompit une voix familière.

Lorsque Laurie Xavier entra, je ne pus que le regarder avec un ébahissement dont il sembla se délecter. Que faisait-il là ? Etait-il entré en sachant que je m'y trouvais ? Si c'était le cas, alors il devait avoir quelque chose à me dire... Lolotte ? Lolotte était-elle réveillée ? L'espoir qui dilata ma poitrine à cette pensée me sembla presque douloureux. Non. Il était trop tôt. Trop tôt pour se réjouir. Je ne savais rien des raisons de sa présence ici.

« Vous êtes ? s'enquit l'infirmier avec un froncement de sourcils méfiant.

— Bien assez qualifié. Je suis l'inventeur de ces petites merveilles, précisa l'ancien technicien du Centre en désignant l'implant.

— Votre nom ? demanda l'autre avec un froncement de sourcils.

— Xavier. Laurie.

— C'est Xavier ou c'est Laurie ? s'agaça l'infirmier en lui adressant un regard noir.

— Les deux.

— Peu importe. Je ne vous connais pas et personne ne m'a averti de votre venue, alors où est votre habilitation ? Je veux la voir.

— Une habilitation ? »

Laurie Xavier eut l'air gêné.

« Je ne savais pas qu'il en fallait une. C'est la première fois que je mets un pied dans le camp d'entraînement militaire. Je suis venu avec le colonel Matthieu Degrand.

— Vraiment ?
— Si vous avez des doutes, vous pouvez toujours vérifier auprès de la hiérarchie…
— Restez là pendant que je me renseigne, grommela l'infirmier avant de quitter la pièce en marmonnant qu'on n'avait pas intérêt à lui faire perdre son temps.
— Clarence, me salua Laurie Xavier. Ça fait plaisir ! Je n'étais vraiment pas sûr de réussir à te voir avant que tu sois envoyée au front ! Mais il fallait que je te demande. Clarence. Ta copine…
— Lolotte ? bredouillai-je. Elle est réveillée ? Elle va bien ?
— Non, enfin oui… attends deux secondes ! exigea l'ancien technicien en me faisant signe de me calmer et de ralentir. Tu me stresses, là ! Non elle ne s'est pas réveillée, mais elle va bien. Enfin, son état est stationnaire, quoi... »

J'étais à la fois déçue et soulagée. Déçue qu'elle ne soit pas réveillée, mais soulagée qu'elle soit encore en vie… Le colonel Matthieu Degrand avait tenu parole.

« Mais, Clarence… tu étais au courant qu'elle était enceinte ?
— Quoi ?
— Ta copine… Tu étais au courant qu'elle était enceinte ? répéta-t-il tandis qu'un grand blanc envahissait mon cerveau.
— Lolotte ?
— Ouais…

— Non, c'est impossible, soufflai-je. Lolotte ne peut pas être enceinte...

— Si. Les examens gynécologiques le confirment, Clarence. J'ai vu les échographies. Il n'y a aucun doute là-dessus. Ta copine est même enceinte d'un peu plus de sept mois.

— Sept mois ? »

Dans ce cas, cela signifiait que Lolotte était tombée enceinte de Théo durant la période où nous avions trouvé refuge dans la zone blanche... Mais elle ne m'avait rien dit. Pourquoi ? Parce qu'elle savait ce que je pensais de leur idée de bâtir une société nouvelle dans une zone contaminée par des agents biochimiques ? C'est vrai que nous avions eu cette conversation, une fois, et que j'avais dit que je trouvais risqué et inconscient de faire venir au monde des enfants là-bas... En avait-elle conclu que si j'apprenais qu'elle était enceinte je la jugerais irresponsable ou que je lui ferais la morale ? C'était une possibilité... Mais peut-être aussi l'ignorait-elle elle-même à ce moment-là...

« Alors comme ça, tu n'en savais rien, remarqua Laurie Xavier en se frottant la nuque d'un air gêné.

— Non », murmurai-je après quelques instants.

Lolotte ne m'avait rien dit et je n'avais rien remarqué. Rien. Pourtant il avait dû y avoir des signes. C'était forcé. Si ce qu'il disait était exact, alors lorsque nous avions essayé de quitter la zone blanche, Lolotte devait déjà être enceinte de cinq mois... Cinq mois ! Comment avais-je pu ne rien remarquer ?

« C'est ce que je me disais, acquiesça Laurie Xavier.

— Et le colonel ? demandai-je tout à coup. Est-ce qu'il sait déjà que Lolotte est enceinte ?

— Ouais... »

Le technicien s'agita, mal à l'aise.

« C'est que... Pour être honnête, expliqua-t-il, j'ai pas vraiment vu d'intérêt à chercher à lui mentir là-dessus. S'il l'avait découvert, j'aurais sûrement fini comme monsieur David. Et puis, franchement, Clarence, ce n'est peut-être pas une mauvaise chose qu'il soit au courant.

— Pourquoi ?

— A mon avis, ça lui donne une chance de survie supplémentaire, à ta copine. Tu sais quel est le pourcentage de fécondité pour les gens comme vous ?

— Non...

— Moins de douze pour cent, Clarence ! Moins de douze pour cent, tu saisis ? »

Pas vraiment... Je ne voyais pas le rapport entre le pourcentage de fécondité des gens comme nous et les chances de survie de Lolotte. A moins que...

« L'enfant de Lolotte intéresse l'armée ? demandai-je, brusquement envahie par une sensation de nausée.

— Pas qu'un peu, si tu veux mon avis ! Tu n'imagines même pas les moyens et les sommes qui sont déployés par le gouvernement pour dénicher les gens comme vous ! C'est monstrueux. »

Mon cerveau était en ébullition. Lolotte était enceinte de sept mois. Si vraiment l'armée tenait à cet enfant comme le pensait Laurie Xavier, alors le colonel ne la débrancherait pas avant le terme. Même si je venais à mourir sur le front... Sur le moment, le fait de savoir que sa survie ne reposait pas entièrement sur moi me soulagea d'un poids.

Puis j'envisageai les choses sous un angle plus sombre et plus pessimiste.

Ce que Seth m'avait dit dans le fourgon sécurisé alors qu'on nous conduisait ici n'avait pas quitté mon esprit. Je m'en rappelais chaque mot. Il m'avait dit que j'étais une idiote de croire que Matthieu Degrand tiendrait sa parole et permettrait à Lolotte de survivre aussi longtemps que je ferais mon devoir de soldat sur le front. Il m'avait dit que j'étais une idiote d'accorder ma confiance sans garantie, que l'armée serait davantage intéressée par la récupération de l'implant de Lolotte que par sa survie.

Il avait eu raison sur toute la ligne.

Je devais donc envisager que le colonel n'avait jamais eu l'intention de respecter sa part du marché que nous avions passé, et que c'était seulement parce que Lolotte était enceinte qu'il la laissait branchée à son respirateur artificiel. Bon. Laurie Xavier avait beau avoir réparé son implant, si Lolotte ne se réveillait pas, sitôt le terme de sa grossesse dépassé elle serait exécutée sommairement et son appareillage récupéré.

Au mieux, il restait deux mois à Lolotte. Deux mois seulement.

Je ne devais pas me laisser envahir par l'angoisse, la peur et le défaitisme. Non. Je devais réfléchir posément. Comment agir désormais, en tenant compte de tout ce que je savais et de tout ce que je soupçonnais ?

Deux mois...

Je devais partir de là...

Dans toutes les projections que je pouvais faire, deux mois plus tard soit j'étais toujours au front, soit j'étais morte, et dans un cas comme dans l'autre, le sort de Lolotte était déjà scellé.

Et si j'essayais de fuir le front pour la rejoindre, alors le colonel Matthieu Degrand n'avait qu'à actionner la bombe que j'avais dans le cerveau...

Pour que Lolotte survive, il fallait que quelqu'un la maintienne en vie ou que je désamorce la bombe qui se trouvait désormais dans mon implant.

« Lolotte ne survivra pas plus de deux mois, vous le savez, n'est-ce pas ? » demandai-je abruptement à Laurie Xavier.

Je n'avais pas le temps de le ménager ou de me montrer subtile. L'infirmier allait revenir d'une minute à l'autre, et dans quelques heures je serais sur le front. Il fallait que ce soit réglé maintenant. Il fallait que je trouve maintenant le moyen de garder vivante cette étincelle d'espoir. Pour moi. Pour Lolotte.

« Eh bien, je... je ne... bredouilla Laurie Xavier avant que je l'interrompe.

— Son enfant va naître, et on se débarrassera d'elle, pas vrai ? insistai-je tandis que mon aura chargée de désespoir et de colère venait s'enrouler autour de la sienne.

— J'imagine que c'est... probable, haleta Laurie Xavier en tirant sur le col de sa chemise comme si elle l'empêchait de respirer. Oui...

— Est-ce que vous pouvez la cacher ? demandai-je en exerçant davantage de pression sur lui. Faire croire que vous l'avez débranchée et la maintenir en vie sans que cela se sache ?

— Quoi ? Non ! s'affola le technicien en ouvrant de grands yeux de gamin effrayé tandis que mon étreinte psychique se resserrait sur lui comme un nœud coulant. Non, je ne peux pas faire ça. Je suis désolé, Clarence, vraiment, mais c'est impossible. Si le colonel l'apprend, je suis un homme mort. Je ne peux pas faire ça, je regrette. Je ne devrais même pas être là, je prends déjà des risques, je...

— Dans ce cas, enlevez la bombe qui se trouve dans mon implant et dans celui de Seth.

— La bombe ? Non, je ne... Je ne peux pas faire ça non plus. »

Je me raidis.

« Je ne peux pas l'enlever, poursuivit-il très vite en agitant des mains nerveuses. C'est impossible. Pas sans la faire exploser. Avec plus de temps et le bon matériel, peut-être que je pourrais créer un code pour brouiller le signal à distance et empêcher son déclenchement, mais là, ce que tu me demandes aujourd'hui est impossible, et c'est de la haute trahison.

— Combien de temps ça prendrait ? Combien de temps pour créer ce code et l'activer ?

— Sérieusement ? Clarence…

— Combien ?

— Peut-être cinq ou six jours, mais…

— Alors faites-le.

— Clarence…

— S'il vous plaît. Je ne peux pas laisser Lolotte mourir là-bas. Je ne vous demanderai plus jamais rien, je vous le jure. Je vous en prie… »

Et je mis dans ces mots tout ce que je ressentais d'angoisse, de peur et d'espérance.

Et je relâchai son aura.

Il devait accepter librement.

Il devait accepter librement de se compromettre.

Il le fallait, c'était le seul moyen. Il n'était plus le gamin irresponsable qui s'amusait dans la tête des gens sans se soucier de ce qu'ils deviendraient ensuite. Il était venu jusqu'ici, sans habilitation, pour me donner de nouvelles de Lolotte. Il avait déjà fait un pas. Je devais le *convaincre* de ne pas faire demi-tour.

J'attendis en retenant mon souffle.

« Eh merde ! marmonna-t-il au bout d'une minute de lutte intérieure. Je dois être devenu dingue ! Ok. Clarence Marchal, tu as *intérêt* à ne plus jamais rien me demander d'autre. Je fais ça, mais je ne ferai rien d'autre. Même si dans deux mois tu n'es pas revenue et qu'ils débranchent ta copine. Pigé ?
— Oui. »
C'était suffisant. C'était plus que suffisant.

Chapitre 13

« Soldats ! »

La voix puissante du colonel Matthieu Degrand résonna dans le hangar, et une centaine d'hommes et de femmes lui répondirent avec le salut militaire.

« Le moment est venu pour vous ! poursuivit-il en posant sur les rangs immobiles un regard sombre et implacable. Le moment est venu pour vous de vous battre. C'est ce que veut votre devoir, et ce que commande l'honneur, aussi j'attends de vous que vous vous exécutiez avec fierté ! Battez-vous, jusqu'à la mort s'il le faut. La patrie est votre mère à tous ! Votre devoir envers elle est sacré ! Rappelez-vous ! Songez à vos pères et à vos frères qui ont donné leur sang et leur vie pour la défendre. Songez à eux et rendez-les fiers ! La victoire ou la mort ! »

Tous ceux qui m'entouraient se mirent à pousser des clameurs en battant du pied contre le sol jusqu'à le faire trembler. Les secousses passaient à travers mes bottes et parcouraient tout mon corps. Un frisson remonta le long de mon échine. Il y avait quelque chose... Je le sentais dans le frémissement de ma chair, dans cette vibration qui semblait s'insinuer jusque dans le creux de mes os. Les battements de mon cœur s'accélérèrent, comme s'ils cherchaient malgré moi à s'aligner sur leur rythme...

« Là-dehors ! hurla encore le colonel Degrand après avoir fait un geste qui mit aussitôt fin au tapage mais pas à cette fièvre qui secouait les rangs. Là-dehors est l'ennemi ! Là-dehors est le monstre qui saigne et massacre notre peuple ! J'ai appris hier que nous avions perdu une dizaine de postes frontaliers, et que des milliers de nos soldats avaient été exécutés ou déportés dans des camps de détention. Soldats ! Notre ennemi viole nos frontières ! Notre ennemi pénètre sur nos terres sacrées, et ce pour la première fois en vingt ans de guerre et de combats ! »

L'indignation se répandit dans la foule comme une traînée de poudre.

« Nous devons faire face. Notre ennemi veut nous anéantir ! Notre ennemi veut anéantir notre patrie, notre nation, notre peuple, notre famille ! Alors je vous pose la question : allez-vous le laisser faire ? Allez-vous le laisser approcher plus près encore ? Allez-vous le laisser entrer jusque dans vos maisons pour y tuer nos pères et nos mères ? Pour y tuer nos frères et nos sœurs ? »

Des hurlements de haine et de colère lui répondirent.

« Notre ennemi n'a aucune pitié, vous le savez ! Aucune pitié ! Il n'épargnera ni père, ni mère. Il n'épargnera ni frère, ni sœur. Notre ennemi n'a rien d'humain ! C'est un monstre, et vous devez lui montrer ! Vous devez lui montrer la rage et la résolution tapie au fond de nos cœurs ! Vous devez lui montrer la force inépuisable de nos bras et de nos armes ! Vous devez lui inspirer la crainte ! Le moment est venu pour vous ! Alors allez, et n'ayez aucune hésitation ! Ne montrez aucune pitié ! Battez-vous ! Soyez forts ! Soyez impitoyables ! Je suis venu vous dire cela ! »

Cet enfoiré est doué, n'est-ce pas ? ricana tout à coup une voix à l'intérieur de ma tête tandis que, fascinée, je suivais du regard le colonel Matthieu Degrand qui arpentait les rangs pour serrer la main des soldats en les remerciant d'être prêts à faire leur devoir, d'être prêts à mourir pour libérer leur pays...

Doué ? Oui... Même moi j'avais ressenti quelque chose pendant son discours. L'indignation. La rage. La colère. Je les ressentais encore. Et pourtant, tout cela ne me concernait en rien. Je n'avais ici ni père ni mère à protéger. Je n'avais ni frère ni sœur à défendre. Mon ennemi n'était pas là-dehors.

Mon ennemi était cet homme à la carrure impressionnante, qui marchait comme si le monde lui appartenait, comme si tout ce qui respirait devait ployer devant lui... Mon ennemi était cet homme sans aura et sans pitié, qui pouvait faire naître dans le cœur des hommes assez de haine pour tous nous ensevelir. Matthieu Degrand...

« *Tu veux que je le tue pour toi ?* s'enquit la voix.

— *Non.*

— *C'est dommage... Ce serait pourtant facile. Facile, facile, facile...* »

Facile ? Je ne voyais vraiment pas ce que cela pouvait avoir de facile. Et puis d'ailleurs, la mort du colonel Matthieu Degrand ne mettrait pas fin à cette guerre. Mais je gardai le silence et laissai la voix se perdre dans ses murmures.

« Je m'y suis pris trop tard avec toi », déclara tout à coup quelqu'un juste derrière mon épaule.

Je sursautai et me retournai.

Visage Anguleux se tenait là, au garde-à-vous, un léger sourire aux lèvres. Son regard était rivé dans le mien.

« J'aurais dû m'occuper de toi bien plus tôt, reprit-elle en se penchant vers moi presqu'à me toucher. Ça me fout la gerbe de me dire que tu pourrais t'en tirer comme ça, sale monstre. T'as de la chance comme c'est pas permis. Tu me crois pas ? Figure-toi qu'on t'a balancée à Neiss, hier. On est allées la voir, et on lui a dit que t'étais pas revenue au dortoir. Mais tu sais ce qu'elle a répondu, cette truie ? Qu'il fallait qu'on laisse couler. Que c'était pas le jour de venue du colonel qu'il fallait chercher les emmerdes et que si on insistait un peu elle nous enverrait au mitard... Il a bien fallu laisser tomber. Mais moi, tu vois, j'aime pas renoncer. Et du coup, me voilà.

— Je ne vois pas le rapport, marmonnai-je en levant le bras articulé pour l'empêcher d'avancer davantage.

— C'est vrai ? ricana Visage Anguleux. Moi qui croyais que tu étais une petite futée ! »

Puis d'une main elle s'empara de mon bras et de l'autre elle passa par en-dessous pour attraper la plaque d'immatriculation qui pendait à mon cou.

« Bon, alors c'est laquelle, ton escouade ? demanda-t-elle tandis que je tirai mon bras en arrière pour me dégager. Bouge pas, j'arrive pas à lire... F117 ? Escouade F117 ? Pas de bol. On n'est pas assignées à la même escouade... Je suis un peu déçue, mais bon c'est pas très grave. Tu sais pourquoi ? »

Je chassai sa main d'un geste brusque.

« Allez-vas-y, lis toute l'assignation, sale monstre.

— Non, refusai-je tout net.

— Dans ce cas je te lis la mienne, annonça Visage Anguleux en exhibant sa propre plaque avec un ricanement mauvais. TAF103F105BSI49. TAF103, ça, tu sais ce que ça veut dire, pas vrai ? F105 c'est l'escouade. On n'a pas la même. Mais BSI49, c'est le numéro de bataillon. J'appartiens au 49ème bataillon spécial d'infanterie... comme toi. Vas-y, regarde. »

Je lus mon immatriculation. Le numéro de bataillon était identique.

« On va servir dans le même bataillon. C'est génial, pas vrai ? »

Pendant un moment je restai là sans rien dire, immobile, les yeux fixés sur l'immatriculation, comme si à force de les regarder les chiffres allaient se modifier ou changer de configuration...

Je ne ressentais pas de colère, ni même de peur... juste de la lassitude. Impossible de lutter contre la fatalité. Ce qui devait être serait, et rien de ce que je ferais n'y changerait quoi que ce soit.

« Dis donc, gloussa Visage Anguleux sans cacher qu'elle jouissait du spectacle de mon expression abattue. Tu pourrais montrer un peu de reconnaissance, quand même, sale monstre ! Tout ça, c'est grâce à moi. J'en ai chié pour qu'on soit dans le même bataillon.

— Comment ça ? demandai-je en fronçant les sourcils, perplexe.

— Tu ne croyais quand même pas que c'était un hasard, si ? »

Je serrai le poing.

« J'ai failli laisser tomber, susurra-t-elle comme si elle me faisait une confidence. Hier. Quand Neiss nous a menacées de nous envoyer au mitard. Je me suis dit « merde, cette grosse vache a peut-être raison, peut-être que ça vaut pas le coup ». Mais tu vois, après, en y repensant, j'ai trouvé ça trop facile. Bien trop facile. Je me suis dit que je finirais par avoir des regrets. Que j'y penserais tous les jours en me demandant pourquoi je t'avais laissé t'en tirer, et que ça me boufferait... En même temps, finir au mitard pendant que les autres sont envoyés sur le front, très peu pour moi. Je suis une vraie patriote, moi. Alors je suis retournée voir Neiss, et je lui ai dit qu'on pouvait peut-être s'entendre, elle et moi. Qu'on pouvait peut-être s'arranger. »

Je la haïssais...
Je haïssais tout d'elle.
Ses traits rudes, sa voix, cette façon dont le coin de ses lèvres se relevait quand elle souriait, la joie perverse qui luisait au fond de son regard... Tout.
« Cette truie est une perverse dégueulasse, reconnut Visage Anguleux avec autant d'amusement que de mépris dans la voix. Mais du moment qu'elle me donne ce que je veux, au fond, j'en ai rien à foutre. »
Visage Anguleux m'attrapa par le devant de mon uniforme et me traina loin de la foule avant de me pousser dans un recoin du hangar.
Et tout à coup elle fut sur moi.
Le nez enfoui dans le creux de ma gorge, elle me humait en maintenant mon bras articulé plaqué le long de mon corps, inutilisable.
« Tu peux même pas imaginer comme je déteste les filles dans ton genre, murmura-t-elle avec hargne tandis que je restais immobile, paralysée. Même ton odeur me fout la gerbe. »
Je me tortillai pour me dégager de sa prise, mais ses jambes étaient entre les miennes et son corps pesait sur le mien de tout son poids.
« N'essaye même pas de me refaire le coup de la dernière fois, espèce de sale petite garce sournoise, me mit-elle en garde, ou je te le rends au centuple. »
Je la haïssais.

« Tu verrais ta tronche ! s'esclaffa-t-elle tout à coup. Mais au moins, moi je suis honnête, je dis ce que je pense. Et je dis que si tu essayes de m'en mettre une, je te crève là maintenant, même si je dois me faire exécuter pour ça. Allez, tu te demandes pourquoi c'est tombé sur toi, pas vrai ? Tu veux que je te dise ? C'est parce que tu me gonfles. Tu ne sers à rien. Tu es faible. Les filles inutiles dans ton genre, tu sais ce qu'elles deviennent quand on les envoie sur le front ? »

Une main explicite glissa le long de mon entrejambe.

« Des putes. C'est interdit, mais devine quoi ? Il y en a dans tous les régiments, et personne ne dit rien. Tu sais pourquoi ? Parce que tout le monde s'en fout. Ce sera pareil pour toi. Personne ne dira rien. »

Je refoulai la panique insidieuse qui commençait à marteler l'intérieur de mon crâne.

« Tu m'énerves depuis la première fois que je t'ai vue au Centre, me confia Visage Anguleux. Je sais pas pourquoi. C'est juste comme ça. A mon avis, c'est ta tronche. Ton crâne tondu, tes yeux qui ne regardent jamais vraiment en face, tes taches de rousseur... Tout ça. Tu m'énerves. Même t'entendre respirer la nuit, ça me met hors de moi.

— Alors il ne fallait pas demander à Neiss de te changer de bataillon, fis-je remarquer en serrant les dents sous ses caresses.

— Peut-être... »

Sa main se retira enfin, et je dissimulai du mieux que je pus le soulagement qui déferla sur moi. L'expression de son visage était pensive.

« Peut-être bien que j'aurais dû laisser tomber. C'est ce que je me suis dit, à un moment. Mais au final je peux pas, déclara-t-elle en me relâchant brusquement. Je peux pas me dire que tu vas juste crever quelque part, et que je ne serai pas là. »

Je me laissai glisser sur le sol.

« J'aime mieux te voir crever sous mes yeux. C'est pour ça que j'ai demandé à changer de bataillon. Parce que j'aime mieux ça. Et au fond tu sais ce qui me plait le plus ? »

Je posai sur elle un regard vide et désabusé.

« Jusqu'où on peut pousser une fille comme toi ? Est-ce que tu as des limites ? Je me demande... A te voir, on ne dirait pas... Tu es née pour encaisser, pas vrai ? »

Née pour encaisser ? Une brusque envie de rire me saisit.

Mon père l'avait su aussi, que j'étais née pour encaisser. Alors sans doute que les gens comme eux avaient du flair pour repérer les gens comme moi. Une sorte d'instinct infaillible.

« Dans ce cas, vas-y, l'encourageai-je, hilare. Vas-y, et on verra bien si j'ai des limites.

— Je rêve ou tu en redemandes ? Tu es une sacrée tarée, toi, fit remarquer Visage Anguleux après m'avoir toisée un moment. C'est sûrement pour ça que TAH15 ne t'a pas encore tuée. Il doit prendre son pied avec toi. Regarde-toi... En plus, je suis sûre qu'il n'y a pas une once de violence en toi, rien... Tu ne survivras jamais sur le front. »

Pas une once de violence en moi ? Je n'aurais pas parié là-dessus autant que sur le reste. Après tout, si elle portait une attelle, ce n'était certainement pas parce que je ne possédais pas en moi une once de violence...

Mais bon... Je n'allais sûrement pas le lui faire remarquer. Il valait sans doute mieux qu'elle se figure que je n'étais qu'une pauvre chose, un paillasson sur lequel on pouvait s'essuyer.

Et puisqu'elle parlait de Seth... Peut-être Seth l'avait-il bien sentie aussi, ma faiblesse, lui qui me répétait sans cesse que j'étais idiote. Mais en dépit de ses remarques et de ses moqueries, je n'avais jamais senti dans son aura de mépris pour moi. Je ne pouvais peut-être pas lui faire confiance, et il finirait sans doute par me tuer un jour, mais il valait quand même mieux qu'elle. Il valait quand même mieux que tous les autres.

Je ris et Visage Anguleux haussa un sourcil avant de me demander si je n'étais pas un peu folle.

Folle... Oui, j'étais folle.

Mais de toute façon, il fallait être fou pour vivre dans un monde aussi absurde. Il fallait être fou.

Visage Anguleux resta un moment à m'observer.

« On se croisera un de ces jours, pas vrai, sale monstre ? me dit-elle enfin. Qui sait, on enverra peut-être nos escouades au front ensemble... En attendant, essaye de ne pas te faire tuer. »

J'attendis qu'elle tourne les talons, et quand elle fut enfin partie, je fermai les yeux et appuyai la tête et le dos contre le mur du hangar.

Essayer de ne pas me faire tuer...

Même venant d'elle, le conseil aurait été bon à prendre à la condition qu'il ait eu le moindre sens... Ne pas se faire tuer, c'était ce à quoi tout le monde aspirait sur le champ de bataille. Mais comment ne se faisait-on pas tuer au juste ? Avait-on la moindre prise sur ces choses-là ?

Je restai un moment assise sur le sol avant de finalement me résoudre à rejoindre les autres.

Les deux semaines de sursis au camp d'entraînement étaient terminées, les convois allaient bientôt partir, et je les voyais là se réjouir d'être ensemble dans la même escouade, échanger des poignées de main... certains riaient même ou se demandaient mutuellement ce qu'ils feraient à la fin de la guerre. Comme si la victoire était assurée. Comme s'il n'allait pas mourir des dizaines, des centaines, voire des milliers d'entre nous, dans les jours qui viendraient.

Mais la mort se tenait derrière chacun d'entre nous. Je pouvais sentir son souffle glacial contre ma nuque.

Rien de tout ça n'avait le moindre sens. Rien.

Le monde n'était peuplé que de fous.

Quand l'hymne national retentit dans le hangar, chacun le reprit avec plus de ferveur que jamais.

La tête me tournait, je sentais la nausée monter.

Tous ces yeux qui brillaient de fièvre et d'excitation... Ces sourires, cette joie sauvage... Ils les voulaient, leurs armes. Ils les voulaient. Ils les réclamaient à grands cris. Et sitôt qu'ils les auraient, ils pourraient faire un carnage. La terre se gorgerait de leur sang et de leur chair. Ils tueraient. Seraient tués. Et on les remercierait au nom de la patrie. Et on leur remettrait une médaille pour louer leur dévouement et leur courage. Comme s'il y avait là-dedans quoi que ce soit dont il faille se glorifier...

Formidable.

Je les vomissais, tous autant qu'ils étaient.

Je devais trouver le moyen de survivre, de tenir bon, pour Lolotte. Pour Lolotte et l'enfant qu'elle portait.

Oui. Bientôt, Laurie Xavier aurait désamorcé la bombe placée dans nos implants, à moi et à Seth, et nous retournerions une dernière fois là-bas, au Centre, pour aller les chercher.

Ensuite, nous partirions.

Je devais me raccrocher à ça.

Résister à la vague.

Les autres...

Pendant un temps je cherchai Hadrien et Edith du regard.

A l'intérieur de ma poitrine, mon cœur se tordait. Il devait savoir que c'était la dernière fois. Il devait le

pressentir. C'était la dernière fois sans doute que je pouvais espérer les voir, même de loin.
Nous allions être envoyés sur le front.
Quand Edith était venue me faire ses adieux la veille, une part de moi n'y avait pas cru, et Hadrien... Tout comme Seth, je ne l'avais pas revu depuis le jour de notre arrivée au camp d'entraînement...
Je ne lui avais pas reparlé non plus. Pas depuis ce jour au Centre où il m'avait entraînée sous les arbres.
L'occasion ne s'était jamais présentée, mais de toutes façons, se serait-elle présentée que je ne l'aurais probablement pas saisie...
Ses lèvres sur les miennes...
Tous les mots étaient restés enfermés en moi depuis.
J'avais sans doute encore des choses à lui dire. Des choses qui m'embarrassaient, que j'avais enfouies et gardées, et dont je ne savais plus quoi faire désormais.
Nous allions être envoyés sur le front.
Nous risquions la mort, tous les deux.
Rien que pour cette raison, peut-être, malgré tout... Après tout, je l'avais aimé. Je l'avais aimé presqu'autant que je l'avais haï. D'ailleurs, il le savait. Je l'avais vu à sa façon de me regarder. Je l'avais senti à sa façon de me toucher. Il savait déjà.
Mais nous allions être envoyés sur le front.
Et pour cette même raison, il était trop tard. Bien trop tard. Que je parle ou non ne changerait plus rien.

Et puis, ce n'était pas pour lui. Non, ce n'était pas pour lui que je voulais parler. C'était pour moi. Pour me débarrasser de ce poids qui m'écrasait. Pour me débarrasser du passé, de l'écho de mes sentiments et peut-être aussi des siens... Parce que tout cela n'était qu'un poids mort inutile à traîner sur le champ de bataille.

Je devais ravaler mes regrets.

Je ne pouvais plus me permettre de penser à lui ou de m'inquiéter pour lui.

Qu'il vive ou qu'il meure, cela ne me concernait plus. Tout comme Edith.

Ils avaient choisi leur chemin. J'avais choisi le mien.

D'ailleurs, je n'avais pas pensé à eux lorsque j'avais demandé à Laurie Xavier de désamorcer la bombe dans nos implants, à moi et à Seth. Pas un seul instant. Non, je n'avais pas pensé à eux un seul instant.

C'est ce qu'il faut, approuva la voix de Seth à l'intérieur de mon crâne avant de faire entendre un rire moqueur. *Les autres peuvent bien crever, crever, crever...*

Je la fis taire et ravalai mon sentiment de culpabilité.

Puis l'hymne national se termina.

J'allai chercher mon équipement – un casque, une arme, des munitions, un sac à dos avec des rations et une couverture de survie – avec les autres membres de mon escouade. Il s'agissait de cinq garçons et trois filles, tous implantés. Je ne connaissais aucun d'entre eux. D'une certaine manière, c'était un soulagement...

Leur matricule était brodé sur leur poitrine. TAH88, TAH76, TAH44, TAEH21, TAEH27, TAEF35, TAEF24, TAF52...

Je fixai chacun d'eux du regard pour tenter d'associer leur matricule à une particularité physique ou un trait de caractère qui me permettrait de les identifier rapidement. Les cheveux bouclés de TAH88, et son aura sentant la nervosité. La morgue de TAH76, TAH44 et TAF52 – de bons petits soldats bien zélés, ceux-là, à n'en pas douter. Les mains molles et moites de TAEH27 qui comptait ses rations encore et encore, comme s'il craignait déjà de manquer... Le matricule de TAEH21 était complété de la mention « technicien d'escouade ».

« Dis, c'est quoi ton nom ? » me demanda timidement la fille à côté de moi.

Je tournai la tête et baissai les yeux sur son matricule. TAEF24. Une empathe.

« Ne lui demande pas ça, la rabroua le chef d'escouade avant même que j'aie eu le temps d'ouvrir la bouche pour lui répondre. Tu connais le règlement, non ? Tu sais que c'est interdit.

— Mais...

— Si tu veux lui parler, appelle-la par son matricule. Vu ?

— Oui, capitaine... Désolée. »

Les joues de TAEF24 rosirent et elle baissa piteusement la tête, comme une petite fille prise en faute.

« Tu sais pourquoi on s'appelle par nos matricules, recrue, et pas par nos noms ?

— Non, murmura la fille d'une voix mal assurée en regardant le bout de ses bottes.

— Pour limiter l'attachement émotionnel. Pour se détacher. Et tu sais pourquoi on le fait ? On le fait parce que sur le front, les escouades comme la nôtre sont décimées en quelques jours. »

En quelques jours ? Ses paroles me glacèrent, et je vis que les autres aussi accusaient aussi le coup.

« Si vous en avez encore, vous pouvez oublier vos petites illusions et vos rêves de gloire, ajouta-t-elle brutalement. Même avec les implants, sur le front nous ne sommes souvent rien de plus que de la viande à drones. Je suis chef d'escouade depuis deux mois, je sais de quoi je parle.

— Deux mois seulement ? »

Un rictus de mépris se dessina sur le visage de TAH44.

« Quoi ? rétorqua le capitaine d'une voix cinglante. Tu te figures peut-être que deux mois ce n'est rien ? Abruti. Deux mois sur le front, ça vaut bien des années à l'arrière. Deux mois sur le front, c'est bien plus que l'espérance de vie des chefs d'escouade. Dans une escouade, tu sais qui est tué le plus rapidement ? Le chef. Parce que c'est lui qui mène la charge quand le moment est venu. C'est lui qui se trouve en première ligne. Les premières balles sont pour lui. Tu vois ce brassard rouge ? »

Elle frappa du plat de la main le foulard cramoisi qui lui ceignait le dessus du bras.

« Ce brassard, c'est la première cible des drones. L'ennemi sait qu'une escouade sans chef a plus de chances d'être dispersée et éliminée. Et tant qu'on y est, tu sais comment je suis arrivée à ce poste ? Simplement en survivant à tous les autres. Il n'y a rien de glorieux là-dedans.

— C'est de la trahison...

— J'ai gagné le droit de dire ce que je pense. Et si j'ai envie de dire qu'être nommé chef d'escouade, ce n'est pas un honneur mais une punition du ciel, ce n'est certainement pas toi qui vas la ramener. Tu ne sais rien sur rien, crétin. Moi j'ai vu mourir plus de trente hommes et femmes sous mon commandement. Au début, oui, au début on veut savoir avec qui on combat. On veut savoir, après tout on est compagnons d'armes. Camarades. Mais c'est idiot en fin de compte. Parce qu'il en meurt chaque jour, des compagnons d'armes. Des camarades. Il en meurt chaque jour et il en vient d'autres pour les remplacer, encore et encore, et en face c'est pareil. »

J'observai notre chef d'escouade. Le boitier de son implant était endommagé. Tout comme son visage couturé de cicatrices.

Le regard qu'elle posait sur nous était tout à la fois sévère, agacé et presque dégoûté. A sa manière, elle nous faisait sentir qu'elle n'était pas comme nous. Que nous n'étions que des bleus, et des ignorants. Certains d'entre mes « camarades » ne semblaient guère apprécier sa franchise.

Quand elle bougeait, ses mouvements étaient brusques et nerveux, et l'odeur cuivrée de son aura me rappelait celle de Seth.

« Vérifiez votre équipement, ordonna-t-elle enfin sèchement, considérant apparemment que la discussion était close. Assurez-vous que vous avez bien tout avant le départ. Les ravitaillements arrivent rarement jusqu'au front. Alors si vous ne voulez pas avoir à dépouiller un cadavre... »

Nous nous exécutâmes sans discuter.

« Il manque quelqu'un, capitaine, fit remarquer TAH88 - au moment où nous finissions de passer en revue notre paquetage. On est censés former des binômes, mais on est un nombre impair...

— Je sais ça, trancha le chef d'escouade. Ça n'est pas ton problème. Maintenant, magne-toi le train, on doit atteindre le point de ralliement avant l'aube. »

Les autres étaient rapides et efficaces. Quant à moi j'essayais d'ajuster seule les bretelles du sac à dos sur mes épaules, et le bras articulé me gênait dans mes mouvements, les lanières se coinçaient sans cesse sous les plaques de métal...

« Fais voir, ordonna le capitaine en poussant un soupir avant de me faire pivoter dans sa direction. Ne retrousse pas la manche de ton treillis comme ça. Tu dois pouvoir bouger vite et sans problème, y compris avec ton paquetage. Baisse cette manche pour qu'elle recouvre le bras articulé. »

Ce disant, elle tira sur le vêtement pour le mettre en place.

« Comme ça. C'est toi, le binôme de TAH15 ? »

Son regard était insondable.

« Oui, acquiesçai-je en hissant une nouvelle fois le sac sur mon épaule.

— Tu peux le gérer ? me questionna-t-elle sèchement sans attendre avant d'ordonner aux autres de se rendre au fourgon. J'ai entendu parler de lui. De vous deux, en fait. Et pas franchement en bien. Alors je te pose la question. Est-ce que tu peux le gérer ?

— Je ne... sais pas », répondis-je honnêtement avec embarras.

C'était de Seth que nous parlions...

« Non, refusa l'autre. Je ne peux pas accepter une réponse aussi vague. C'est oui ou c'est non.

— Je...

— Alors je vais te simplifier les choses, me coupa-t-elle une nouvelle fois. Tu as intérêt à le gérer. C'est ta responsabilité, après tout. Personnellement, je ne suis pas pour la réintégration dans le corps armé, quelle que soit la situation militaire, mais voilà, rien de tout ça ne dépend de moi, et je fais avec les hommes qu'on m'envoie. Maintenant, si par son comportement il met en danger cette escouade, je l'élimine moi-même. C'est compris ?

— Oui...

— Tu peux rejoindre les autres. »

Je me frayai un chemin à travers la foule des recrues pour monter dans le fourgon blindé où se trouvait le reste de l'escouade.

Lorsque je posai un pied sur le marchepied, l'aura de Seth me heurta de plein fouet.

Mienne, murmurait-elle en tournant autour de moi comme un fauve. *A moi, à moi, à moi... Je prends et tu donnes...*

J'entendis des murmures de dégoût.

Je coulai un regard vers les autres et étudiai un moment leur visage fermé, leur expression sombre... la façon instinctive dont ils reculaient le buste...

Ils s'étaient tous installés le plus loin possible du fond.

L'aura de Seth les dérangeait.

Je pouvais comprendre ça. Après tout, j'avais mis du temps à m'y faire, moi aussi. J'avais mis du temps à m'habituer à son odeur crue. A sa brusquerie. A sa sauvagerie sans fard, et à cette façon qu'elle avait d'envahir tout l'espace, de se répandre... La première fois que je m'étais trouvée en sa présence, dans la pièce sécurisée A306 du Centre, j'avais saigné du nez. Je m'en souvenais bien.

L'aura de Seth...

Je me demandais ce qu'ils voyaient quand ils la regardaient... Sans doute quelque chose de très différent de ce que je me représentais, moi.

Je remarquai que TAEF24, la fille qui m'avait demandé mon nom un peu plus tôt m'observait avec de grands yeux effrayés, comme si elle découvrait ma monstruosité. Lorsque je lui rendis son regard, elle se détourna en rougissant et je songeai avec ironie qu'elle ne chercherait sans doute plus à savoir comment je m'appelais.

Je passai au milieu des autres membres de l'escouade pour gagner le fond du véhicule.

Seth était là, ramassé sur lui-même, parfaitement immobile, se fondant parmi les ombres. Le contraste formé avec son aura était saisissant. Tout son corps demeurait au repos mais cette dernière rôdait dans l'habitacle, projetant son agressivité et sa rage avec une puissance presque écrasante.

Quand je m'accroupis devant lui, le tueur d'auras releva la tête.

Il n'était ni muselé ni enchaîné, cette fois, et si la lumière du hangar n'éclairait que le côté droit de son visage, cela me suffisait pour m'assurer qu'on n'avait fait que l'enfermer durant ces deux semaines.

Je tendis les mains vers lui, et son aura se ramassa en grondant.

Je m'immobilisai.

« Je t'ai manqué, ma petite Clarence ? » s'enquit alors Seth avec une affabilité légèrement moqueuse.

J'inspirai lentement son odeur familière, agressive, de sang et de carnage...

A l'intérieur de ma poitrine mon cœur se tordit...

« Non...

— Non ? »

Seth découvrit les dents sur un sourire amusé.

« Menteuse. »

Chapitre 14

Nous ne restâmes pas longtemps à bord du fourgon blindé. A peine une trentaine de minutes je dirais, puis le véhicule s'immobilisa.

Nous descendîmes avec tout l'équipement.

Le vent glacial faisait crisser ses ongles fantomatiques sur la peau de mon visage, et je rentrai en frissonnant le menton dans le col de mon treillis sans parvenir tout à fait lui soustraire mon crâne tondu. Ce froid... Mais après deux semaines à ne respirer que l'air recyclé des souterrains du camp d'entraînement, je n'allais certainement pas me plaindre...

Ici, au moins, nous étions à l'air libre.

J'inspirai lentement.

Puis mes yeux aveugles sondèrent en vain les ténèbres environnantes.

Le sol sous mes pieds était sec et cailouteux, si plein de crevasses et de bosses qu'au premier pas que je fis en avant je trébuchai...

Une main me rattrapa par le coude avant que je ne perde tout à fait l'équilibre, et je titubai, cernée par une odeur de sang et de carnage.

« Alors ma petite Clarence, on ne tient déjà plus debout ? railla la voix de Seth. Il faut que je te porte, peut-être ?

— Non merci, répondis-je avec un pincement de lèvres en dégageant mon bras.

— Pourquoi pas ? Après tout, tu es tellement maladroite... »

Je me crispai.

Maladroite...

Maladroite, idiote, bonne à rien...

Ce n'étaient que des mots. Mais des mots que j'avais entendus cent fois au cours des deux semaines passées.

« A partir de maintenant, on se déplace à pied, annonça alors le capitaine tandis que le fourgon blindé amorçait un demi-tour pour nous laisser sur place. Notre point de ralliement se trouve à cinq kilomètres à peine, mais le terrain est trop accidenté pour laisser passer un fourgon.

— Et les autres escouades ? demanda TAH76. On ne les attend pas ?

— Non. Nous partons seuls. Un grand groupe de soldats serait trop facile à repérer. La dispersion maximise nos chances d'atteindre le poste frontalier, mais nous devons être rapides et discrets. Enfilez votre casque et mettez les lunettes de vision nocturne. »

Sans m'occuper de Seth, je bouclai le casque sur ma tête avant de passer la main à l'arrière pour attraper les lunettes de vision nocturne et les faire pivoter devant mes yeux.

Le monde se réduisit soudain, et j'observai le paysage tronqué qui m'entourait.

Un désert.
Un désert de nuances blafardes.
Nous nous mîmes en route.
Le chef d'escouade marchait en tête, et nous suivions le mouvement en silence, yeux rivés au sol pour ne pas heurter de débris.
Je sentais la présence de Seth dans mon dos, mais dans un premier temps seuls résonnèrent à mes oreilles le bruit de nos bottes foulant la poussière et celui de nos respirations.
Puis j'entendis tout à coup au loin le sifflement caractéristique des bombes fendant l'air et je relevai la tête juste à temps pour en voir une vingtaine s'écraser au sol dans un fracas de lumière insoutenable.
Puis encore, et encore davantage...
Nous cessâmes bientôt de marcher, les yeux rivés au nord.
« Avancez ! » ordonna sèchement le capitaine.
Là-bas, sur la ligne d'horizon, les explosions ressemblaient à une pluie d'orage ininterrompue, pleine de bruit et de fureur.
Alors c'était à cela que ressemblait un bombardement vu de loin...
Des attaques de drones que j'avais connues enfant ne demeuraient en ma mémoire que les bruits assourdis et les tremblements, la sensation de la terre qui tombe sur nos têtes dans les refuges souterrains. La sensation de corps pressés les uns contre les autres, tendus d'angoisse.

La peur. La peur que cette fois soit la dernière. La peur que tout s'écroule sur nous et nous ensevelisse. Les bouches remuantes. « Faites que le plafond tienne, je vous en prie, mon dieu, je vous en prie... Faites que le plafond tienne. » Les sorties de terre couverts de sueur et de poussière comme si nous étions tous revenus d'entre les morts.

« Ils se rapprochent, commenta Seth en s'immobilisant à côté de moi tandis que les autres continuaient à avancer. Ils ont commencé par le nord. Mais ils vont rapidement descendre ici en suivant les balises laissées par les troupes au sol.

— Ici ?

— Oui, confirma le tueur d'auras. Les drones bombardiers visent les postes frontaliers encore équipées de batteries de missiles anti aériens et nous sommes sur leur trajectoire. »

Sur leur trajectoire...

Le cœur me battait à grands coups dans la poitrine, je respirais mal, et mes pieds se trouvaient comme enracinés dans le sol.

« Bouge, Clarence, m'ordonna Seth en me donnant une poussée dans le dos. Maintenant. »

J'obéis avec l'impression d'avoir à extraire mes jambes du sol. Mes jambes... Lourdes. Raides. Lentes. Bien trop lentes.

Les autres nous avaient déjà distancés.

« Je ne les vois plus... »

Seth hocha la tête et annonça qu'il passait devant.
C'était raisonnable. Je le savais. Il fallait que nous rattrapions le reste de l'escouade, et il était meilleur traqueur que moi.

Mais quand il passa à côté de moi... Alors ma main se tendit d'elle-même pour le retenir.

« Attends... »

Ma voix tremblait.

Je voulais lui demander de ne pas me laisser. De ne pas m'abandonner.

S'il partait... je serais seule. Seule...

Les mots se formèrent dans mon esprit, je les goûtai du bout de la langue... et les laissai se désagréger dans le vide.

Il savait déjà tout cela.

Il connaissait l'odeur de ma peur. De ma lâcheté.

Je gardai les lèvres scellées.

« Tu as intérêt à suivre le rythme, me dit-il alors en m'adressant un sourire carnassier. C'est cours ou crève. »

Et il partit à fond de train.

Je le suivis.

Mes jambes protestèrent mais j'adoptai peu à peu son allure. Sa foulée. Sa cadence.

Et je cessai de me demander où nous nous trouvions, où nous allions et si je pouvais vraiment lui faire confiance. Aucune importance. A cet instant je m'en remettais entièrement à lui. Je le suivais aveuglément, sans me poser de questions, comme je l'avais fait dans la zone blanche.

J'aurais suivi Seth jusque dans les enfers.

Mais nous avions beau être rapides, les explosions ne s'en rapprochaient pas moins. Je le sentais à la façon dont le sol tremblait sous mes pas à chaque secousse venue d'en haut. Comme s'il allait se fendre et s'ouvrir...

Jamais nous ne serions plus rapides que les drones.

Nous devions nous abriter. Attendre la fin du bombardement.

Je criai à Seth de s'arrêter.

Non. Sa voix dans ma tête était claire, nette et tranchante. *Regarde autour de toi. Il n'y a pas d'abri ici, nulle part. Alors on court. On court jusqu'au poste frontalier, même s'il faut le faire sous les bombes.*

Sous les bombes ?

Non, c'était de la folie...

La peur dans mes entrailles commençait à se muer en terreur, quand son aura vint brusquement envahir la mienne. *Pas besoin, pas besoin, pas besoin...* Je sentais ses griffes psychiques qui grattaient à l'intérieur de mon crâne. Qui lacéraient. Le souvenir d'un bruit humide de soie déchirée s'imposa à moi. *Pas besoin,* scandait l'aura de Seth avec une joie sauvage, *pas besoin, pas besoin, pas besoin...* J'essayai de la repousser, mais mes défenses étaient tombées. Son odeur de fer et de violence saturait mes sens.

Puis tout à coup je fus coupée de ma peur. Dissociée. Je la sentais toujours, je savais qu'elle était là quelque part. Seulement l'aura de Seth m'en interdisait l'accès.

Je vacillai.

Je pouvais courir plus vite. Je le savais. Je le sentais. Je pouvais courir plus vite. Quand j'y pensais, l'excitation et l'impatience faisaient battre mon sang. Je pouvais courir plus vite, et bientôt je pourrais même tuer. Tuer à nouveau. Tuer, tuer, tuer...

Tuer ?

Je m'ébrouai.

Ces pensées... ces pensées n'étaient pas les miennes.

Sors de ma tête, ordonnai-je en exerçant sur l'aura de Seth une poussée psychique. *Maintenant !*

L'aura gronda et me montra les dents avant de feuler de frustration. Ses griffes entrèrent et ressortirent plusieurs fois, signe d'irrésolution. Pourquoi ? Pourquoi refusais-je ce qu'elle avait à offrir ? Pourquoi la rejetais-je ? J'étais à elle. A elle. Je lui appartenais. Je donnais et elle prenait.

Non. Je ne suis pas à toi. Ma peur m'appartient, lui fis-je savoir. *Tu n'as pas le droit.*

Pas le droit ?

Incompréhension. Perplexité. Colère... Je sentais son trouble et sa confusion. Ce que je lui disais n'était pas conforme avec la vision qu'elle se faisait des choses et du monde. Mais je n'avais pas le temps d'essayer de lui expliquer et encore moins de la convaincre.

La distraction avait cassé mon rythme de course, j'étais à bout de souffle...

Sans même se retourner, Seth rappela son aura à lui, comme on tire sur la laisse d'un chien, et je fus à nouveau seule avec mes pensées. Seule avec cette peur qui rampait dans le fond de mon ventre. Son aura... Il l'avait laissée faire... Pourquoi ? Cette question tournait en boucle dans ma tête... Plus tard, tranchai-je. Plus tard.

Je me concentrai sur le bruit de ma respiration pour retrouver un bon rythme de course et sondai la nuit au-devant de moi.

Seth se trouvait à une dizaine de mètres.

Si je ne voulais pas me laisser distancer, je devais courir plus vite.

Je fixai mes yeux dans son dos et accélérai.

Puis une brusque douleur à la jambe droite me foudroya, et je chutai.

Le bras articulé se replia sous mon visage pour protéger l'implant du choc.

Instinctivement je me servis de son élan pour me tourner sur le côté, et ce fut le sac à dos qui rencontra le sol en premier et amortit le choc.

Je me relevai en titubant, étourdie, haletante. Mes mains écorchées tremblaient. La douleur irradiant dans ma cuisse droite était presqu'insupportable, mais il fallait que je tienne. Encore un peu plus longtemps. Je frappai du poing le muscle raidi de ma cuisse et repris ma course éperdue.

A ce moment je découvris que j'étais seule.
Je ne le voyais plus devant moi. Seth ne m'avait pas attendue. Il m'avait abandonnée une fois encore.
J'en aurais hurlé de rage et de frustration.
Au lieu de cela je m'exhortai à inspirer lentement par le nez.
Je n'avais pas besoin de mes yeux.
Le lien psychique était là, comme un fil tendu entre nous. Un fil que je pouvais suivre. Je ne pouvais pas traquer les autres comme le faisait Seth, mais je pouvais le traquer, lui.
J'ignorai la brûlure lancinante dans ma jambe et accélérai encore le rythme.
Après plusieurs minutes d'efforts j'aperçus enfin Seth et le reste de l'escouade.
Mais les drones…
Les drones bombardiers nous talonnaient.
Ils arrivèrent sur nous alors que nous entamions la dernière centaine de mètres qui nous séparait du poste frontalier.
« Dépêchez-vous ! entendis-je hurler le chef d'escouade. Tous à couvert ! »
J'étais derrière.
Je n'en pouvais plus du poids du sac qui battait dans mon dos, de la sueur qui inondait mon front et me coulait dans les yeux sans que je puisse même l'essuyer, de ma poitrine et de ma cuisse droite qui me faisaient souffrir le

martyr, mais quand j'entendis le bruit des rotors, le vrombissement des moteurs, et ce sifflement...

Une première bombe tomba à quelques mètres à peine.

L'explosion fut assourdissante.

Une pluie de terre, de roche et de poussière m'ensevelit en un instant.

Je me trouvai plongée dans la nuit.

Je ne voyais plus rien à travers mes lunettes de vision nocturne et je titubai, désorientée.

Toute la peur que j'avais ravalée me submergea avec une puissance écrasante.

J'allais mourir.

Puis les batteries de missiles anti aériens du poste frontalier entrèrent en action et l'enfer se déchaîna.

Les bombes larguées par les drones inondaient la terre, et sous mes pieds le sol tremblait si fort que je ne pouvais plus même tenir debout.

J'allais mourir.

Je ne pouvais plus respirer.

Je ne pouvais plus penser.

Je ne savais plus rien.

Je ne me rappelais plus rien.

Alors je me recroquevillai sur le sol et me bouchai les oreilles.

Je ne voulais plus entendre. Plus rien. Plus rien, plus rien, plus rien...

Tout à coup je sentis qu'on me tirait brusquement par le devant de mon treillis pour me hisser sur mes jambes.

Une odeur de sang, de carnage et de colère déferla sur moi.

« Ne reste pas là, idiote ! gronda la voix agacée de Seth tandis que la poigne de fer qui m'avait remise sur pied me tirait vers l'avant. Lève-toi et marche ! A moins que tu ne préfères crever ici ? »

Ici ?

Je regardai enfin autour de moi. Les crevasses laissées par les bombes formaient d'effrayants puits d'ombre fumants.

« Non, balbutiai-je en essuyant le bas de mon visage couvert de terre et de poussière. Non...

— Alors bouge-toi. Vite. Le deuxième escadron de drones sera bientôt là. »

Le deuxième escadron ?

Je levai mes yeux aveugles vers le ciel. Je ne voyais rien.

Seth continua de me tirer, et je trébuchai derrière lui jusqu'à un retranchement.

« On attend là, annonça le tueur d'auras en me faisant m'accroupir contre un rempart de terre. Question sécurité, ça ne vaut pas le bunker du poste frontalier, mais c'est toujours mieux que de rester à découvert.

— Et les... et les autres ? demandai-je en m'efforçant de maîtriser les tremblements de ma voix.

— Les autres ? rétorqua Seth avec un ricanement de dérision. Tu crois qu'ils nous ont attendus, peut-être ? »

Puis il s'adossa à son tour à la paroi et releva ses lunettes de vision nocturne avant de faire de même avec les miennes.

« Plus besoin de ça, dit-il avant que j'aie eu le temps de protester. Il fera jour dans quelques heures de toute façon. »

L'obscurité engloutit un temps son visage et tout le reste, puis mes yeux s'habituèrent à la pénombre et je recommençai à distinguer grossièrement les formes.

Seth se trouvait tout près. Le voyant de son implant se trouvait à deux ou trois mètres de moi.

Il était revenu me chercher...

Il se souciait assez de moi pour revenir.

Mon cœur se gonfla de soulagement et de reconnaissance.

Il serait toujours là. Il serait toujours là, il venait de le prouver et j'avais eu tort de douter.

Puis le deuxième escadron de drones ne tarda pas à survoler le poste frontalier, et pendant de longues minutes, la terre trembla, secouée et suppliciée comme au temps du chaos.

Lorsque les drones bombardiers s'éloignèrent enfin vers le sud, je me redressai. Mes jambes et mes mains tremblaient de manière incontrôlable et mes oreilles bourdonnaient, mais la voie était libre pour rejoindre les autres au poste frontalier.

« Est-ce que tu sais que tes chances de survie avoisinent le zéro absolu ? » me fit alors observer Seth d'une voix lisse et froide, tranchante comme un acier de chirurgie.

Je me figeai.

Il y avait quelque chose dans sa voix… quelque chose qui me donnait envie de rentrer la tête dans les épaules.

« Quoi ? balbutiai-je.

— Tu le sais, n'est-ce pas ? Tu n'as rien à faire ici. Sur le champ de bataille, les chances de survie pour quelqu'un comme toi sont nulles. Même si j'avais envie d'y consacrer toute mon énergie, ce qui n'est pas le cas, je ne pourrais pas te maintenir en vie indéfiniment.

— Je ne te l'ai pas demandé, je…

— Dans ce cas, respecte ta part du marché. Donne-moi ta mort maintenant… »

Ma mort ?

Toute la reconnaissance que j'avais éprouvée au moment où il était venu me chercher s'évanouit brusquement.

Ma mort…

Il n'était pas revenu pour moi. Il était revenu pour *ça*. J'aurais dû le savoir. Je n'étais décidément qu'une irrécupérable idiote.

Son aura attendait, là, juste sous la surface. Immobile et attentive comme un fauve qui guette sa proie.

Je n'aurais pas dû éprouver un tel sentiment de trahison.

« Non, refusai-je en étouffant la meurtrissure de mon cœur. Pas maintenant. J'ai besoin de tenir au moins deux semaines... Peut-être même un mois.

— Deux semaines ? releva Seth, et au son de sa voix je compris que ce détail l'intriguait. Pourquoi deux semaines ?

— Je dois aller chercher Lolotte.

— La borgne ? Elle est sûrement déjà morte.

— Non. J'ai parlé à Laurie Xavier.

— Du Centre ?

— Oui. Lolotte est encore dans le coma, mais...

— Pourquoi ?

— Comment ça, « pourquoi » ?

— Allons, allons, ma petite Clarence, me gourmanda Seth. Je connais suffisamment bien le colonel Matthieu Degrand pour savoir qu'elle devrait déjà être morte. Après tout, elle ne lui sert plus à rien. Les pièces de son implant peuvent être prélevées et réutilisées, pourquoi la maintenir en vie ?

— Parce qu'elle est enceinte. Lolotte est enceinte.

— Enceinte ? répéta Seth. Dans ce cas je comprends mieux le sursis... Et pour les bombes dont sont équipés les implants ? J'imagine que tu y as pensé.

— Laurie Xavier se charge de les désamorcer. »

Mes paroles restèrent un temps suspendu dans le silence.

« Et ensuite ? demanda Seth et je perçus dans sa voix un soupçon de raillerie. Que feras-tu ensuite, Clarence ? Que feras-tu avec une mourante et un bébé ?

— Mais Lolotte n'est pas mourante, m'insurgeai-je, elle...

— Elle est dans le coma. Que tu l'emmènes ou que tu la débranches, cela ne fera aucune différence. Et ensuite ? Tu essayeras de repasser la frontière et de rentrer chez toi ?

— Quoi ? Non. Je n'ai pas... »

Je m'interrompis brusquement.

Le souffle commençait à me manquer.

Je me sentais perdue et mal à l'aise, presqu'en colère.

Je détestais cette façon qu'il avait de tout démonter. De tout déconstruire. Que ce soit avec les batteries à impulsions, les drones, ma tête... Comme s'il fallait décortiquer le mécanisme de toute chose, tout le temps. Tout examiner, tout juger... Je détestais ça.

Mais avait-il tort ?

Ensuite quoi ?

Je n'avais pas vu assez loin.

« Tu ferais mieux de me donner ta mort tout de suite, ma petite Clarence, assura Seth en gloussant de rire. J'ai presque de la peine à te voir te débattre comme ça, prête à mettre ta vie en jeu... Comme si ça allait changer quoi que ce soit à l'issue... Ta copine borgne va mourir. C'est un fait. Elle va mourir. Et s'il lui survit, son enfant implanté ira un temps grossir le rang des bouchers avant de finir au fond d'une fosse commune. Tu sais pourquoi ? Parce que le monde est comme ça. »

Je demeurai silencieuse, mais en moi je sentais gronder le dégoût et la révolte.

« Tu ne peux rien empêcher, conclut Seth avec dans la voix quelque chose qui ressemblait à de l'exultation. Rien. Tu ne peux rien faire. Tu ne peux que regarder. Et ce monde finira par t'engloutir, d'une manière ou d'une autre.

— Pas maintenant, répliquai-je d'une voix vibrante. Pas maintenant. Je dois...

— Ne te fatigue pas. Renonce maintenant. C'est plus avisé. »

Plus avisé ?

Mais moi, je ne voulais pas être avisée. Je ne voulais pas être raisonnable.

Renoncer était impossible. Renoncer, c'était laisser le monde triompher. Et ce monde... Ce monde qui prenait et qui broyait. Ce monde qui disait quand vivre et quand mourir, que j'abhorrais jusqu'à la nausée... Comment pouvais-je seulement le laisser triompher ?

« Tu n'as pas ta place ici, insista Seth. Tous les autres sont prêts à se salir les mains. Mais toi... tu t'accroches à ta petite pureté, pas vrai ? Comme si c'était possible de vivre ici sans la sacrifier, même rien qu'un peu... Comme si c'était possible de vivre ici sans se mettre de la merde et du sang sur les mains. Tu ne sauveras personne,

Clarence. Ce monde est un enfer. Seuls des damnés peuvent vivre ici. »

Non.

J'avais déjà entendu ça, quelque part dans un recoin obscur de ma tête, presqu'au mot près, mais je n'y croyais pas...

Ça ne pouvait pas être vrai. Ne devait pas être vrai.

Moi qui avais été vendue au Central par mon père et envoyée de l'autre côté de la frontière pour tuer des gens que je ne connaissais pas, je n'ignorais plus grand chose de la pourriture et de la corruption du monde et des hommes. Je les avais senties sur moi. Et j'avais senti tout le poids du monde faire pression. Pour que je me conforme. Pour que je sois exactement ce qu'il voulait, ce qu'il avait besoin, que je sois. Cela n'arriverait pas. Je ne plierais pas. Je ne me courberais pas. Et j'opposerais à ses violences tout ce que j'avais amassé de colère et de résistance. Si je ne pouvais pas avoir ma place dans ce monde sans lui sacrifier tout ce que je sentais que je devais être, tout ce en quoi je croyais vraiment, alors je serais une dissonance. Alors je serais une fêlure.

« Tu penses que je suis faible et stupide parce que je ne suis pas comme toi, c'est ça ? demandai-je à Seth. Tu penses que si je ne veux pas tuer pour survivre, alors je suis faible ?

— Oui, admit tranquillement le tueur d'auras. C'est exactement ce que je pense.

— Mais ce n'est pas vrai, le contredis-je. Je ne suis pas faible. C'est toi qui l'es. »
Seth pencha la tête sur le côté. Il avait l'air... amusé.
« Voyez-vous ça, commenta-t-il enfin.
— Tes chances de survie sont peut-être supérieures aux miennes, poursuivis-je, mais pour ça tu es devenu exactement ce qu'on a fait de toi, tu es devenu...
— Un monstre ? suggéra-t-il complaisamment.
— Un esclave, contrai-je. Un esclave qui se salit les mains et tue quand son maître le lui ordonne. Quand ce monde pourri t'a modelé, tu t'es laissé faire, pas vrai ?
— Clarence la donneuse de leçons, soupira le tueur d'auras avec un rictus ironique.
— Mais c'est vrai, non ? »
Je sentis l'aura de Seth remuer sous la surface.
« Tu me fais rire, ma petite Clarence, déclara-t-il avec un gloussement soudain. Tu veux que je te donne un conseil ? Ne vis pas dans un monde d'illusions. Ne va surtout pas t'imaginer que je me suis laissé faire simplement par faiblesse et qu'on m'a modelé en quelque chose que je n'étais pas. Même toi qui es naïve, tu devrais le savoir, maintenant. Si je tue, ce n'est pas parce qu'un prétendu maître m'ordonne de le faire... Si je tue, ce n'est pas parce que j'y suis contraint. Je tue parce que je le peux et parce que je le veux. Parce que j'aime ça. Tu veux retourner à l'intérieur de ma tête ? Je tue pour moi. Pour moi seul.
— Mais je ne suis pas comme toi, répétai-je fermement.

— C'est vrai, reconnut Seth. Tu n'es pas comme moi... Si tu veux tout savoir, quand nous étions seuls dans la zone blanche, je me suis souvent demandé pourquoi je n'essayais pas de prendre ta mort de force avant d'aller tuer tous les autres...

— Le paramétrage de l'implant...

— M'aurait empêché de te tuer directement avec mon aura, mais c'est tout. Et si je ne t'ai pas tuée ou laissée mourir à ce moment-là, c'est uniquement parce que ce désir que tu as de ne pas te compromettre me fascine. Ce désir absurde et insensé que tu as de garder tes mains propres, sans taches, comme si c'était le plus important... Oui, ça me fascine. Je voudrais voir tout l'intérieur de ta tête. Alors je te suis. Je te regarde. Et je me demande... Je me demande si le jour où tu perdras enfin ta petite pureté je serai satisfait ou déçu.

— Et c'est tout ? »

Seth haussa les épaules.

Si le jour dont il parlait arrivait et qu'il avait enfin l'occasion de prendre cette mort qu'il me réclamait, le ferait-il ?

Chapitre 15

Nous attendîmes le lever du jour.

La terre dans le retranchement était grasse et friable, comme si la guerre l'avait nourrie et gavée. Sa couleur de fer et de sang séché me dégoûtait. Je l'empoignai néanmoins à pleines mains pour me hisser.

Mes bottes glissaient sans cesse et je frissonnais à cause du froid et de la peur.

Mon treillis humide, couvert de terre et de poussière, pesait sur mes membres et me gênait dans mes mouvements.

Mes oreilles étaient encore pleines de sifflements et de bourdonnements.

Mon dos et mes épaules me faisaient souffrir.

Je tremblais d'épuisement.

Mais j'étais en vie. J'étais toujours en vie.

Et je cherchais une trace du soulagement que j'aurais dû éprouver à cet instant, que je devais éprouver à cet instant.

Rien.

Je n'éprouvais aucun soulagement.

Au lieu de cela, une angoisse et une terreur sans nom.

J'étais toujours en vie mais j'aurais pu mourir, là-bas tout à l'heure.

J'aurais pu mourir.

Si Seth n'était pas revenu me chercher, je serais morte là-bas.

Et rien de d'y penser, je n'arrivais plus à respirer, mon souffle se bloquait dans ma poitrine.

La panique me submergeait.

Il avait raison.

Seth avait raison. Je le voyais clairement, tout à coup. Et tous les autres aussi, que je n'avais pas voulu écouter.

Je n'avais pas ma place sur un champ de bataille. Mes chances de survie étaient nulles. J'allais mourir. La peur me paralysait. Je ne pouvais rien faire. Et Lolotte allait mourir avec moi. Je ne pouvais pas me sauver moi-même, je ne pouvais sauver personne.

Ma poitrine me faisait mal.

« Laisse tout ça là, mon bébé… murmura tout à coup la voix de ma mère sous mon crâne. Clarence… Bébé… Laisse tout ça, là… »

Je secouai la tête.

Pas réel. Ce n'était pas réel. Mon stupide cerveau implanté me jouait des tours, et la colère le disputait désormais à la peur et à la certitude de la mort.

Lorsque je me hissai enfin hors du retranchement je haletais et la sueur traçait des sillons de poussière ocre sur mon visage.

La terre s'était infiltrée dans mes manches et j'avais du mal à bouger mon bras articulé avec autant d'aisance que d'habitude. Il me pesait. Il me pesait tellement… J'aurais voulu le retirer et le laisser là sur le sol.

Je ne pouvais sauver personne.

« Clarence... mon bébé... Clarence... »

Je secouai la tête une nouvelle fois et ignorai les chuchotis sous mon crâne.

Ce n'était pas réel.

« Clarence... »

Je relevai la tête.

Debout, le casque détaché et relevé sur son front comme s'il le gênait, Seth m'observait.

Son expression était indéchiffrable.

« Quoi ? demandai-je.

— Je n'ai rien dit, rétorqua le tueur d'auras avec un haussement d'épaules nonchalant.

— Est-ce que tu... commençai-je avant de m'interrompre, vaincue par l'hésitation.

— Est-ce que je quoi, Clarence ? »

L'entendait-il ?

J'aurais voulu le savoir. J'aurais voulu savoir s'il entendait la voix de ma mère résonner sous mon crâne. Sa tête, comme la mienne, était pleine de fantômes et de murmures...

Je sondai son regard d'onyx.

Seth me tourna tout à coup le dos avant de se mettre en marche.

« Viens. »

Je me relevai seule en soufflant.

Et quand je fis un pas en avant pour le suivre, je franchis une porte donnant sur une chambre inondée de soleil.

Une chambre ? Du soleil ?

Impossible.

Quelques instants auparavant encore, je suivais Seth et le jour se levait à peine.

J'examinai les lieux en plissant les yeux.

Des draps d'une blancheur immaculée jetés sur un lit vide, des chrysanthèmes. Des chrysanthèmes partout sur les murs...

C'était la chambre que j'avais vue en rêve. La chambre jaune. La chambre de ma mère.

Cette dernière était là, d'ailleurs, et s'avançait vers moi.

Son sourire...

Je fermai les yeux.

Non.

C'était impossible.

Mes yeux me trompaient, parce que je savais bien où je me trouvais. Je le savais bien. Et mes yeux avaient beau dire que je marchais sur du parquet, sous mes pieds... sous mes pieds je sentais le sol irrégulier et caillouteux du no man's land.

Ce qui signifiait que rien de ce que je voyais n'était réel.

Une main se posa délicatement sur la mienne et j'ouvris les yeux avec un sursaut.

Elle était là, devant moi.

« Tout va bien. Clarence... »

C'était sa voix. Sa chaleur. J'en eus comme un coup dans le ventre...

« Mon bébé... Laisse-moi faire... Je peux garder ça pour toi... »

Garder quoi ?

Pour toute réponse, sa main exerça une pression sur la mienne et lorsque je baissai les yeux, je vis que je tenais un paquet.

Un paquet.

Ce qu'il contenait suintait entre mes doigts, et une substance noire et huileuse tombait goutte à goutte sur le sol.

« Qu'est-ce que c'est ? » demandai-je en agitant mes mains avec horreur et dégoût.

A l'intérieur du paquet, il y eut comme un remuement obscur, et je me figeai.

Vivant... Ce qu'il contenait était vivant...

La bile remonta le long de ma gorge.

« Qu'est-ce que... qu'est-ce que c'est ? balbutiai-je, le cœur au bord des lèvres. Je n'ai pas... Ce n'est pas moi...

— Tu sais ce que c'est, affirma ma mère avec douceur avant de se pencher pour caresser le paquet frémissant.

— Quoi ? Non... Non, je ne...

— Clarence, mon bébé... m'interrompit-elle avec un sourire rayonnant qui me dévasta. Comment pourrais-tu ne pas savoir ? Tu l'as portée si longtemps. Si longtemps...

— Moi ?

— Oui... Mais c'est assez. C'est assez, maintenant je vais m'en occuper, donne-la-moi... »

Et ses mains glissèrent le long des miennes avant de plonger dans la substance visqueuse pour tirer et secouer jusqu'à ce qu'elle cède dans un écœurant bruit de succion.

« Elle peut rester ici. Avec moi. Je peux la garder pour toi. Mais Clarence... Mon bébé, surtout tu ne dois pas lui dire. Tu ne dois pas lui dire. Tu dois laisser la porte fermée quand il vient. Ne rien lui montrer. Ne pas l'amener ici. Il ne doit rien savoir.

— Qui ça ? Qui ne doit rien savoir ? Seth ?

— Oui. Il ne doit pas savoir qu'elle est là.

— Mais qu'est-ce que c'est ? Je ne sais même pas... Je n'en sais rien, alors qu'est-ce que je pourrais bien lui dire ? Et pourquoi... »

Je n'eus pas le temps d'achever. L'air dans la chambre se mit à trembler, et la vision prit fin subitement. L'instant d'avant je me trouvais avec ma mère dans la chambre aux chrysanthèmes, et l'instant d'après sur le sol de fer et de rouille aux abords du poste frontalier.

Le sac pesait dans mon dos. Mon visage couvert de sueur séchée me démangeait. Je trainais mes pieds sur le sol comme si mes bottes étaient moulées dans le béton.

Que venait-il de se passer exactement ?

La chambre jaune, ma mère, le paquet... Tout cela ne pouvait exister que dans ma tête, et comment une simple vision pouvait-elle se substituer ainsi à la réalité ?

Tu deviens folle, Clarence Marchal. Folle, folle, folle...

Et maintenant que j'y repensais, j'avais commencé à entendre des voix dans la zone blanche. Des voix. Des murmures... Et je n'y avais pas assez prêté attention. « C'est Seth ». Voilà ce que je m'étais dit. « C'est Seth. C'est lui qui entre dans ma tête. C'est sa voix que j'entends. » Et je m'étais rassurée comme ça. Consolée, en me disant que ce n'était pas ma faute, que ce n'était pas moi, que ça venait de l'extérieur...

Mais Seth ne savait rien de la chambre jaune et moi, jusqu'à présent, je l'avais vue en rêve seulement... Cette chambre était une construction de mon esprit. Comment pouvais-je m'y rendre à l'état de veille ?

Prise d'un doute soudain, je me tournai.

Le retranchement où nous avions attendu la fin du bombardement se trouvait déjà à dix mètres.

Dix mètres.

Dix mètres dont je ne savais plus rien.

J'avais marché. Mon corps s'était déplacé.

Pourtant, je n'en avais gardé aucun souvenir.

Et ce paquet... Ce paquet que j'avais laissé dans la chambre jaune. Ma mère – ou plutôt l'illusion que j'avais eue d'elle – avait eu beau me dire que je savais de quoi il s'agissait, en vérité je n'avais aucune idée de ce qu'il pouvait vraiment contenir. Pour en parler, ma mère utilisait le pronom « elle », mais moi tout ce que je savais, c'était que c'était vivant et que je ne voulais pas y toucher...

Alors c'était peut-être cela. J'étais peut-être folle. C'était peut-être cette folie que j'avais enfermée dans la chambre aux chrysanthèmes. Si c'était le cas, alors je poserais un cadenas sur cette porte et je l'enfouirais dans les profondeurs de ma psyché jusqu'à l'oubli.

Lolotte, la guerre, et maintenant ça ?

Je marchais en ayant l'impression de me trouver retranchée en-dehors de moi.

L'aube faisait tout juste rougeoyer la ligne d'horizon lorsque Seth et moi atteignîmes enfin le blockhaus du poste frontalier.

Cet abri depuis lequel on envoyait les transmissions radios ressemblait à un cube de béton enfoncé dans le sol par un géant et recouvert d'un monticule de terre. Massif et brut, on ne lui demandait visiblement que de tenir bon et de résister. De part et d'autre, un réseau de tranchées partait vers le nord et le sud, matérialisant la ligne de défense.

Je fixai l'ouverture enténébrée du blockhaus avant de lever brièvement les yeux vers l'alignement de canons anti aériens. Leur immobilité sombre et austère ne m'inspirait que de la défiance.

« Il n'y a pas de porte », murmurai-je enfin en avisant l'ouverture pratiquée à hauteur d'homme dans le mur du bâtiment.

Seth s'arrêta puis m'adressa un rictus moqueur.

« Il n'y a jamais de porte. Pour quoi faire ? Avec tous les passages de drones et les bombardements, les portes ne seraient plus des portes. Elles seraient des couvercles de cercueils, commenta Seth dans mon dos. Les blockhaus protègent les postes de transmission.

— Et les soldats ?

— Les soldats ? »

Seth ricana.

« Les blockhaus n'ont jamais servi à abriter les soldats.

— Pourquoi ?

— Les soldats valent toujours moins que les postes de transmission. Ils valent même moins que les armes qu'ils portent. »

Tout comme je valais moins que l'implant et le bras articulé que je portais...

« Mais je croyais qu'on devait s'abriter là-dedans...

— Là-dedans ? Ma pauvre petite Clarence... Pour nous autres simples soldats, il n'y a que les casemates. »

Les casemates ? Si je n'avais aucune idée de ce dont il pouvait s'agir, je le découvris bien assez vite lorsque nous nous aventurâmes dans les tranchées à la recherche du reste de notre escouade.

« Faut aller borne douze, tranchée nord, nous apprit un sergent qui sortait du poste de transmissions après que nous lui eûmes expliqué la situation et qu'il eut scanné nos plaques d'immatriculation pour vérifier nos identités et affectations. Et grouillez-vous, c'est bientôt l'appel du matin. Vous autres z'avez pas intérêt à l'manquer, pas vrai ? »

Il posa deux doigts sur sa tempe et imita un bruit de détonation.

Seth sourit, et son aura se déploya et s'enroula autour du cou de l'officier avant de serrer, serrer...

L'officier blêmit. Ses yeux roulèrent avec effarement. Il posa une main sur son cou.

Je tirai brusquement Seth par la manche.

« Arrête ça, soufflai-je en étouffant les émanations de son aura avec la mienne. Qu'est-ce que tu fabriques ?

— Je m'amuse...

— Tu vas nous attirer des ennuis... »

Je craignis un instant qu'il ne poursuive sans tenir compte de moi, mais il cessa tout à coup de faire pression et se détourna avec un haussement d'épaules et un « tu ne sais pas t'amuser » moqueur.

Nous nous engageâmes dans la tranchée nord.

Etroite – on ne pouvait s'y croiser de face – et d'une hauteur d'un peu moins de deux mètres, elle s'élargissait par endroits dans le bas pour former des espèces de niches dans lesquelles un homme pouvait se mettre à couvert.

C'était cela, les casemates. C'était ce trou. Un trou à rats, creusé à même la terre, où l'on s'enfouissait lorsque les drones arrivaient pour bombarder le poste frontalier et les tranchées.

Des soldats hommes et femmes s'y trouvaient déjà. A demi allongés, certains dormaient, jambes repliées comme font les chiens, leur casque rabattu sur le visage, tandis que d'autres encore étaient occupés à manger dans une écuelle en fer, à discuter ou à jouer aux cartes, aux dés... Dans l'ensemble, leurs auras se réduisaient à des émanations intermittentes et sans force qui glissaient sur nous comme des doigts arachnéens avant de se disparaître. Des ombres.

Nous marchions au milieu de ces ombres, et peu d'entre elles se donnaient la peine de lever les yeux. Après un bref regard sur notre implant, les soldats s'écartaient simplement pour nous laisser passer.

« Tu te demandes d'où qu'ils viennent ? demanda tout à coup sur notre passage un homme à l'œil couvert d'un bandage crasseux et taché de sang. C'est des tout neufs, ça. Des puceaux de la guerre... Quoi ? Un peu que je crois ! Ça se voit, quand même. Regarde-les... C'est encore de ces... comment qu'ils disaient déjà ? Soldats « améliorés ». Comme les autres qui sont passés juste après les bombes. En ce moment, ils en envoient plein qu'on sait pas trop où ils se les sont dégottés. Des orphelins de guerre, ça. Ou des tributs. Eh ouais. Mais avec ça, paraît quand même qu'ils vont nous faire gagner la guerre. »

Un rire gras qui se mua en quinte de toux l'empêcha un temps de poursuivre, puis je l'entendis enfin finir d'observer dans notre dos :

« Tu parles d'une amélioration ! Ça tourne plus bien rond là-haut chez les huiles. Nous faire gagner la guerre ? Tu les as bien vus comme moi ? C'est rien que des gosses. Des gosses... hein ? Pourquoi tu dis qu'il faut que je la ferme ? J'ai jamais eu peur de dire les choses, tiens. Et puis d'ailleurs, est-ce que ça te donne pas de la pitié, à toi ? Regarde-les ! C'est pas possible de pas se sentir de la pitié. Moi j'en ai trois des comme ça qui auront bientôt l'âge d'être envoyés ici. Trois ! Et tu sais ce que je me dis, les matins où que je me réveille avec de la terre tout plein la bouche et l'impression que je vais crever tellement ça me tape dans l'œil ? Je me dis que c'est quand même pas possible. Que c'est pas possible de laisser faire ça. Je veux bien, moi, après tout, qu'on m'envoie massacrer tous ces connards, même si c'est pour en crever une bonne fois pour toutes. Mais pas mes gosses. Non, pas mes gosses... C'est pas question qu'ils finissent comme eux. Pas question. »

Je rentrai la tête dans les épaules et rivai mes yeux sur le sol de la tranchée.

« C'est pas question qu'ils finissent comme eux »... mais comment était-ce, au juste, de finir comme nous ? Finir comme nous c'était venir là et attendre la mort ? Et pourquoi pas *ses gosses* ? Pensait-il qu'un destin comme celui-là, ça ne pouvait pas leur arriver ? C'était tout juste bon pour les orphelins de guerre et les transfuges, pas vrai ? Mais pas ses enfants à lui...

Et il disait avoir pitié de nous...

Mais où était cette pitié ? A quoi ressemblait-elle ?

Sa pitié n'était que des mots qui ne voulaient rien dire. Des paroles légères qui n'engageaient rien ni personne. La pitié... J'en savais long sur la pitié. Au Central, on avait eu pitié de nous aussi, on nous avait plaints. Abandonnés par nos parents pour être ensuite laissés aux mains de bouchers qu'on pouvait à peine appeler des scientifiques et envoyés de l'autre côté de la frontière, nous étions bien à plaindre en effet. Nous connaissions le goût de la pitié. Son odeur. Mais toute la pitié du monde n'avait pas empêché que nous soyons implantés et envoyés de l'autre côté de la frontière.

Alors je ne devais pas me laisser atteindre. J'avais déjà suffisamment de doutes et de peurs à porter. Je ne voulais pas me laisser charger davantage.

Seth suivait les résidus d'émanations psychiques des membres de notre escouade, et moi je le suivais, lui.

Il me fallut peu de temps pour faire connaissance avec la guerre.

L'angoisse et la peur des soldats qui attendent qu'on leur ordonne de sortir des entrailles de la terre pour courir à l'ennemi, à découvert.

La puanteur des trous creusés dans le sol pour enfouir la pisse et les excréments des soldats, et celle de tous les corps malades ou blessés abandonnés le long des tranchées sur des brancards.

Les cris de souffrance, les râles et les chuintements... Des bruits dont on ne se figure même pas qu'ils puissent sortir d'une bouche humaine.

Je ne voulais pas les voir. Dans leurs auras je percevais l'incandescence de la douleur et ses vrilles d'épines, et le froid et l'immobilité.

Lorsque la main d'un mourant se tendait, les autres soldats se contentaient de l'enjamber pour aller s'installer plus loin parce que « marre de les entendre gueuler ». Leur insensibilité envers ces blessés m'épouvanta. Ces gens avaient peur et ils souffraient. Pourquoi personne ne faisait-il rien ? Pourquoi personne ne s'occupait-il d'eux ? Comment pouvait-on les ignorer ainsi ? Comment...

« Les brancardiers les ont évacués des zones de combat, mais la plupart d'entre eux ne survivra pas.

— On les a ramenés ici pour les laisser mourir ? m'insurgeai-je.

— Non. On ne les a pas ramenés pour ça. Mais le médecin en chef les a examinés, et il a établi qu'ils n'avaient aucune chance de survie. Et c'est à lui qu'il revient de faire le tri.

— Le tri ?

— Oui… Sur le front, on ne dispose ni du personnel ni des ressources pour prendre en charge tous les blessés. Alors le médecin en chef fait le tri. D'un côté les blessés légers qui pourront être soignés rapidement et avec les moyens du bord. De l'autre les blessés graves. Parmi les blessés graves, certains ont tout de même une chance de survie s'ils sont évacués vers l'un des hôpitaux de l'arrière, on fait en sorte qu'ils repartent par le prochain convoi s'ils survivent jusque-là. Quant aux autres…
— Quoi les autres ?
— Les infirmiers abrègent leurs souffrances s'ils peuvent.
— S'ils peuvent ?
— Quand le ravitaillement se fait attendre, ou qu'il y a des soucis avec la production, il arrive qu'il n'y ait plus assez d'anesthésiant. Et quand c'est le cas, ils les laissent souffrir et mourir ici parce qu'ils n'ont pas le choix.
— Mais c'est…
— C'est quoi ? rétorqua Seth avec un gloussement. C'est la guerre, ma petite Clarence. Et ces choses-là arrivent… Et puis, quand ça fait déjà des heures qu'ils pleurent et qu'ils crient, des jours parfois, et qu'on les entend s'étouffer avec leurs poumons gorgés de sang, il y a toujours quelqu'un pour les expédier. Ça rend service.
— Service ? C'est un meurtre, traduisis-je, dégoûtée.
— Un meurtre ? releva Seth en tournant brièvement la tête vers moi pour me regarder, un sourire ironique aux lèvres. Oui, j'imagine qu'on peut voir ça comme ça…

Même si je suis surpris que *toi,* tu voies les choses de cette façon, ma petite Clarence. Si abréger les souffrances de quelqu'un et mettre fin à ses misères est un meurtre, alors... »

Il n'acheva pas mais je le compris parfaitement.

« Mais je ne savais pas, me défendis-je. A ce moment-là... Quand j'ai... Je ne savais pas que si je prenais sa douleur elle mourrait... Je n'en avais aucune idée.

— Et ça change quelque chose ? me demanda alors Seth avec davantage de curiosité que de moquerie cette fois.

— Oui, je...

— Tu ne l'aurais vraiment pas fait ? m'interrompit-il. Si tu avais su que ça la tuerait, tu ne l'aurais pas fait quand même ?

— Je ne... » bafouillai-je avant de me taire, accablée.

Je n'en savais rien. C'est vrai que sur la fin, je ne supportais plus de sentir cette douleur immense et implacable irradier de ma mère. Je ne supportais plus de voir son visage se fermer et ses épaules se raidir lorsqu'elle essayait de nous cacher qu'elle souffrait. Cette agonie qui n'en finissait pas...

« Quand quelqu'un les tue, c'est mieux pour tout le monde, conclut Seth. Ils souffrent moins longtemps, et c'est plus facile de dormir sans avoir à les entendre. »

Dormir ?

Etait-ce possible d'en venir à tuer quelqu'un pour ce motif-là ?

« Tu n'as pas idée », gloussa Seth en réponse aux questions que je n'avais pas formulées.

Je redressai machinalement mes barrières psychiques.

« Si tu as pitié d'eux, Clarence, ajouta-t-il, tu sais ce qu'il te reste à faire. Tu n'as qu'à les tuer. Pourquoi pas ? Si tu utilises ton aura pour ça, personne n'en saura rien, et personne ne cherchera à rien savoir de toute façon. »

Je lui répondis par le silence, et celui-ci se prolongea jusqu'à ce que nous ayons atteint la douzième borne de la tranchée nord.

Les huit soldats du reste de notre escouade et le capitaine se trouvaient là-bas.

« Je me demandais si vous alliez vous en sortir, » déclara le capitaine sans que son visage trahisse la moindre émotion particulière. « Des blessures ? Des pertes dans vos équipements ? »

Seth et moi répondîmes d'un bref signe de tête négatif.

« Tant mieux... et toi, TAEF17... m'interpela-t-elle enfin sèchement tandis que je laissais glisser mon sac sur le sol pour masser mes épaules endolories. Est-ce que tu veux mourir ?

— Quoi ? balbutiai-je, déroutée. Non...

— Non ? A te voir là-bas, pourtant, j'aurais pensé que tu étais suicidaire. Ou alors c'est la boite que tu as dans le cerveau qui est défectueuse ? Non ? Dans ce cas, c'est que tu dois être idiote. Je ne vois que ça. Tu veux que je te dise ? Avant le début de cette guerre, les idiots ne pouvaient pas intégrer l'armée. Mais c'est vrai qu'on ne peut plus se permettre de se montrer sélectifs, maintenant… Rassure-moi, tu comprends quand je donne un ordre, au moins ?

— Oui…

— Alors qu'est-ce que tu foutais quand j'ai dit à tout le monde de se mettre à couvert ? »

Cette fois elle s'avança et m'empoigna par le col.

« Qu'est-ce que tu foutais ? »

Mes joues devinrent brûlantes, et j'ouvris la bouche un bref instant avant de la refermer résolument.

A quoi bon ?

Je savais que je risquais d'achever de la mettre hors d'elle par mon silence, mais de toute façon, rien de ce que je dirais pour ma défense ne constituerait à ses yeux une explication recevable. J'aimais mieux ne rien dire.

Sa main tira davantage sur le col de mon uniforme, me coupant une partie de l'arrivée d'air, et lorsque je commençai à respirer avec difficulté, je pris sur moi pour ne pas me débattre et me défaire de sa poigne, malgré l'envie que j'en avais. Je ne voulais pas lui donner l'occasion de se défouler sur moi, et d'ailleurs j'avais beau ne pas apprécier cela, j'avais beau me dire que ce n'était que pour un temps, elle restait mon supérieur hiérarchique.

Tous les autres observaient la scène en silence, et je sentais l'amusement de Seth à travers le lien psychique qui nous unissait.

« Si tu veux mourir, vas-y, gronda enfin le chef d'escouade en dardant sur moi son regard brûlant de fureur. Vas-y. Tu n'as qu'à monter à l'échelle là-bas et traverser. D'autres l'ont fait avant toi. Il y a trois cent mètres à faire à peine avant d'arriver chez ceux d'en face. A cette distance, ils ne vont pas te louper. Alors vas-y. »

Elle me poussa en arrière vers l'échelle d'assaut, mais quand elle me lâcha je n'allai pas plus loin.

« Ça ne te dit rien ? Alors à partir de maintenant tu obéis aux ordres. De toute façon c'est bien simple. Tu désobéis encore une fois et je t'abats, quitte à amputer l'escouade. Tu sais pourquoi ?

— Non, soufflai-je laconiquement, consciente qu'elle n'aurait pas toléré davantage mon silence.

— Parce que dans les situations de danger les gens comme toi font prendre des risques inutiles aux autres. Tu as remarqué que pendant que tu n'étais pas foutue de te bouger le cul, il est revenu pour toi ? Tu réalises ça ? Il aurait pu mourir par ta faute. »

Seth...

A ces mots, l'amusement de Seth se mua en hilarité, et j'eus le plus grand mal à conserver une expression égale. Il se régalait visiblement de l'entendre parler de lui de cette manière... Et lorsque le capitaine en eut fini avec moi, il attendit que je me tourne vers lui avant de pencher la tête sur le côté, les lèvres étirées sur un sourire sardonique.

« Ma pauvre petite Clarence, gloussa-t-il.

— Arrête avec tes « ma pauvre Clarence ». C'est agaçant...

— J'en suis navré, susurra-t-il en me suivant lorsqu'il vit que j'attrapai mon sac pour aller m'asseoir à l'écart. Pourtant je compatis pleinement.

— Tu ne sais même pas ce que ce mot veut dire.

— Si, mentit-il effrontément, et je dois admettre que t'entendre dire le contraire me blesse un peu. Tu sais qu'elle n'a pas tort ? J'ai pris des risques pour toi. Pas vrai ? Plus j'y pense, et plus je me dis que je suis vraiment devenu quelqu'un de bien. Une personne morale qui traduit instinctivement ses valeurs en actions... »

Je le foudroyai du regard.

« Mais si tu veux mourir, conclut-il enfin, ne te donne pas la peine d'aller trop loin... Je suis tout disposé à t'aider...

— Je n'en doute pas, marmonnai-je entre mes dents serrées avant de lui tourner le dos et de me rouler en boule dans une casemate pour dormir. Laisse-moi maintenant... »

Au lieu de cela, Seth s'adossa à la paroi non loin et se mit à chantonner.

Je n'avais pas la force de lui dire de partir. Je cessai de lutter. L'épuisement fit le reste et je sombrai.

Chapitre 16

Si seulement le sol pouvait se refermer sur moi.

Si seulement le sol pouvait se refermer sur moi et m'engloutir...

Je ne désirais rien de plus, c'était même tout ce à quoi j'aspirais en m'extirpant de mon demi-sommeil agité de cauchemars dans lesquels les bombes pleuvaient, encore et encore. Dans lesquels les blessés et les mourants s'accrochaient à mes jambes, pleurant et gémissant. Je ne pouvais pas me défaire d'eux. Leurs doigts crispés par le désespoir se faisaient serres impitoyables. Ils tiraient pour se hisser jusqu'à moi. Au fond de leurs yeux levés vers moi je lisais des suppliques muettes qui m'emplissaient de terreur. Et la voix de Seth murmurait dans ma tête. D'elle non plus je ne pouvais pas me défaire. Elle murmurait que si je le voulais, je pouvais mettre un terme à leurs misères. Que je le pouvais, oui, je le pouvais, si je le désirais. Si je le désirais, alors tout serait fini. Tout. Rien ne resterait de leur peur et de leur souffrance. Ils ne m'importuneraient plus. Ils disparaîtraient pour toujours. Ils cesseraient de me tourmenter.

Même éveillée, je continuais de voir leurs visages sur la paroi de terre humide au fond de la casemate.

Même éveillée, je continuais d'entendre leurs gémissements, parce que la réalité n'était que le prolongement de ce cauchemar.

Pour me débarrasser d'eux tous, il aurait fallu que je fasse cesser jusqu'à la marche de mes pensées...

Autant souhaiter la mort...

Mais tout de même... Si seulement j'avais pu rester là, enfouie pour toujours dans les entrailles de la terre, abritée du froid et de la peur...

Si ma volonté avait pu y suffire, alors je me serais toute entière fondue dans ce sol sur lequel j'étais couchée. Alors je serais devenue terre et roche et je n'aurais plus rien su de ce que se faisaient les hommes là-dehors. Sous terre, je n'aurais plus rien su de leurs haine et de leurs folie. Aveugle et sourde, incapable de sentir l'âcreté et le piquant de leurs auras, j'aurais au moins trouvé un semblant de paix.

Je me tournai pour faire face à l'entrée de la casemate et restai un moment immobile à simplement regarder la lumière tomber dans la tranchée et capturer dans ses rais obliques des millions de particules en suspension.

Il pleuvait de la poussière... Comme chez moi. Ces mots sonnaient étrangement, à présent. Cela faisait un peu plus de deux ans que mon père m'avait livrée au Central, et si je peinais désormais à me rappeler tous les détails de l'existence que j'avais menée là-bas, je me souvenais encore bien de la poussière. Tellement de poussière... Tellement de poussière que nous ne

pouvions plus sortir sans masques à filtres. Comme si les bombardements avaient vaporisé jusqu'aux pierres et au béton et que nous respirions des ruines...
Je tendis la main.
La couleur était différente.
La poussière grise de mes souvenirs avait ici la couleur du fer rouillé.
Soulevée par les bombardements au cours de la nuit, elle retombait lentement, et le ciel du matin tournait au crépuscule...
« Ici, c'est toujours plus ou moins le crépuscule, intervint tranquillement la voix de Seth. On ne voit jamais l'aube se lever. »
Je ne me donnai pas la peine de lui demander de sortir de ma tête. Là-dedans, tout n'était que chaos et confusion. Alors qu'il y reste, si cela lui chantait. Il n'écoutait jamais, et je n'avais plus assez de force pour entamer un bras de fer avec lui.
« Où est passée ta combativité, Clarence ? s'enquit-il au moment où je laissais retomber ma main. Serais-tu en train de renoncer ?
— Quoi ? Non... Non, ce n'est pas ça. Je suis juste...
— Juste quoi ? insista Seth lorsque je m'interrompis. Fatiguée ?
— Non... »
Je cherchai un temps le mot qui convenait le mieux pour décrire cet état d'abattement qui m'écrasait, mais

rien ne me vint et j'achevai d'un mouvement évasif de la main. Impossible de nommer ce sentiment.

Je n'étais pas en train de renoncer.

Je voulais vivre, au fond, je le savais. Et je conservais l'espoir de quitter cet enfer pour aller chercher Lolotte. Mais je me sentais... dépassée. Dépassée. C'était cet endroit. C'était ces gens. Quand j'y pensais... J'étais perdue. Je n'avais rien à faire là. Cette guerre ne me regardait pas. Je n'étais pas née de ce côté-ci de la frontière. Je n'étais qu'une transfuge. Ce n'était même pas mon ennemi qui se trouvait dans la tranchée d'en face. Ces gens là-bas ne m'avaient rien fait et ils avaient sans doute plus en commun avec moi que mes propres compagnons d'armes. Que faisais-je donc là, avec ces gens que je ne connaissais pas, et dont j'ignorais même le nom ? Cela n'avait aucun sens. Absurde. C'était absurde.

« Laisse tomber, me conseilla Seth avec un ricanement. N'essaye pas de comprendre. A quoi bon ? Tu pourrais y laisser tout ce qu'il te reste de raison que ça n'aurait pas plus de sens. Tu sais pourquoi ? Parce qu'il n'y a rien à comprendre. Rien. C'est juste comme ça. Le monde est comme ça, et tu auras beau essayer, il n'y aura jamais rien que tu pourras y faire. Concentre-toi. Concentre-toi sur ce que tu veux et sur ce que tu peux faire pour l'obtenir. C'est tout. Le reste n'a aucune importance. Si tu veux vraiment vivre, alors ne te fatigue pas à chercher un sens à tout ça. »

Je comprenais ce qu'il me disait. Je voyais ce que son raisonnement avait de logique. Mais je n'étais pas comme lui. Même si je fermais les yeux, même si je faisais abstraction, une part de moi désirerait toujours comprendre. Une partie de moi se dirait toujours qu'il était impossible que le monde ne soit qu'une farce absurde, sans le moindre sens... Qu'il devait y avoir des raisons, quelque part, une explication...

Le gloussement de Seth me tira de mes pensées.

« Tu es bien naïve si tu penses que les réponses que tu cherches sont là, quelque part, et qu'il suffit de les trouver pour que le monde prenne enfin son sens. De toute façon, ce ne sera jamais suffisant. Avec tes pourquoi, chaque question en appellera toujours une autre, puis encore une autre, et chacune plus vaste encore, plus insondable que la précédente. Tu en viendras à questionner l'univers sur la nature des hommes, les raisons de notre existence, le hasard et les dieux, et après quoi ? Tu crois peut-être que tu te sentiras mieux ? Que tu auras une révélation sur les raisons de notre présence ici ? N'y compte pas trop... C'est même le contraire de ce que tu espères qui se produira. Plus tu prendras du recul sur le monde et sur les hommes, et plus tu verras leurs incohérences. Leurs absurdités. Et pendant ce temps, les bombes continueront à tomber. Le sang à couler. Jusqu'à ce que plus un seul d'entre nous ne se relève et que la terre se crève sous nous comme une monture qu'on a trop poussée. »

Seth se tut et je restai là à observer la poussière pleuvoir en silence.

Je me demandais si les choses auraient été plus simples pour moi, plus faciles à accepter, si j'avais été comme lui. Je n'étais pas sûre du reste, mais j'enviais sa lucidité et sa clairvoyance. Cette façon qu'il avait de décortiquer les choses et les êtres. D'analyser. La manière dont ses mots tranchaient dans le vif avec une précision de scalpel. Comme si le monde n'était qu'une immense batterie à impulsions qu'il avait ouverte et démontée, encore et encore, jusqu'à être capable d'en nommer tous les éléments.

Moi je continuais à poser mes questions devant une boite fermée. Comme si le monde allait finir par se révéler à moi de cette manière...

Mon champ de vision s'obscurcit tout à coup et je trouvai Seth accroupi devant l'entrée de la casemate, me détaillant de son regard d'onyx.

« Sors de là », m'ordonna-t-il tout à coup en m'attrapant par le devant de mon uniforme pour me tirer hors de la casemate.

J'ouvris la bouche pour protester, mes mains se refermèrent sur son poignet pour le repousser... Mais en une fraction de seconde mon visage se retrouva à moins d'un souffle du sien.

Il avait bien plus de force qu'il n'y paraissait, et je ne pouvais pas même reculer la tête en arrière pour me défiler.

« Alors comme ça tu veux vivre dans ce trou ? me demanda-t-il alors, les lèvres étirées en un sourire moqueur. Tu t'y sens à l'abri ? »

Je me contentai de le foudroyer du regard sans répondre.

« Réveille-toi, Clarence, ricana-t-il. Les hommes creusent des trous depuis l'aube des temps, et tu sais ce qu'ils y mettent, pas vrai ? Des cadavres. Ce sont les morts qui vivent sous terre. »

Je tressaillis.

« Si c'est ce que tu veux, rester dans ce trou, alors vas-y, mais ne fais pas les choses à moitié. Deviens cadavre.

— Non.

— Dans ce cas, je te conseille de vivre comme le font les vivants, parce que si tu continues à entretenir une telle confusion je pourrais bien être tenté... »

Tenté ?

« Tu m'as promis ta mort, Clarence, me rappela-t-il. Elle est à moi.

— Mais je n'ai pas...

— Tu n'as pas quoi ? rétorqua-t-il en durcissant le ton. Tu n'as pas envie ? Tu n'as pas fait ce que tu devais faire ? Tu penses que tu pourras toujours t'en tirer ? Que j'attends ton bon vouloir ? Tu te berces d'illusions. Tu veux que je te dise ? Au moindre signe de faiblesse, je serai là pour réclamer mon dû. Remets-toi encore dans ce trou, l'aura puant le renoncement, et je considérerai que ça me donne le droit d'exiger ta mort. »

Seth pensait ce qu'il disait. Comme toujours. Impossible de s'y méprendre, ses menaces avaient été assez explicites... Mais bizarrement, dans sa manière de les analyser, mon cerveau les voyait plutôt comme des... encouragements ?

Mais je savais que je devais toujours me méfier de la façon dont mon esprit me présentait les choses. Me méfier de cette tendance que j'avais à ne prendre dans tout ce que Seth faisait et disait que ce qui m'arrangeait ou m'aidait à construire de sa personnalité une image plus rassurante et positive...

Cela faisait plus d'un an maintenant, mais pour rien de ce qui le concernait encore je ne pouvais me faire confiance.

J'avais souvent eu le tort de me figurer que je le connaissais mieux qu'il ne se connaissait lui-même, et je devais désormais m'exhorter à la prudence. Je pouvais me tromper. J'en avais douloureusement conscience.

Peut-être n'y avait-il rien de plus que ce que Seth me montrait. Rien de plus que ce qu'il me disait. Que ce qu'il me semblait voir en lui par moments n'était qu'une illusion. Que ce miroitement que je croyais saisir parfois par le biais de notre lien psychique, n'était rien de plus qu'une vue de mon esprit. Un mirage auquel je ne pouvais pas me fier.

Peut-être...

Si elle avait été là, Lolotte aurait dit que j'étais encore victime du paramétrage de mon implant. Que rien de tout cela n'était réel. Que Seth ne se souciait pas de moi. Qu'il en était incapable. Pas comme je le pensais ou l'espérais.

Etait-ce vrai ?

Je sondai le regard de Seth.

Ne se souciait-il de moi que parce que je lui avais promis ma mort ?

Mes bras retombèrent lentement de chaque côté de mon corps.

N'y avait-il que cela qui l'intéressait ? Que cela qui le motivait à rester à mes côtés ? N'éprouvait-il pas aussi pour moi, quelque part, une forme d'attachement ou de loyauté ?

Pourquoi ne lui poses-tu pas directement la question, Clarence ? Allez, vas-y, demande-lui... Demande-lui donc...

Je n'en fis rien cependant.

Peut-être parce que je savais que quoi qu'il dise je douterais de la sincérité de sa réponse.

Ou parce que sa réponse était moins importante au fond que le fait même que je me pose la question...

« Ton bras...

— Quoi ? balbutiai-je, confuse.

— Assieds-toi et montre-moi ton bras... »

Mon bras ? Pourquoi ?

Après une hésitation je me reculai pour m'asseoir, adossée à la paroi de la tranchée, puis tendis à Seth le bras articulé.

Le tueur d'auras remonta la manche de mon treillis jusqu'au coude. Il dessangla la partie amovible pour l'examiner.

« Qui t'a posé ça ? m'interrogea-t-il après l'avoir examinée et soupesée.

— Laurie Xavier... Pourquoi ?

— Tu ne devrais pas avoir un équipement comme celui-ci.

— Quoi ? Pour quelle raison ?

— Les équipements comme celui-ci sont réservés aux combattants d'élite. L'armature est en fibre de carbone. Tu sais ce que c'est ? A ta tête je vois bien que non... Sa résistance est cinq fois supérieure à celle de l'acier... et ça fait plusieurs années qu'on n'en fabrique plus. Le coût de production est très élevé et les mesures de restriction rendent difficile l'accès aux matières premières nécessaires. En plus de ça, quand le gouvernement n'a plus eu les moyens d'acheter l'équipement, il s'est mis à le réquisitionner. Du coup les entreprises ont arrêté de le produire. »

Seth se pencha en avant et remit en place l'armature du bras articulé sur mon avant-bras avant de tirer la manche de mon uniforme pour le couvrir.

« Ce que tu portes vaut une fortune, conclut-il enfin abruptement. Les quelques milliers encore en circulation sont immatriculés. Donner ça à quelqu'un comme toi, c'est du gâchis. L'os du bras était simplement fêlé, une attelle suffisait. Pourquoi t'équiper avec du matériel comme celui-ci ? Par souci de garantir ta sécurité ? Quelle que soit l'intention derrière, bonne ou mauvaise, quand on y pense, ce n'est pas très malin...

— Pourquoi ?

— Je doute que le technicien qui a fait la pose ait eu l'aval du colonel Degrand. Ça m'étonnerait beaucoup, même... Pour lui comme pour toi, j'espère que personne ne prendra le temps de vérifier qu'une autorisation a bien été délivrée pour l'attribution du bras articulé. On exécute les gens pour moins que ça... Sur les marchés noirs il y en a qui vont jusqu'à recruter des pillards pour dépouiller les cadavres sur le front pour revendre ces équipements aux plus offrants. Et quand je parle de dépouiller les cadavres, ce n'est en fait qu'une façon de parler. De ce que j'ai entendu, il arrive que certains *tuent* pour ça...

— Je vois... »

Le ton était léger mais la mise en garde claire.

Je ramenai le bras articulé contre moi.

Quel parti prendre ?

Je devais conserver l'équipement encore une semaine.

Si j'allais voir TAEH21, le technicien d'escouade, je pouvais peut-être le rendre plus tôt... Je n'avais pas besoin de conserver l'armature extérieure, seulement l'attelle qui se trouvait dessous... Et est-ce que m'en débarrasser ne me soulagerait pas doublement ? Plus de risque d'attirer les convoitises, et plus de risque non plus de m'inquiéter de le voir prendre des « initiatives » ou agir indépendamment de ma volonté...

Oui, peut-être était-ce ce qu'il y avait de mieux à faire. Je n'avais pas vraiment besoin d'une nouvelle source permanente d'angoisses.

« Le garder peut être risqué pour quelqu'un comme toi, acquiesça Seth comme s'il lisait mes pensées.

— Quelqu'un comme moi ? relevai-je avec un froncement de sourcils.

— Quelqu'un de faible.

— Je ne suis pas...

— Vraiment ? m'interrompit le tueur d'auras avec un ricanement tandis que ses lèvres s'étiraient. Alors je t'ai sûrement mal cernée... Moi, tu vois, je pense que tu serais du genre à te laisser démembrer vivante plutôt que de risquer de blesser ou tuer quelqu'un, même si c'était le seul moyen de garantir ta propre survie. Je me trompe ? Et ce ne serait pas là un signe de faiblesse ? Attends... tu penses qu'il s'agirait d'une preuve de ta force de caractère ? »

Pourquoi pas ?

Pourquoi ne pas considérer cela comme une preuve de force plutôt que comme une preuve de faiblesse ?

Si je vivais ici selon mes convictions jusqu'au bout, même si cela signifiait prendre le risque de mourir...

« La vraie faiblesse serait d'avoir à céder devant autrui et d'accepter de vivre à chaque instant en me reniant moi-même.

— Tu le penses vraiment ? Tu es sans doute la seule ici-bas à voir les choses de cette façon. »

Toute trace de moquerie avait disparu de la voix de Seth, et il m'observait maintenant avec une attention soutenue, comme si je représentais à ses yeux une énigme qu'il aurait souhaité déchiffrer – sans doute m'arrivait-il de le regarder aussi comme cela parfois.

« Admettons. Disons que ce n'est pas de la faiblesse. Après tout, c'est vrai que ce n'est pas donné à tout le monde de se laisser abattre comme un mouton quand on peut se doter des griffes d'un loup... Que ça réclame une bonne dose de cran et d'idiotie. Et après ? A quoi aura servi cette force si elle n'est pas capable de te garder en vie ? Quelle aura été son utilité ? Je suis curieux de le savoir... Si tu meurs et que je fais inscrire une belle épitaphe sur un mémorial pour vanter tes mérites, cela sera-t-il suffisant ? Cela aura-t-il du sens ?

— C'est ce que je suis.

— Tu n'as pas de semblables. »

Je relevai la tête.

« Tu sais de quoi je veux parler ? me demanda-t-il avant d'enchaîner avec légèreté. Je veux parler de sélection naturelle. La guerre tue les gens comme toi plus rapidement que les autres.

— Alors ça n'a rien à voir avec une sélection naturelle, objectai-je aussitôt.

— C'est une sélection quand même, sourit Seth. La guerre fait sa sélection. Ceux qui sont adaptés. Ceux qui ne le sont pas... Au début de la guerre, il y en avait sûrement des milliers d'autres comme toi. Des gens avec des convictions et des principes. Des gens avec un sens moral. Mais ces gens-là sont sûrement les premiers à mourir dans la grande purge de la guerre. Parce qu'ils ne savent pas renoncer pour survivre. Parce qu'ils placent leurs convictions au-dessus des nécessités de la survie. Et à la fin ne restent que les lâches, les monstres et les fous. Tu n'as pas ta place ici. »

Je pouvais difficilement le contredire sur ce point, et pourtant ses paroles me firent l'effet d'une gifle.

« Je n'ai pas ma place ici, mais toi oui, c'est ça ? supposai-je alors en m'efforçant de ne pas laisser transparaitre mon désarroi et mon amertume.

— A quoi bon le dire ? Tu le sais déjà. »

Il avait raison, et pourtant je secouai la tête en signe de dénégation, exprimant mon refus, ma non acceptation de cette simple et irréfutable vérité.

Dans ma poitrine je commençais à sentir un point de douleur lancinante.

« Ta mort m'appartient. Elle est mon dû. A moi. Je serais en droit de réclamer mon dû. Je suis en droit de le réclamer. Faisant partie des adaptés, c'est même presque mon devoir de le réclamer. Tu es une anomalie. Tu ne devrais pas être là. »

Je tressaillis, le souffle coupé.

« Et en même temps, poursuivit-il avec un sourire hargneux, je méprise et je hais si fort ce monde que l'idée d'avoir l'air d'y accomplir mon devoir me met en rage. J'ai eu le temps d'y penser. Et je crois que c'est pour ça que je ne te tue pas. Que je ne peux pas te tuer tout de suite. Parce que si je le fais maintenant, je ne suis qu'un simple exécutant. Tu comprends ? Ta mort ne m'appartient pas si ce monde peut encore la revendiquer. »

Alors c'était ça ?

Il me semblait que je comprenais mieux sa façon de penser, tout à coup.

Au fond, il attendait que je perde.

Que je perde contre ce monde.

Que je renonce.

Il devait attendre ma défaite parce qu'au moment où je renoncerais à me battre, au moment où je cesserais de m'opposer à lui, il considérerait que j'avais été récupérée et assimilée. Absorbée et broyée. Et par le même coup, cette mort qu'il viendrait me réclamer ensuite lui appartiendrait toute entière.

Je ne m'attendais pas à cela, même si je voyais à présent que cette façon de penser et de raisonner lui ressemblait.

J'avais pourtant fait beaucoup d'hypothèses sur les raisons qui poussaient Seth à me laisser en vie. Mais pas une seule d'entre elles ne s'approchait un tant soit peu de la réalité.

Déjà, le paramétrage de l'implant contraignait bel et bien le tueur d'auras, mais au moment où celui-ci se déciderait à passer à l'action, il ne constituerait sans doute pas un obstacle aussi insurmontable que je l'avais cru.

Ensuite, j'avais fait l'hypothèse, plus fausse encore, que Seth pouvait m'être attaché. Qu'il éprouvait pour moi une forme d'attachement, ou tout du moins de loyauté.

Mais à présent il était clair que c'était moi qui éprouvais une forme d'attachement et de loyauté pour lui. Moi et seulement moi.

Parce que j'étais un être gouverné par ses émotions et que Seth ne l'était pas.

Finalement, en y repensant, ce dernier avait su bien mieux me cerner que je ne l'avais cerné lui... Parce que j'étais partie du principe qu'il fonctionnait de la même manière que moi alors que sa façon de raisonner était en tous points étrangère à la mienne...

Et à présent je devais passer outre tout ce que je ressentais de dépit et de déception pour mettre au net l'image brouillée que j'avais de lui.

Recomposer.

Je devais commencer à le voir pour ce qu'il était, et pas pour ce que je voulais qu'il soit.

Je devais apprendre à me défaire de toutes ces illusions qui déformaient ma vision. Apprendre à aiguiser mon regard.

Avant toute chose, quelles informations pouvais-je tirer de sa façon de parler et d'agir ?

Seth avait développé son propre mode de fonctionnement et son propre système de valeurs.

Ses actions n'étaient pas gouvernées par l'arbitraire, mais découlaient simplement d'un cheminement logique, d'une nécessité intérieure que je me trouvais encore incapable de déchiffrer correctement.

Jusqu'à présent, il s'était révélé une personne méticuleuse, presque procédurière.

De cela au moins je pouvais tirer parti.

Seth faisait ce qu'il disait et disait ce qu'il faisait, ce qui signifiait qu'au moins dans une certaine mesure je pouvais lui faire confiance.

En fait, dans les conditions actuelles, les termes de notre marché étaient plus avantageux pour moi que pour lui.

Tant que Seth demeurait fidèle à sa façon de penser, je gardais la main sur ma propre destinée. Si ma défaite était une condition nécessaire, alors il me suffisait de ne pas renoncer pour que Seth se retrouve dans l'impossibilité d'exiger de moi que j'honore ma part du marché.

L'aura de Seth s'agita et ses yeux revinrent se fixer dans les miens.

« C'est frustrant.

— Pas vraiment, objectai-je sèchement. Pour moi il est plutôt réconfortant de penser que tu ne peux pas me tuer quand tu le désires, selon ton seul bon vouloir... »

Au moins pour le moment, je pouvais maintenir le statu quo. Mais pendant combien de temps encore ?

« Eh bien je suppose que nous avons chacun nos petites préoccupations, conclut Seth avec un sourire ironique. Pour en revenir à la question du bras articulé, tu devrais le garder, après tout. Nous serons bientôt envoyés au combat, et un équipement comme celui-ci augmente considérablement les chances de survie du porteur... Plus grande résistance, plus grande réactivité...

— Je ne pourrai le garder qu'une semaine.

— Et tu penses qu'une semaine ce n'est rien ? Clarence, Clarence, Clarence... »

Seth marqua son amusement d'une série de claquements de langue avant de se relever avec souplesse.

« Garde-le jusqu'à ce qu'ils viennent te le réclamer et reste parmi les vivants. »

C'était bien mon intention.

J'étais tout à fait revenue de mon moment d'abattement, et je me sentais même enfin capable de lucidité.

Je devais prendre les choses comme elles venaient et traiter les problèmes à mesure qu'ils se présentaient pour ne pas me retrouver submergée. Tenir bon. Tenir bon et survivre jusqu'à ce que l'occasion se présente de rejoindre Lolotte.

« Attends… Seth, où est-ce que tu vas ? demandai-je au tueur d'auras en le voyant s'éloigner vers le nord des tranchées.
— Là-bas, me répondit-il par-dessus son épaule.
— Pourquoi ?
— Comme ça, pour rien. Je suis simplement curieux de savoir ce qui se dit.
— Ce qui se dit sur quoi ? insistai-je, agacée de ces demi réponses évasives.
— Sur tout. Sur rien.
— Tu as le droit de partir comme ça ? » m'enquis-je avant de jeter un coup d'œil incertain à l'endroit où se trouvaient le capitaine et le reste de notre escouade.

Seth haussa les épaules.

« Je n'en sais rien. Je dirais même que je m'en moque. Je défie quiconque trouve à y redire de venir me le dire en face. »

Le capitaine tourna la tête vers lui à cet instant précis et les deux se jaugèrent un moment en silence.

Puis le chef d'escouade hocha une fois la tête brièvement, comme s'il donnait son accord, et les lèvres de Seth se tordirent en un rictus sardonique.

« C'est ça, comme si j'avais besoin de ta permission, » l'entendis-je marmonner avant de tourner les talons.

Quant à moi j'ôtai le casque que j'avais gardé sur la tête et le posai au sol à côté de moi.

J'avais chaud, là-dessous, et pourtant le vent du matin me glaçait le crâne.

Je n'avais rien pour essuyer mes cheveux trempés de sueur, aussi me résolus-je à frotter ma tête avec ma manche avant de remettre le casque.

Puis je restai assise où je me trouvais.

Je n'avais rien d'autre à faire qu'attendre.

Simplement attendre.

Mes entrailles nouées ensemble formaient une boule dure et compacte au fond de mon ventre.

L'attente.

L'attente ne me gênait pas. Je pouvais m'en accommoder.

Mais il y avait pire que l'attente.

Il y avait la certitude que tôt ou tard cette attente prendrait fin, et qu'alors je devrais escalader cette échelle.

Sortir de la tranchée.

Et à ce moment-là il n'y aurait plus entre moi et la mort que ce casque que je ne parvenais pas à me résoudre d'ôter de ma tête, et le hasard.

Chapitre 17

Durant l'absence de Seth je restai assise à côté de la casemate à observer les autres membres de l'escouade. Ils interagissaient peu, mais en suivant les échanges de flux d'auras, je parvins à reconstituer les différents binômes.

TAH88 travaillait avec TAEF35, une fille discrète et efficace, et leurs liens pouvaient être qualifiés de solides à défaut d'amicaux.

Les autres couples étaient mal assortis.

TAEH21, le technicien d'escouade, devait composer avec TAH44, et le garçon avait une si haute opinion de lui-même – son père était secrétaire du ministre des armées et, bon patriote, il avait sacrifié trois de ses cinq fils sur l'autel de la guerre – qu'il ne traitait son partenaire que comme un larbin tout juste bon à suivre les ordres. Pourtant, du point de vue de l'intelligence et des compétences, cette distinction était une aberration.

TAH76 formait également avec TAEF24 un binôme plutôt déséquilibré et dysfonctionnel également. TAEF24 était trop réservée. Elle se tenait continuellement en retrait, presque sur la défensive, et endiguait mal les émanations psychiques de son partenaire alors que le caractère de celui-ci le rendait par ailleurs enclin aux débordements... On aurait dit qu'elle avait peur de lui. Elle ne le regardait jamais dans les yeux et se tenait toujours à bonne distance, que ce soit sur le plan physique ou même psychique.

Mais le pire de tous ces partenariats était certainement celui de TAEH27 et TAF52. TAF52 passait son temps à rabrouer son binôme et s'emporter contre lui. Il faut dire qu'il s'agissait d'un transfuge, et « comme tous les transfuges », il ne faisait jamais assez vite et jamais assez bien. Il ne me fallut que quelques minutes à les écouter pour comprendre que les paroles qui sortaient de la bouche de TAF52 étaient un pur concentré de haine, et comme si tout cela ne suffisait pas, la tueuse d'auras s'ingéniait encore à écraser l'aura de TAEH27 parce qu'elle ne supportait pas de sentir sa « peur dégueulasse ».

Composée d'éléments disparates et bizarrement associés, l'escouade ne formait donc clairement pas de réelle unité, et TAF32, le chef d'escouade, était assurément à plaindre d'avoir à mener au combat des individus tels que nous...

« Quelque chose a changé. »

Je tournai la tête vers Seth qui venait de s'accroupir auprès de moi.

Le visage du tueur d'auras avait beau être dénué d'expression, je sentais sa tension et son excitation.

« Changé ? Que veux-tu dire par là ? m'enquis-je aussitôt d'une voix hésitante. Qu'est-ce qui a changé ?

— Je suis remonté jusqu'au poste de communication. Il se passe quelque chose. Comme si la pression de l'air avait soudainement augmenté. Tu vois ce que je veux dire ? Je suis resté là un moment. Il y a des gens qui entrent et qui sortent du blockhaus, et ça dure depuis plus d'une heure. Tous les gradés sont en train d'être dépêchés là-bas. Ça s'agite comme une ruche dans laquelle on serait venu mettre le pied. »

Mes mains commencèrent à moitir et mon cœur à battre à coups redoublés.

« Mais en-dehors du poste de communication et des gradés, personne n'a rien l'air de savoir de ce qui se passe, poursuivit Seth, songeur. Je n'ai entendu que quelques rumeurs... Certains pensent que le poste frontalier à dix kilomètres au nord de notre position est tombé cette nuit. »

Tombé ?

Je me remémorai la lueur des bombes, le bruit des explosions juste avant le passage des drones pendant la nuit...

« Si ces informations sont exactes, alors il faut s'attendre à une mobilisation générale des forces. On va nous envoyer là-bas avec pour mission de reprendre le poste frontalier avant que l'ennemi ne dépêche de nouvelles troupes pour « nettoyer » les tranchées.

— Nettoyer les tranchées ?

— Avec des bombes et des gaz. A mon avis, on ne devrait pas tarder à bouger. »

L'intuition de Seth se révéla juste.

TAF32 fut appelée à se présenter au poste de communication pour y recevoir des instructions, et elle revint avec pour ordre de lever le camp immédiatement.

« Préparez vos paquetages.

— Nos paquetages ? Pourquoi ? demanda TAH76 tandis que tous les autres s'entreregardaient. On repart ? Comment ça se fait, on vient juste d'arriver, on…

— Contente-toi de suivre les ordres, le rabroua le chef d'escouade.

— Mais… tenta-t-il une nouvelle fois.

— Il n'y a pas de « mais ». Tu la fermes et tu boucles ton paquetage. »

Le tueur d'auras se tourna vers sa binôme en quête de soutien mais cette dernière baissa la tête d'un air piteux et il se résolut enfin à boucler son sac avec un « fait chier » qui lui valut un regard d'avertissement.

En quelques minutes tout le monde fut prêt à partir.

Le capitaine nous ordonna de former les rangs.

« On nous envoie en renfort. Mettez-vous par binômes. On bouge. »

Nous prîmes la direction du nord.

Les tranchées que nous empruntâmes semblaient avoir été littéralement vidées de leurs combattants. Ne restaient pour nous regarder passer que les blessés, les mourants et l'arrière-garde…

Où étaient tous les autres ? Que se passait-il ? Les avait-on envoyés comme nous vers le nord ?

Je glissai un rapide regard à Seth mais son visage était fermé, et son aura si profondément rentrée en lui-même que je ne pouvais plus sentir sa présence...

Je reportai mon attention vers l'avant.

TAE21 se trouvait devant moi. La tasse de métal accrochée à la boucle du sac du technicien d'escouade se balançait en cadence et luisait quand le soleil venait frapper sa surface pour s'y réfléchir.

Elle attirait si bien le regard que je me surpris plusieurs fois à la suivre machinalement des yeux.

La terre sous nos pieds était glissante d'avoir été trop piétinée.

L'air frais nous renvoyait dans le visage des nuages de condensation.

Nous avancions d'un bon pas.

La pensée de ce au-devant de quoi nous marchions aurait eu tendance à ralentir mon allure si je n'avais pas été prise dans le rang. Le rythme était donné et il n'y avait plus rien à faire que suivre.

Le capitaine nous fit marcher de la sorte jusqu'à la quinzième balise, puis leva le bras pour nous imposer une halte à l'endroit où, de part et d'autre des remparts de terre, se trouvaient les échelles menant hors de la tranchée.

« Nous allons remonter ici. »

Remonter ?

Il me fallut un moment avant de saisir...

Puis l'annonce du chef d'escouade me fit l'effet d'un coup de poing à l'estomac.

Remonter...

Nous devions remonter.

Remonter, partir à l'assaut de la tranchée ennemie, là-bas en face...

A cette seule pensée, mes jambes commencèrent à trembler sous moi et mon souffle s'éteignit dans ma poitrine comme une chandelle qu'on mouche.

J'étais incapable de détacher mon regard de l'échelle qui menait hors de la tranchée, du côté du no man's land...

Remonter ? Maintenant ? Ce n'était pas possible. C'était tout ce qui me venait à l'esprit de pensée cohérente. Ce n'était pas possible, pas maintenant, pas...

L'angoisse obstruait tellement ma gorge que je pouvais à peine respirer.

Puis d'un mouvement sec du menton, le chef d'escouade désigna l'échelle du côté de l'arrière.

« Grimpez, ordonna-t-elle sans se préoccuper des murmures de surprise et d'incompréhension qui montaient des rangs. Allez. »

Les rangs du devant s'exécutèrent puis vint mon tour de me hisser et je m'avançai pour saisir les barreaux boueux et glacés.

Mes doigts gourds et sans force me donnaient l'illusion de me raccrocher à une colonne d'air froid, un peu comme si les barreaux n'avaient aucune véritable consistance et qu'ils risquaient de se désagréger entre mes mains, et mes jambes tremblaient sous moi.

Je grimpai sans encombre puis arrivée en haut de l'échelle la semelle de ma botte glissa.

Je trébuchai brusquement.

L'espace d'un instant vertigineux, tout mon corps parut osciller, comme si j'étais miraculeusement demeurée en suspension, au mépris des lois de la gravité.

Puis je sentis le vide sous moi. Le vide comme une aspiration.

Je basculai vers arrière.

J'allais tomber.

Mes yeux s'écarquillèrent démesurément, et mes bras se mirent à effectuer des moulinets désespérés.

J'allais tomber.

Je n'arrivais pas à rétablir mon équilibre et le poids du sac m'entraînait.

J'allais tomber dans la tranchée.

C'est alors que le poing de Seth jaillit à la vitesse de l'éclair pour me saisir par le col.

Ma chute fut stoppée net.

Un gémissement étranglé s'échappa de mes lèvres.

Je sentais le vide sous moi, et instinctivement je saisis Seth, serrant son poignet avec toute la force décuplée de mon bras articulé.

Mes yeux se posèrent sur lui pour ne plus le lâcher.

Il grimaça.

Plus rien n'existait en-dehors de cette main qui empêchait ma chute.

Cette main, et ce corps auquel elle était rattachée.

Le visage de Seth était crispé d'effort, et son bras, dans lequel j'enfonçais mes doigts, tremblait.

A cet instant, il tenait une soixantaine de kilos à bout de bras, et il avait beau disposer d'une bonne condition physique, il ne pouvait sans doute guère que me maintenir de la sorte...

Et je devais lui faire mal...

J'en avais bien conscience mais je ne pouvais rien faire pour le soulager et je souffrais aussi. Le poids du sac me sciait peu à peu les reins, je m'accrochais à lui avec l'énergie du désespoir.

Tenir.

C'était tout ce que je pouvais faire.

J'entendis des exclamations monter de la tranchée dans mon dos, puis je sentis une brusque poussée dans mon dos et je m'arc-boutai tandis que Seth me tirait vers l'avant.

Lorsque je m'écroulai enfin, à genoux sur le sol, je ne pus que rester là, haletante et le cœur prêt à exploser.

« Tu devrais te pousser, me dit alors TAH88. Tu gênes les autres... »

Je m'écartai tandis que le reste de l'escouade montait par l'échelle.

« Désolée... »

Il ne se donna même pas la peine de me répondre, et je sentis dans son aura un mélange d'agacement et de pitié.

Toujours à genoux, je relevai la tête pour observer Seth.

Assis en tailleur, les bras entre les cuisses, le tueur d'auras reprenait sa respiration, et son aura était un lac à la surface dénuée de rides.

Puis tout à coup la paire de bottes boueuses de notre chef d'escouade envahit mon champ de vision, et je me relevai maladroitement.

« Qu'est-ce que je vais faire de toi ? »

Je rentrai la tête dans les épaules.

Il n'y avait rien à répondre. Je savais ce qu'elle pensait de moi. Je pouvais le *sentir*. A ses yeux j'étais un poids mort. Une charge inutile dont la responsabilité lui incombait pourtant.

« Si ç'avait été moi, poursuivit alors TAF32 avec un regard qui m'enfonçait dans le sol, je t'aurais laissée tomber dans cette tranchée. Et toi... »

Elle se tourna vers Seth, et son exaspération était palpable.

« Il n'y a même pas trois mètres. Pourquoi ne l'as-tu pas simplement laissée tomber ? »

Seth haussa les épaules.

« La prochaine fois, laisse-la tomber. C'est un ordre.

— Un ordre ? »

Une ombre fugace passa dans le regard de Seth, et un coin de ses lèvres se releva sur un sourire désagréable.

« Je ne reçois d'ordres de personne, rétorqua-t-il avec une assurance tranquille.

— Ah non ? Pourtant, il faudra bien t'y faire. Je suis ta supérieure...

— Mais moi je n'en ai rien à faire, l'interrompit Seth en laissant se répandre l'étouffante odeur de sang et de carnage de son aura. Vraiment rien à faire. Les ordres, les supérieurs, l'armée...

— Tu peux être exécuté pour ça. Pour insubordination.

— Peut-être, admit Seth avec un ricanement, mais au fond ça m'est égal. Je ne suis pas là parce que je le dois, pour sauver la patrie ou d'autres conneries du même genre, mais parce que je le veux.

— Vraiment ? »

Le capitaine se mit à observer Seth d'un œil neuf et intéressé, comme si elle venait de découvrir qu'il appartenait à une toute autre espèce.

« Je ne suis pas les ordres, renchérit le tueur d'auras en bondissant souplement sur ses pieds tandis que les autres l'observaient d'un regard méfiant. Je ne suis que mon bon vouloir. Et je ne m'intéresse pas à la guerre et encore moins à son issue. Il n'y a que tuer qui m'intéresse. Et je porte cet uniforme parce que je suis né de ce côté-ci de la frontière, mais je pourrais tout aussi bien combattre pour le camp d'en face que ça me serait égal. »

J'entendis des murmures choqués dans les rangs, et le mot « traître » ressurgit plusieurs fois.

« Je ne suis pas un traître, ricana Seth en tournant la tête dans leur direction. Pour trahir, il faut déjà avoir accepté de donner sa loyauté. Moi, je ne sais même pas ce que c'est que la loyauté. Et votre guerre ne m'intéresse pas. Ce que je fais me regarde. Et je n'autorise personne à se mêler de ce qui me regarde. Elle est à moi. »

Le doigt qu'il pointa sur moi en cet instant ressemblait désagréablement à un acte de propriété.

« Elle est à moi, insista-t-il. Sa mort m'appartient, je suis le seul ici à pouvoir décider de son sort, et il n'y a que cela qui m'intéresse.

— Elle est aussi sous mes ordres, objecta le chef d'escouade. Mes ordres. Mon autorité. Etant sous mon autorité je peux aussi décider de son sort. »

Un silence lourd suivit sa déclaration.

« Je dois avouer que cette idée me contrarie, déclara Seth en jaugeant le chef d'escouade. J'aime que les choses soient bien claires. Et je ne partage pas ce qui est à moi. Jamais. Clarence est à moi, et je suis prêt à tuer quiconque s'interposera. Elle est à moi. »

Le capitaine fronça les sourcils.

L'aura de Seth commençait lentement à perdre en cohérence et à se fractionner, et son agressivité mettait le reste de l'escouade profondément mal à l'aise.

« Et les autres ? s'enquit enfin le capitaine.

— Les autres ? releva-t-il avec un reniflement de mépris. Les autres ne m'intéressent pas.

— Dans ce cas, c'est réglé. »

Réglé ?

Lorsque Seth donna son assentiment d'un hochement de tête, ma main se crispa sur la toile épaisse de mon pantalon.

Réglé...

Ils venaient de signer entre eux, de manière tacite, une sorte de pacte de non-agression mutuelle, et je n'appréciais guère la façon dont j'y figurais.

Lorsque le chef d'escouade tourna les talons et reprit la tête de la troupe, Seth la suivit d'un regard songeur.

« Enfin une personne raisonnable, murmura-t-il avec un sourire amusé avant de se tourner vers moi. Ma pauvre Clarence, tu es toujours bien maladroite. »

Le regard que je lui retournai ne fit qu'accentuer son amusement.

« On dirait que tu es en colère, remarqua-t-il avec légèreté tandis que je rajustai d'un geste sec les lanières de mon sac à dos. Peut-être que tu n'es pas contente que je t'aie rattrapée ? Peut-être que tu préférerais que je te laisse tomber dans la tranchée la prochaine fois ?

— Oui, fais ça, acquiesçai-je avec brusquerie en suivant les autres. Vas-y.

— Vraiment ? susurra le tueur d'auras avec un rire moqueur. Dans ce cas, la prochaine fois, ne te cramponne pas à moi comme ça... Tu m'as broyé le bras. »

Je sentis mes joues s'empourprer lentement et ne trouvai rien à ajouter.

Nous reprîmes notre place dans le rang.

Le bas de mon dos me lançait, ainsi que ma nuque – quand Seth m'avait saisie par le col il m'avait à moitié étranglée – mais je pouvais difficilement me plaindre. Les choses auraient pu être pires. Après tout, j'aurais pu me déboîter l'épaule ou me briser la colonne...

Je tournai la tête à gauche.

Le brouillard s'était levé, et la plaine s'étendait sur une mer aux nuances rouille, avant de finalement se briser au pied des montagnes. Le camp d'entraînement se trouvait quelque part à l'ouest.

Et au-delà... Au-delà, le Centre et Lolotte. Lolotte...

Quand je pensais à elle, mon cœur se soulevait d'inquiétude, et je ne pouvais rien faire à part espérer que Laurie Xavier travaillait bel et bien à désactiver les bombes à l'intérieur de nos implants. Oui, je ne pouvais que l'espérer. Parce que si ce n'était pas le cas, alors même en admettant que nous trouvions l'occasion et le moyen de fuir la zone de combat, pour chacun de nous l'issue était la mort. Lolotte et le bébé qu'elle portait, Seth, moi... Nous serions tous condamnés.

Quand je m'extirpai de mes pensées, je découvris que l'escouade bifurquait plein ouest...

L'ouest ? Nous marchions vers l'ouest ? Mais pourquoi ? Cela n'avait aucun sens...

Nous tournions le dos à l'ennemi, nous nous repliions à l'intérieur des terres…

Pour quelles raisons ?

Les autres semblaient aussi perplexes que moi.

Quant à Seth, il conservait une expression neutre, et son aura, si proche de la rupture tout à l'heure, était revenue sans frémir à sa forme originelle. Il ne trahissait pas le moindre étonnement de ce changement de cap.

Soit il savait parfaitement pourquoi nous allions par-là, soit il s'en moquait éperdument.

Au bout de deux heures de marche nous fîmes une halte, et j'en profitai pour le sonder.

« Que se passe-t-il ? lui demandai-je dans un murmure tendu. Pourquoi marchons-nous vers l'ouest ?

— Qu'est-ce que ça peut faire, Clarence ? Si notre objectif est d'aller chercher ta copine borgne, alors plus nous irons à l'ouest, mieux ce sera, se contenta de répondre le tueur d'auras avec un haussement d'épaules.

— Mais tu sais où nous nous rendons, pas vrai ? supposai-je à voix basse – les autres se trouvaient trop loin pour nous entendre. Tu en as au moins une idée.

— Peut-être, admit-il avec un haussement d'épaules nonchalant.

— Si tu le sais, dis-le-moi, insistai-je, agacée qu'il se montre si évasif. Que se passe-t-il ?

— Ils sont passés.

— Passés ? Mais de qui est-ce que tu parles, tu…

— La frontière s'étend sur près de 200 kilomètres, me coupa Seth en traçant dans la poussière du sol une ligne droite à l'aide de son talon. Comme ceci. Et les tranchées se trouvent de part et d'autre, là, tout le long. Les postes frontaliers sont installés tous les dix kilomètres à peu près. Ici, ici, ici… »

Sa botte vint s'écraser à espacements réguliers.

« Au total, ça représente peut-être une vingtaine de postes frontaliers comme celui que nous venons de quitter. Sur tous ces postes frontaliers, ce sont ceux au nord qui sont le plus touchés par les frappes aériennes. Pourquoi ? Parce que les escadrons de drones ennemis partent de leur base au nord. Ils descendent comme ça pour bombarder tout le long de la frontière avant de revenir. Chaque poste frontalier est équipé de ses batteries de missiles anti-aériens, ce qui fait qu'à mesure qu'il progresse vers le sud, l'escadron voit son nombre de drones diminuer.

— Donc les postes frontaliers tiennent mieux au sud qu'au nord, résumai-je. Et alors ?

— Plusieurs postes frontaliers sont déjà tombés aux mains de l'ennemi. Pour les raisons que j'ai avancées, ils se trouvent sans doute tous au nord. Par exemple dans cette zone, ici. »

Seth balaya du pied les marques laissées par sa botte pour figurer les postes frontaliers.

« Mais cela fait des décennies que nous sommes en guerre. Que ce soit d'un côté comme de l'autre, les postes frontaliers changent souvent de bannière. Quand un tel scénario se produit, la réponse est toujours la même : des troupes sont dépêchées sur place avec pour ordre de faire reculer l'ennemi et de reprendre le poste.

— Dans ce cas, pourquoi nous envoyer à l'ouest ? réagis-je vivement. Ça n'a pas de sens.

— Justement. Le poste frontalier est tombé mais les troupes les plus proches sont envoyées ailleurs... alors l'ennemi a fait une percée décisive. »

Seth trancha d'un brusque mouvement de pied la ligne verticale qui représentait la frontière.

« Ils sont passés.

— Tu es sûr ? demandai-je sans cacher une moue dubitative.

— Je ne vois que ça. Il n'y a que cette raison qui pousserait à ordonner une mobilisation générale d'urgence. Réfléchis. Les tranchées sont vidées, tu l'as vu par toi-même. Il ne doit plus rester là-bas que des blessés et des invalides, et pourtant on prend le risque de dépêcher le gros des troupes à l'ouest, dans la direction opposée à la ligne de front. Pourquoi ? Ça n'a de sens que si on part du principe que l'ennemi a causé une brèche dans nos défenses et qu'il est passé. »

Une brèche... Si Seth avait raison, alors la situation militaire à laquelle le haut commandement devait faire face changeait toute la donne. Plus de front. Plus de bombardements de drones au-dessus des tranchées. Mais

le chaos... Et davantage d'opportunités pour nous de nous éclipser discrètement au moment des combats.
« Tu crois ça ? rétorqua Seth en écho.
— Sors de ma tête.
— De toute façon, je n'ai pas besoin d'y être. Tu es si transparente, si prévisible... Il suffit presque simplement de te regarder pour savoir à quoi tu penses, me fit remarquer Seth en piétinant les tracés sur le sol. Mais dans ce genre de situations, il n'y a pas que le nombre d'opportunités qui augmente.
— C'est-à-dire ? m'enquis-je en dévissant le bouchon de ma gourde en inox.
— Tu oublies les variables, répondit Seth en me dévisageant tranquillement tandis que je buvais. Le nombre de variables augmente considérablement lui aussi dans ce genre de situation. Certaines nous serviront peut-être, mais d'autres nous desserviront. Et il nous sera impossible de rien savoir à l'avance avec certitude.
— On se débrouillera.
— Ah oui ? s'esclaffa le tueur d'auras, hilare. Je suis curieux de savoir comment... Ma pauvre petite Clarence... Tu es d'une naïveté ! Quand on se trouve debout au milieu du chaos, le risque d'entrer en collision est démultiplié. »
Je revissai le bouchon de ma gourde avec plus de brusquerie que nécessaire.
Ses paroles m'agaçaient, cette condescendance... Comme si j'étais toujours cette fille apeurée dont il avait

fait la connaissance dans la pièce sécurisée A306. Comme si j'étais toujours cette fille avec laquelle il avait passé un marché dans la zone blanche, et qui s'était figurée avoir trouvé en lui une âme sœur psychique.

Mais j'y voyais clair maintenant.

Et j'avais une conscience aigüe du peu de contrôle que j'exerçais sur les choses, les êtres et les événements.

La fenêtre d'action dont je disposais était d'ailleurs si étroite, les possibilités de réussite si faibles...

Il suffisait de si peu de choses...

Que je meure au combat, que Laurie Xavier ne soit pas parvenu à désactiver les bombes à l'intérieur de nos implants, que Lolotte soit débranchée avant que je la rejoigne...

Et tout serait fini.

Je savais bien tout cela.

Je n'étais pas naïve mais désespérée.

Ne pouvant vraiment compter sur rien ni sur personne, il ne me restait plus qu'à saisir les opportunités dès qu'elles se présentaient.

Je me refusais à rien planifier – toute la planification du monde n'avait pas empêché les imprévus lorsque nous avions tenté de quitter le Centre plus d'un an auparavant ou de fuir la zone blanche à l'arrivée des drones.

J'agirais quand les circonstances me paraitraient propices.

« Qu'est-ce qu'il y a, à l'ouest de la frontière ? demandai-je alors à Seth après avoir glissé ma gourde dans l'une des poches latérales du sac.
— Des villages. Des villes. Mais la capitale ne se trouve qu'à deux cent kilomètres d'ici, alors je suppose que c'est elle la principale cible des troupes ennemies au sol. Après tout, c'est l'endroit où le haut-commandement militaire et le gouvernement ont leur siège. Si la ville tombe, ce sera la débâcle. »
Dans la voix de Seth, je sentis une indifférence un peu froide. Il envisageait la fin sans le moindre état d'âme.
Je n'en étais ni surprise ni choquée. Au fond, il devait avoir le sentiment que rien de tout cela ne le concernait vraiment. Que le destin de ce pays dans lequel il était né et avait grandi importait peu. Que l'uniforme qu'il portait ne signifiait rien.
Je supposai que nous avions cela en commun.
« Debout tout le monde ! ordonna alors le chef d'escouade tout en frappant entre ses mains, ce qui me tira de mes réflexions. Il faut partir. Nous devons avoir rattrapé le reste du bataillon avant la tombée de la nuit. »
Le reste du bataillon ? Voilà qui étayait l'hypothèse d'un rassemblement des troupes. Je coulai un regard à Seth. Avait-il entendu ? Son visage n'avait pas marqué un tressaillement.
Il semblait avoir des difficultés à boucler son casque. Je fronçai les sourcils et l'observai en préparant mon propre harnachement. Sa main droite tremblait, ses doigts

semblaient peiner à saisir la lanière... et il me sembla voir sur ses traits une légère crispation tandis qu'il la laissait retomber pour se débrouiller avec la gauche. De la douleur ?

C'était avec cette main qu'il m'avait attrapée par le col pour m'empêcher de tomber dans la tranchée...

« Montre-moi, ordonnai-je sèchement à Seth en me portant à sa hauteur.

— Pas la peine, assura-t-il avec un étrécissement d'yeux. Ce n'est rien.

— Dans ce cas, laisse-moi regarder. »

Le tueur d'auras ne fit pas seulement mine de me tendre le bras – il haussa simplement un sourcil, comme s'il me mettait au défi de regarder par moi-même. Je me penchai donc en avant pour relever la manche au-dessus de son poignet.

A cet endroit, sa peau était marbrée de larges ecchymoses d'un violet presque noir...

Et c'était cela qu'il appelait « rien » ?

Je m'étais raccrochée à lui de toutes mes forces, et je l'avais blessé.

« Tu aurais dû me le dire, déclarai-je en m'efforçant d'étouffer la colère qui montait en moi.

— Pourquoi ? gronda-t-il en soustrayant son bras à mon examen d'une brusque secousse.

— Parce que je me soucie de toi, » lâchai-je sans réfléchir avant de m'empourprer d'embarras.

Le regard d'onyx de Seth plongea dans le mien un bref instant, et un maelström d'émotions remonta le lien psychique qui nous unissait. L'agacement dominait. Mais dessous, quelque chose de plus ténu et de plus indéfinissable... Peut-être... de l'approbation ? Une approbation étrange, tordue, nuancée de fatalisme et d'ironie.

« Dans ce cas, tu es plus stupide que ce que j'imaginais. »

Ce fut à mon tour de hausser les épaules.

« J'ai déjà entendu ça.

— C'est bien la preuve que tu n'écoutes jamais, ricana Seth avant de me faire signe d'avancer.

— Ce n'est pas vrai, le contredis-je avec aplomb avant de lui tourner le dos. J'écoute. Mais je ne suis pas obligée de tenir compte de tout. »

Aucun de nous deux ne vit la nécessité d'ajouter quoi que ce soit, et lorsque l'escouade repartit nous reprîmes en silence notre place dans le rang.

Chapitre 18

A la tombée de la nuit, l'escouade arriva aux abords d'un village dont les bâtiments se découpaient en masses sombres dans le crépuscule.

La guerre y avait semé la désolation.

De la plupart des habitations soufflées par les bombardements, il ne restait qu'un vague tas de ruines et de gravats. Le bitume du sol de la rue principale semblait avoir été passé au pilon dans un mortier géant. Aucune source d'éclairage, nulle part. Toutes les portes des maisons avaient été condamnées par des planches et des poutres clouées à la va vite.

Personne ne vivait plus ici. Les gens étaient partis, et les plaintes du vent ressemblaient à des gémissements de détresse...

Le village se trouvait sans doute trop près de la frontière.

« Ça fiche la trouille, ici, marmonna TAEH27 qui se trouvait derrière moi, on se croirait dans un cimetière, et en plus il fait trop froid, j'ai les doigts qui gèlent, reg...

— Oh, ça va, le coupa sa partenaire avec impatience, tu commences à me gonfler avec tes doigts qui gèlent. Pauvre petite chose, va ! Tu sais quoi, je préférerais que ce soit ta langue qui gèle. Comme ça au moins je n'aurais plus à supporter tes conneries de transfuge. »

Le capitaine leur intima l'ordre de se taire puis nous fit signe à tous de quitter la rue principale pour avancer dans l'ombre du premier bâtiment sur la gauche.

« Le reste du bataillon devrait être là... »

La tension de sa voix vibra jusque sous mon crâne, et je glissai un regard furtif à Seth. Silencieux et immobile, son aura réduite à un souffle imperceptible, il n'était plus qu'une ombre parmi les ombres. Son épaule était proche de la mienne, et un bref instant je fus tentée de la toucher, pour m'assurer que je n'étais pas en train de côtoyer le vide.

Au lieu de cela je posai la paume sur le mur à côté de son flanc droit.

Je ne sentis dans un premier temps que l'humidité glacée de la pierre qui remontait le long de mon bras comme une onde de choc, puis ma main psychique se déploya et ce fut un peu comme si mes doigts *s'enfonçaient* à l'intérieur du mur. Il ne restait rien là-dedans. Rien que quelques vibrations ténues et des échos morcelés – un peu comme si les bombardements avaient brisé les émanations du bâtiment en même temps que les murs.

Mais je sentais Seth.

Pas à travers le lien psychique, non, je le sentais à travers la pierre du mur, comme si son contact entraînait une modification subtile de la matière et de la dureté de celle-ci.

Jusque-là, je n'avais pas eu idée que je pouvais percevoir autre chose dans le creux des roches endormies que des résidus psychiques et des échos.

Si je le sentais lui, alors je pouvais peut-être en sentir d'autres.

Que se passerait-il si je laissais mon aura se répandre de la sorte dans le sol et les murs, sur une plus grande distance ? Agirait-elle alors comme une sorte d'écholocalisation psychique ?

Nous avions progressé dans l'intérieur des terres sur une trentaine de kilomètres, et même si c'était peu probable, il n'était pas impossible que nous puissions tomber sur des troupes ennemies ici... Je pouvais peut-être les détecter à l'aide de mon aura.

Je m'apprêtais à essayer lorsque je sentis le regard de Seth posé sur moi.

« Quoi ? demandai-je en m'agitant, mal à l'aise.

— Si tu regardes un œil, alors cet œil peut te regarder en retour, répondit-il en étirant sa jambe avec une nonchalance étudiée.

— Ce qui veut dire ?

— Ce qui veut dire « garde ton aura pour toi ». L'aura est un œil psychique. Avant de t'en servir, tu devrais au moins te rappeler que tu n'es pas la seule à en posséder un. Après tout je te *vois*, moi... »

Il me voyait ?

Je compris tout à coup.

Un œil psychique ne pouvait pas voir sans être vu. Une aura ne pouvait pas en percevoir d'autres sans se trahir. Au moment même où elle entrerait en contact avec d'autres, mon aura leur révélerait sa présence.

« Je vois... » marmottai-je, mortifiée de m'être trouvée sur le point de tous nous mettre en danger.

Pendant ce temps, le capitaine avait ouvert son sac à dos pour en sortir un boitier équipé d'un écran tactile, d'un clavier et d'une antenne rétractable. Une radio ?

« Je vais diffuser nos codes d'identification avant qu'on se remette en marche, commenta-t-elle. On n'y voit plus rien. Pas la peine de prendre le risque de se faire arroser par les soldats de notre propre armée... »

L'écran s'alluma, baignant son visage d'une lumière bleuâtre, et elle se mit à taper les codes d'identification avant de nous ordonner de nous équiper de nos lunettes de vision nocturne et de mettre notre arme au poing.

J'exécutai les ordres à contrecœur.

D'une part je n'avais aucune envie de chausser de nouveau ces lunettes qui réduisaient mon champ de vision et modifiaient mes perceptions, et d'autre part je ne possédais aucune arme au poing... celle qui m'avait été attribuée se trouvait vraisemblablement dans les casiers du camp d'entraînement, là où je l'avais laissée.

« Tu attends quoi ? Où est ton arme ? me demanda le chef d'escouade en s'avisant que j'étais la seule à ne pas l'avoir encore sortie.

— Je n'ai pas d'arme.

— Pardon ?
— Je n'ai pas d'arme, répétai-je un peu plus fort.
— On t'a a fourni une, comme tout le monde, alors qu'est-ce que tu me chantes ?
— Je ne l'ai pas prise. Je ne veux pas... je ne veux pas me servir d'une arme... »

Sa main se leva brusquement et je fermai les yeux avant de me raidir dans l'attente du coup.

Je sentis un moment la chaleur cuisante de sa colère et son désir de me frapper rampa sur la peau de mon visage, puis le chef d'escouade prit plusieurs inspirations profondes avant de finalement abaisser sa main.

Le souffle que je retenais également s'échappa au même moment de mes lèvres.

« J'espère que tu sais au moins te servir d'une matraque à pulsions, siffla-t-elle en ôtant rapidement la boucle de la ceinture sur laquelle se trouvait l'étui de l'arme en question. Et nous aurons une petite conversation quand nous aurons rejoint le reste du bataillon. »

Je passai la ceinture avec la matraque à impulsions avec un hochement de tête. Je n'étais pas en position de discuter, et en fait j'estimais même m'en tirer à bon compte. Neiss n'aurait pas hésité à me gifler, elle – le sergent instructeur avait toujours eu la main lourde et leste quand il avait été question de châtier.

Les autres m'attendaient tous, et le poids de leurs regards commençait à me mettre mal à l'aise. Au milieu d'eux, j'avais à nouveau le sentiment d'être non seulement une transfuge, mais une paria.

Quand j'eus fini de boucler la ceinture, je saisis le manche de la matraque télescopique avant de la déplier d'un coup sec. Mes oreilles perçurent un léger sifflement au moment où la tige de métal se trouva mise sous tension, puis plus rien.

La matraque ne serait pas facile à manier – le sac à dos prenait de la place et il était lourd – et elle offrait le gros désavantage de ne pouvoir être utilisée que dans des affrontements au corps à corps. Mais je me sentais tout de même soulagée de n'avoir pas à porter d'arme à feu. En dépit de tous les inconvénients, la matraque à impulsions présentait tout de même le précieux avantage de ne pas avoir été conçue pour tuer. Au moins n'avais-je pas la main qui tremblait à l'idée de la manier.

« Je suis curieux de voir ce que tu vas faire de *ça*, Clarence, ricana Seth tandis que les autres se mettaient en formation.

— Je peux sûrement te montrer, si tu y tiens, marmonnai-je en agitant vaguement la matraque dans sa direction.

— Je n'en doute pas... »

Et il me tourna le dos, révélant assez ce qu'il pensait de ma dangerosité. Je caressai un bref instant la tentation de lui poser la matraque à impulsions dans les reins...

Les circonstances n'étaient pas vraiment propices à ce genre de badinage...

Dommage, susurra une voix dans ma tête.
— *Plus tard ?* offris-je avec une complaisance un peu grinçante.
— *Drôle...*
Comme pour le prouver, un rire léger et fantomatique résonna sous mon crâne, et je secouai machinalement la tête pour le chasser. Pas réel. Ce n'était pas réel. Et si je ne voulais pas qu'un *glissement* m'envoie dans la chambre jaune, j'avais intérêt à me reprendre.

Je fis le vide dans mes pensées au moment de prendre ma place sur le flanc droit de la formation.

Puis l'escouade quitta le couvert du bâtiment.

Les lunettes de vision nocturne me donnaient l'impression de me déplacer au milieu d'une ville fantôme. Tout prenait des allures spectrales.

Ma main était crispée sur le manche de la matraque à impulsions, et j'y déversais mon angoisse et ma peur afin que mes « relents » d'émotions ne soient pas directement perceptibles dans mon aura. Inutile de partager ma nervosité avec tout le monde.

Je n'en menais pas large.

Cet endroit était sinistre, et mes paumes étaient moites.

Un serpent de peur m'enserrait toute la colonne vertébrale.

Je faisais comme les autres, cependant. Je me déplaçais comme on nous l'avait appris pendant ces deux semaines passées au camp d'entraînement. Mon buste était tourné vers l'extérieur, et ma botte droite glissait derrière la gauche pour ne pas gêner mes mouvements. L'escouade devait avoir une visibilité maximale pour réagir rapidement en cas d'attaque.

Dans les rues désertes, nous avancions en silence et je scrutais chaque façade délabrée, chaque ouverture derrière laquelle un tireur aurait pu s'embusquer avec une attention scrupuleuse.

Rien. Je ne voyais rien.

Et j'avais beau tendre l'oreille en retenant mon souffle, je n'entendais rien non plus. Rien en-dehors du vent et des battements de mon propre cœur et du sang qui se ruait dans mes veines comme un enragé.

Pourquoi étions-nous seuls ?

Où se trouvait le reste du bataillon ?

Notre chef d'escouade maintenait son aura soigneusement muselée, de sorte qu'il était impossible de savoir avec certitude ce qu'elle pensait ou ressentait. La situation devait l'inquiéter, cependant, et tout comme nous elle devait se poser des questions.

Après tout, si nous devions bel et bien rejoindre les autres ici, pourquoi n'y avait-il personne ?

Nous ne pouvions pas être les premiers arrivés. Impossible. Et un bataillon, c'était une centaine d'escouades comme la nôtre, soit entre huit cents et mille soldats.

Nous atteignîmes le bout de la rue sans avoir croisé âme qui vive et le capitaine s'apprêtait à donner des ordres lorsque je captai un léger mouvement du coin de l'œil. Je tournai la tête.

Une ombre... Une ombre bougeait le long du mur là-bas.

Je plissai les yeux, le cœur battant. Même avec les lunettes de vision nocturne je voyais très mal de quoi il s'agissait. J'aurais dû donner l'alerte tout de suite, mais je voulais être sûre, il pouvait ne s'agir que d'un animal et l'ombre... l'ombre semblait vaciller.

Je compris de quoi il s'agissait au moment où TAH88 pointa son arme.

« Non, att... »

Je n'eus pas le temps d'achever.

Soit nervosité, soit excès de zèle, il appuya sur la détente, et le bruit de la détonation fut assourdissant.

Je restai paralysée. En moi, l'incrédulité, le choc et l'horreur le disputaient. Pourquoi avait-il tiré ? Au moment où il avait tiré, la cible était trop loin pour être formellement identifiée...

L'avait-il touchée ?

Pendant un temps, rien ni personne ne bougea.

Je crus qu'il l'avait manquée.

Puis l'ombre s'affaissa.

« Espèce d'abruti ! s'emporta le capitaine quand il comprit ce qui venait de se passer. Je n'ai pas donné l'ordre de tirer à vue ! Est-ce que tu sais ce que tu viens de faire ? Si c'est un ennemi, alors à cause de toi nous sommes repérés. Et si c'est un allié...

— Quoi ? Mais... mais j'ai vu... j'ai vu, balbutia le tueur d'auras, la main tremblante. J'ai cru...

— Qu'est-ce que tu as vu ? enragea l'autre en faisant signe au reste de l'escouade de rester groupée et de le suivre tandis qu'il se rendait sur place. Qu'est-ce que tu as vu, au juste, crétin ?

— Je ne sais pas, il était... Il était caché là. Je crois qu'il était armé, il allait... j'ai cru... »

Lorsque le chef d'escouade s'accroupit près de la cible qu'il avait touchée pour prendre son pouls avant de la retourner sur le dos, il se tut misérablement.

C'était clairement l'un des nôtres.

« Oh merde, oh non, je... Je ne voulais pas... Il ne bouge plus, est-ce qu'il est... Est-ce que je l'ai... »

TAH88 ne pouvait pas se résoudre à finir. Sa voix et ses mains tremblaient convulsivement.

Il l'avait tué.

L'aura du soldat ne formait plus de corps solide, mais vaporisée au moment où la balle l'avait frappé, elle se répandait dans les airs en une fine bruine.

Je ne voulais pas voir, mais malgré moi mes yeux se posèrent sur le visage du mort.

Sa tête était renversée en arrière.

La balle avait arraché une partie de sa gorge. Plus haut, dans ses yeux immobiles qui fixaient le vide, les iris formaient deux puits de lune laiteux.

Je me détournai pour vomir.

Le capitaine examina le corps avec une froide minutie puis se mit à jurer.

« J'ai besoin de lumière pour lire la plaque d'identification, et on ne peut pas rester comme ça à découvert. Vous deux, portez-le, ordonna le chef d'escouade d'une voix autoritaire à TAEH21 et TAH44, les autres vous les couvrez. On se replie dans le bâtiment le plus proche. »

J'essuyai mes lèvres humides de bile.

« Il y en aura bien d'autres, des comme ça, me glissa Seth tandis que je passais devant lui pour longer le mur à demi écroulé à la suite des autres. En fait, certains finissent même dans un état bien pire que celui-là.

— Et alors ? demandai-je mécaniquement d'une voix un peu enrouée.

— Alors tu ferais mieux de t'endurcir. On dirait que tu n'as jamais vu de morts. »

Mes épaules s'affaissèrent imperceptiblement.

« Je suppose que ça ne te fait rien, à toi, lui envoyai-je sèchement par-dessus mon épaule. Que tu en as vu bien d'autres et qu'un corps ce n'est que de la viande et du sang, pas vrai ? »

De la viande et de du sang... C'était lui qui m'avait dit cela, un jour, lorsque nous étions encore dans la zone blanche. Que nous mourrions comme nous étions nés, couverts de sang. Ses paroles étaient restées gravées dans ma mémoire.

« Tant mieux pour toi. »

Je n'en pensais rien. A mes yeux l'insensibilité de Seth n'était pas – et ne serait jamais – une vertu. Il ne l'avait pas construite pour se protéger. Il était insensible parce qu'il était indifférent de naissance. Il n'avait pas à lutter, lui, seulement à suivre une pente qui lui était naturelle.

J'aimais mieux être malade. C'était presque une question de principes. Il y a certaines choses auxquelles il vaut mieux qu'on ne s'accoutume pas. La mort en faisait partie.

Le bâtiment le plus proche, dans lequel nous trouvâmes un refuge provisoire, avait souffert des bombardements. Il s'agissait apparemment d'un ancien magasin – peut-être une épicerie – mais il ne restait plus à l'intérieur que quelques rayonnages recouverts de gravats, et le toit en était presque complètement effondré. Seul un pan résistait encore, mais personne ne se risqua à s'y abriter.

TAEH21 et TAH44 déposèrent le corps du soldat dans un coin, puis le chef d'escouade envoya un binôme à chaque ouverture pour monter la garde.

« Pas toi, me dit-elle alors que je m'éloignais avec Seth. De toute façon si on se fait prendre d'assaut tu ne servirais à rien, alors rends-toi utile ici. Tu vas me tenir la lampe torche, que j'y voie clair. »

Je lançai un regard hésitant à Seth et fis demi-tour à contrecœur pour aller m'accroupir vers le haut du corps en prenant soin de ne pas poser les yeux sur la plaie béante aux bords déchiquetés qui ouvrait une gueule monstrueuse sous l'oreille.

« Enlève-moi ces lunettes de vision nocturne. »

Je m'exécutai.

Au moment où je relevai le dispositif je me trouvai aveugle, puis une brusque lumière perça l'obscurité et je battis des paupières, éblouie.

« Tiens, prends ça. »

J'ouvris les mains pour recevoir la lampe torche qu'elle me tendait, et grimaçai lorsque je sentis reposer dans ma paume le manche chaud et poisseux... Même l'odeur qui montait jusqu'à mes narines me donnait la nausée.

Je braquai cependant le faisceau lumineux vers le col du soldat tué et détournai le regard tandis que le chef d'escouade tirait sur la chaîne au bout de laquelle devait se trouver la plaque d'identification.

« Bon... maintenant, d'où est-ce que tu viens, toi ? » demanda-t-elle enfin à voix basse en sortant un scanner de son sac pour y insérer la plaque d'immatriculation.

Elle voulait vérifier qu'il s'agissait bien de l'un des soldats de notre bataillon.

Lorsque le scanner afficha les informations concernant le mort, le capitaine en prit connaissance en silence, puis retira brusquement la plaque de la machine.

« C'est bien l'un des nôtres... »

Cette idée ne la réjouissait visiblement pas.

Un mort ne répondait à aucune question. Que faisait-il là ? Pourquoi était-il seul ? Où était passé le reste du bataillon ?

« Eclaire plus bas, m'ordonna alors le chef d'escouade en posant le scanner sur le sol sans même enlever la plaque d'identification qui s'y trouvait. Je dois vérifier un truc... »

De ses mains libres, elle entreprit d'ouvrir la veste en treillis du soldat. Les boutons cédèrent un à un, et elle écarta ensuite rapidement les pans du vêtement. Sous le gilet pare-balle, la chemise de combat était trempée de sang.

Je déglutis péniblement, mal à l'aise.

Pourquoi faisait-elle cela ? Cela ne me semblait pas correct. Que voulait-elle vérifier au juste ? Il était mort, et toutes les informations le concernant se trouvaient déjà en sa possession.

Puis elle souleva le bas du gilet pare-balle, et je compris...

Juste sous les côtes, on pouvait voir des lacérations profondes et régulières.

« J'ai déjà vu ça, déclara-t-elle enfin avec un reniflement désabusé avant d'examiner minutieusement le gilet pare-balle en lambeaux. Le revêtement est foutu, même les plaques en céramique. Je dirais que c'est l'œuvre d'un drone de combat. »

Un drone de combat ?

Un drone pouvait faire cela ?

« Sans soins, une blessure comme celle-là tue rapidement, poursuivit-elle pensivement. Ce qui signifie que le bataillon s'est fait surprendre dans les parages juste avant notre arrivée. Super. Avec le coup de feu de l'autre idiot, impossible de se risquer dehors. Espérons que personne ne viendra nous chercher ici. Va dire à TAH88 et TAEF35 d'aller dormir et aux autres de monter la garde. On relayera toutes les deux heures. »

Je rendis la lampe torche et me relevai rapidement en essuyant mes mains sur le tissu épais de mon pantalon cargo.

Je ne demandais rien de mieux que de m'éloigner du soldat mort, de son corps tiède et dépourvu d'aura.

Je transmis les ordres et allai rejoindre Seth.

Le tueur d'auras se tenait assis immobile près de ce qui restait d'une fenêtre, et quand il tourna la tête vers moi je fus frappée par le calme qu'il affichait. Nous étions tous épuisés et effrayés, mais lui ne paraissait pas même troublé.

« Alors ? » me demanda-t-il simplement en reportant ses regards vers l'extérieur tandis que je m'asseyais auprès de lui.

Je lui relatai ce que j'avais vu et entendu.

« Intéressant, commenta Seth. Je pensais que les troupes ennemies passeraient plus au nord. Ou alors…

— Ou alors ?

— Ou alors c'est bien ce qu'a fait le gros des troupes et le bataillon s'est fait décimer par un détachement… La honte. Enfin, de toute façon, tout ce petit monde finira bien par remonter vers la capitale. Que veux-tu faire maintenant ? »

Je relevai les yeux vers lui.

« C'est bien toi, le cerveau, non ? lâcha Seth avec un demi-sourire teinté d'ironie. N'est-ce pas à toi de décider ?

— Si, reconnus-je à contrecœur.

— Alors vas-y, décide.

— Maintenant ? Mais je ne... »

La situation était très différente de ce que j'avais imaginé.

« Combien de jours de marche avant d'entrer dans la capitale ?

— Trois ou quatre je dirais... »

Trois ou quatre ? Laurie Xavier m'avait assuré qu'il lui faudrait un peu moins d'une semaine pour désamorcer la bombe placée dans nos implants... J'avais rencontré le technicien la veille de notre départ pour le front, cela remontait à seulement... trois jours.

« Dans ce cas nous devons suivre le reste de l'escouade là-bas, conclus-je en glissant ma main dans l'une des poches latérales de mon sac pour prendre une ration militaire – des protéines compressées en pavé. Nous n'avons pas le choix, si ?

— Tu réfléchis à voix haute ou tu me demandes mon avis ? s'amusa Seth en me coulant un regard par en-dessous.

— Je te demande ton avis.
— Tu ne devrais pas, me fit-il remarquer avec détachement.
— Pourquoi ?
— Parce que je te connais. Si tu penses que nous n'avons pas le choix, c'est que tu n'es pas prête à ne serait-ce que *considérer* les autres possibilités.
— A savoir ?
— Nous pourrions partir maintenant.
— Ce serait de la folie, les implants...
— Alors il ne faut pas me demander mon avis, trancha Seth avec un haussement d'épaules indifférent. Toi et moi ne sommes pas de même nature.
— Peut-être, mais si nous suivons les autres jusqu'à la capitale nous pourrons au moins trouver un véhicule...
— Un véhicule. Et après ?
— Comment ça « après » ?
— Ce sera le chaos, ma petite Clarence, tu n'as même pas idée. Si le gros des troupes ennemies a continué sa progression, ils seront aux portes de la ville demain ou après-demain... Nous arriverons probablement en plein affrontement. As-tu la moindre idée de ce que cela signifie ?
— Qu'il y a de fortes chances pour que personne ne fasse attention à nous ? supposai-je en m'évertuant à contrôler les émanations de mon aura et mon rythme cardiaque pour lui dissimuler l'étendue de ma nervosité et de mes doutes.

— On peut voir les choses comme ça, ironisa Seth. Et je reconnais bien là tout ton... optimisme. Mais la réalité ne sera pas si avantageuse pour nous... Tu sais pourquoi ?

— Non, reconnus-je à contrecœur, consciente que je ne voulais sans doute rien entendre de ce qu'il s'apprêtait à me dire.

— La ville entière sera un champ de bataille, Clarence. Comment ferons-nous pour passer dans des rues encombrées de combattants et jonchées de cadavres avec un véhicule ? Et même en imaginant que nous réussissions à sortir de la ville, que ferons-nous ensuite ? Les routes seront prises d'assaut, bombardées par des drones de combat...

— Dans ce cas, que proposes-tu que nous fassions ? demandai-je sèchement, agacée.

— Oh, mais je ne propose rien, ma petite Clarence, rétorqua Seth en m'adressant un sourire incisif qui découvrit ses dents. Au fond, moi tout me va. Je peux vivre en piétinant des cadavres. Et toi ? »

Je lui lançai un regard noir.

Il connaissait déjà la réponse à cette question. Le fait qu'il me la pose malgré tout n'en était que plus agaçant encore...

Je finis de manger en silence.

Les remarques de Seth me tracassaient.

Ses objections – parce qu'elles étaient légitimes – ne pouvaient pas être balayées négligemment du plat de la main.

Il serait sans doute difficile, peut-être même impossible, de trouver un véhicule pour quitter la capitale. Mais pour autant j'avais beau prendre le problème et le retourner en tous sens je ne voyais pas de solution satisfaisante. La proposition que Seth avait faite de partir dès que possible me semblait irréaliste et risquée. Comment fausser compagnie au reste de l'escouade ? Et à un moment où il était certain que Laurie Xavier n'avait pas fini de désamorcer les bombes ? Si le chef d'escouade signalait notre défection, le colonel Matthieu Degrand n'aurait qu'à appuyer sur un bouton pour que nos deux têtes explosent, et c'en était fini... Je ne pouvais pas prendre ce risque. Je ne *voulais* pas prendre ce risque.

Lorsque vint notre tour d'être relayés, j'étais si épuisée que j'eus à peine la force de me couvrir de mon sac de couchage. Et pourtant je ne trouvai pas le repos. Allongée sur le dos, je fixais le ciel nocturne et je ne voyais rien. J'avais accumulé trop de peurs et de fatigues. Mon cerveau projetait encore et encore devant mes yeux les mêmes images. J'entendais le sifflement des bombes dans les cris du vent. Je voyais la gorge arrachée du soldat dans les restes de poutre pulvérisée. Je sentais l'odeur de la mort sur mes mains encore couvertes de sang séché.

La nuit se passa et aux premières lueurs du jour nous quittâmes les ruines du vieux magasin en y laissant le cadavre.

« On a pas le temps pour ça, trancha le capitaine sans faire montre du moindre état d'âme quand TAEF24 demanda timidement s'il ne convenait pas de l'enterrer. L'enterrer... Regarde-le et dis-moi s'il se soucie encore de ces choses-là. »

Le moment où TAEF24 rougit et baissa la tête fut reçu comme un signe de reddition.

« En route, conclut TAF32. Nous devons trouver le reste du bataillon. »

Chapitre 19

Ce qu'il restait du bataillon ne fut pas difficile à trouver.
Il était juste là, à la sortie du village.
En contrebas de la colline…
Avec la brume, de là où nous nous tenions, le sol semblait jonché de branchages et de débris, et il fallut un moment à mon cerveau pour comprendre qu'il s'agissait en réalité d'un charnier. Pour comprendre que ce que je voyais était un entassement invraisemblable de corps et de carcasses de drones de combat jetés pêle-mêle.
Contrairement à ce que disait Seth, j'avais déjà vu des morts.
J'avais déjà vu des dizaines de morts. Ceux alignés sur les trottoirs après des bombardements, dont le corps était recouvert d'un simple drap. Ceux que l'on reconnaissait et les autres dont personne ne savait rien, qui étaient destinés à l'anonymat des fosses communes.
Mais là en bas…
Là en bas il y avait plus de morts que je n'en avais jamais vus… Bien plus même que je n'en pouvais compter.
Et plus rien ne bougeait en-dehors des toiles de tente éventrées qui claquaient comme de vieux drapeaux.
C'était un massacre.

Mon estomac se retourna et je m'accroupis avec un tremblement, le front couvert de sueur froide.

Un bataillon comptait près d'un millier d'hommes. Il y avait bien ici la moitié du nôtre...

« Cherchez des survivants » ordonna alors le capitaine d'une voix impérieuse.

Les survivants...

Je pensai soudain à Edith et Hadrien, et mes entrailles se nouèrent brusquement.

Hadrien...

Je ne lui avais pas reparlé depuis que nous avions quitté le Centre avec les convois pour le front. Par conséquent je ne savais rien de son affectation. Rien. Où avait-il envoyé ? A quel bataillon avait-il été affecté ?

Je pris seulement conscience à cet instant de ce qui signifiait véritablement la rupture à laquelle j'avais consentie. Jusque-là j'avais bien compris que je devais vivre sans plus le voir. Mais je devais aussi accepter que dorénavant il puisse, comme tous les autres, mourir sans même que j'en sache rien.

Or cette simple pensée m'emplissait de rage, de désarroi et de terreur.

Il n'avait pas le droit.

Non, il n'avait pas le droit.

Il fallut descendre dans cet enfer.

Marcher au milieu des cadavres. Soulever des corps. Se souiller les mains.

Regarder.

Et je regardais. Alors même que ce spectacle me soulevait le cœur et que je savais que jamais – dussé-je vivre encore cent ans – je ne pourrais oublier le voile glauque qui couvrait l'œil des morts, la façon dont leurs membres s'étaient tordus dans les affres de l'agonie, leurs ventres ouverts et leurs membres arrachés. Je regardais, alors que certains semblaient à peine encore des hommes tant ils se trouvaient défigurés. Je regardais avec une attention fébrile.

Parce que je cherchais son visage parmi tous les autres visages.

Parce que je cherchais ses yeux parmi tous les autres yeux.

Quant à Seth, il ne cherchait rien ni personne.

« Pour quoi faire ? demanda-t-il avec un haussement d'épaules ennuyé lorsque je me tournai vers lui avec l'air de vouloir lui faire une remarque. C'est inutile. Il n'y a pas de survivants. Les drones de combat ont fait le ménage, ils n'ont même pas eu besoin d'envoyer un détachement ici. »

Il avait raison.

Parmi tous les corps amassés autour de nous, aucun ne portait l'uniforme ennemi.

« Leurs drones de combat sont devenus très efficaces, fit observer Seth en s'accroupissant pour examiner avec intérêt une pale qui saillait d'un torse. Ils avaient du retard sur nous, pourtant, pendant les premières années de la guerre, mais ils se sont bien rattrapés. Regarde. Tu vois ce rotor ? C'est l'un des nôtres. Ils récupèrent nos drones, les désossent et utilisent la matière première pour en fabriquer de nouveaux. C'est plus malin, plus rapide et moins coûteux que d'employer une armée de combattants spéciaux. Leurs progrès techniques sont impressionnants... »

Impressionnants ? Leurs progrès techniques étaient impressionnants ? Le campement provisoire du bataillon était une véritable boucherie à ciel ouvert, et c'était là tout ce qu'il trouvait à dire ?

Je le regardai remuer la pale dans la blessure et tirer pour essayer de la retirer, et la colère m'envahit.

Il n'avait aucune considération pour l'homme mort qui se trouvait en-dessous. Aucune. Non, il n'était troublé de rien. Son visage ne reflétait que du calme. De l'indifférence. Et cette indifférence surtout m'était insupportable.

Comme si rien de tout cela ne le concernait. Comme si rien de tout cela ne l'affectait.

Je lui en voulais en cet instant.

De ne pas se sentir concerné ou affecté, mais surtout de me faire sentir à quel point nous étions dissemblables, lui et moi. De me faire sentir à quel point le gouffre qui nous séparait était profond. Insurmontable.

« Arrête ça, ordonnai-je tandis que la pale se dégageait avec un bruit de succion qui me donna la nausée.

— Pourquoi ? demanda Seth en tournant à peine la tête vers moi – apparemment je n'étais pas digne de son attention entière.
— Tu n'as pas le moindre respect, lâchai-je brutalement.
— Pas le moindre respect ? répéta Seth d'une voix songeuse avant de laisser le corps retomber face contre terre pour se relever, la pale entre les mains. Je ne sais pas... Je ne suis pas sûr de savoir ce que c'est vraiment, le respect... Mais je vois bien que cela te contrarie, alors vas-y, Clarence, explique-moi... Apprends-moi, et je ferai des efforts pour me comporter comme tu le désires. »

Lorsqu'il prononça ces paroles, le regard qu'il posait dans le mien était tout à la fois amusé et plein de défi.

Je serrai les poings et me détournai.

Je repris les recherches comme tous les autres membres de l'escouade, mais au bout d'une heure, nous dûmes nous rendre à l'évidence : il n'y avait aucun survivant.

« D'après ce que j'ai pu compter, un peu plus de quatre cents des nôtres ont trouvé la mort ici, déclara le capitaine d'une voix sombre au moment où les derniers nous rejoignaient.

— Mais où sont passés tous les autres, capitaine ? demanda TAEF24

— Les autres ont dû poursuivre leur marche vers l'ouest. Nous devons les rattraper.

— Mais qu'est-ce qui se passe à la fin ? s'emporta TAH76. Qu'est-ce qui est arrivé au bataillon ? Pourquoi les attaquer ici ? Pourquoi les autres poursuivent vers l'ouest ? Je ne comprends pas... Ça n'a pas de sens... »

Le chef d'escouade le regarda durement.

« Et alors ? cracha-t-elle tandis que son aura se déployait comme une nuée d'orage. Ce sont les ordres. Ça ne te suffit pas ?

— Je n'ai pas dit ça, mais...

— Il te faut des explications pour accomplir ton devoir, peut-être ? C'est ça ? Tu crois que c'est à toi, simple soldat, de juger de la situation ? Que c'est à toi d'estimer ce qu'il convient de faire ?

— Non, reconnut l'autre – sa mâchoire et son poing étaient crispés.

— Pourquoi pas ? intervint alors TAH44 avec insolence. TAH76 a raison. Ça n'a pas de sens. On est déjà à une trentaine de kilomètres de la frontière, le bataillon se fait décimer et il y a des débris de drones de combat un peu partout... Qu'est-ce que ça veut dire ? Est-ce qu'on se replie ? Est-ce qu'on est en train de perdre la guerre ? »

Le bras du chef d'escouade se déroula avec la rapidité d'un serpent et vint le saisir à la gorge. Ses yeux brûlaient de rage rentrée, et son aura percuta la sienne avec une brutalité de char d'assaut.

Il pâlit.

« Attention à ce que tu dis, prévint le capitaine en serrant. C'est moi qui suis en charge ici, et je n'ai pas de compte à rendre à un petit merdeux comme toi. Si je dis qu'on continue vers l'ouest, alors on continue vers l'ouest. Tu comprends ça ? »

L'autre opina frénétiquement. Toute sa belle arrogance était envolée. Il roulait des yeux affolés, au bord de l'asphyxie.

« Alors c'est parfait. »

Le chef d'escouade relâcha sa prise et le poussa en arrière.

« A partir de maintenant, reste à ta place et fais ta part, lui enjoignit-elle alors qu'il tentait de reprendre son souffle, les mains sur sa gorge meurtrie. Ce que je te demande n'est pas si compliqué, pas vrai ? Même un idiot y arriverait. Tu n'as pas à penser. Tu n'as qu'à obéir aux ordres. Et c'est valable pour vous tous ici. »

Son regard se posa successivement sur chacun d'entre nous tandis que son aura exerçait une pression, et je m'agitai, mal à l'aise.

Je savais que son grade lui conférait l'autorité sur nous, et que nous n'étions pas en position de discuter ses ordres.

Mais son contact était impérieux et autoritaire et je n'aimais pas cela.

Je n'aimais pas la façon dont son aura faisait pression sur les nôtres pour les soumettre.

Je n'aimais pas avoir à y céder.

Seth se tenait à ma droite, un peu en retrait, et ses poings s'étaient crispés.

Je relevai les yeux vers son visage et avisai ses mâchoires serrés, la noirceur abyssale de son regard...

C'était mauvais signe.

Il luttait pour ne pas s'emporter. Pour garder le contrôle.

Il ne supporterait pas cela longtemps.

Je connaissais bien désormais cette partie de lui. S'il avait préféré l'exécution à une récupération par le programme à l'époque où nous nous étions rencontrés au Centre, il y avait une bonne raison à cela. « Plus personne dans ma tête, m'avait-il dit. Plus jamais. »

Le lien entre nous était tendu comme la corde d'un arc, et je le sentais bouillir intérieurement.

A cet instant précis, il rêvait de mettre en pièces l'aura du chef d'escouade, comme il l'avait fait avec celle de Gilles Ragne. La mettre en pièce, la déchiqueter, l'anéantir... Ses émanations psychiques charriaient la violence dans une odeur de sang et de carnage.

Alors je tendis instinctivement la main vers lui et initiai un contact physique et psychique.

Le temps d'un frémissement, je captai sa surprise, puis sa réticence.

Je le touchais, et il n'aimait pas cela.

Lorsque son regard plongea dans le mien, j'en soutins la sauvagerie jusqu'à la sentir progressivement refluer.

Tu es pénible, gronda enfin sa voix mi agacée mi amusée sous mon crâne. *Je t'ai déjà dit de ne pas entrer dans ma tête quand ça te chantait. Il faut croire que tu ne peux pas t'empêcher de dépasser les limites, pas vrai ? Tu veux que je te morde ?*

Il projeta dans mon esprit le souvenir de ses dents se refermant brusquement sur mes lèvres et je grimaçai.

Mais considérant le reflux de sa colère et de son désir de tuer comme une acceptation tacite de mon intervention, je noyai les dernières émanations de son aura sous les miennes avant de déployer un bouclier psychique pour le soustraire à la pression que le chef d'escouade exerçait sur lui.

Ce faisant, j'avais conscience que l'opération ne passerait sans doute pas inaperçue aux yeux de ce dernier, mais je me moquais bien au fond qu'il se rende compte de ce que j'étais en train de faire. Après tout, j'accomplissais exactement ce pour quoi on m'avait fait implanter. Je voyais mal comment on aurait pu me le reprocher.

Et le capitaine ne me reprocha rien. Il examina simplement le dispositif psychique que j'avais déployé autour de Seth et se retira sans faire de commentaire.

« Allons-y. »

L'ordre du départ était lancé, et même TAH76 et TAH44 suivirent le mouvement – ce dernier arborait un air renfrogné, mais il avait compris qu'il n'était pas en position de discuter les ordres.

Nous abandonnâmes le champ de bataille et sa cohorte de morts pour poursuivre vers l'ouest sans suivre la route principale – au vu des circonstances, ç'aurait été une imprudence.

Il fallait marcher vite. Forcer l'allure.

Le capitaine voulait rejoindre ce qui restait du bataillon. Je la voyais regarder régulièrement l'écran de sa radio, en attente de nouvelles et d'ordres qui ne venaient pas. Sa nervosité était semblable à du papier abrasif. Et je compris qu'elle ne mettait rien au-dessus de la hiérarchie et que le commandement tel qu'elle devait l'exercer présentement la mettait mal à l'aise. Pire, il la déstabilisait. Habituée à relayer les ordres et à mener son escouade, elle s'accommodait mal de ce silence forcé des hautes instances militaires. Elle en était réduite à avancer à tâtons dans le noir, et chaque pas était un vertige. L'assurance dont elle avait fait preuve jusqu'à présent se tournait en brutalité parce qu'elle avait le sentiment de perdre en légitimité.

Le sol sous nos pieds était inégal, sec et caillouteux.

L'air frais du matin avait fait place à un souffle plus doux, et bientôt nous eûmes même chaud sous nos casques. Des filets de transpiration glissaient sur mon front et mes tempes, et je les essuyais d'un revers de manche.

Je n'avais pas trouvé Hadrien là-bas.

Une partie de moi était soulagée, parce que cela voulait dire qu'il restait une chance pour qu'il soit encore en vie. Je me raccrochais à elle pour mieux nier toutes les autres possibilités. Il était vivant. Tout comme Lolotte était vivante.

Je marchais au même rythme que les autres, mais rapidement je sentis l'épuisement dans mes jambes lourdes. Dans le tiraillement des lanières du sac sur mes épaules, même après avoir bouclé la ceinture ventrale. Dans ma nuque aux muscles crispés, et dans cette brume épaisse sous mon crâne qui rendait toute pensée laborieuse.

Je ne pouvais plus penser sans trébucher.

Nous marchâmes tout le jour à ce rythme forcé, sans pause, parcourant près de quarante kilomètres sans rencontrer âme qui vive.

Nous nous arrêtâmes quand il fit trop sombre pour continuer à avancer sans lumière.

Le reste du bataillon nous devançait toujours.

Le capitaine n'ouvrit la bouche que pour donner des ordres lapidaires. Installer la batterie à impulsions. Manger. Prendre des quarts.

Un silence plein de tension s'installa, si dense que le moindre remuement des animaux dans les herbes et sous les pierres ressemblait à un fracas, si austère qu'aucun de nous ne put se résoudre à le briser.

Certains échangeaient par le biais de l'implant, faisant bourdonner l'air, tandis que les autres gardaient un silence maussade et nerveux.

Nous n'étions sans doute plus les seuls, avec Seth, à pressentir ou mesurer la gravité de la situation dans laquelle nous nous trouvions, mais chacun gardait pour soi ses pensées et ses soupçons.

Au fond, nous ne nous connaissions pas. Nous ne pouvions pas créer de liens, et aucun d'entre nous ne le souhaitait vraiment.

J'associais désormais un visage à ces immatriculations chiffrées qui nous désignaient mais dans lesquelles nous ne pouvions pas nous incarner totalement. Dans lesquelles nous ne pouvions pas faire entrer notre singularité et notre humanité parce qu'elles nous limitaient à nos fonctions au sein de l'armée. Seth m'appelait Clarence, mais pour tous les autres, j'étais TAEF17, comme si cette appellation seule me définissait.

La guerre ne tuait pas d'hommes et de femmes. Elle détruisait des enveloppes numérotées et étiquetées par la Patrie. Sériées. Comme les drones, nous étions soit utilisables, soit remplaçables.

Lorsque je repensais à ces morts que nous avions laissés au pied de la colline, mon écœurement ne connaissait pas de limites. Personne ne les traiterait avec respect. Leurs corps seraient laissés là à pourrir, comme des choses sans valeur, jetés dans une fosse commune. Après quoi on enverrait simplement à leur famille un certificat de décès et une plaque d'immatriculation.

Ce monde était abject.

Je vomissais sa logique, son organisation, son efficacité, son implacable mécanique. Et alors que j'étais douloureusement consciente que mon salut résidait dans la fuite, j'aurais désiré pouvoir faire davantage que cela. J'aurais désiré posséder en moi assez de rage, de volonté et de puissance pour le détruire, pour l'anéantir d'un claquement de doigt.

Un monde comme celui-ci ne devrait pas exister.

Un monde comme celui-ci ne devrait pas avoir le droit d'exister.

Et au moment où ces pensées s'imposèrent, au moment où je reconnus leur absolue véracité, ma vision se troubla.

Les rayons de la batterie à impulsions qui se trouvait à deux mètres à peine se brouillaient jusqu'à ne plus former que d'indiscernables taches lumineuses devant mes yeux.

Puis les sons eux-mêmes ne me parvinrent bientôt plus que de manière lointaine et étouffée, un peu comme si un isolant invisible s'était trouvé entre moi et la réalité, et je fus envahie d'une brusque sensation de vertige.

Je fermai les yeux et me recroquevillai, enserrant ma tête entre mes genoux.

Dans un recoin de mon esprit, je me tenais debout devant la porte fermée à double tour de la chambre jaune.

« Clarence... Ouvre. »

Avant même de m'en rendre compte j'avais fait un pas en avant, et un frisson de peur remontait en vrilles le long de mon échine.

Ouvrir ? Mais à qui ?

Ce n'était pas la voix de ma mère. Elle n'en avait ni le timbre, ni la chaleur. Pourtant, elle me semblait étrangement familière...

Et je réalisai que ma main était sur la poignée.

Je ne me souvenais pas l'y avoir posée. Comme ce jour-là après le bombardement, lorsque j'avais parcouru dix mètres sans même m'en rendre compte.

« Ouvre. »

Je secouai la tête.

Non. Ce n'était pas réel. Rien de tout cela n'était réel.

« Clarence... »

Je n'étais pas vraiment là.

En me concentrant, je pouvais sentir mon corps recroquevillé sur le sol, le froid sur mes mains... Je pouvais revenir. Il suffisait que je crève cette couche d'isolant psychique qui me gardait barricadée en moi-même.

Je fis une tentative pour m'extirper de mon propre esprit transformé en piège, et alors une vague d'impatience et de colère déferla par les interstices et la porte trembla sous une brusque secousse.

Je retirai la main comme si je m'étais brûlée, effrayée de sentir jusque dans l'intérieur de mon bras la répercussion de la série de chocs furieux qui ébranlait désormais la porte.

Quelque chose se trouvait derrière. Quelque chose de noir, de froid et de monstrueux qui ne demandait qu'à sortir.

Je me remémorai le paquet que j'y avais laissé. Le paquet et la substance visqueuse qu'il contenait...

« Clarence... »

Je reculai. Et cela demanda un effort immense, comme si tout mon être psychique était arrimé à la chose derrière cette porte avec une corde invisible au moyen de laquelle quelqu'un était en train de me tracter de force.

Puis je fus tout à coup enveloppée d'une présence à l'odeur de sang et de carnage, des mains me saisirent et me tirèrent en arrière.

En un instant je repris contact avec la réalité.

« Clarence ? »

Il me fallut un moment pour comprendre que c'était Seth qui prononçait mon nom, et non cette voix que j'avais entendue à l'intérieur de ma tête et qui m'avait appelée de derrière la porte de la chambre jaune.

L'effroi était toujours dans mon cœur, et je haletais.

« Qu'est-ce que tu fais ?

— Rien, balbutiai-je en redressant le buste, les mains crispées sur le sac de couchage dont j'avais couvert mes jambes. Je ne fais rien.

— Vraiment ? murmura le tueur d'auras accroupi devant moi, le visage englouti dans la pénombre.

— Oui... »

Je ne pouvais rien lui dire. Je ne devais rien lui dire. Rien. Pas un mot au sujet de la chambre jaune. Pas un mot au sujet du paquet que j'y avais déposé.

Ma mère l'avait défendu, et sa mise en garde était restée gravée en moi en lettres de feu, dessinant les lignes d'un tabou impossible à briser.

Seule.

Je devais me débattre seule avec cette peur nouvelle, obscure, qui logeait désormais au creux de mes entrailles. Avec cette peur venue de l'intérieur que je ne savais pas comment combattre, contre laquelle je me sentais impuissante...

« Mensonge, décréta tranquillement Seth tandis que son aura me prenait à la gorge pour mieux me sentir.

— Non, défendis-je en repoussant son insidieuse présence psychique au moment où je sentais qu'il s'apprêtait à passer outre mes barrières mentales.

— Non ? Toi, tu me caches des choses, observa le tueur d'auras en penchant la tête sur le côté comme s'il était en train d'écouter une rumeur au loin. Intéressant... Mais quoi ? Que caches-tu donc, ma petite Clarence, que je ne doive pas découvrir ? »

Son aura se tendit une nouvelle fois, et je la repoussai avec la même fermeté avant de dresser des murailles psychiques.

Il n'entrerait pas.

Je savais bien que par mon refus je ne manquerais pas de piquer son intérêt et d'attiser sa curiosité, mais je n'avais guère le choix : mon instinct s'accordait parfaitement à l'avertissement que j'avais reçu. Quelle que soit la nature de cette chose que j'avais enfermée en moi dans sa prison mentale, je devais en garder le secret pour moi.

L'aura de Seth feula de mécontentement.

Je lui refusais l'entrée, et cela lui déplaisait. *A moi*, murmurait-elle avec rage en donnant des coups sur ce mur que j'avais érigé contre elle. *A moi, à moi, à moi...*

Mais elle avait beau y mettre toute la puissance de sa colère et de sa contrariété, je tenais bon, et lorsqu'elle prit le parti de faire le tour de mes défenses pour les éprouver, je me contentai de suivre de loin ses déplacements.

« Tu as fait des progrès », remarqua Seth sur le ton de la conversation.

Je ne répondis rien.

« Je te fais un compliment, insista le tueur d'aura en se penchant comme s'il me faisait une confidence. Tu n'es pas contente ? »

Je fronçai les sourcils. Surveiller les mouvements de son aura et lui opposer de la résistance m'accaparait toute entière. Sur ce plan nous n'étions pas sur un pied d'égalité et il le savait parfaitement. Il ne cherchait au fond qu'à me distraire.

« Je suis impressionné, gloussa le tueur d'auras. Tout cela me semble bien solide... mais combien de temps peux-tu tenir ? Je me le demande... »

Je serrai les dents.

« Laisse-la tranquille, intervint tout à coup le chef d'escouade qui avait suivi jusque-là son manège de loin. C'est un ordre.

— Un ordre ? répéta Seth en affichant une expression mauvaise.

— C'est ça. Un ordre. J'imagine que même toi tu sais ce que c'est. »

L'ironie qui perçait dans la voix du capitaine était impossible à ignorer et Seth tourna légèrement la tête dans sa direction.

« Tu es sous mon commandement, ajouta-t-elle fermement. Et tu n'es pas autorisé à faire ce que tu veux. Alors remballe ton aura, ou je te forcerai à le faire. »

Ce disant elle se leva, puis sortit son arme et la pointa directement sur sa tête.

Le tueur d'auras ne manifesta aucune réaction. Le regard qu'il posait sur le canon de l'arme était vide et indifférent.

« Je ne suis pas d'humeur à me répéter, avertit-elle sèchement. Laisse-la maintenant ou je te fais sauter la tête. »

Peu de gens auraient eu le cran de menacer Seth comme elle le faisait en cet instant, mais je ne songeai même pas à l'admirer. J'étais trop inquiète pour cela.

Par le biais du lien psychique, je sentais que le désir de désobéir tenaillait Seth, qu'il était en train de soupeser soigneusement les avantages et les risques...

« *Ne fais pas ça,* lui intimai-je mentalement. *Ce n'est pas ce dont nous avions convenu, et Lolotte...*

— Je me fiche complètement de ta copine borgne, m'interrompit-il froidement. *Je te l'ai déjà dit, elle ne m'intéresse pas, elle peut bien crever.*

— *Si tu t'obstines, tu vas finir avec une balle dans la tête,* insistai-je sans me laisser démonter par son indifférence. *Ça aussi tu t'en fiches ?*

— *Oui,* acquiesça-t-il sans même sourciller.

— *Pas moi.* »

Et je rompis le contact mental avant de me relever d'un bond pour aller me placer devant lui.

Le canon de l'arme pointait désormais sur ma poitrine.

« Qu'est-ce que tu fabriques, Clarence ? gronda Seth, agacé.

— Je fais comme toi, rétorquai-je, mâchoire serrée. Je fais ce que je veux sans tenir compte de personne. »

Tous les autres observaient en silence.

« S'il refuse d'obéir, lançai-je au capitaine, tirez-moi dessus.

— Tu veux vraiment jouer à ça ? s'agaça Seth.

— Je ne joue pas. »

J'étais vraiment prête à risquer ma vie s'il le fallait. Les enjeux étaient trop importants, et je n'avais pas sacrifié ma liberté pour le voir réduire à néant, sur un coup de tête, toutes mes espérances. Lolotte ne comptait peut-être pas pour lui, mais elle comptait pour moi, et d'ici deux jours les bombes dans nos implants seraient désamorcées. D'ici deux jours, je pourrais retourner la chercher au Centre. Alors je n'allais certainement pas le laisser tout gâcher maintenant juste pour assouvir son besoin de prouver qu'il faisait ce qu'il voulait.

J'avais besoin de temps, et j'avais besoin de lui. Autrement dit, je me moquais bien des méthodes qu'il faudrait employer pour le garder sous contrôle d'ici-là. J'étais prête à tout. Et Seth ne se souciait peut-être pas de vivre ou de mourir, mais jamais il ne courrait le risque que quelqu'un d'autre que lui prenne ma mort... Il y tenait trop lui-même.

« Très bien, acquiesça alors le chef d'escouade en me gardant en joue avant de s'adresser à Seth. Je te laisse cinq secondes pour ranger bien gentiment ton aura. Si tu n'obtempères pas, je lui tire dessus, et ensuite ce sera ton tour. Je n'ai pas besoin de soldats inutiles qui ne savent pas obéir aux ordres. Un... deux... »

Seth hésita.

Puis à « trois » il céda.

« Ça va, dit-il en laissant échapper un gloussement de rire. C'est bon, j'arrête... »

Le capitaine abaissa son arme.

« Je finirai bien par savoir ce qui se passe dans ta tête, ma petite Clarence, me susurra-t-il enfin tandis que la tension retombait un peu. Tu ne pourras pas toujours me le cacher.

— Qu'est-ce que ça peut bien te faire ? soupirai-je avec lassitude en me rasseyant – mes jambes tremblaient nerveusement. Ce que j'ai dans la tête ne te regarde pas.

— Peut-être, mais j'aime bien comprendre comment fonctionnent les choses...

— Je ne suis pas une batterie à impulsions.

— C'est dommage, regretta le tueur d'auras en m'observant me glisser dans le sac de couchage. Si on pouvait comprendre les gens comme on comprend les choses, je t'aurais déjà démontée pour regarder à l'intérieur...

— Super, marmonnai-je avant de m'allonger en lui tournant résolument le dos.

— Vois ça comme un compliment, railla-t-il. Je te montre de l'intérêt. »

De l'intérêt ?

J'aurais pu lui dire que je me passais fort bien de ce genre d'intérêt, mais je m'abstins. Discuter avec lui serait une perte de temps, comme toujours, et d'ailleurs j'étais si rompue de fatigue que la migraine commençait à me battre dans les tempes.

Dormir. J'avais besoin de dormir.

Je fermai les yeux et m'appliquai durant de longues minutes à trouver le sommeil.

Mais peu importait à quel point la marche forcée m'avait épuisé et brisé les jambes.

Les morts venaient réclamer leur dû.
Je les voyais.
Je ne pouvais pas ne pas les voir.
Derrière mes paupières closes, tous les corps mutilés du champ de bataille exécutaient une danse macabre.
Ils allaient et venaient.
Ils poussaient des gémissements.
Ils me saisissaient de leurs mains innombrables, et me tiraient vers le bas sur un sol mou, sans consistance où je me sentais, par moments, sur le point de plonger et sombrer avec eux.
Leurs grands yeux vides étaient fixés sur moi et leur bouche s'ouvrait, immense, plaintive, démesurée.
Je les voyais alors, et je les vois toujours.

Chapitre 20

« Je n'aurais pas dû tirer. »
Il remettait ça…
Je pris une inspiration lente et m'astreignis au calme.
« C'est ma faute, répéta une nouvelle fois TAH88. Je sais que c'est ma faute s'il est mort, je n'aurais pas dû tirer…
— Arrête, murmura une fois de plus TAEF35. Ce n'est pas ta faute, d'accord ? Tu te fais du mal pour rien. Il faisait sombre. Il ne s'est pas identifié, on n'y voyait rien. N'importe qui aurait tiré…
— C'est ma faute… »
TAEF35 coula à TAH88 un regard apitoyé et découragé avant de répéter qu'il n'avait rien à se reprocher.
Pour ma part, je ne savais pas pourquoi elle essayait encore de le convaincre.
Il n'écoutait pas. Et d'ailleurs, au fond n'avait-il pas parfaitement raison ?
Il n'aurait pas dû, mais il avait tiré.
C'était tout, et il n'y avait rien de plus à dire.
Aucune parole de réconfort n'effacerait son geste.
TAH88 ne faisait que se parler à lui-même.
Il répétait les mêmes paroles en boucle depuis que nous avions repris la route, et la culpabilité qui suintait de son aura était étouffante.

Je le savais mieux que personne.

Cela faisait plusieurs heures que je marchais derrière lui en l'écoutant marteler ses remords. Que j'en étais réduite à respirer les miasmes putrides de son aura...

« C'est fascinant, commenta Seth à mi-voix.

— Fascinant ? relevai-je en tournant la tête vers le tueur d'auras.

— Ça en dit long sur la nature humaine, Clarence. Sur l'esprit humain. Ses limites. Ses *petitesses*. En voilà un qui a déjà tué, ajouta-t-il en me désignant TAH88 d'un mouvement de menton plein de dédain, et qui a tué sans éprouver autre chose que la fierté du devoir accompli. Mais tu veux que je te dise ? Tout est dans l'uniforme.

— Quoi ?

— L'uniforme, insista-t-il en s'amusant visiblement de ma confusion. C'est l'uniforme qui fait tout. Tuer un ennemi est acceptable, mais pas quelqu'un qui porte le même uniforme, pas vrai ? Tuer un ennemi est acceptable et noble. Mais tuer quelqu'un qui porte le même uniforme, quelqu'un qu'on doit considérer comme un *allié*, comme un *camarade*... Il y a là de quoi se rendre malade. Il y a là de quoi en perdre le sommeil et la raison. Pourquoi ? C'est à la fois fascinant et complètement absurde. Pourquoi ? Ce n'est qu'un uniforme. Comment un vêtement pourrait-il signifier quoi que ce soit ? Un uniforme n'est qu'une distinction de surface. En-dessous, les hommes sont tous les mêmes.

Tous. Pourquoi ne le voient-ils pas ? A les écouter, ils en sont toujours à parler de leurs devoirs, de leur patrie, toujours à se distinguer du reste de l'humanité... Mais ils sont tous pareils au fond. Pas de différence entre eux. Alors quoi ? C'est bien des hommes à faire la fine bouche pour un meurtre. Encore que ce n'est pas tuer qui leur pose problème, quand on y pense. Tuer c'est admis. Mais pas n'importe comment, pas vrai ? Pas n'importe qui. Comme s'il y avait des degrés dans le meurtre, des paliers, une hiérarchie. Tu veux que je te dise ? Il n'y a pas à gratter beaucoup pour voir que dessous, ce ne sont que des restes de bêtes. Ces idiots-là ne se regardent que de profil. Tu sais pourquoi ? Parce que pas un seul d'entre eux ne supporterait de se retrouver nez à nez avec sa propre sauvagerie. Des lâches. Voilà ce qu'ils sont. Des lâches qui ne savent rien de la pureté de la mort. »

La pureté de la mort ? Je ne savais pas non plus ce que cela pouvait bien vouloir dire. C'était un concept qui m'était parfaitement étranger. Alors quoi ? Seth jugeait-il les autres hommes hypocrites parce qu'ils ne tuaient pas comme lui, sans distinction ? Sous-entendait-il que dans sa manière de faire à lui, au moins, il y avait une forme d'honnêteté qui ne se trouvait pas chez les autres ?

A mon avis, le monde se serait bien passé de cette honnêteté-là...

« Quitte à être une bête, autant l'être franchement, non ? lâcha encore Seth avant de m'adresser un sourire cynique.

— Je ne sais pas... je n'ai aucune envie d'être une bête.
— Pourquoi pas ? L'humanité vaut mieux que ça, peut-être ?
— Non, mais ce n'est pas ce que je suis.
— Pas ce que tu es ? releva Seth avec un reniflement pensif. Oui... c'est vrai qu'au fond nous n'appartenons pas à la même espèce, toi et moi... Peut-être que chez les êtres humains il y avait autrefois davantage d'hommes. De vrais hommes, avec des principes moraux, et qui marchaient sans dévier. Ce devait être glorieux... Mais dans ce monde ci, plus de place pour les hommes. C'est le règne des bêtes et des monstres. Telle que te voilà, tu es sans doute la dernière représentante d'une espèce disparue. Je t'ai déjà dit que ce monde tuait les inadaptés comme toi, pas vrai ?
— Oui...
— Et pourtant, tu ne veux pas changer.
— Non, reconnus-je d'un ton catégorique.
— Tant mieux. Parce que c'est ce qui me fascine le plus, chez toi. Cette espèce de volonté bizarre qui se heurte à la logique, à l'instinct, et même au bon sens. »

Il ne s'agissait certainement pas là d'un compliment, mais je décidai de le considérer comme tel. Ici-bas je ne désirais ressembler à personne.

Je marchais au milieu des autres, mais je me sentais comme une étrangère.

Je ne pensais qu'à Lolotte. C'était pour elle que je faisais tout ça. Que je marchais vers la capitale, vers la guerre et la mort. Pour elle seulement. Lolotte était mon unique objectif, ma seule motivation. J'avais laissé derrière moi tant de gens que j'aimais et qui comptaient à mes yeux... Je ne pouvais pas me résoudre à la perdre aussi.

Je ne savais rien de ce qui nous attendait une fois que nous aurions atteint la capitale, et je ne voulais pas y penser. Parce qu'y penser, même une seule seconde, me demander comment je m'y prendrais pour faire ce que j'avais résolu, c'était comme de plonger dans le néant. Vertigineuse et impossible manœuvre. Aller là-bas, trouver un véhicule et partir. C'était tout. Il faudrait que cela suffise.

Le paysage autour de nous changeait insensiblement. Moins de cailloux et de poussière de fer. Les plaines s'égayaient par endroits de bois de coupe verdoyants et de champs en fleurs dans lesquels les insectes s'activaient. Je n'avais jamais connu que des ruines où passaient seulement parfois des vies vacillantes et fantomatiques. Que des refuges souterrains où l'humanité vivait à l'état larvaire, des prisons aux murs tristes et malades... Oui, c'était tout ce que j'avais connu, et même tout ce que je connaitrais sans doute jamais. Alors les couleurs éclatantes de ces fleurs des champs m'étaient presqu'insupportables. Elles me brûlaient la rétine, me broyaient la poitrine... D'une certaine manière, j'avais l'impression que ces fleurs nous narguaient. Qu'elles nous regardaient passer et nous méprisaient. Elles ne savaient rien de la guerre.

Puis nous rejoignîmes enfin le reste du bataillon.

Nous ne vîmes dans un premier temps qu'une immense colonne de poussière soulevée au loin par le piétinement des soldats et les roues des véhicules du convoi.

Le capitaine envoya TAEH21 et TAH44 en éclaireurs.

« Allez-y, ordonna-t-elle, mais restez à couvert et assurez-vous que ce sont les nôtres. Pas la peine de tomber dans une nouvelle embuscade. Revenez dès que vous avez confirmation qu'il s'agit du reste du bataillon, ne cherchez pas à entrer en contact directement. Compris ?

— A vos ordres.

— A combien sommes-nous encore de la capitale, capitaine ? s'enquit TAF52 après leur départ. On y sera avant la nuit ?

— Je dirais qu'il nous reste deux bonnes heures de marche. Alors non, on n'y sera sans doute pas avant la nuit, répondit la gradée en essuyant la sueur et la poussière sous son casque d'un geste machinal. Faut pas rêver. Le soleil commence à décliner. »

Elle avait raison. Le ciel couvert semblait s'être déjà bien assombri.

« Il va pleuvoir, commenta TAH76 en crachant sur le sol. Manquait plus que ça, fait chier.

— On peut quand même se battre dans ces conditions ? demanda la fille timide qui marchait à sa droite.
— On peut se battre dans n'importe quelles conditions. On a été formés pour.
— At... attendez. On va v... vraiment y aller ? bafouilla TAEH27, le visage blême. Au c... combat, je veux d... dire. D... dès qu'on arrive ?
— Qui a dit ça ? intervint le chef d'escouade en étrécissant les yeux. On fera ce qu'on nous ordonne, c'est tout.
— M... mais s'il fait nuit ?
— Et alors ? Ça te pose un problème ?
— C'est clair que ça lui pose un problème, ricana TAF52 avant de donner à son voisin un coup de coude dans les côtes. Comme tous les transfuges, c'est un vrai lâche, pas vrai ? Vas-y, dis-nous. Qu'est-ce que ça fait, s'il fait nuit ? Tu n'y vas pas ?
— Je n'ai p... pas dit ça, se défendit l'empathe. Je d... demande, c'est tout.
— Tu d... *demandes* c'est tout ? l'imita TAF52. Mais tu vas arrêter de bégayer comme un débile ? C'est dingue ça ! T'as peur de quoi ? Du noir ? Pauvre petit transfuge, va... Tu veux que je te tienne la main ? »
Ces sarcasmes arrachèrent une grimace à TAEH27. Ils l'atteignaient et le blessaient bien davantage que le coup qu'il avait reçu dans les côtes.

« Laisse tomber, » marmonna-t-il en rentrant la tête dans les épaules.

Dans l'air devant de moi, je sentais l'odeur de sa peur, je pouvais presque en goûter l'acidité un peu aigre sur ma langue.

« Ouais, c'est ça, renchérit TAF52. C'est exactement ce que je vais faire. Les pauvres types comme toi me foutent la gerbe. Et garde ta putain d'aura pour toi, tu pues.

— Assez. Marchez en silence. »

L'ordre, accompagné d'une impérieuse pression psychique, convainquit tout le monde de rentrer dans le rang.

TAEH21 et TAH44 reparurent moins d'une heure plus tard.

Ils avaient couru tout du long avec leur paquetage, et la sueur ruisselait sur leur visage, trempant le col de leur uniforme. En dépit de leur épuisement visible et de leur souffle court et saccadé, ils souriaient.

« C'est bien eux, capitaine, haleta TAEH21 après un regard pour son coéquipier qui essayait de reprendre sa respiration, plié en deux. Pas de doute. C'est le bataillon. Mais l'arrière-garde est salement amochée.

— Salement amochée ?

— Eh bien, on n'est pas sûrs, vu qu'on est restés à distance comme vous l'avez demandé, mais je dirais qu'il y a peut-être trente ou quarante blessés qui se trainent, pas vrai 44 ? »

Ce dernier acquiesça d'un mouvement de tête.

Trente ou quarante blessés ? Sur un bataillon déjà réduit de moitié ? Cela laissait à peine quatre cent hommes valides en état de se battre. Je n'y connaissais rien, moi, mais quatre cent hommes me semblaient fort peu de choses pour tenir une capitale...

J'observai le capitaine en silence. Son expression renfrognée en disait long.

« Ça va être un massacre, commenta alors Seth à voix haute.

— Un massacre ?

— Oui.

— On dirait presque que ça te fait plaisir, fis-je remarquer, écœurée.

— C'est le cas, affirma-t-il alors le sourire aux lèvres, sans se soucier le moins du monde des regards noirs que lui lançaient les autres. Ça me fait vraiment plaisir. »

Son aura frémissait sous la surface. Soif. Excitation. Je titubai un instant, submergée par la force et l'intensité de sa jouissance. La perspective du massacre le transportait.

« Mais t'es un grand malade, toi ! » s'exclama TAF52 en sifflant entre ses dents.

Le sourire de Seth ne fit que s'accentuer. Il ne regardait personne.

« Laisse-le dire ce qu'il veut, trancha finalement le capitaine. Qu'est-ce que cela te fait ? Et puis d'ailleurs, on a besoin de gens comme lui.

— On a besoin de gens comme lui ? reprit TAF52 avec un reniflement mi dégoûté mi incrédule.

— Oui. De gens comme lui, qui n'existent que pour tuer, précisa froidement le chef d'escouade. Les soldats comme lui sont utiles, alors moi, tant qu'il se contente de faire ce pour quoi on l'a dressé, je prends. C'est assez pour que personne n'ait le droit de rien trouver à y redire. Il faut voir les choses sous cet angle-là. Combattre avec ceux de sa sorte, c'est le prix à payer pour gagner la guerre. »

Ceux de sa sorte ? Je tiquai, tout comme en l'entendant parler de « dressage ». Le choix de mots était plus qu'offensant. Il était *humiliant*.

Seth ne cilla même pas.

Il ne savait pas ce que c'était que l'amour-propre.

Le sujet fut clos, et il ne nous fallut qu'une demi-heure de marche à peine pour rattraper l'arrière-garde du bataillon.

Comme TAEH21 l'avait fait remarquer au capitaine, il y avait de nombreux blessés. Certains boitaient, d'autres tenaient leur bras en écharpe, et d'autres encore souffraient de multiples contusions. Leurs uniformes gris, déchirés d'avoir été trainés dans la poussière, et tachés de sang, témoignaient de la violence de l'affrontement auquel ils avaient réchappé.

Quelques-uns nous suivirent d'un regard morne au moment où nous passâmes à leur hauteur, et l'un d'eux fit seulement signe d'aller vers l'avant lorsque le chef d'escouade demanda où se trouvait le commandant.

Je frissonnai malgré moi.

Ce regard…

Ce regard vide, incapable de se fixer sur rien… Ce regard ouvert comme une fenêtre sur le néant et sur la mort, aussi dénué de vie que celui de Gilles Ragne après que Seth avait broyé son aura. Rien. Il n'y avait plus rien là-dedans.

Ils n'étaient pas seulement blessés physiquement.

Leurs auras ressemblaient à une chandelle qu'on aurait soufflée.

« Ils ont été vidés, me fit remarquer Seth en voyant que je les observais à la dérobée.

— Vidés ? balbutiai-je, au bord de la nausée. Des *drones* peuvent faire ça ?

— Non. Pas des drones. *Nous*. Après le combat. »

Nous ? Après le combat ? Que voulait-il dire par là ? Cela n'avait aucun sens…

« Ce ne sont plus que des morts qui marchent, Clarence, ni plus ni moins. Des pantins de chair. Je suis sûr que même toi tu peux le sentir.

— Des pantins de… Attends, tu m'as dit que l'ennemi possédait aussi des combattants spéciaux. Est-ce que ce sont eux qui…

— Eux ? Oh, non, m'interrompit Seth avec un gloussement moqueur. Non, ce ne sont pas eux. Quand je dis que c'est nous, c'est que c'est *nous*.

— Nous ? Mais c'est... pourquoi ?

— On ne peut pas les envoyer dans les hôpitaux de l'arrière, ce qui signifie qu'ils sont condamnés de toute façon. Au moins, de cette façon, retranchés de leurs auras, ils peuvent encore servir leur chère mère Patrie. En temps de guerre, il faut savoir utiliser toutes les ressources à disposition. »

La bile remonta si rapidement le long de ma gorge que j'eus à peine le temps de détourner la tête pour vomir.

« Ne sois donc pas si émotive, me gourmanda Seth tandis que TAH76 et TAEF24 me contournaient avec un regard perplexe. Ce sont des pratiques courantes... Et puis, tout le monde n'a pas la chance de pouvoir se faire greffer un bras articulé comme toi, pas vrai ? Surtout maintenant que les ressources sont épuisées... Si ça peut te consoler, le montant de la pension laissée à leur famille sera sensiblement augmenté.

— Ils sont volontaires ? demandai-je en essuyant ma bouche humide d'un revers de main tremblant.

— Volontaires ? Je ne pense pas qu'on puisse dire ça, admit Seth en me suivant tandis que je titubais pour reprendre ma place dans le rang. Mais leur sort actuel est certainement préférable à une longue agonie. »

Préférable ?

Je n'en savais rien, mais je ne pouvais plus tourner la tête vers eux. Je ne pouvais plus les regarder. Des pantins de chair. Des morts qui marchent... Des restes. On envoyait des restes d'humains au combat... Cette idée me rendait malade. C'était au-delà de tout ce que je pouvais concevoir. De tout ce que je pouvais supporter.

Je marchai comme un automate avec les autres jusqu'à la tombée de la nuit.

Les transmissions radios avaient repris avec l'avant. Le capitaine avait communiqué nos codes d'identification et l'escouade avait été autorisée à incorporer le corps du bataillon.

Je cherchai du regard Hadrien et Edith, mais ils n'étaient pas ici parmi les soldats de notre bataillon. Soit ils se trouvaient à l'avant-garde, soit ils avaient intégré un autre bataillon, soit... Je paralysai la marche de mes pensées avant de les laisser prendre forme dans mon esprit. Non. Pas ça. J'aimais mieux les imaginer loin mais vivants.

On nous ordonna de faire halte alors que nous n'étions plus qu'à un kilomètre à peine des portes de la ville.

J'avais sué toute la journée, mais le vent qui soufflait sur la plaine était glacé et mes dents claquaient. J'avais froid. J'avais faim. Mes jambes tremblaient sous moi de manière incontrôlable.

Puis j'entendis des exclamations étouffées, des gémissements de désarroi, et je tournai mes yeux vers le nord comme tous les autres. Le spectacle qui s'offrit à moi me fit perdre jusqu'à la conscience de mon propre corps.

La capitale était en feu.

Tout, absolument tout, brûlait.

Les drones tournoyaient là-haut en un ballet ininterrompu.

Le hurlement des sirènes déchirait la nuit, montant et descendant, encore et encore, comme si la ville elle-même poussait des cris de douleur et de détresse.

Sous l'assaut répété des bombes, des pans entiers d'immeubles se détachaient et s'effondraient dans les rues de toute leur masse.

Ce devait être la panique là en bas.

Et ma gorge était nouée par l'angoisse et je pouvais à peine respirer.

Demain, nous serions là-bas, nous aussi. Cette nuit même peut-être.

Cette pensée m'emplissait d'une terreur indicible.

Il fallait fuir. La mort devait courir par les rues là-bas, moissonnant et fauchant, et que pouvions-nous faire ? Que pouvions-nous faire ?

La matraque à pulsions pressait contre ma hanche, et son poids me paraissait dérisoire.

Que pouvait une matraque à pulsions pour me préserver d'un tel déferlement de rage, d'une violence aussi inouïe ? Rien.

Entrer dans la ville, c'était mourir.

Je ne voulais pas mourir...

« Des regrets ? » me souffla la voix de Seth dans le creux de l'oreille.

Des regrets ?

Ni des regrets, ni des remords.

Simplement, je découvrais que je n'avais pas en moi assez de courage, ou même assez de lâcheté. Je n'avais pas assez de lâcheté pour abandonner Lolotte à son sort, mais je n'avais pas non plus assez de courage pour ne pas sentir mes os se liquéfier à la pensée que j'allais avoir à affronter cet enfer pour elle.

Pourtant, j'avais pensé savoir ce que c'était que la guerre.

En réalité je ne savais rien. Je ne savais rien du tout.

« C'est toi qui l'as voulu, reprit le tueur d'auras d'une voix atone. C'est le chemin que tu as choisi. »

Le chemin que j'avais choisi...

C'est vrai, mais alors je ne savais pas. Je ne savais pas.

Et en même temps, si j'avais su, j'aurais sans doute fait des choix différents. Des choix différents que j'aurais regrettés aussi. Alors une part de moi se sentait soulagée. Soulagée de ne pas avoir su. Soulagée de ne pas avoir eu à véritablement éprouver avant ce jour mes forces et mon courage. C'était peut-être aussi bien.

Le commandant de bataillon demanda à voir les chefs d'escouade pour une réunion tactique pendant que nous installions les batteries à impulsions pour le bivouac. Avant de nous laisser, TAF32 nous ordonna de ne pas défaire nos paquetages.

« J'en étais sûr, gémit TAEH27 en se tordant les mains. Ils vont nous envoyer là-bas en pleine nuit, on va tous crever, on va...

— Mais ferme-la, bon sang ! s'énerva TAF52 en le foudroyant du regard. Ferme-la, ou je te jure que je vais finir par te tordre le cou !

— C'est vrai, ferme-la, renchérit TAH44 en frappant du plat de la main sur la batterie à impulsions. Moi aussi tu me tapes sur les nerfs. »

Les autres restaient silencieux. TAEF24 observait la ville sous les bombardements. A présent qu'elle avait ôté son casque, on distinguait la ligne mince et élancée de sa nuque. Si fragile. Si facile à briser...

Je m'en voulais d'avoir de telles pensées, mais je ne pouvais m'empêcher de me demander combien d'entre nous seraient encore en vie demain à la même heure.

« Très peu, répondit Seth d'une voix basse et tranquille.

— Sors de ma tête.

— Tu m'as laissé entrer, objecta-t-il avec un demi-sourire.

— Je ne t'ai pas laissé entrer, tu t'es faufilé, rectifiai-je avec un froncement de sourcils.

— Ça revient au même. Et pour répondre à ta question, il est évident que très peu d'entre nous seront encore en vie demain soir. »

La remarque jeta un froid.

« La guerre va faire le tri, comme elle le fait toujours, poursuivit-il. Et comme toujours elle gardera le meilleur. »

L'ironie au fond de sa voix disait assez ce qu'il entendait par le « meilleur » : des gens comme lui, qui n'hésitaient pas à tuer sans distinction.

« Tu t'inquiètes pour les autres ou pour toi, ma petite Clarence ? »

Les deux. Indéniablement.

« C'est sûr que tu n'es pas vraiment armée pour la survie, gloussa le tueur d'auras en tendant la main vers la matraque à pulsions qui pendait à mon côté. Mais ne t'inquiète pas. Je ferai tout mon possible pour te garder en vie. »

Le coin de mes lèvres se releva insensiblement. Je n'en doutais pas une seconde...

« Je vais faire un tour, annonçai-je avant de tourner les talons. Seule. »

Seth ne fit pas même mine de me suivre.

Je m'éloignai, slalomant entre les escouades de soldats et les batteries à impulsions.

Le bivouac n'était pas très étendu aussi ne tardai-je pas à repérer l'endroit, un peu à l'écart, où l'on avait garé les véhicules du convoi. La dizaine de fourgons blindés qui se trouvaient là formaient une longue rangée en épi.

Je passai un moment à les observer, immobile.

Ils ne semblaient pas gardés.

Une fois entrés dans la ville, rien ne garantissait que nous trouverions encore des véhicules, ni que les rues seraient praticables. Nous avions besoin de l'un de ceux-là.

La capitale en feu éclairait la nuit telle une torche monstrueuse, et je m'avançai discrètement vers le véhicule le plus éloigné du bivouac avant de tirer lentement sur la poignée de la portière.

Un léger claquement retentit.

Non seulement les véhicules n'étaient pas gardés, mais ils n'étaient pas verrouillés. Si la clef se trouvait toujours sur le contact...

Je m'apprêtai à me glisser dans l'habitacle, lorsqu'une voix s'éleva tout à coup dans mon dos.

« Tiens, tiens... »

Cette voix...

La main que j'avais posée sur la poignée se figea, et je me tournai à demi.

Visage Anguleux se tenait à quelques mètres de moi à peine, et le sourire qui lui tordait les lèvres en cet instant fit sombrer mon cœur jusque dans les tréfonds de ma poitrine.

« Surprise de me voir, hein ? supposa la tueuse d'auras en me toisant avec un air mauvais. Tu te disais peut-être que j'étais morte ? Tu espérais ?

— Non, répondis-je sur la défensive en poussant la portière entrouverte de la hanche, Bien sûr que non, je...

— Ne me raconte pas de conneries, m'interrompit-elle en faisant un pas en avant, penchée en avant dans une posture agressive. Mais ça ne fait rien, tu vois, parce qu'il en faut bien plus pour me faire crever. Je suppose qu'on a ça en commun... Et qu'est-ce que tu fous là, au juste ?

— Rien.
— Vraiment ? ricana Visage Anguleux avec un haussement de sourcil sceptique. C'est marrant. A voir ta tronche, on ne dirait pas. En fait, tu as la tronche de quelqu'un qui prépare un sale coup. Je me trompe ?
— Je ne prépare rien du tout.
— A d'autres. Je t'ai vue t'éclipser en douce, comme un rat... et c'est pas pour pisser, pas vrai ? Tu vas quelque part peut-être ?
— Non. »

Ce disant, je m'éloignai du véhicule dont la portière n'était pas encore tout à fait refermée, priant en silence pour qu'elle ne remarque rien. Puis je tâchai de conserver une expression égale, ce qui n'était pas une mince affaire dans la mesure où les battements de mon cœur qui cognait à coups redoublés me semblaient aussi bruyants que les bombes tombant sur la capitale.

Au moment où je croisai Visage Anguleux pour retourner au campement, sa main jaillit, me crochetant au bras.

« Pas si vite, cracha-t-elle durement en me tirant en arrière. Ne me prends pas pour une conne, sale transfuge. J'ai horreur de ça. »

Des coupures nettes lui striaient toute une moitié de visage, et sa lèvre était fendue.

« On a passé un sale quart d'heure là-bas, me fit-elle observer en se tâtant avec la langue l'intérieur de sa lèvre. J'ai bien cru que j'allais y passer. Ces saloperies de drones de combat sont des vrais hachoirs à viande. Mais j'imagine que t'en sais rien, pas vrai ? Parce que toi et ton petit groupe de tire-au-flanc, vous étiez pas là. Comment ça se fait ? Comment ça se fait, hein ? Pendant qu'on se prenait une branlée, vous foutiez quoi ? Vous seriez tous des traîtres que ça ne m'étonnerait même pas... »

Sa main pressait mon avant-bras avec tant de force que je ne pouvais me dégager.

« Tu te rappelles quand je t'avais dit que tu finirais putain à soldats ? Je n'ai qu'une parole, et il se trouve que je connais plein de gars qui seraient intéressés pour prendre du bon temps avec toi, vu qu'on risque de crever demain... Je te les présente ? Vas-y, tu peux me le dire que ça te fait plaisir, on est entre nous... »

Visage Anguleux rejeta le buste en arrière lorsque je fis mine de lui envoyer mon coude dans la figure, puis sans me lâcher elle me faucha les jambes.

Je chutai.

Au moment où mon dos heurta le sol, tout l'air que contenaient encore mes poumons ressortit brusquement, et je lâchai un cri étranglé qu'elle étouffa rapidement en plaquant sa main libre sur ma bouche.

« Chut, chut, chut... Allez, moi aussi je suis contente de te revoir, me souffla-t-elle, un genou posé sur mon cou, prête à me broyer la trachée. Tu sais quoi ? Je vais aller chercher mes amis maintenant, histoire que vous puissiez tous faire connaissance...

— Quelle bonne idée. J'ai hâte moi aussi de rencontrer tous les futurs amis de Clarence… »

Chapitre 21

Je me retrouvai rapidement entourée d'une odeur familière de sang et de carnage, et le genou qui comprimait ma trachée se retira, me laissant à demi étouffée.

J'aspirai une goulée d'air dans un râle pathétique avant de tousser.

Ma gorge me faisait atrocement mal, et je roulai instinctivement sur le côté pour m'éloigner de Visage Anguleux laquelle se redressa lentement, les yeux fixés sur le nouveau venu.

« Alors comme ça, voilà le chien de garde, lâcha-t-elle d'un ton méprisant. Félicitations, transfuge, tu l'as bien dressé. Même pas besoin de le siffler, celui-là... Je ne peux pas dire que je sois surprise. Je savais bien que c'était ton genre, hein, de t'accrocher aux basques des autres et de te planquer derrière eux comme la merde que tu es. Mais je suis quand même un peu déçue. Nos retrouvailles s'annonçaient émouvantes... »

Des taches noires dansaient devant mes yeux, et chaque souffle entrait dans ma gorge avec un raclement douloureux.

Je posai la tête sur le sol, haletante.

« Quand j'ai dit que je ferais tout mon possible pour te garder en vie, Clarence, je ne pensais pas que j'aurais si tôt l'occasion de prouver ma bonne foi, me fit remarquer

Seth avec une nuance d'amusement dans la voix. Mais pourquoi pas… Qu'es-tu venue faire ici au juste ? Voler un fourgon ?

— Voler un fourgon ? »

Je relevai la tête et posai sur Seth un regard trouble et incrédule.

« Pourquoi est-ce que tu… » commençai-je d'une voix éraillée avant de m'interrompre brusquement – ma gorge semblait s'être resserrée et le souffle me manquait.

Je me hissai alors sur les jambes au prix d'un effort surhumain.

Je fis un pas dans sa direction et m'arrêtai, titubante et soulevée de vertiges. La silhouette du tueur d'auras semblait danser sous mes yeux dans la semi obscurité…

Traître, murmura la voix dans ma tête. *Traître, traître, traître…*

Quelque part, dans les tréfonds de ma psyché, la porte de la chambre jaune trembla.

J'inspirai.

Me calmer. Juguler un peu cette nausée qui menaçait de déferler sur moi comme une lame de fond. Garder le contrôle…

« C'est bien cela, n'est-ce pas Clarence ? s'enquit alors carrément le tueur d'auras.

— Quoi ? balbutiai-je d'une voix qui me sembla venir de très loin.

— Voler un fourgon. Partir. C'était ça le plan, non ?

— Je ne…

— Pourquoi est-ce que tu n'irais pas chercher ces fameux amis dont tu parlais tout à l'heure ? demanda-t-il tout à coup à Visage Anguleux en laissant ses lèvres s'étirer sur un horrible sourire. Vas-y. L'idée est bonne. Nous pourrions organiser une petite fête d'adieu... N'est-ce pas, Clarence ? »

En cet instant je le sentis.

Cette espèce de vibration dans l'air, ce frémissement d'anticipation...

L'aura de Seth se déployait avec des étirements de fauve et saturait peu à peu tout l'espace de sa présence sombre et agressive.

Je savais ce que cela signifiait désormais.

Même Visage Anguleux recula d'un pas.

C'était une chose de se mesurer à moi. C'en était une autre de se mesurer à Seth.

La peur commençait à altérer ses traits. Le coin de ses lèvres relevé en un sourire bravache s'affaissa un peu... Puis son regard se porta au-delà de Seth, vers le bivouac où les batteries à impulsions repoussaient l'assaut des ténèbres. Sans doute devait-elle se sentir bien loin de ces lumières salvatrices...

L'espace d'un instant, dans mon esprit, son visage se superposa à celui de Gilles Ragne et à celui des miliciens que Seth avait mis à mort lorsque nous nous trouvions encore dans la zone blanche, et une pointe de souffrance me traversa de part en part comme un tison chauffé à blanc.

« Seth... »

De ma bouche ne sortaient que de vagues coassements laborieux.

Laisse-le faire, intervint alors une voix à l'intérieur de ma tête. *Laisse-le faire, Clarence... De toute façon, tu ne peux pas l'empêcher. Regarde les choses en face cette fois. Tu ne la sauveras pas davantage que tu n'as sauvé les autres. Elle est condamnée. Et d'ailleurs, ne désires-tu pas qu'elle disparaisse ? N'est-il pas nécessaire qu'elle disparaisse ? Elle sait. Si tu la laisses vivre, elle parlera. Si elle parle...*

Tais-toi...

Mon crâne... mon crâne me semblait prêt à éclater, et je posai le poing sur ma tempe droite comme si je pouvais écraser la migraine qui labourait mon cerveau de l'intérieur.

Je pouvais penser seule. Seule.

Oui... Indéniablement, une part de moi, une part dont je ne pouvais pas mesurer l'ampleur, désirait qu'elle disparaisse. Qu'elle meure, qu'elle disparaisse... Son existence même pesait sur la mienne. Et ce désir se faisait d'autant plus aigu que je n'avais rien à faire pour qu'il se réalise. Je n'avais qu'à me taire. Ne pas intervenir et me taire – et tout serait fini.

Mais l'être moral que je restais ne pouvait y consentir. Il me fallait un moment, simplement un moment...

Je n'eus le temps de rien.

L'aura de Seth s'abattit sur celle de Visage Anguleux avec une force et une résolution inouïes.

Cette dernière dressa instinctivement un bouclier psychique pour lui faire barrage, et ce barrage tint bon. Comme une digue sous les ruées de la tempête, il faisait son travail et encaissait des ondes de choc qui, si elles avaient été dirigées contre moi, m'auraient jetée à terre.

L'aura de Seth se fracassait sur les défenses de Visage Anguleux avec la rage d'un bélier qui cherche à enfoncer et détruire.

Le bouclier psychique ne tiendrait pas éternellement. Dressé dans l'urgence, il était semblable à un assemblage disparate aux charnières mal jointes, et lorsque je le sentis sur le point de céder, j'intervins. Sans même faire de réflexions quant aux conséquences de mes actes, je passai par le lien psychique pour drainer les émanations de Seth et les réorientai pour alimenter le bouclier.

« Ne te mêle pas de ça », m'avertit Seth en me foudroyant du regard.

Je ne répondis pas, concentrée sur le mouvement des flux d'aura qui transitaient par moi.

Celle de Seth me cracha au visage, et pendant un instant je sentis ses griffes à l'intérieur de mon crâne, raclant et lacérant pour tenter de me faire lâcher prise.

Ne pas céder. Je ne devais pas céder.

Mon nez commença à saigner.

En s'infiltrant entre mes lèvres entrouvertes, le sang marbra mes dents et mes gencives, et m'emplit la bouche d'un goût du fer.

Je devais tenir...

Puis l'attaque cessa aussi soudainement qu'elle avait commencé, et je demeurai pantelante.

Etait-ce tout ?

Je fixai mon regard sur Seth.

A quoi pouvait-il bien penser en cet instant ? Son immobilité était effrayante, et je ne parvenais à rien discerner de l'expression de son visage.

Plus rien ne bougeait.

Seul le sifflement des bombes que les drones larguaient sur la capitale venait briser le silence.

Ce renoncement rapide me déconcertait, et je considérais le tueur d'auras avec une méfiance teintée d'incrédulité.

Ma respiration précipitée en anxieuse trouvait son écho dans celle de Visage Anguleux dont je sentais la présence à quelques pas de moi à peine. Je continuais d'alimenter son bouclier psychique.

Seth avait renoncé avec la même facilité qu'il avait eue à passer à l'action. Pourquoi ? Ce ne pouvait pas être parce que je m'y étais interposée. Impossible. Quand il avait anéanti l'aura de Gilles Ragne, il m'avait tenue à l'écart sans effort, avec le même dédain que si j'avais été parfaitement insignifiante. Pourquoi renonçait-il maintenant ? Il devait avoir une bonne raison... mais laquelle ?

« Alors comme ça, ta petite pureté est plus importante que ta mission de sauvetage, remarqua Seth en me toisant curieusement, toute agressivité retombée.

— Non, protestai-je en relâchant peu à peu ma prise sur son aura.

— Si, insista-t-il, impitoyable. Et tu as fait un choix.

— Un choix ? Je n'ai pas...

— Je suis curieux de voir comment tu vas le gérer maintenant... Au fait, je me demande ce que ta copine borgne en penserait. Pas toi ? »

Ses paroles me firent l'effet d'un coup de poing dans le ventre.

« Tu es prête à te sacrifier sur le front, mais pas à faire une croix sur tes jolis petits préceptes moraux, poursuivit-il avec un haussement d'épaules négligent. Qu'est-ce que ça pourrait bien vouloir dire, sinon qu'ils ont plus d'importance à tes yeux que la vie de ta petite copine borgne ? »

Plus d'importance que Lolotte ? Ce ne pouvait pas être vrai. Pourtant sur l'instant je ne trouvai rien à lui rétorquer. Rien du tout. Y avait-il la moindre parcelle de vérité dans ce qu'il disait ? Venais-je vraiment de condamner Lolotte simplement pour soulager ma conscience ?

Je me laissai glisser au sol, vaincue par la fatigue et l'accablement.

Seth tourna les talons et repartit d'où il était venu sans un regard en arrière. Le message était clair. Je m'étais interposée, je devais en assumer toutes les conséquences.

Visage Anguleux demeura un moment immobile où elle se trouvait. Si j'avais eu une once de présence d'esprit, je lui aurais sans doute demandé quelles étaient ses intentions. Allait-elle me dénoncer ? Allait-elle se taire ? Je m'étais interposée, mais en tiendrait-elle seulement compte ? La haine et le mépris qu'elle avait eus pour moi jusqu'à présents étaient si forts... Mon geste suffirait-il à changer la donne ? En y repensant, éprouverait-elle de la gratitude ? Assez pour garder le silence sur ce qu'elle savait ?

Lorsque je relevai la tête je découvris qu'elle était partie à son tour.

C'était trop tard et j'étais seule. Seule avec mes angoisses et mes doutes.

Mais le froid de la nuit montait par le sol, et son humidité glacée me pénétrait peu à peu jusqu'aux os.

A moins de choisir de me laisser mourir ici, je n'avais plus qu'à me relever.

Ce faisant, je jetai un vague regard vers le fourgon blindé dont j'avais ouvert la portière. Je pouvais encore regarder si la clef se trouvait sur le contact... et puis après ? Il aurait fallu saboter le véhicule pour l'immobiliser sur place au moment où le bataillon serait parti à l'assaut de la ville, et non seulement je ne connaissais rien en mécanique, mais je n'avais même rien pour crever un pneu.

Tu es pathétique, Clarence, me tançai-je. Pathétique et inutile. Réfléchis... Il y a forcément quelque chose que tu puisses faire, n'importe quoi. *Réfléchis.*

Seth. Seth pouvait m'aider... mais le voudrait-il ? Rien n'était moins sûr.

Je retournai auprès des membres de mon escouade avec dans la bouche un goût de sang et de défaite...

Le capitaine n'était pas encore revenu. La réunion tactique s'éternisait...

Les autres discutaient à voix basse. Je n'entendais rien de ce qu'ils se disaient mais, je pouvais aisément conjecturer... L'assaut imminent que nous devions mener dans la capitale devait les accaparer, et sous les mouvements conjugués de leurs auras, l'air paraissait se charger d'excitation et d'inquiétude.

Lorsque je passai près d'eux, je rentrai mon menton vers la poitrine, et voûtai le dos.

Je craignais qu'on ne m'interroge sur mon état et celui de mon uniforme, mais en vérité on ne me jeta pas le moindre regard et je trouvai des motifs de me réjouir de cette indifférence. Personne ne me poserait de questions auxquelles je ne pouvais répondre honnêtement.

Détournant la tête, j'essuyai le sang qui séchait sous mes narines d'un revers de manche et demeurai dans l'ombre.

Seth

Je devais parler à Seth.

Où était-il ?

Je l'aperçus, assis sur une pierre plate, et me dirigeai vers lui.

La batterie à impulsions jetait des flammes dans ses yeux d'obsidienne. Son visage aux traits figés était un véritable masque, et son aura claquemurée se réduisait à un bourdonnement quasi imperceptible. Impossible de rien deviner de ce qu'il pensait ou ressentait.

Je rassemblai ce qui restait de mon courage épars...

« Est-ce que tu sais changer une roue ? demandai-je tandis que mon regard se rivait lâchement au sol.

— Changer une roue ? répéta Seth en penchant la tête sur le côté pour mieux me dévisager. Pourquoi ? Tu as convaincu la fille de tout à l'heure de ne pas parler ?

— Pas vraiment, reconnus-je avec une grimace.

— Dans ce cas, tu t'es débarrassée d'elle et tu as jeté son cadavre dans un fossé ? se moqua-t-il, dégoulinant d'ironie. Non ? Tu es d'une naïveté effarante, ma pauvre petite Clarence. Si tu te figures que ton intervention va t'attirer une quelconque bienveillance de sa part, alors c'est que tu connais bien mal la nature des êtres humains. Recevoir de l'aide de ce que l'on abhorre n'est qu'une irritation de plus. Tu veux que je te dise ce qui va se passer ? Ta petite copine va ruminer dans son coin, puis elle ira te dénoncer, et tu finiras avec une balle dans la tête. Ce sera là toute la rançon de ton altruisme.

— Nous verrons bien.

— C'est tout vu.

— D'accord. Est-ce que tu sais changer une roue ? » insistai-je, mâchoires serrées.

Il resta un long moment silencieux, si bien que je crus qu'il n'allait pas me répondre, puis il m'adressa enfin un léger signe d'assentiment.

« Alors c'est parfait. »

Seth accueillit mon choix de mots avec un reniflement moqueur.

« J'ai besoin d'un couteau, ajoutai-je en soutenant son regard cette fois. Tu en as un ? »

Il haussa un sourcil puis, sans briser le contact visuel, il tira son sac à dos et sortit de l'une des poches latérales un couteau à cran d'arrêt qu'il me tendit par la lame.

D'un geste plus hésitant que je ne l'aurais voulu je saisis le manche du couteau et le glissai dans mon ceinturon.

Puis je me levai et coulai un regard furtif vers les membres de l'escouade rassemblés de l'autre côté de la batterie à impulsions.

Je retraversai le bivouac et longeai de nouveau la rangée des véhicules blindés avant de m'arrêter au niveau du dernier fourgon.

Vérifiant que je n'étais plus en vue, je sortis le couteau du ceinturon et m'accroupis devant la roue.

Je plaçai la pointe de la lame entre les rainures du pneu et poussai. La lame glissa sans même entamer le revêtement de la roue. Le pneu était plus épais que je le pensais. Changeant alors de tactique je m'assis à terre et me servis de mon pied pour enfoncer le couteau à l'endroit où le pneu touchait la jante. Je donnai un coup maladroit de talon sur le bout du manche que je maintenais droit à l'aide de mes mains. La lame glissa de nouveau sur le cuir du pneu.

Je n'y arrivais pas, et je craignais tant de me faire prendre qu'à l'intérieur de ma poitrine, les battements de cœur commençaient à ressembler à des cavalcades. Mes mains étaient moites.

Calme-toi, Clarence. Calme-toi... Tu peux le faire.

Je réessayai.

A la quatrième tentative, j'appliquai enfin mon coup de talon au bon endroit. La lame s'enfonça dans le caoutchouc jusqu'à la garde, et lorsque je la retirai l'air qui se trouvait dans le pneu sortit à sa suite avec le même râle sinistre que celui qui franchit les lèvres d'un mourant.

C'était fait.

Je passai à la roue arrière et répétai la même opération.

Le fourgon pouvait rouler avec un pneu crevé, mais avec deux ? Impossible. Du moins, il fallait l'espérer...

La sueur me coulait sur le front.

Quand ma besogne fut achevée, je remis le couteau dans le ceinturon et me relevai.

J'avais fait ce que je pouvais. Le reste ne se trouvait plus entre mes mains. Je n'avais qu'à retourner auprès de l'escouade et prier pour que le véhicule soit laissé sur place au moment de l'assaut.

Je ne dormis pas cette nuit-là. L'épuisement m'emportait par moments au bord du néant, et je m'assoupissais avant de me redresser dans un sursaut de peur, la gorge meurtrie et persuadée qu'on venait me chercher pour me fusiller.

Le bombardement s'intensifiait dans la ville.

Dans ma tête aussi tout volait en éclats, des visions cauchemardesques assiégeaient mon esprit.

Le capitaine s'en revint avant l'aube et réveilla ceux d'entre nous qui avaient réussi à glisser dans un sommeil agité.

L'heure avait sonné.

« Debout. Maintenant. Prenez vos paquetages. Nous partons. »

Je me levai en titubant et passai dans un mode semi-automatique les lanières de mon sac sur mes épaules. Puis je posai le casque sur ma tête et je dus m'y reprendre à trois fois pour le boucler sous mon menton tant mes mains tremblaient.

Ma bouche était sèche et j'avais du mal à respirer.

Les autres vérifièrent ensuite leurs armes à feu, mais je n'avais que la matraque à pulsions qui pendait à mon côté, et pour la première fois je me sentis démunie. Vulnérable. En dépit du gilet pare-balle sous le haut de mon uniforme, du casque sur ma tête et du bras articulé à l'armature en titane, je ressentais avec plus d'acuité que jamais à quel point mon corps était périssable. Même la présence de Seth ne me tranquillisait pas autant que je l'aurais souhaité.

Je savais que les combats à venir seraient une diversion suffisante à notre fuite, mais nous devions attendre, et attendre était risqué. Nous devions attendre que les troupes soient entrées dans la ville, c'est-à-dire entrer avec elles. Puis nous devions attendre que ces soldats aux côtés desquels nous avions marché ces derniers jours soient assez happés par les affrontements pour nous laisser l'opportunité de nous fondre dans le chaos et nous esquiver, c'est-à-dire affronter la mort, comme tous les autres.

Mon regard glissa brièvement sur les hommes et les femmes qui m'entouraient. Je ne connaissais toujours pas leurs noms. Seulement leurs matricules et leurs visages que le temps ensevelirait tôt ou tard dans l'oubli. Partir, c'était les abandonner à leur sort. Et même si j'étais résolue à le faire, je me sentais coupable de les quitter aux portes de la mort.

De toute façon, tu ne peux pas les sauver, murmura la voix sous mon crâne.

C'était vrai, je ne le pouvais pas. Quand bien même en aurais-je eu le désir, je n'en aurais pas eu les moyens. Je ne savais pas me battre. Je marchais même sans armes. Non, je ne pouvais sauver personne. Je me sentais quand même coupable de ne pas essayer.

Seth aurait ri de mes pensées.

Lui qui ne se souciait de rien ni de personne, dont les paroles étaient tranchantes comme le scalpel, il aurait ri et m'aurait montré tout ce que mon souci des autres cachait de bas et de sordide. Il m'aurait traitée d'hypocrite... Et après tout, n'était-ce pas hypocrite de ma part de prétendre me soucier de tous ces gens quand je ne pensais qu'à récupérer Lolotte au Centre et fuir ?

Lolotte...

J'irais la chercher, quand bien même je devrais le faire en rampant.

Mais d'abord, rester en vie.

Rester en vie...

Même avec Seth à mes côtés, c'était une gageure.

Là-bas, je pouvais être blessée ou tuée en une fraction de seconde.

Il suffisait d'une seule balle, d'un seul drone, d'un seul coup bien placé...

« Formez les rangs ! » ordonna le chef d'escouade.

Je ne réagis pas tout de suite, et TAH76 me donna une légère bourrade dans le dos. « Allez, avance, transfuge. Grouille-toi, tu gênes, là. »

Je murmurai un mot d'excuse et me plaçai à la droite de Seth avec l'impression que mon corps se mouvait par pur automatisme. Je me sentais raide. Empruntée. Chaque geste que j'exécutais semblait se faire en dehors de moi.

Etrangère.

Comme si, quelque part, mon esprit se détachait de mon corps pour se préparer à l'éventualité de devoir le quitter.

Les autres ressentaient-ils la même chose ? Je n'en savais rien, mais le silence était à couper au couteau. Tout le monde semblait conscient que désormais aucune force ne pourrait plus empêcher le combat à venir.

Le front se trouvait au-devant de nous désormais, et nous étions peu de choses.

Mon estomac se tordit.

« Nous serons dans la ville dans une heure à peine, nous apprit le capitaine en vérifiant nos équipements et nos casques. Restez groupés. Suivez les ordres. C'est tout. »

Je sentis tout à coup une main sur mon épaule, et lorsque je redressai la tête mon regard plongea dans celui du chef d'escouade.

« Si j'avais su, chuchota la soldate après m'avoir saisie par le col pour rapprocher sa bouche de mon oreille, je t'aurais tiré dessus ce jour-là. »

Mes yeux s'agrandirent, et j'eus un mouvement de recul instinctif qu'elle réprima d'une simple et impitoyable pression sur l'épaule.

Un rictus hargneux déformait sa lèvre.

De toute évidence, elle savait. Ce qui ne pouvait signifier qu'une seule chose… Visage Anguleux avait parlé.

Bien sûr qu'elle a parlé, susurra alors la voix de Seth à l'intérieur de ma tête tandis que mon cœur sombrait en piqué dans le fond de ma poitrine. *Je te l'avais dit. Je t'avais dit qu'elle parlerait, pas vrai ? Mais tu n'écoutes rien... Que vas-tu faire, maintenant qu'elle sait ? Dis-moi... Est-ce que tu veux que je la tue pour toi ?*
— Quoi ? Non. Ne t'en mêle pas.
« Hé ! »
L'apostrophe, accompagnée d'une brusque secousse, me ramena à la réalité, et je m'ébrouai. *Reste en-dehors de ma tête,* ordonnai-je à Seth avant de briser le contact psychique.
« Ecoute-moi bien, TAEF17, reprit le chef d'escouade en resserrant juste assez sa poigne sur mon col pour rendre la prise inconfortable. Je ne sais rien de ce que tu avais prévu de faire après avoir foutu le camp. Je n'ai pas demandé et franchement je m'en contrefiche. Je me moque bien de tes petites combines. Mais tu peux tirer une croix sur tes plans. Tu n'iras nulle part, et lui non plus. Alors maintenant tu vas suivre gentiment le mouvement. Tu vas te battre comme tous les autres et accomplir ton devoir. Quelque part, ça devrait te faire chaud au cœur... Si tu meurs aujourd'hui, avec tous les autres, ce sera en soldat de la nation. Tu auras une belle plaque commémorative. Ça ne te fait pas rêver ? Tant pis pour toi. A partir de maintenant, si je te vois faire le moindre mouvement de travers, le moindre pas de côté, je t'abats sans sommation. C'est assez clair comme ça ?

— Oui...

— Tant mieux. Parce qu'il me suffit d'appuyer sur un simple boitier pour faire sauter ta tête et la sienne, et je n'hésiterai pas une seule seconde. »

Je n'en doutais pas, aussi hochai-je ladite tête docilement, soutenant le regard méfiant de la gradée aussi longtemps qu'il demeura plongé dans le mien.

Si Laurie Xavier avait bien fait ce qu'il m'avait promis, alors le capitaine ne pouvait pas me « faire sauter la tête » en appuyant sur un boitier. C'était heureux, et je devais m'en réjouir, tout comme je me réjouissais qu'on n'ait pas pris la décision de m'exécuter sur place.

En outre, cette petite discussion eut un autre effet non négligeable : je me sentais désormais parfaitement alerte, comme si en me secouant, le chef d'escouade avait brisé la gangue de peur qui paralysait une partie de mon cerveau exténué.

Je pouvais de nouveau penser clairement.

Chapitre 22

Nous venions par le sud, et rapidement le bruit des bombardements s'intensifia.

Les explosions les plus lointaines étaient semblables au tonnerre qui gronde.

A moins d'un kilomètre de la capitale, le sol tremblait sous nos pieds comme une bête agonisante agitée de soubresauts.

Dans le ciel à peine encore éclairé d'une aube sanglante, les drones tournoyaient avec des bourdonnements d'essaim en colère. Puis ils plongeaient en piqué et alors on les perdait de vue mais on entendait. On entendait le bruit de la mitraille et les cris. On entendait le craquement sinistre des murs qui se lézardent avant de finalement s'effondrer comme des géants vaincus, ensevelissant tout sous les décombres.

La plupart des bâtiments étaient en proie au feu.

Les flammes montaient peu à peu dans les étages jusqu'à se poster au-dessus des toits où ils se mouvaient triomphalement, ondulant comme des étendards.

Puis la chaleur du brasier qui ravageait l'intérieur faisait éclater les fenêtres des gratte-ciel, et comme un orage suivi de pluie, on entendait le déluge meurtrier des débris retombant dans les rues.

Les bombardements se succédaient dans toute la ville.

Je n'y avais pas prêté attention dans un premier temps, mais je remarquai ensuite qu'ils avaient lieu à une fréquence régulière, quartier par quartier. D'abord le nord. Puis l'est et le sud... Le nord de nouveau...
Les drones ne frappaient pas au hasard.
Il y avait de la méthode dans cette destruction, et de l'ordre dans ce chaos.
« Ils ne bombardent pas à l'ouest, fit remarquer Seth.
— Vraiment ?
— Vois par toi-même. Les immeubles à l'ouest sont tous intacts. »
Il avait raison.
Aucune des barres d'immeubles du quartier ouest n'avait été ne serait-ce qu'entamée. Etrange... c'était étrange, parce que la hauteur insolente de leurs tours aurait dû faire d'eux des cibles de choix, et pourtant les drones ennemis n'y menaient aucune frappe.
Les quartiers à l'ouest de la ville semblaient avoir été délibérément épargnés.
Pourquoi ?
Pourquoi pas l'ouest ?
« Ils dégagent un passage, analysa Seth.
— Un passage ? Pour qui ?
— Pour eux. »
Je ne vis ceux que Seth désignait que lorsque je regardai par-dessus son épaule.
En direction de l'ouest, une véritable marée humaine saturait le réseau routier. Les voitures paralysées

éructaient et vomissaient finalement des passagers qui allaient en hâte tirer du coffre valises et sacs avant d'abandonner les véhicules pour continuer la route à pied. Certains, plus chanceux, se déplaçaient à vélo ou à moto, tandis que d'autres en étaient réduits à pousser les enfants dans des chariots de supermarché aux roues branlantes.

Les habitants de la ville partaient dans la précipitation, abandonnant leurs appartements, leurs maisons et tout ce qu'ils ne pouvaient pas emporter avec eux.

« Ils ne se rendent même pas compte qu'ils vont exactement là où on les pousse, ricana Seth.

— Comment ça ?

— Regarde-les. Ils sont comme du bétail. Les bombardements les ont fait sortir de chez eux et se rassembler en troupeau. Et maintenant, les drones ennemis leur ménagent un couloir sécurisé vers l'ouest et ils s'engouffrent là-dedans sans plus de réflexion. Ils participent en fait à une double manœuvre. D'abord, ils désertent la zone de combat ce qui facilite la progression des troupes dans la capitale. Ensuite, ils se regroupent, ce qui signifie qu'au lieu d'avoir à éliminer une multitude de cibles mouvantes, ce qui fait perdre du temps, les drones n'auront qu'à en éliminer une seule grosse.

— Attends... tu es en train de dire qu'ils vont tirer sur ces gens ?

— C'est probable...

— Mais ce sont des civils ! m'indignai-je. Il y a des enfants parmi eux !

— Précisément, rétorqua Seth avec cynisme. Il y a des enfants. Et les enfants grandissent, Clarence. Ils grandissent et prennent les armes à la suite de leurs pères. Si tuer ces enfants revient à tuer de futurs combattants, pourquoi hésiter ?

— Parce que ce sont des *enfants*.

— Simple question de perspective et de choix de mots. D'ailleurs, nous sommes en guerre depuis des décennies maintenant. C'est assez pour se connaître. Tu sais quel est le mot d'ordre, de ce côté de la frontière comme de l'autre ? Pas de pitié. Personne ne fait plus de prisonniers. Les villes sont rasées sitôt tombées. Chaque bloc de béton qui s'y trouve finit pulvérisé pour ne pas pouvoir même servir d'abri à un rat ou un cafard... Ce sont les lois de la guerre. Nul n'est censé les ignorer. Si ces gens sont assez bêtes pour entrer dans une nasse, alors ils méritent d'y mourir. »

Son ton était froid et catégorique. Que tous ces gens soient bombardés par les drones tandis qu'ils fuyaient la capitale en feu ne l'indisposait en rien et même, quelque part, cela faisait sens pour lui.

Bientôt je ne pus plus suivre du regard la colonne de civils. Nous entrions dans l'ombre menaçante des premières barres d'immeubles.

A ce moment je tournai la tête vers l'arrière-garde pour me faire une idée de notre situation. Cette dernière n'était guère brillante, en fait... Pris dans le corps du bataillon comme nous l'étions, nous n'aurions aucune liberté de mouvements jusqu'au moment où l'ennemi viendrait éclater nos rangs, et cette perspective n'avait rien de bien réjouissant...

« Drones ! » hurla tout à coup une voix à l'avant.

Je levai la tête.

Trois drones venaient dans notre direction.

Le bruit des rotors suffit à faire moitir mes mains et mon front.

Le vol des drones était rapide, mais l'ordre, relayé à l'arrière-garde par radio transmission, fut donné assez tôt pour que les batteries anti-aériennes soient opérationnelles avant leur arrivée.

Les fourgons blindés qui escortaient le bataillon étaient équipés de tourelles rotatives armées de canons. Les tireurs y accédaient depuis l'intérieur du véhicule. Il suffisait à ceux-ci d'ouvrir la trappe et de prendre place sur le siège élévateur pour rejoindre leur poste.

Lorsque les drones ennemis furent sur nous, la peur formait une boule dure et compacte au creux de mon estomac. Les batteries anti-aériennes étaient pointées sur eux, prêtes à faire feu, mais ils se contentèrent de nous survoler à plusieurs reprises en passant à moins de cinq mètres au-dessus de nos têtes, scannant et prenant des clichés.

Puis ils repartirent vers le nord.

« Ils vont revenir, prophétisa TAF52. Maintenant qu'ils connaissent notre position, ils vont revenir en plus grand nombre. C'est sûr. Ces saletés ne vont plus nous lâcher. »

Je posai la main sur le manche de la matraque à pulsions et serrai.

Le bataillon poursuivit sa progression vers le centre de la capitale.

Dans les quartiers sud que nous étions en train de traverser, les bombardements de la nuit avaient été sévères.

Les trottoirs et l'asphalte de la route avaient été soulevés et retournés par le souffle des explosions. Le sol, parcouru de lézardes, formait par endroits des plis et des vagues qui se resserraient de manière concentrique autour de cratères profonds de plus d'un mètre marquant l'endroit exact où avait eu lieu l'impact.

Les bâtiments de part et d'autre de la rue se réduisaient pour beaucoup à un amalgame invraisemblable de briques et de béton surmonté d'arches en tiges de métal à demi fondu. Par un curieux hasard, certains pans de murs avaient résisté à l'écroulement du reste des bâtisses et étaient demeuré sur place dans un équilibre précaire. Leur base parfois si réduite qu'ils paraissaient se tenir sur un pied, ils donnaient l'impression de n'attendre plus qu'un souffle avant de s'effondrer.

Dans les premières lueurs du jour, les appartements dénudés par les explosions révélaient leurs intérieurs comme le ferait une maison de poupées. Des lustres pendaient des plafonds affaissés, des canapés et des fauteuils restés miraculeusement dans leur disposition première exposaient au regard leurs renflements de cuir, à un mètre à peine d'un tapis qui, lui, pendait dans le vide... Tel cadre avait conservé sa place sur le mur qui côtoyait une tapisserie en lambeaux que le feu achevait encore de ruiner.

On eût dit qu'une partie des maisons s'attachait à nier l'évidence et faisait front.

Des gens avaient vécu là.

Ces gens étaient morts ou partis.

A mesure que la troupe progressait dans la ville, une fumée dense et blanchâtre envahit les rues, et bientôt ce fut comme si nous marchions dans le brouillard.

Devant moi, TAEH27 fit brusquement un écart.

Je n'eus pas le temps de l'imiter.

Mon pied heurta l'obstacle, et je trébuchai en avant.

Le bras articulé se dressa devant moi pour stopper ma chute, et ce faisant il rencontra une surface souple et molle...

Un corps. Un corps se trouvait sous moi.

L'horreur que je ressentis à cet instant fut absolue.

Je retirai la main avec la même précipitation que si elle avait plongé dans un bac d'acide, et je me rejetai en arrière avec un cri étranglé.

Puis je sentis qu'on me saisissait par le sac et qu'on me tirait vers le haut pour me relever.

« Regarde où tu mets les pieds, conseilla Seth avant de me faire contourner le cadavre pour ramener dans le rang.

— Il y a...

— Je sais. J'ai vu. Il y en a d'autres. »

D'autres ?

Je hochai frénétiquement la tête.

Mon cœur battant à tout rompre me donnait l'impression de vouloir remonter dans ma gorge.

Les drones revinrent à ce moment-là.

On entendait, mais on ne voyait pas, et les tourelles des batteries anti-aériennes se tournaient nerveusement d'un côté et de l'autre, suivant le bruit des rotors.

L'avant-garde essuya quelques tirs.

Puis ce fut tout, et le silence retomba sur nous de toute sa masse.

Je n'entendais plus rien.

Je sondai le vide au-dessus de nos têtes.

Où étaient les drones ?

Il y eut tout à coup un sifflement dans l'air, puis deux, puis trois, et bientôt l'enfer s'abattit sur nous.

Un souffle brûlant me fouetta au visage et je n'eus que le temps de replier le bras articulé devant mes yeux avant d'être soulevée et projetée violemment à terre.

Je sentis un grand choc au moment où je heurtai le sol, et une vive douleur me déchira le flanc avant de se répandre comme une trainée de poudre dans tout le côté gauche.

Pendant quelques instants de peur panique je demeurai là où je me trouvais, allongée et les yeux grands ouverts fixés sur le ciel sans pouvoir remuer ne serait-ce que le petit doigt.

Je ne voyais, n'entendais, ni ne sentais plus rien.

Comme si mon corps s'était brusquement déconnecté d'avec mon cerveau, ou que mes terminaisons nerveuses avaient grillé.

J'étais même incapable de dire ce qui venait de se passer.

Je toussai et relevai le buste pour examiner l'état de mes bras et de mes jambes. Entière. J'étais entière. Je palpai mes membres fébrilement, couverte de terre et de goudron. Un brusque élancement de douleur au-dessus du flanc gauche me fit tressaillir lorsque j'y passai les doigts. Le gilet pare-balle m'avait servi d'amortisseur, mais je devais avoir une ou deux côtes fêlées.

C'était un moindre mal.

On ne mourait pas d'une ou deux côtes fêlées.

Je suivis du regard les drones qui se dispersaient après avoir bombardé le bataillon jusqu'à l'arrière-garde.

Leur départ nous laissait un répit qui serait sans doute de courte durée et dont nous devions tirer profit pour quitter la ville.

Je cherchai Seth…

Mes entrailles se tordirent brusquement.

Tout autour, c'était le chaos.

L'explosion avait emporté une partie du rang. Dans un périmètre d'une dizaine de mètres, des corps gisaient et se tordaient sur le sol, couverts de sang. Parmi eux devaient se trouver des membres de mon escouade, des gens que je connaissais.

Je ramassai mon corps perclus de douleur et me tournai.

Je vis TAF32.

Les yeux ouverts et fixes du capitaine ne regardaient plus rien, et son implant, arraché par l'explosion, laissait entrevoir l'intérieur de son crâne...

Je me détournai pour vomir.

Morte.

Le reste du bataillon se préparait tout de même à partir à l'assaut. J'entendais des cris de ralliement, les fourgons blindés se frayaient un chemin parmi les cadavres et les blessés pour gagner l'avant-garde. Partir à l'assaut... Mais à l'assaut de quoi ? Partout où je posais les yeux, il n'y avait que ruine et mort. La ville était perdue. Ne le voyaient-ils pas ? La ville était perdue avant même que nous y entrions. Pourquoi se battre encore ? Que restait-il donc à sauver ?

Il y a quelque chose de pourri ici-bas, ricana la voix de mon père sous mon crâne. Quelque chose de pourri...

Oui, je la voyais bien, désormais, cette pourriture. Je la connaissais à fond. L'orgueil de ces gens qui ne voulaient jamais renoncer. Qui se refusaient à rien céder.

Ces monstres dévoreurs de monde prêts à se battre jusqu'au bout, même si cela signifiait tout emporter et tout détruire avec eux.

Et Seth...

Où se trouvait Seth ?

Faisant fi de la douleur lancinante qui m'élançait sur le côté, je me déplaçai à quatre pattes, l'appelant d'une voix éraillée que je ne reconnus même pas.

Je n'osais pas me relever tant je craignais d'être prise pour cible.

Seth ne pouvait pas être loin. Il se trouvait à ma gauche au moment de l'explosion. La déflagration m'avait atteinte avant lui, et j'étais vivante. Par conséquent il ne pouvait pas être mort.

Pourtant, la peur était dans mon ventre comme un monstre aux griffes acérées.

L'implant...

Je cherchai avec angoisse le lien psychique qui me reliait au tueur d'auras. Là...

Je traquai les émanations de son aura et les suivis jusque de l'autre côté de la rue.

La déflagration avait poussé Seth bien plus loin que je ne le pensais. Accroupi, il s'ébrouait. Le choc avait été rude. Son casque était fendu et enfoncé sur le dessus, et des filets de sang lui glissaient sur la figure.

Il tourna la tête dans ma direction avant même que je l'aie rejoint, et lorsque je vis qu'en dépit de l'impressionnante quantité de sang qui coulait de sa plaie, il ne semblait que très légèrement blessé, le soulagement déferla sur moi.

« Il faut y aller, conclut-il après avoir rapidement analysé la situation. Les troupes au sol ne vont pas tarder à arriver, et si nous pénétrons plus avant dans la ville, nous nous y retrouverons coincés avec tous les autres. Tu t'es occupée du véhicule ? »

Je hochai la tête pour toute réponse.

« Jusqu'à présent, tu as eu une chance insolente, me fit remarquer Seth tandis que nous nous relevions. Prie pour que ça dure encore. »

Une chance insolente… Oui, je suppose que l'on pouvait dire ça. TAF32 gisait au milieu des décombres à quelques mètres, et moi j'étais encore bien vivante…

Je me relevai.

En position debout, la douleur dans mon côté gauche semblait s'intensifier, mais je ne pouvais rien y faire, aussi serrai-je les dents sans rien dire. Je marcherais. C'était suffisant.

« Les côtes ? s'enquit néanmoins Seth après avoir observé avec attention la façon dont je me déplaçais.

— Oui. »

Il hocha la tête.

« Allons-y. »

Seth prit la tête.

Après une inspiration je pressai une main contre mon flanc gauche et le suivis.

L'asphalte fondu par le bombardement se convulsait sous nos pieds et s'enfonçait comme s'il était devenu liquide.

J'avançai en fouillant des yeux les décombres à gauche pour trouver un passage, mais l'écroulement des bâtiments avoisinants avait enseveli de nombreuses ruelles.

En outre, il nous était impossible de rebrousser chemin.

Des soldats qui se déplacent dans la direction opposée au combat ne peuvent pas passer inaperçus, or nous devions nous fondre dans la masse. Aussi suivîmes-nous le reste du bataillon vers le centre-ville, tout en guettant une ouverture qui nous permettrait de nous éclipser sans nous faire remarquer.

Seth se déplaçait plus vite que ne me le permettaient mes côtes fêlées. Lorsque je le vis s'immobiliser, puis faire demi-tour et revenir, je compris qu'il avait trouvé.

« La ruelle là-bas me semble praticable. J'y vais le premier, et tu me suis. »

J'acquiesçai docilement.

Seth repartit à l'avant, et je suivis sa progression. Marchant d'un bon pas, il ralentit aux abords de la ruelle. Des soldats passèrent près de lui sans lui jeter un regard, et quand il se fut assuré que personne ne lui prêtait attention, il bifurqua.

C'était mon tour...

Je soufflai.

Mon flanc gauche irradiait.

Arrivée au niveau de la ruelle où Seth venait de disparaître, je fis une pause et regardai autour de moi.

Il y avait bien encore une cinquantaine de soldats armés de l'arrière-garde qui passeraient bientôt près de l'endroit où je me trouvais.

Je réduisis les émanations de mon aura.

Je pouvais le faire.

Je m'apprêtais à me jeter dans la ruelle lorsque je sentis tout à coup un frisson remonter le long de ma nuque.

Je tournai la tête.

Visage Anguleux se tenait debout au milieu de la rue, échevelée et haletante, et le canon de son arme était pointé vers moi.

Le temps parut s'étirer comme une corde, encore et encore, jusqu'à ce que la tension devienne insupportable.

« Clarence, bouge ! »

Je ne pouvais rien faire. Je ne pouvais que contempler, tétanisée, l'œil de ténèbres du pistolet braqué sur moi. A cet instant, il me sembla que c'était la mort elle-même qui me regardait.

Visage Anguleux allait-elle tirer ?

A cette distance, elle ne pouvait pas me manquer.

Me haïssait-elle à ce point ? Vraiment ? C'était possible. Bien que je me sois interposée entre elle et Seth au moment où ce dernier s'apprêtait à écraser son aura, elle m'avait dénoncée au chef d'escouade dès qu'elle en avait eu l'occasion...

Si elle tirait maintenant, tout était fini, et il n'y avait rien que je puisse faire pour l'empêcher.

Sa main tremblait cependant.

Sa main tremblait, et quelque chose passait dans son regard. Quelque chose de fragile comme un vacillement ou un doute. De l'hésitation.

Elle s'était réjouie à l'idée de me voir mourir sur le champ de bataille, mais pas à me tuer elle-même.

Je fis un pas en arrière.

Le pistolet eut comme un soubresaut.

Je crus ma dernière heure arrivée.

Puis la main qui tenait l'arme capitula, s'inclinant lentement vers le sol.

Au même moment Visage Anguleux fut fauchée par une violente déflagration psychique. Son aura se trouva anéantie en une poignée de secondes à peine, et elle s'effondra comme une poupée de chiffon.

Je demeurai là, incapable de détourner mon regard de son corps affaissé et vidé.

« Ils arrivent. »

Seth m'avait rejointe.

Son regard attentif et sombre allait au-delà de moi, et la tension lui raidissait les épaules. L'aura qui fouettait l'air avec agitation, je sentais son odeur habituelle de sang et de carnage se nuancer d'inquiétude.

« Quoi ? balbutiai-je.

— Je t'ai dit qu'il y en avait des comme nous, dans l'armée d'en face. Ils arrivent.
— Ils arrivent ? répétai-je, hébétée.
— Oui. »
J'étais curieuse, mais pas au point de risquer ma vie, la sienne, et celle de Lolotte.
« Allons-y. »
Nous reculâmes tous deux précipitamment jusqu'à la ruelle et Seth commença à escalader le barrage de décombres qui bloquait la voie.
La poitrine opprimée, je gardais l'œil fixé sur le bout de la ruelle.
Puis je suivis le mouvement et escaladai à mon tour.
Je devais aller chercher des prises au-dessus de ma tête, et dans l'étirement forcé de mes bras et de mes mains crochetant les blocs de béton armés de tiges de fer pour me hisser vers le haut, la douleur dans mon flanc devenait presque insupportable. Fort heureusement, le bras articulé se montrait infatigable. C'était lui qui me maintenait d'aplomb lorsque mes doigts cédaient ou que mes pieds dérapaient.
Seth se contentait de m'attendre, et je le toisais par moments en serrant les dents avant de carrer les épaules et reprendre ma progression.
Puisque je devais le faire seule…
Conjonction de l'effort et de la douleur, la sueur coulait abondamment le long de mon visage.

Arrivé au somment, je m'assis sur le tas de gravats et attendis que ma respiration et les battements de mon cœur ralentissent.

Il ferait bientôt jour.

Plus loin vers le nord, on entendait le bruit des bombardements, des tirs, mais aussi les clameurs et les cris des blessés...

La voix des hommes se mêlait à celle des machines en un chant de mort et de souffrance.

C'était fini.

Je songeai à tous ceux que j'avais connus et que je ne reverrais plus.

Mais le soleil achevait de se lever, et les premiers rayons nous soufflaient au visage leur haleine tiède, baignant peu à peu les ruines de lumière.

Il était temps de partir.

Nous redescendîmes de l'autre côté et tournâmes le dos à la guerre.

Chapitre 23

Le fourgon blindé était resté sur place. Personne n'avait pris le temps de refermer les portières, et il avait seulement été vidé de tout le chargement qu'il contenait. Plus de rations militaires, plus de stock d'eau, d'armes ou de munitions…

Et tandis que Seth se chargeait de remplacer les roues du véhicule, je me résolus à bander mes côtes. J'avais trop tiré sur la corde. La marche, l'escalade… J'avais franchement mal à présent, et il me faudrait encore supporter un trajet dans le fourgon, sur des routes accidentées.

Je fouillai dans mon sac à dos à la recherche du kit d'urgence et d'une bande adhésive.

La douleur me forçait à des gestes lents et précautionneux.

Puis j'ôtai la veste de mon treillis et retirai le gilet pare-balles avant de soulever le tee-shirt pour examiner mon côté gauche.

Des ecchymoses d'un violet sombre, presque noirâtre, s'y élargissaient.

Je plaçai le bout de la bande sur mes côtes et le maintins avec les doigts de la main droite tandis que de la gauche je faisais passer le rouleau dans mon dos. Je coinçai ensuite le début de la bande et répétai l'opération en tirant pour serrer au maximum.

Quand ce fut fait, je nouai la bande avant de rabattre le tee-shirt et remettre le gilet pare-balles et la veste.

J'attendis.

La fatigue, la douleur, la lassitude et les épreuves m'avaient plongée dans un état de léthargie et d'abattement. Je n'avais plus la force de songer à rien. Je restais simplement assise sur le sol, les mains posées sur les jambes, incapable de me résoudre à envisager la suite des événements. Retourner au Centre. Trouver le moyen d'y pénétrer, et partir, mais pour où ? Je n'en savais rien. Aussi me raccrochais-je seulement à la pensée que j'avais fait ce qu'il fallait. Que je serais bientôt auprès de Lolotte et que c'était tout ce qui importait.

Seth achevait de changer la première roue du fourgon quand le hurlement d'une sirène s'éleva tout à coup de la capitale en feu, si puissant qu'il devait être audible à des kilomètres à la ronde. Il y avait dedans une telle urgence, un tel désarroi, que je sentis malgré moi ma gorge se serrer.

Le hurlement de la sirène dura deux secondes, puis cinq, puis dix, puis vingt...

« Qu'est-ce que ça veut dire ? demandai-je finalement à Seth tandis qu'il se remettait à l'ouvrage en passant au deuxième pneu du fourgon.

— C'est un signal d'évacuation. »

D'évacuation ?

Alors la ville était perdue... peut-être même la guerre.

Tant mieux.

Je n'avais pas un frémissement de pitié à la pensée que ce pays finirait peut-être ruiné, exsangue. Mais après tout, je n'étais qu'une transfuge. Ce pays n'était pas le mien, et il m'avait apporté tant de souffrances. La fin rapide et misérable qu'il connaîtrait peut-être après des décennies de combat ne m'atteignait pas, et me semblait même, quelque part, méritée. Tout compte fait, il y avait peut-être une justice, un œil ouvert dans le vide glacé de l'univers...

L'amertume cependant m'envahit tandis que j'observais les colonnes de fumée qui montaient de la capitale vers les cieux comme une supplique.

Des milliers d'hommes et de femmes avaient été envoyés là-bas, plusieurs bataillons, et tout ça pour quoi ? Après quelques heures de combat à peine, l'ennemi avait pris la ville et l'armée était en déroute.

Ce qu'il restait de l'escouade se trouvait là-bas.

Dès que Seth eut fini de s'occuper de la dernière roue, nous chargeâmes les sacs dans le fourgon et partîmes en direction du sud-ouest. Seth conduisait, et je regardais le paysage défiler avec l'impression de glisser sur la réalité.

Par la vitre je voyais le paysage défiler rapidement.

C'était étrange de se dire qu'à ce rythme, il ne nous faudrait sans doute que quelques heures pour défaire les kilomètres que nous avions mis plusieurs jours à parcourir avec le bataillon... Et que si tout allait bien, dans trois ou quatre jours nous serions au Centre.

Mais je n'avais plus de place en moi pour la joie ou l'espérance. J'oscillais entre la confusion et l'abattement, et dans mon cerveau épuisé, les temporalités s'entrechoquaient.

J'avais si peu dormi les jours passés, et si mal...

Le sommeil me prit en traître.

Et je me retrouvai brusquement dans les rues de la capitale. Au-devant de moi, les rues étaient jonchées de cadavres. Des cadavres d'inconnus, mais aussi de soldats que j'avais côtoyés. TAF32. TAH88, TAEF24, TAH76... Ils étaient tous là. Tous. J'avançais en titubant parmi eux, je me baissais tantôt pour prendre leur pouls tantôt pour appeler et les secouer aux épaules... Plus de vie ici. Ne restait que le silence. Un silence immobile et implacable. Ne restait-il donc plus personne de vivant ici ? Je continuai à avancer. Puis je les vis. Les personnes que j'avais aimées... Que j'aimais. Je reconnus leurs visages tirés des tréfonds de ma mémoire. Ma mère. Amélie. Hadrien. Lolotte. Leurs yeux vitreux et glauques semblables à des portes ouvertes sur le vide et la nuit...

Une douleur aux bords durs et tranchants me lacéra la poitrine... La douleur de les avoir aimés et de les avoir perdus.

Je restai prostrée.

Ils étaient morts. Je n'avais plus rien. N'étais plus rien. Ne devais-je pas mourir aussi ? Ne devais-je pas disparaître ?

J'entendis alors une voix chuchoter mon nom.
Je regardai les morts.
Les morts me regardaient.
« Clarence… »
Un frisson glacé remonta le long de ma colonne vertébrale.
Je me relevai précipitamment.
« Clarence… »
Mes pieds s'enfonçaient dans un sol élastique et mouvant qui se refermait sur moi pour m'immobiliser.
Devant moi, les rues de la capitale s'effaçaient peu à peu pour laisser place à du néant au milieu duquel flottait une porte.
La porte de la chambre jaune.
Je sentis une pression sur ma nuque, comme si une main invisible tentait de me pousser en avant.
Je résistai.
« Clarence… »
Non. Non…
Ce qui se trouvait derrière cette porte était de l'inconnu, et cet inconnu me terrorisait.
« Non. Je n'ouvrirai pas. »
En réponse à mon refus, le panneau de la porte trembla soudain, ébranlé par une série de coups enragés. Les gonds gémirent.
Je regardais, tétanisée, la poignée s'abaisser et se relever à un rythme effréné.
« Intéressant… Qu'y a-t-il derrière cette porte ? »

Je tournai la tête.
Seth était là.
Je me réveillai en sursaut.

Une sueur glacée me couvrait le front, ma main couverte de l'armature du bras articulé se cramponnait si fort à l'accoudoir qu'elle le déformait, et je pouvais à peine respirer.

« Cauchemar ? » s'enquit Seth sans quitter la route des yeux, le visage totalement inexpressif.

Cauchemar ?

Je hochai la tête en grimaçant avant de lancer au tueur d'auras un long regard scrutateur.

« Quoi ? demanda ce dernier en sentant que je l'examinais.

— Rien. »

Je l'avais vu.

Je l'avais vu à l'intérieur de ma tête.

Pourtant, en cet instant il affichait une parfaite décontraction, et son aura restait sagement enfouie dans les profondeurs, inactive... un doute me saisit.

L'avais-je vu ou l'avais-je simplement imaginé ?

Je fis le tour de mes défenses psychiques pour redresser celles qui me paraissaient vacillantes. Et au moment où j'achevai de consolider mes barrières mentales, je surpris l'ombre d'un sourire frémissant au coin de ses lèvres.

Il se moquait de moi.

Je me rencognai dans mon siège et regardai la route devant nous.

Il n'y avait personne.

Les gens ne se déplaçaient plus à bord de véhicules motorisés. Ici comme chez nous, l'essence coûtait cher, et pour cette raison on l'avait peu à peu réservée strictement aux usages militaires.

« Où sommes-nous ? demandai-je tout à coup à Seth en balayant du regard le désert de rouille qui s'étendait de nouveau au-devant de nous. Combien de jours avant d'atteindre le Centre ? »

Le tueur d'auras se contenta d'un haussement d'épaules impassible.

« Tu n'en sais rien ? D'accord... Et tu sais où tu vas, au moins ?

— Oui... Par contre, je ne suis pas sûr que tu le saches, toi. »

Il ne parlait plus vraiment de la route, je le sentis aux inflexions de sa voix.

« Ta copine doit être morte à l'heure qu'il est. Ça ne te fait rien de te dire que tu as sûrement fait tout ça pour rien ? »

Il ne m'apprenait rien. Mais il donnait une forme précise et cruelle à des doutes que je ne voulais pas même concevoir. Il posait des mots tranchants comme des couperets sur des pensées que je réduisais, moi, à dessein, à un état larvaire. Et c'était à peine supportable.

Laurie Xavier pouvait n'avoir pas rempli sa part du contrat. Lolotte pouvait être morte et son enfant avec elle. Mais envisager le pire maintenant changerait-il quoi que ce soit ? Ce chemin, je l'avais choisi, et je le suivrais où qu'il me mène désormais. Parce que je ne pouvais pas renoncer. Parce que je ne pouvais pas supporter de me dire que j'avais renoncé alors qu'il restait une chance, si infime fût-elle.

Le reste du trajet se passa dans le silence. Quatre jours de silence rythmés par de brèves pauses pour manger et boire. Quatre jours de silence entrecoupés de nuits à dormir à l'arrière du fourgon.

Puis nous arrivâmes aux abords du Centre.

Nous laissâmes le véhicule dans les bois.

Le temps était couvert et un vent lugubre faisait frissonner les arbres.

Au moment de descendre, au moment même où je posai le pied à terre, je me trouvai submergée par une brusque sensation de vertige. Et pas seulement à cause de cette douleur qui pulsait dans mes côtes fêlées.

C'était une certitude.

Une certitude née au fond de mes entrailles.

La certitude que je marchais vers la mort et le désastre.

Chaque pas me coûtait.

J'aperçus enfin, comme à travers le brouillard, les façades lisses, polies et élancées du Centre.

Puis nous sortîmes du bois, et je compris que quelque chose n'allait pas.

Les portes étaient grandes ouvertes et toutes les lumières éteintes. Pas un bruit. Pas un cri. Pas même un chuchotement.

« Ils sont partis, observa Seth d'une voix égale. Il n'y a plus personne. »

J'eus le sentiment que la terre allait s'ouvrir sous mes pieds pour m'engloutir.

Plus personne ? C'était impossible... Ils n'avaient pas pu partir. Lolotte...

« Clarence... »

Je ne voulais rien écouter de ce qu'il avait à me dire.

Je courus.

Je passai les portes du hall, et parcourant les couloirs sans réflexion ni ordre j'ouvris toutes les portes que je trouvai, jusqu'à ne plus sentir que le désespoir.

Je m'immobilisai tout à coup.

Vide. Le Centre était bel et bien vide.

Ils avaient tout emporté. Tout le matériel informatique et scientifique, tout...

« Ils ont dû recevoir un ordre d'évacuation, commenta Seth, accoudé au chambranle d'une porte. Suivre la procédure...

— La procédure ? »

Je ne reconnus pas ma voix tant elle était altérée.

« Oui, acquiesça le tueur d'auras. Emporter ce qui peut l'être... Détruire le reste. Les dossiers, les travaux... C'est la procédure.

— Je veux voir le reste.

— Clarence...

— Je veux voir le reste ! » maintins-je fermement, presque avec rage.

Sans un mot, Seth me tendit une lampe torche.

Et je le détestai.

Je le détestai d'avoir eu la présence d'esprit de prendre avec lui cette lampe torche qui laissait entendre que depuis le début il se doutait de ce qui nous attendait ici. Comme s'il l'avait anticipé.

Je le détestai de se montrer à ce point froid et indifférent.

Et surtout, je le détestai parce que je ne pouvais pas faire face à cette peur viscérale qui me tordait les entrailles depuis que nous étions arrivés au Centre. Le détester était plus simple. Plus facile.

Je devais vérifier les salles d'examen et de soins.

Aux dernières nouvelles, Lolotte était toujours sous respirateur artificiel. Si Laurie Xavier avait pu la soustraire au moment de l'évacuation, alors il s'était sûrement arrangé pour la faire transférer dans une salle équipée.

J'actionnai plusieurs interrupteurs de part et d'autre des couloirs. Rien. L'électricité avait été coupée dans tout le bâtiment... Y avait-il des endroits dans le Centre qui disposaient d'un générateur indépendant ?

« Au sous-sol. »

Je ne demandai pas à Seth de sortir de ma tête. En cet instant, je me moquais bien qu'il s'y trouve.

Nous nous enfonçâmes plus loin dans le Centre.

J'avais beau avoir passé plusieurs mois ici et parcouru ces couloirs en long et en large, je peinais à me repérer. L'obscurité conférait aux lieux une physionomie plus sinistre et plus menaçante. Comme lorsqu'avec Seth nous avions pénétré dans l'usine d'armement biochimique de la zone blanche, je me sentais mal à l'aise et épiée.

Nous arrivâmes enfin aux escaliers du sous-sol.

J'éclairai les marches de béton avalées par la nuit.

Les portes sécurisées se trouvaient là en bas.

Je descendis les marches une à une, et Seth me suivit. Quelque part, sa présence dans son dos me rassurait.

Les portes sécurisées étaient grandes ouvertes. On ne pouvait les ouvrir qu'avec un passe, et elles auraient dû se fermer et se verrouiller automatiquement au moment où le courant avait été coupé dans le bâtiment. Ce qui signifiait que quelqu'un les avait laissées ainsi intentionnellement.

« Ne te fais pas trop d'illusion », prévint Seth dans mon dos.

Je descendis les marches sans répondre.

Je passai les portes et me retrouvai face au long couloir qui menait aux pièces sécurisées.

Le couloir était un véritable puits de noirceur. Le faisceau de la lampe n'était même pas assez puissant pour repousser toute l'ombre qui s'y massait.

« Vérifie les portes de droite, ordonnai-je à Seth. Je vérifie celles de gauche. »

Les portes étaient fermées. Toutes. Fermées et verrouillées.

Puis nous arrivâmes devant la salle sécurisée A306. Cette salle... C'était ici que j'avais rencontré Seth pour la première fois, après que Nathaniel David m'avait poussée à l'intérieur...

« Nostalgique ?

— Pas vraiment », répondis-je après être restée un instant à fixer les lourds battants de la pièce sécurisée.

Je posai les mains à plat sur le métal glacé de la porte et poussai.

La porte s'ouvrit dans un grincement.

Lentement, tiraillée entre la crainte et l'espoir, je balayai la pièce du faisceau de la lampe torche.

Lolotte n'était pas ici.

J'eus l'impression qu'au fond de moi mon cœur s'affaissait brusquement. Ma main se mit à trembler.

Non, Lolotte n'était pas ici.

Mais il y avait quelque chose, là-bas, au fond de la pièce...

J'y arrêtai la lampe et plissai les yeux.

C'était... une sorte de cuve. Au-dessus, un papier plié en quatre. A côté, un jerricane d'essence, des rations alimentaires ainsi que plusieurs litres d'eau.

Seth pénétra dans la pièce tandis que je restais figée sur le pas de la porte, incapable de me résoudre à entrer.

Il s'accroupit devant la cuve et émit tout à coup un sifflement.

« Tu ferais bien de venir voir ça », me lança-t-il d'une voix indéchiffrable.

De venir voir quoi ? Qu'y avait-il dans la cuve ?

J'avançai avec raideur.

Une cuve...

Je voulais savoir. Je ne voulais pas savoir.

« Est-ce que Lolotte... »

Les mots se dérobèrent et moururent sur mes lèvres.

Je ne savais même plus ce que je voulais demander.

Lolotte... Ils n'avaient pas... Ils n'avaient pas pu... Pas dans une cuve. Cette cuve faisait à peine cinquante centimètres sur soixante-dix, comment auraient-ils pu...

La peur et l'angoisse me paralysait le cerveau, je ne pouvais même plus formuler de pensées cohérentes.

Je me laissai tomber à genoux à côté de Seth, sentant à peine la douleur qui remontait dans mon flanc gauche comme une décharge électrique.

« Regarde. »

Je regardai. Et quand je vis, l'impression de foudroiement fut telle que je connus un instant de néant absolu.

Il y avait un bébé là-dedans. Un bébé.

Une ceinture, équipée d'un tube fixée sur l'abdomen, le reliait à une machine qui pompait et filtrait.

Le bébé flottait dans du liquide, minuscule et chétif. Ses bras et ses jambes, agités de légers soubresauts, paraissaient démesurés par rapport au reste de son corps. Son visage était... inachevé.

« Il est né prématuré. »

Prématuré ?

Les paroles de Seth m'arrachèrent à peine un tressaillement.

Prématuré...

Dans un état second, je posai la main sur la vitre de la cuve.

Si ce bébé était celui de Lolotte, alors cela signifiait que Lolotte était morte. Morte...

« C'est pour toi. »

Je baissai un regard vide sur le papier que Seth me poussait dans la main.

Puis je l'ouvris et je lus. D'abord trois fois sans rien comprendre. A la quatrième reprise, le sens des deux phrases qui s'y trouvaient inscrites se fraya enfin un chemin dans mon esprit.

Je suis désolé. J'ai fait ce que je pouvais.

Ma main retomba.

Lolotte était bel et bien morte.

Les lignes se brouillèrent devant mes yeux. Je me laissai glisser sur le sol et pleurai.

Je ne sais combien de temps je restai là, prostrée, dévastée par une douleur si grande qu'elle semblait devoir m'emporter toute entière.

Je pleurai à m'en brûler les yeux.

J'avais tenu bon, tout ce temps. J'avais tenu bon. J'étais même revenue.

Elle était morte quand même.

Le sentiment d'échec et d'impuissance qui me submergea me cuisait presque autant que la douleur de l'avoir perdue.

Lolotte était morte, et tout ce qu'il restait d'elle – une vie si fragile qu'un souffle même pouvait en venir à bout – se trouvait désormais dans cette cuve.

Etait-ce un garçon ? Une fille ? Fallait-il vraiment que je le sache ? Après tout, dans un monde comme celui-ci, cet enfant avait-il seulement une chance de survie ? Et que faire de lui ? C'était l'enfant de Lolotte. Elle aurait voulu le garder. L'élever.

Je ne pouvais ni le garder ni l'élever.

Je n'avais rien à lui offrir.

Ce monde non plus.

« Père m'a parlé d'un endroit. »

Je relevai la tête.

Seth passait en revue le matériel et les provisions que Laurie Xavier avait laissés pour nous. Il ne me regardait pas. Son expression était impassible.

« Quel genre d'endroit ? m'enquis-je d'une voix éraillée.

— Un endroit où on fait passer des réfugiés. Au sud. On peut l'emmener là-bas.
— Et après ?
— Il sera pris en charge. »
Pris en charge ? Ce choix de mots me rendit amère. Qu'est-ce que cela voulait dire au juste, qu'il serait « pris en charge » ? J'avais été prise en charge aussi, quand mon père m'avait vendue au Central. Si c'était de ce genre de prise en charge qu'il voulait parler...
« La guerre n'est pas passée au-delà de la mer. De toute façon c'est ta meilleure option, fit observer le tueur d'auras. Si tu veux qu'il vive. Moi, personnellement, ça m'est égal.
— Et il sera en sécurité ?
— Sûrement plus qu'ici. »
Plus qu'ici... Oui, je voyais ce qu'il voulait dire. Même avec les doutes et les incertitudes, ailleurs serait toujours mieux qu'ici.
« Où ?
— Comme ça, je ne sais pas, reconnut Seth avec un haussement d'épaule. Mais j'ai des coordonnées.
— Des coordonnées ?
— Oui. Le vieux les a fait graver là. »
Il tapota le boitier de son implant de l'index.
« Le connaissant, il se disait sûrement qu'il finirait par me persuader de partir, poursuivit le tueur d'auras avec un ricanement. C'est bien la preuve que même les hommes intelligents peuvent commettre de stupides

erreurs de jugement... Par contre, la cuve doit peser près de quarante ou cinquante kilos. Il y a des poignées sur les côtés, mais elle sera quand même difficile à transporter. Chargeons le reste d'abord. »

Je me relevai.

Je pouvais faire cela. Pour Lolotte. C'était de toute façon la seule chose que je pouvais encore faire pour elle.

Nous fîmes deux allers et retours pour charger le matériel dans le fourgon, puis nous revînmes chercher la cuve.

Cette dernière était lourde. Bien plus lourde que je ne me l'étais figurée. Et il nous fallut près de trois heures pour la faire sortir du Centre et l'acheminer par les bois jusqu'au fourgon.

Mes côtes en feu me faisaient souffrir, mais cette douleur n'était rien à côté de celle que je sentais me ravager l'intérieur de la poitrine.

« Je reste à l'arrière », dis-je à Seth lorsque nous eûmes fini de fixer la cuve au plancher de l'habitacle par des cordes.

Le tueur d'auras hocha la tête, puis lorsque je fus assise il redescendit avant de fermer les portes du fourgon.

Je posai une main sur la cuve.

Chapitre 24

« Je ne peux pas le faire monter à bord.

— Nous sommes ensemble, insistai-je tandis que l'homme en face de moi montrait des signes d'agacement.

— Peut-être, peut-être pas, ce ne sont pas mes oignons. Si je dis que je ne peux pas le faire monter à bord, c'est que je ne peux pas le faire monter à bord. On ne fait pas passer de gens de sa sorte de l'autre côté.

— De gens de sa sorte ?

— C'est ça. Les empathes, passe encore, mais les autres... On ne veut pas des autres, là-bas. Ça se comprend, non ? A ce stade, c'est plus des gens, c'est des armes, et le gouvernement ne veut pas prendre ce genre de risques.

— Mais...

— C'est comme ça. Le billet est tamponné, alors maintenant, bouge. J'ai pas toute la nuit, et il y en a d'autres qui attendent derrière. »

Il me balaya impatiemment d'un revers de main, comme si j'avais été une mouche importune, et je dus me résoudre à récupérer sur la table pliante devant lui le billet pour la traversée.

Un seul billet...

En partant je tournai la tête pour regarder la file des réfugiés qui attendaient leur tour en se tordant les mains.

Des hommes, des femmes, des enfants et même des nourrissons... La fatigue et l'hébétude se lisaient sur tous les visages. La peur et l'angoisse. Ils avaient sûrement dû marcher longtemps pour venir jusqu'ici, fuyant la guerre et la défaite, en traînant derrière eux leurs valises et leurs familles... Et à présent ils devaient se demander. Y aurait-il assez de place pour tout le monde ? Seraient-ils séparés ? Pourraient-ils partir au lever du jour ou devraient-ils attendre le prochain bateau, si tant est qu'il y en ait un ?

Je baissai les yeux sur le billet que je froissais entre mes doigts.

Un seul billet...

« Alors ? » me demanda Seth lorsque je le rejoignis vers le quai grouillant de monde où nous avions laissé les sacs et la cuve.

Alors ?

Comment lui dire qu'ils ne voulaient pas de lui là-bas ? Qu'ils ne voulaient même pas de lui à bord ?

Je me contentai de lui montrer le billet tamponné. Sans faire mine de le prendre, il l'examina un moment en silence.

« Je vois... dit-il enfin avec un sourire cynique.

— Qu'est-ce qu'on fait ? demandai-je en m'asseyant avec un soupir, dos pressé contre la paroi de la cuve.

— Comme si tu l'ignorais, ricana Seth d'une voix empreinte d'ironie.

— Comment ça ?

— Clarence, Clarence, Clarence... Il n'y a pas à balancer, n'est-ce pas ? Ne me fais pas croire que tu hésites. Tu as toujours une main posée sur cette cuve. L'enfant de ta copine borgne est visiblement plus important pour toi que je ne le serai jamais. Et d'ailleurs, tu as dû y penser. On t'offre une chance de te débarrasser de moi sans risque. Alors vas-y. Saisis-la. Monte dans ce bateau et pars.

— Je n'ai pas... »

Seth ne me laissa pas même le temps de finir.

Il s'éloigna brusquement, se frayant un chemin au milieu des réfugiés qui attendaient sur le quai. Son aura ressemblait à une nuée d'orage.

Me débarrasser de lui...

Je n'y avais pas pensé, mais j'y pensais à présent.

Et je ressentais un véritable conflit intérieur.

Une partie de moi voulait sans doute se débarrasser de lui, se trouverait sans doute soulagée de n'avoir plus à supporter le contact de son aura, ses intrusions perpétuelles...

Oui, le marché passé avec Seth était un poids. Je ne pouvais pas le nier.

Je l'avais accepté à un moment où j'avais besoin de quelqu'un à mes côtés. Un besoin viscéral.

Et Seth avait été pour moi un véritable rempart contre les menaces extérieures. Je m'étais reposée sur lui pour assurer ma survie, et à sa façon, il m'avait protégée.

Mais les prisons aussi ont des remparts.

Et rien ne me protégeait de lui.

Non, hormis les termes vagues et flottants de notre marché, rien ne me protégeait de lui.

N'avait-il pas pris plaisir à me rappeler que j'étais en vie parce qu'il le voulait bien, et que je ne le resterais que tant qu'il le voudrait bien ?

Devais-je vivre en étant à sa merci ?

Si je partais du moins serais-je libérée du poids de son arbitraire.

C'était ce que je me disais.

C'était en tous cas ce que se disait la partie de moi capable de raison.

Parce que d'un autre côté, partir en laissant Seth me faisait l'effet d'une déloyauté. D'une trahison.

Partir, c'était l'abandonner.

C'est la chose à faire, souffla une voix à l'intérieur de ma tête, parce que s'il le voulait, il pourrait bien exiger cette mort que tu lui as promise. L'exiger peut-être maintenant. S'il le voulait, il pourrait prendre ce qu'il veut. Rien ni personne ne pourrait l'en empêcher.

Mais justement... le voulait-il ?

Je n'en étais pas certaine.

Il m'avait dit de partir. Peut-être ne les pensait-il pas, mais ces mots avaient bien franchi ses lèvres, je ne les avais pas inventés. Etait-ce une façon de me faire grâce ?

Ces mots me donnaient de l'espérance.

J'attendis.

Les familles de réfugiés qui avaient pu obtenir un billet de bateau s'installaient sur le quai avec leurs affaires. Ils parlaient peu. Certains fixaient le vide. Leur abattement et leur désarroi venaient se briser sur mes défenses psychiques, mais au fond de moi s'ouvrait le même gouffre de néant que celui qu'ils devaient sentir en cet instant.

Déracinés.

Au moment où le soleil se coucha, Seth n'était toujours pas revenu.

Je me trouvai tout à coup envahie d'une sensation de froid.

En un instant, la pensée qu'il pouvait être tout parti, qu'il pouvait ne pas revenir, me frappa de plein fouet.

Non...

Je me levai, le cœur battant à m'en rompre les côtes.

Je fouillai le quai, le cherchant du regard.

Seth n'était nulle part.

Puis je le vis assis là-bas, sur la jetée, silhouette solitaire dominant la mer, et le soulagement déferla sur moi avec une force étourdissante.

Je couvris alors la cuve d'une couverture de survie puis marchai à sa rencontre.

Il ne réagit pas lorsque je m'assis à côté de lui, comme s'il ne sentait pas ma présence.

Son regard sombre était fixé sur l'horizon enténébré. Il avait l'air bien moins agité à présent. Son aura semblait respirer au rythme du flux et du reflux des vagues.

Je demeurai silencieuse un moment, suivant des yeux les mouettes et les goélands qui s'élançaient au-dessus de l'eau avec des cris, écoutant les murmures de l'eau, me laissant peu à peu envahir par un sentiment de paix que je n'avais plus connu depuis que la brigade du Central était venue me chercher chez moi.

« Je ne vais pas saisir cette chance, déclarai-je tout à coup.

— Non ?

— Non. Parce que je ne veux pas me débarrasser de toi. Je ne le voulais pas avant, et je ne le veux pas davantage maintenant.

— Pourquoi ? »

La question ressemblait presqu'à une accusation. On aurait dit qu'au fond il m'en voulait de ne pas désirer me débarrasser de lui.

Je ne répondis rien.

A quoi bon ?

Son intelligence était une bête froide. Aucun des mots que j'étais tentée de lui dire ne lui permettrait jamais de comprendre ce que je ressentais.

Mais je pouvais le lui faire ressentir.

Et je voulais qu'il le ressente, ne serait-ce qu'une fois.

Je voulais être pour lui comme un météore qui anéantit sur son passage les ténèbres et le froid de l'espace.

J'abaissai alors toutes mes défenses psychiques pour le laisser entrer dans ma tête.

L'odeur du sang et du carnage se répandit, puis fut noyée dans le flot de mes émanations psychiques.

L'espace d'un instant, d'une fulgurance, je partageai tout, sans restriction ni fausse pudeur, et mes émotions devinrent siennes.

« Voilà pourquoi », dis-je avant de le rendre à lui-même.

Le silence était immense. Pas un seul d'entre nous ne faisait un geste.

Je me risquai à le regarder.

Il pleurait...

Chose inouïe, Seth pleurait.

Puis son regard fut dans le mien.

Il se pencha.

Ses lèvres effleurèrent mon front et s'y posèrent.

Je demeurai figée de saisissement.

Et dans un recoin de mon esprit, Seth ouvrit la porte de la chambre jaune et entra.

Il ne lui fallut qu'une fraction de seconde.

Il entra et referma derrière lui, sans même que j'aie pu prononcer une parole ou esquisser un seul geste pour le retenir.

Immobile, incrédule, je rivai mes yeux sur le panneau de la porte close.

Il était entré.

J'approchai une main tremblante de la poignée et l'actionnai. La porte semblait verrouillée de l'intérieur.

Il s'agissait de mon esprit, mais Seth était dedans et j'étais dehors.

Je ne sais rien de ce qu'y fit le tueur d'auras, ni combien de temps il y resta.

Néanmoins, lorsqu'il ressortit, la chambre jaune était vide.

Le paquet suintant que j'y avais laissé avait disparu et la lumière entrait à nouveau par les fenêtres, éclairant le lit aux draps immaculés, frappant de sa clarté presque liquide le plancher de bois...

Puis les contours de la chambre se brouillèrent et s'effacèrent.

Seth se reculait.

Ses lèvres quittaient mon front.

Je pris une inspiration maladroite.

« Qu'as-tu... qu'as-tu fait ? demandai-je après une hésitation.

— Rien.

— C'est impossible.

— Dans ce cas, disons simplement que j'ai repris ce qui m'appartenait », se borna à répondre le tueur d'auras.

Et au son de sa voix, je compris qu'il ne me dirait rien de plus que cela. Que je devrais m'en contenter.

Sous le ciel nocturne, la mer était semblable à une mare d'encre aux remuements obscurs.

Le bateau serait là aux premières lueurs du matin. Il restait si peu de temps...

Je ne dormis pas.

J'attendis en silence aux côtés de Seth, dans le frôlement sans heurts de nos auras, dans la chaleur que se communiquaient nos corps tout proches.

J'attendis en silence que les heures de la nuit s'égrènent une à une. Qu'un à un s'éteignent tous ses flambeaux.

Puis je la vis.

Je la vis tout à coup au loin.

L'aube.

L'aube embrasait la ligne d'horizon.